Der Fluch des Hexers

Trilogie / Teil 3

Der Fluch des Hexers

Trilogie / Teil 3

Gerdi M. Büttner

Bibliografische Information der Deutschen Nationalbibliothek:
Die Deutsche Nationalbibliothek verzeichnet diese Publikation
in der Deutschen Nationalbibliografie; detaillierte bibliografische Daten
sind im Internet über http://dnb.dnb.de abrufbar.

Die automatisierte Analyse des Werkes, um daraus Informationen
insbesondere über Muster, Trends und Korrelationen gemäß §44b UrhG
(„Text und Data Mining") zu gewinnen, ist untersagt.

Lektorat, Korrektorat, Umschlaggestaltung: Roland Büttner

Verlag: BoD · Books on Demand GmbH, Überseering 33,
22297 Hamburg, bod@bod.de
Druck: Libri Plureos GmbH, Friedensallee 273, 22763 Hamburg

ISBN: 978-3-8192-7609-5

Kapitel 1: Eine beunruhigende Nachricht

Die Stimmung beim Abendessen war entspannt und heiter. Auf den ersten Blick konnte man sehen wie gut sich die vier Erwachsenen verstanden. Sie lachten und scherzten während der Mahlzeit und versorgten dabei eine fröhliche kleine Kinderschar, die mit am Tisch saß.

„Ich kann es kaum erwarten unseren zweiten kleinen Schreihals auf den Armen zu wiegen", sagte der große dunkelhaarige Mann gerade und streichelte dem etwa dreijährigen Knaben neben sich über den schwarzen Lockenkopf. Der Junge, ohne Zweifel der Sohn des imposanten Mannes, lachte vergnügt und zwickte seiner kindlichen Nachbarin in den Arm.

„Na, ich bin auch froh, wenn unsere Tochter endlich geboren ist", erwiderte seine Frau lächelnd und rieb sich sachte über den gewölbten Leib.

„Es kommt mir vor als würde sie meinen Bauch als Zirkusmanege betrachten. Sie turnt darin und schlägt Saltos. Wie konntest du das nur mit deinen Zwillingen aushalten, Nelia? Gleich zwei auf so engem Raum, das war sicher ein ständiges Gerangel."

Nelia musterte voller Stolz ihre beiden vierjährigen Söhne Adrian und Roland. Sie glichen sich aufs Haar und waren gerade damit beschäftigt sich gegenseitig den Nachtisch vom Teller zu stibitzen. Das dabei mehr Pudding auf dem Boden als in ihren Mündern landete, schienen die beiden gar nicht zu bemerken. Und Nelia verzichtete darauf die Jungen aus zu schimpfen, weil Fee, die grau-weiß gescheckte Hündin, sich unter den Tisch geschlichen hatte um hurtig die Schweinerei aufzulecken. Nur große nasse Flecken auf dem Steinboden zeugten noch von ihrer Säuberungsaktion.

„Was blieb mir übrig als es auszuhalten", erwiderte Nelia lachend. „Aber so schlimm war es nicht. Und du wirst es bald überstanden haben. Noch acht Wochen, dann ist euer Sonnenschein da. Danach wirst du die Strapazen der Schwangerschaft und Geburt sicher bald vergessen haben. Unsere Männer haben es da halt besser getroffen, sie haben zuerst den Spaß bei der Zeugung und zeigen dann voller

Stolz ihren Nachwuchs, während wir noch im Kindbett schwitzen. Es ist einfach ungerecht verteilt."

„Ich habe mir alle Mühe gegeben dir die Zeugung unseres neuen Kindes so angenehm wie möglich zu machen", flüsterte ihr Simon ins Ohr und zog sie an sich. „Mehr konnte ich leider nicht tun. Und auch Adrian hat seine Sache sicher sehr ernst genommen..."

Sie flachsten noch eine Weile über die Freuden und Nöte des Eltern-werdens, dann begann Wernher zu greinen. Er rieb sich die Augen, ein untrügliches Zeichen, dass es Zeit für ihn wurde ins Bett zu gehen. Sein Vater erhob sich vom Tisch und nahm ihn auf den Arm. An seine Frau gewandt, die sich ebenfalls erheben wollte, meinte er: „Bleib sitzen, meine Liebe. Ich bringe ihn zu Bett. Kommst du mit, Freija, und erzählst ihm noch eine Gutenachtgeschichte? Von dir hört er sie besonders gerne."

Freija, die älteste Tochter Simons und Nelias, sprang von ihrem Stuhl auf und begleitete die beiden voller Stolz. Mit ihren sechs Jahren war sie ein aufgeschlossenes kleines Persönchen voller Selbstvertrauen und Wernher betete sie an.

Eine Stunde später war Ruhe in den Gemächern von Burg Hohenberg eingekehrt. Die vier Kinder lagen in ihren Betten und schliefen. Nelia und Zenta saßen in einem der gemütlich eingerichteten Nebenzimmer und unterhielten sich angeregt über Schwangerschaft und Kindererziehung. Fee lag wie selbst-verständlich bei ihnen und der Blick ihrer hellen Augen ging interessiert zwischen den beiden Frauen hin und her. Sie wich ihrer geliebten Herrin Zenta kaum einmal von der Seite. So, als wüsste sie, dass sie sie vor einigen Jahren fast für immer verloren hätte.

Simon, Graf zu Hohenberger, der junge Besitzer von Burg Hohenberg hatte es sich unterdessen mit seinem Gast im Herren-zimmer bequem gemacht. Obwohl Adrian mit seinen fünfunddreißig Jahren zwölf Jahre älter war, verband die beiden ungleichen Männer eine tiefe Freundschaft.

Adrian, Sohn eines mächtigen Herzogs, begnadeter Arzt und mit übersinnlichen Fähigkeiten behaftet, stand in dem zweifelhaften Ruf ein Hexer zu sein. Und Simon wusste, dass dies durchaus der Wahrheit entsprach. Dennoch wollte er um keinen Preis der Welt Adrians Freundschaft missen. Der Hexer hatte ihn wie selbstverständlich bei sich aufgenommen als er ihn vor Jahren krank und verletzt aufgelesen hatte. Nach seiner Genesung war er bei ihm geblieben. Und obwohl es ihn selbst in große Schwierigkeiten gebrachte hatte, hatte Adrian dafür gesorgt, dass Simon sein rechtmäßiges Erbe zurückbekam. Danach war der Hexer für fast ein Jahr verschwunden, einzig dem Freund hatte er anvertraut wohin er ging: Er war seinem Mentor durch ein Zeittor in die Vergangenheit gefolgt, um ihn dort aus großer Gefahr zu retten. Und dort, im Jahre 1632, hatte Adrian seine große Liebe gefunden, Zenta, die Tochter einer Hexe.

Als ihm und Zenta der Scheiterhaufen drohte war sie gemeinsam in Adrians Zeit geflohen.

Das alles war nun schon zwei Jahre her. Zwei Jahre, in denen der Hexer mit seiner Frau Ruhe und Glück gefunden hatte. Wernher war geboren worden und nun erwarteten die beiden ihr zweites Kind. Es würde eine Tochter sein, wie sowohl Adrian als auch Zenta fest behaupteten. Und Simon glaubte ihnen, schließlich verfügten beide über Fähigkeiten, die anderen Menschen vorenthalten waren. Und genau darüber unterhielt er sich jetzt mit dem Freund.

„Glaubst du, eure Kinder haben deine und Zentas Hexenkräfte geerbt?" wollte Simon wissen. Denn bisher benahm sich der kleine Wernher noch wie jedes Kind seines Alters.

Adrian zuckte vage die Schultern.

„Ich kann es nicht sagen, doch ich vermute es stark. Obwohl ich zur Genüge erfahren habe, dass es kein Segen ist über diese Fähigkeiten zu verfügen. Zumindest mir haben sie sehr viel Kummer und Leid gebracht. Wie jeder Vater erhoffe ich mir für meine Kinder vor allem, dass sie glücklich werden..."

„Dein Vater dachte darüber anscheinend anders. Nach allem, was er dir angetan hat."

Doch Adrian winkte lächelnd ab.

„Das ist alles längst vorbei. Und heute denke ich oft es war auch eine Art von Fürsorge, die er mir entgegengebracht hat. Für ihn waren meine übersinnlichen Fähigkeiten unheimliches Teufelswerk. Und er versuchte mich wahrscheinlich zu schützen, indem er sie mir mit der Knute austreiben wollte. Sollte er jedenfalls vermuten meine Kinder hätten meine Hexenkräfte geerbt, so äußert er sich nicht dazu. Im Gegenteil, er ist der liebevollste Großvater den man sich vorstellen kann. Er vergöttert Wernher ebenso wie der ihn. Und die Geburt seiner Enkelin kann er kaum erwarten."

„Mich wundert noch immer wie selbstverständlich er deine Entscheidung Zenta zur Frau zu nehmen respektiert hat. Insgeheim hätte er dich sicher gerne mit einer reichen Adeligen mit ellenlangem Stammbaum vermählt."

Jetzt grinste der Hexer breit.

„Nun, als ich sie ihm vorstellte waren wir bereits verheiratet. Und Zenta war unübersehbar schwanger. Immerhin stammt sie ja mütterlicherseits von durchaus akzeptablem Blut ab. Das genügt selbst für eine zukünftige Herzogin. Dass ihr Vater ein treuloser Halunke mit schwachem Charakter war haben wir einfach verschwiegen. Mir war es damals wie heute egal welcher Abstammung sie ist, ich hätte sie auch zur Frau genommen, wenn sie aus dem Armenhaus gekommen wäre."

Simon wusste, dass er die Wahrheit sprach. Adrian hatte noch nie Unterschiede zwischen arm und reich gemacht, für ihn zählte ganz alleine der Mensch. Sie unterhielten sich noch angeregt über die Geschehnisse der letzten Zeit. Da Simon nun schon seit vier Jahren seine nach einem Brand neu aufgebaute Burg in Rothenburg bewohnte, Adrian hingegen immer noch sein Haus in Aschaffenburg besaß und dort auch nach wie vor als Arzt tätig war, sahen sie sich nur noch selten. Nach langem Suchen hatte der Hexer nun endlich einen tüchtigen jungen Doktor gefunden, dem er guten Gewissens seine Patienten anvertrauen konnte. Doktor Pfeiffer mache sich gut, hatte er Simon erklärt, und er war bereit einmal seine Nachfolge anzutreten, wenn Adrian seiner Pflicht nachkommen und nächster Herzog zu Wolffhardt werden würde.

„Was hoffentlich noch sehr lange nicht der Fall sein wird", meinte er gerade mit hoffnungsvollem Grinsen.

„Von mir aus kann mein Vater sein Herzogtum regieren bis er hundert ist. Ich habe ihm einen besonders wirkungsvollen Stärkungstrank gebraut bevor ich ihn verließ. Und ich habe Mutter das Rezept dagelassen, damit er immer genug davon hat."

Simon musste über Adrians Worte lachen. Er wusste wie sehr der Freund es verabscheute eines Tages in die Fußstapfen seines Vaters zu treten. Aber Adrian war nun einmal der einzige lebende Nachkomme des Herzogs und somit sein Erbe. Und wenn schon nicht aus Begeisterung, so doch aus Pflichtgefühl den Menschen des Herzogtums gegenüber, würde er dieses Erbe antreten.

Die Frauen waren schon zu Bett gegangen und Simon und Adrian beschlossen gerade ihnen zu folgen, da drangen entfernt die Schläge des wuchtigen Türklopfers durch die nächtliche Stille des Hauses. Die Männer hoben erstaunt die Köpfe.

„Nanu", wunderte sich Simon und war sofort wieder munter.

„Wer wagt zu dieser Stunde den beschwerlichen Ritt zur Burg herauf? Es muss einen besonderen Anlass dazu geben. Hoffentlich kein Unglücksfall..."

Eilig verließ er das Zimmer und lief die langen Gänge entlang in Richtung des Burgtores. Adrian folgte ihm auf dem Fuße. Noch ehe sie das Tor erreichten hörten sie, dass es geöffnet wurde. Die murmelnde Stimme eines Dieners drang an ihre Ohren, eine fremde Männerstimme gab Antwort. Kurz darauf fiel die Tür wieder ins Schloss.

Der Diener kam ihnen eilig entgegen. Er war schon im Bett gewesen, das konnte man an seinen zerzausten Haaren und dem hastig übergeworfenen Rock sehen. Darunter schauten nackte Beine in Filzpantoffeln heraus. Er verbeugte sich leicht, ehe er Adrian einen Brief reichte.

„Ein Bote hat ihn für Euch gebracht. Er entschuldigte sich für sein spätes Erscheinen und sagte, er wäre zuerst in Aschaffenburg gewesen. Dort sagte man ihm das Ihr hier zu Besuch weilt."

Adrians schwarze Augenbrauen zogen sich alarmiert zusammen. Doch er bedankte sich freundlich und nahm den Brief in Empfang.

Während der Diener zurück zu seinem Zimmer ging, drehte der Hexer den Brief um. Auf dem edlen Papier prangte ein großes rotes Siegel. Das Wappen des Herzogs zu Wolffhardt erkannte auch Simon sofort. Das konnte nichts Gutes bedeuten.

Er sah wie der Hexer das Siegel aufbrach und zu lesen begann. Daran wie er erbleichte, erkannte Simon wie ernst das Schreiben war.

„Dein Vater?" fragte er besorgt. „Ist er krank...?"

Doch Adrian schüttelte stumm den Kopf und reichte ihm das kurze Schreiben. Es stammte von seiner Mutter, wie unschwer an der zierlichen Schrift zu erkennen war.

In kurzen Sätzen teilte sie Adrian mit, dass sein Vater von einer Ausfahrt mit der Kutsche nicht zurückgekehrt sei. Seither war er spurlos verschwunden. Sie bat ihren Sohn dringend sofort nach Schloss Wolffhardt zu kommen. Das Datum des Schreibens sagte aus, dass es bereits vor vier Tagen geschrieben worden war. Da der Bote zuerst zu Adrians Haus nach Aschaffenburg geritten war hatte das die Zustellung um einen Tag verzögert.

„Du kannst auf keinen Fall noch heute Nacht reiten!" mahnte Simon eindringlich, den Blick des Freundes richtig deutend. Schnell fuhr er fort.

„Bis du das Nötigste gepackt hast ist es eh fast Morgen. Überstürze nichts, auf ein paar Stunden kommt es nun auch nicht mehr an. Außerdem ist Neumond, bei der Finsternis findest du den Weg gar nicht. Und wenn du dich verirrst oder vom Pferd stürzt gewinnst du nichts."

Das musste auch Adrian einsehen. Widerstrebend nickte er als Simon ihm vorschlug am frühen Morgen zu reiten. Er würde dafür sorgen, dass dann alles bereitlag und ein Pferd gesattelt war, versprach er.

Der Hexer bedankte sich knapp und machte sich dann auf den Weg zu seinem Zimmer um Zenta die schlimme Nachricht zu überbringen. Nachdem er den Dienern Bescheid gegeben hatte, begab sich auch Simon zu seinem Schlafgemach. Nelia war noch wach und kuschelte sich an ihn als er ins Bett kam. Er nahm sie in die Arme und küsste sie auf die Stirn. Dann erzählte er ihr von dem Boten und der Nachricht.

„Ich würde Adrian gerne begleiten", erklärte er ihr dann. „Wenn ein Verbrechen geschah, wovon ich ausgehe, dann kann er vielleicht die Hilfe eines Freundes gut gebrauchen. Was meinst du dazu?"

Nelia blickte ihn besorgt an, war aber einverstanden.

„Das musst du unbedingt. Adrian hat dir und mir schon so oft und selbstlos geholfen, da ist es nur richtig, wenn du ihm zur Seite stehst. Versprich mir aber bitte unbedingt vorsichtig zu sein. Schließlich soll unser viertes Kind seinen Vater leibhaftig kennen-lernen. Zenta kann gerne bis zu eurer Rückkehr hier auf der Burg bleiben. Ich hoffe nur ihr werdet wieder zurück sein bevor sie niederkommt."

Wieder einmal bewunderte Simon die praktische Veranlagung seiner Frau. Ohne viele Worte zu machen kam Nelia auf das Wesentliche zu sprechen. Da er bereits geahnt hatte, dass sie so reagieren würde hatte er dem Diener gleich den Auftrag gegeben für ihn ebenfalls zu packen und ein Pferd bereitzuhalten.

„Danke für dein Verständnis", murmelte er leise. Dann zog er Nelia erneut in seine Arme und küsste sie innig.

Kapitel 2: Der Überfall

Stumm ritten sie nebeneinander her in den beginnenden Tag. Adrian hatte verwundert die Augenbrauen hochgezogen als Simon ihm am Morgen reisefertig gegenübertrat und mit Bestimmtheit kund tat er käme mit. Doch dann war ein dankbares Lächeln über seine müden Züge geglitten.

„Es freue mich, dass du mich begleiten willst. Doch, du solltest hier bleiben bei deiner Familie. Bis jetzt weiß ich nur, dass mein Vater nicht von einer Ausfahrt zurückgekehrt ist. Das kann alle möglichen Gründe haben und vielleicht ist er inzwischen sogar wieder zu Hause. Leider lassen mich meine hellseherischen Fähigkeiten diesbezüglich vollkommen im Stich. Was auch bedeuten kann, dass es Vater gut geht und ihn irgendeine Lappalie aufgehalten hat. Ich kann also weder sagen was mich erwartet, noch wann ich wieder zurück sein werde."

„Ich habe mit Nelia bereits alles abgesprochen", beharrte Simon. „Sie ist derselben Meinung wie ich. Zenta und Wernher bleiben hier auf der Burg bis wir zurück sind. Hier sind die Beiden bestens aufgehoben und Nelia ist dann ebenfalls nicht alleine. Ich bin mir sicher unsere Frauen werden uns kaum vermissen."

Der Abschied fiel ihnen dann doch schwer. Und als sie endlich die Burg hinter sich ließen, atmeten sie beide auf. Der Hexer schüttelte leicht den Kopf.

„Wenn man Abschied nehmen muss merkt man immer wieder, wie sehr man doch an seinen Lieben hängt. Ich vermisse meine Familie jetzt schon, dabei sind wir noch keine halbe Stunde unterwegs."

Simon konnte ihm nur beipflichten. Um ihre trüben Gedanken etwas aufzuheitern meinte er lächelnd, wie sehr sie beide sich doch in eingefleischte Familienväter verwandelt hätten.

Sie ritten zügig, doch nicht allzu schnell, denn sie wollten die Pferde nicht übermäßig erschöpfen. Falls eines der Tiere zu lahmen begann würden sie nur umso langsamer vorwärtskommen. Zum Glück spielte das Wetter mit, die warme Frühsommersonne belebte sie und auch die Pferde schritten munter aus.

Dennoch brauchten sie drei Tage bis endlich der bewaldete Bergzug auftauchte, auf dessen Höhen Schloss Wolffhardt lag.

„Noch etwa eine Stunde, dann sind wir da", erklärte Adrian und streckte seine steifen Glieder. Er deutete in die Höhe, wo man hinter dichten Tannen das Schloss mehr erahnte als sah. „Der Weg hinauf gestaltet sich noch einmal ziemlich beschwerlich, das wird unseren müden Pferden gar nicht gefallen."

„Aber zu dieser Jahreszeit ist es immer noch besser wie damals im Winter. Erinnerst du dich noch? Der Schnee lag fast einen Meter hoch und wir kamen nur langsam voran. Damals dachte ich wir erfrieren, bevor wir das Schloss erreichen."

Adrian drehte sich im Sattel und schaute sich um, er kam Simon plötzlich unruhig vor.

„Was ist?" fragte er deshalb alarmiert. „Ist etwas nicht in Ordnung?" Aufmerksam spähte er die Straße entlang, konnte aber nichts Auffälliges entdecken. Dichte Büsche zu beiden Seiten verbargen was immer das Misstrauen des Hexers erregt hatte.

„Komm schnell wir reiten zurück, da ist..."

Weiter kam Adrian, der sein Pferd herumreißen wollte nicht. Zwischen den Büschen kamen zwei Reiter hervorgeprescht, rücksichtslos trieben sie ihre Pferde durch das Unterholz und hielten sie kurz vor ihnen an.

„Halt, stehenbleiben!" befahl einer der maskierten Männer und richtete seine Pistole auf sie. Der andere tat es ihm nach. Es blieb Simon und Adrian nichts anderes übrig als dem Befehl zu gehorchen. Sie wollten keine Kugel aus nächster Nähe riskieren. Zu allem Übel tauchten nun zwei weitere Reiter hinter ihnen auf, ebenfalls mit auf sie gerichteten Waffen. So eingekreist blieb ihnen nicht der Hauch einer Chance. Als der Hexer das erkannte, spreizte er leicht die Arme vom Körper ab. Laut sagte er:

„Wir sind unbewaffnet. Wenn ihr Geld wollt, so könnt ihr gerne haben was wir bei uns tragen. Viel ist es allerdings nicht."

Betont langsam griff er an seinen Gürtel und nestelte seine Geldbörse los. Simon tat es ihm nach. Sein Herz klopfte zum

Zerspringen. Würden sich die Wegelagerer mit den wenigen Münzen zufriedengeben?

Einer der Maskierten näherte sich ihnen vorsichtig und riss ihnen die Beutel aus den Händen. Dann gab er seinem Pferd die Sporen und preschte davon. Zwei andere machten sich ebenfalls aus dem Staub. Nur der vierte hielt noch immer seine Pistole auf sie gerichtet. Jetzt machte er ohne Vorwarnung damit einen Schwenk zu Adrian und drückte ab. Donnernd entlud sich die Waffe und warf den Hexer aus dem Sattel. Dann richtete der Maskierte die Pistole auf Simon und drückte abermals ab. Doch diesmal traf er nicht so gut, die Kugel pfiff weit über dessen Kopf in das Geäst eines Baumes. Blätter rieselten auf ihn herab. Ehe er sich von dem Schreck erholt hatte riss der Reiter sein Pferd herum und stob seinen Komplizen hinterher.

„Adrian!" schrie Simon und sprang vom Pferd um sich über die reglose Gestalt des Freundes zu beugen. Der Hexer lag mit ausgebreiteten Armen auf dem Rücken, sein Gesicht war leichenblass, die Augen geschlossen. Mit fliegenden Fingern tastete Simon ihn vorsichtig ab, seine Augen glitten dabei suchend über dessen Oberkörper. Da entdeckte er das winzige Einschussloch im schwarzen Umhang, vorsichtig zog er ihn beiseite. Die Kugel war in die linke Schulter des Freundes gedrungen, dicht neben dem Schultergelenk. Eigentlich zu weit von lebenswichtigen Organen entfernt, um wirklich gefährlich zu sein, schoss es Simon durch den Kopf. Vor Erleichterung hätte er fast gelacht.

„Adrian! Hörst du mich?" rief er eindringlich und rüttelte sachte an dessen gesundem Arm. „Wach auf, wir müssen schleunigst von hier weg."

„Ich bin wach", hörte er den Hexer sagen. Seine Stimme klang zwar gepresst aber sie war deutlich und kräftig. Er schlug die Augen auf und versuchte aufzustehen. Was ihm ein wehes Stöhnen entlockte. Doch Simon hatte schon zugegriffen und half ihm sich aufzusetzen. Dabei warf er gleich einen Blick auf den Rücken des Freundes, doch er konnte kein Ausschussloch entdecken. Die Kugel steckte noch in der Schulter und er wusste nicht so recht, ob das gut oder schlecht war.

Er sagte es Adrian und der bat ihn ihm einen provisorischen Verband anzulegen, damit der Blutfluss gestoppt wurde. Mit fliegenden Fingern durchsuchte Simon ihr Reisegepäck, er fand ein sauberes Leinenhemd, das schien ihm am geeignetsten. Er legte es über Adrians Hemd auf die Wunde und fixierte es dort so gut er vermochte mit einem breiten Stoffstreifen, den er kurzerhand von seinem eigenen Umhang abgeschnitten hatte. Danach half er Adrian auf die Beine und schließlich in den Sattel. Mit dessen Pferd am Zügel ritt er langsam an. Der stoßende Gang des Pferdes bereitete dem Hexer Schmerzen doch er beklagte sich nicht. Leicht vornüber gebeugt saß er im Sattel und umklammerte mit seiner gesunden Rechten den Sattelknauf. Sein linker Arm hing reglos herab.

Es kam ihnen beiden wie eine halbe Ewigkeit vor, bis endlich die Zufahrt zum Schloss vor ihnen auftauchte. Ein älterer Diener öffnete ihnen die Türe und riss sprachlos den Mund auf als Adrian, von Simon gestützt, an ihm vorbei stolperte.

„Um Gottes Willen, Prinz Adrian. Was ist geschehen?" brachte er schließlich stammeln hervor.

„Halb so schlimm, Bernhard, nur ein kleiner Unglücksfall. Führe uns bitte zu meiner Mutter."

Adrian bemühte sich betont abwiegelnd zu antworten. Er wollte nicht das ganze Haus rebellisch machen. Nur Simon merkte an seiner angespannten Haltung wie sehr ihn die Schusswunde schmerzen musste. Der Diener öffnete ihnen zwei weitere Türen und kündigte sie dann der Herzogin an. Sie befanden sich im kleinen Salon, dem Lieblingsaufenthaltsort von Adrians Mutter. Sie erhob sich schnell von einem Stuhl und eilte ihnen entgegen.

„Adrian, mein lieber Sohn!" rief sie überschwänglich und wollte ihn umarmen. Als er stöhnend zusammenzuckte, hielt sie erschrocken inne.

„Um Himmels Willen, was ist geschehen? Du blutest ja." Entsetzt wich sie zurück und schlug die Hand vor den Mund.

„Nur ein Streifschuss", log Adrian und fügte schnell hinzu. „Nicht der Rede wert. Simon wird mich gleich verarzten, dann bin ich so gut wie neu." Mit knappen Worten erläuterte er den Überfall.

„Wegelagerer sagst du?"

Seine Mutter schüttelte verständnislos den Kopf.

„Hier gab es schon seit Jahren keine Überfälle durch Wegelagerer mehr. Es kommen doch keine Reisenden die Straße zum Schloss herauf. Und die Lieferanten tragen kaum Bares mit sich, es würde sich nicht rentieren sie wegen ein paar Esswaren zu überfallen."

„Nun, wir wurden jedenfalls überfallen", erklärte Adrian matt.

„Aber lasst uns bitte später darüber reden. Ich muss zuerst verarztet werden."

„Ja, sicher. Ich lasse sofort den Arzt deines Vaters holen. Der wird dich verbinden..."

„Nein, nicht diesen Quacksalber. Simon wird es tun, er kann es sicher besser. Gestattet uns nur Eure Hausapotheke zu benutzen."

„Aber das ist doch selbstverständlich. Nehmt euch was immer ihr braucht. Aber soll ich nicht doch den Arzt kommen lassen? Es ist nicht mehr der alte. Nachdem du ihm so gut geholfen hast die Folgen des Schlaganfalles zu überwinden, hat sich dein Vater einen jungen, tüchtigen Arzt gesucht. Dr. Urban kann in spätestens einer Stunde hier sein."

Sie wandte sich zu einem jüngeren Mann um, der unbeweglich in einem Sessel saß und Adrian anstarrte, als sähe er einen Geist.

„Hermann, würdest du bitte einen Boten zu Dr. Urban schicken. Er soll sofort kommen."

Erst jetzt bemerkte Adrian seinen Vetter. Er runzelte die Stirn.

„Hermann? Was tust du denn hier? Nein, bemühe dich nicht, ich brauche Dr. Urban nicht. Mein Freund hier kann die Wunde ebenso gut versorgen."

Hermann schien seltsam verwirrt. Und noch immer konnte er den Blick nicht von Adrian abwenden. Er schluckte einige Male trocken, dann stotterte er:

„Tante Eleonore..., ich meine deine Mutter hat mich und Rudolph gebeten ihr beizustehen. Bi... bis du hier sein kannst. Ich leiste ihr Gesellschaft, während Rudolph mit einigen Männern nach deinem Vater sucht. A.. aber nun, da du hier bist, kann ich auch gehen."

Die schwarzen Augen des Hexers musterten ihn grüblerisch. Dann meinte er leichthin.

„Nein, bleib' nur. Warum sollte ich dich wegschicken? Schließlich können wir jede Hilfe bei der Suche nach Vater gebrauchen."

Er wandte sich Simon zu und bat ihn.

„Bring mich bitte in den Behandlungsraum. Weißt du den Weg noch?"

Als Simon bejahte und ihn stützend unterm Ellenbogen packte, verließ Adrian das Zimmer ohne sich noch einmal umzublicken. In dem geräumigen Zimmer, das gleichzeitig Apotheke, Behandlungszimmer und Krankenstube war, ließ er sich aufatmend auf einen Stuhl sinken.

„Bringen wir es hinter uns", murmelte er und zupfte am Verschluss seines Umhanges. „Je eher ich diese verdammte Kugel loswerde, desto besser. Ich kann mir keine Entzündung oder gar Blutvergiftung leisten."

„Bist du sicher, dass ich das ebenso gut kann wie ein Arzt? Ich habe so etwas noch nie gemacht. Und seit ich dir das letzte Mal assistiert habe sind schon einige Jahre vergangen. Mir wäre lieber du ließest diesen Dr. Urban kommen."

Simon schaute ihm unsicher in die Augen, begann aber bereits damit Adrian vorsichtig von seiner Kleidung zu befreien. Er sah erst wieder auf als der Hexer mit nacktem Oberkörper vor ihm saß.

„Reiche mir bitte den Spiegel da auf der Kommode", bat der ihn. „Dann kann ich die Wunde betrachten ohne mir den Hals zu verrenken. Hältst du ihn mir? Ja, so ist es gut."

Die Wunde blutete nur noch schwach und Simon tupfte sie sachte trocken. Adrian betrachtete das Einschussloch intensiv im Spiegel, tastete behutsam die aufgeworfenen Ränder ab, wobei er leise aufstöhnte. Dann sah er zu Simon hoch.

„Nein, dazu brauchen wir Dr. Urban nicht. Das kannst du auch alleine. Ich vermute die Kugel ist vom Schulterblatt aufgehalten worden. Dort muss sie noch sitzen. Aber das kannst du leicht mit einer Sonde ertasten. Wenn du ihre genaue Lage kennst vergrößerst du die Wunde durch einen kleinen Einschnitt und ziehst die Kugel dann mit einer Pinzette heraus. Wahrscheinlich wirst du nähen müssen. Das kannst du doch sicher noch. So etwas verlernt man nicht."

Simon schaute ihn kopfschüttelnd an.

„Ich bin mir nicht sicher, ob mir das so leicht fällt, wie du sagst. Und womit soll ich dich betäuben? Ich kann dir nicht bei lebendigem Leib eine Kugel aus der Schulter schneiden. Du wirst die Schmerzen nicht aushalten."

Er schaute sich suchend in den Regalen mit diversen Kräutern und medizinischen Zutaten um.

„Hier gibt es alles, was wir zu einem Betäubungstrank brauchen. Sage mir was ich tun muss, dann braue ich ihn zusammen."

Aber der Hexer schüttelte den Kopf.

„Die Herstellung dauert viel zu lange. Und der Trank wirkt mindestens einen Tag nach. Ich brauche aber möglichst schnell wieder einen klaren Kopf. Denn das Leben meines Vaters steht auf dem Spiel. Nein, es muss auch so gehen, ich werde es schon irgendwie aushalten."

Simon schüttelte in stummer Verzweiflung den Kopf, gab es aber auf den Hexer umstimmen zu wollen. Er wusste es würde ihm nicht gelingen.

Deshalb meinte er nun resigniert:

„Dann werde ich ein paar kräftige Männer kommen lassen die dich festhalten. Wenn du vor Schmerz zuckst verletze ich dich bloß noch mehr. Und versuche erst gar nicht mir zu erzählen du wirst nicht zucken. Ich weiß aus eigener Erfahrung wie furchtbar weh es tut, wenn man eine Kugel aus dem Körper geschnitten bekommt. Und ich wurde zuvor wenigstens noch mit Alkohol betäubt."

Damals war er noch ein Knabe gewesen, als er versehentlich von einer Kugel getroffen wurde, die eigentlich einem Reh gegolten hatte. Die Kugel steckte ebenfalls in seiner Schulter und wurde von einem Arzt entfernt. Bei der Erinnerung an die schreckliche Prozedur konnte er ein Schaudern nicht unterdrücken. Doch zu seiner Überraschung war Adrian auch dagegen, dass Männer ihn hielten.

„Das ist nicht nötig", meinte er und deutete mit dem Kinn auf einen seltsam anmutenden Stuhl, der in einer Ecke stand.

„Ich werde mich auf diesen Behandlungsstuhl setzen und du schnallst mich gut fest. Ich werde dadurch ebenso ruhiggestellt sein wie durch die Kräfte mehrerer Männer. Außerdem könnte ich es nicht ertragen von Männerfäusten bewegungsunfähig gemacht zu werden" fügte er sehr leise, fast wie im Selbstgespräch, hinzu.

Aber Simon hatte es gehört und da er um die schlimmen Erlebnisse wusste die der Hexer schon durchstehen musste, verstand er dessen Beweggründe nur allzu gut. Deshalb nahm er jetzt den Stuhl näher in Augenschein. Er sah nicht gerade vertrauenerweckend aus.

„Er sieht aus wie ein Folterwerkzeug", entfuhr es ihm. „Da würde mich niemand freiwillig drauf bringen."

„Ein Folterstuhl sieht anders aus, das kannst du mir glauben. Und der hier ist äußerst nützlich für medizinische Eingriffe aller Art. Der Patient wird so daraufgesetzt oder gelegt, dass die Behandlungs-fläche oder auch die Körperöffnung frei zugänglich ist. Und durch die Riemen wird er zuverlässig daran gehindert sich zu bewegen und sich dadurch eventuell selbst zu schaden. Zudem ermöglicht eine Kippvorrichtung den Stuhl in jede gewünschte Position zu bringen."

Simon war nicht überzeugt. Voller Misstrauen beäugte er das grotesk aussehende Gebilde. Der Stuhl war aus massivem Holz gefertigt und sehr schwer. Er rückte ihn vor das einzige Fenster im Raum, hier war das Licht besser für sein Vorhaben. Adrian erhob sich ächzend und setzte sich auf den Behandlungsstuhl.

„Es wird nicht nötig sein, meine Beine festzuschnallen. Nur meinen Oberkörper und natürlich den Arm. Du musst mir helfen ihn anzu-heben, alleine schaffe ich es nicht."

Bis er endlich so auf dem Stuhl fixiert war wie es für den Eingriff nötig war, lief dem Hexer der Schweiß vom Gesicht. Doch dann war es geschafft, sein verletzter Arm lag ausgestreckt auf dem dafür vorgesehenen Brett. Breite, enganliegende Gurte um Ober-, Unter-arm und Brust sorgten dafür, dass er sich nicht bewegen konnte. Der Stuhl war tatsächlich ideal für medizinische Eingriffe, musste sich Simon schließlich eingestehen. Er korrigierte ein letztes Mal die

Position von Adrians Schulter und überprüfte nochmals den Sitz der Riemen um Oberkörper und Arm. Dann griff er mit einem Seufzer nach Skalpell und Sonde um zu beginnen. Doch dann zögerte er nochmals.

„Soll ich dir nicht wenigstens einen kräftigen Schluck Alkohol eingeben? Das würde die Schmerzen etwas erträglicher machen."

Adrian schüttelte kategorisch den Kopf.

„Nein, Ich brauche einen klaren Kopf, es muss auch so gehen. Nun beginne schon endlich. Und achte nicht auf mich, konzentriere dich ganz auf deine Arbeit."

Sein rechter Arm war nicht angeschnallt, er schob sich nun ein dickes, glattes Holzstück zwischen die Zähne und biss fest darauf. Dann schloss er die Augen, das Zeichen für Simon, dass er bereit war. Simon biss ebenfalls die Zähne zusammen und führte nach einem gemurmelten Stoßgebet beherzt die Sonde in den Wundkanal ein. Sehr vorsichtig, um Adrian keine unnötigen Schmerzen zu bereiten, stocherte er in der Wunde herum. Sein Patient holte zwar scharf Luft, gab aber ansonsten keinen Ton von sich. Endlich stieß die Sonde an die Kugel. Sie war nicht am Schulterblatt abgeprallt und hatte sich einen neuen Weg gesucht, wie er insgeheim befürchtet hatte. Er würde also nicht allzu viel schneiden müssen, um das Bleistück entfernen zu können. Erleichtert klärte er Adrian über seinen Befund auf, was der mit einem Grunzen quittierte.

Jetzt begann der schwierige und besonders schmerzhafte Teil. Simon konzentrierte sich ganz auf das Erweitern der Wunde mit dem Skalpell und bemühte sich nicht auf Adrians Keuchen und Stöhnen zu hören. Als er mit der Pinzette in die Wunde fuhr war der Hexer plötzlich still, eine gnädige Ohnmacht machte ihn unempfindlich für die weitere Tortur. Endlich bekam Simon die Kugel zu fassen und zog sie vorsichtig heraus. Dann spülte er die Wunde mit dem Kräutersud aus, den er zuvor zubereitet hatte und begann schließlich mit dem Nähen.

Kritisch betrachtete er nochmals sein Werk, da schlug Adrian die Augen auf. Sein Blick war getrübt, klärte sich aber schnell. Er drehte den Kopf und schielte auf die Wunde.

„Du bist schon fertig, Gott sei Dank. Ich bin wohl eine Weile ohnmächtig gewesen. Aber du hast deine Sache sehr gut gemacht. Ich danke dir."

Während Simon begann ihn abzuschnallen, meinte er bedauernd: „Ich habe mich bemüht die Wunde so klein als möglich zu halten. Aber es wird vermutlich eine ziemliche Narbe zurückbleiben. Tut mir leid..."

Er verstummte, als Adrian gepresst auflachte. Verwundert sah er auf ihn herunter. Der Freund grinste verzerrt.

„Das ist nicht dein Ernst, oder? Du machst dir Gedanken wegen dieser Narbe? Sie ist vermutlich die schönste, die meinen Körper ziert. Falls sie zwischen den anderen überhaupt auffällt."

Erst jetzt wurde Simon bewusst was er meinte. Adrians eigentlich wohlgestalteter Körper war von grässlichen Narben übersät. Aus Sorge um den Gesundheitszustand des Freundes hatte Simon dem nackten Oberkörper seines Freundes bisher keinerlei Beachtung geschenkt. Doch nun kam er nicht umhin ihn anzustarren. Natürlich wusste er bestens um die Herkunft dieser Narben Bescheid. Der Hexer hatte ihm freimütig von den Folterungen erzählt die er erleiden musste, als er in die Vergangenheit gereist und dort der Hexerei angeklagt worden war. Durch viel Glück war es ihm damals gelungen sich in seine eigene Zeit zurück zu retten, während der Scheiterhaufen unter ihm schon brannte. Die Narben von glühenden Haken und Zangen waren ihm jedoch geblieben und besonders ein großes narbiges A, mit dem man ihn gebrandmarkt hatte, würden ihn sein Leben lang an dieses Abenteuer erinnern.

Dann gab es auch noch die tiefen Peitschenmale auf seinem Rücken, die ihm auf Befehl seines eigenen Vaters beigebracht wurden. So gesehen hatte der Hexer Recht, auf eine zusätzliche Narbe kam es wirklich nicht mehr an.

„Gräme dich nicht", bemerkte Adrian leise, als er Simons betretene Miene sah. „Was sind schon Narben. Unter der Kleidung sieht man sie nicht. Immerhin besitze ich noch Arme und Beine, und kann noch reden und denken. Ich kannte Menschen denen es viel schlimmer erging als mir."

Das war typisch für Adrian. Er beklagte sich nie über sein eigenes Schicksal, hatte noch nie über die Ungerechtigkeiten gejammert, die ihm schon über die Maßen zugefügt worden waren. Und trotz der schlimmen Dinge die ihm schon widerfahren waren konnte er noch immer Verständnis für die Sorgen und Nöte seiner Mitmenschen aufbringen, sogar für die seiner Feinde. Doch nicht zum ersten Mal fragte sich Simon wie es wohl um die Narben auf der Seele des Hexers bestellt war.

„Du brauchst dich um mich nicht zu sorgen, Simon. Mir geht es gut und ich komme schon klar", meinte Adrian nun leise.

Ein Zeichen, dass er in den Gedanken des Freundes gelesen hatte. Das tat er nicht oft, deshalb entschuldigte er sich sogleich dafür.

Doch Simon winkte großmütig ab. Er begann Adrians Schulter mit breiten langen Leinenstreifen zu verbinden, die er in einer Schublade entdeckt hatte. Danach half er ihm in ein frisches Hemd und legte ihm schließlich noch den Arm in eine Schlinge. Kritisch betrachtete er sein Werk und fragte:

„Wie fühlst du dich? Hast du noch starke Schmerzen?"

Aber der Hexer schüttelte den Kopf.

„Jetzt, wo der Arm in der Schlinge ruht, bemerke ich nur noch ein dumpfes Rumoren. Es ist auszuhalten. Schau doch mal nach ob Weidenrindensaft da ist. Den kann ich unbesorgt nehmen, er schläfert mich nicht ein."

Simon fand die Flasche und verabreichte dem Freund einen großen Löffel des dickflüssigen Saftes. Als er dessen angewidert verzogenes Gesicht sah, meinte er lachend.

„Wie sagst du immer; Bös' muss Bös' vertreiben. Ist das nicht ein alter Hexenspruch?"

Wenig später befand sich Adrian für kräftig genug seiner Familie erneut entgegenzutreten. Als er gemeinsam mit Simon den kleinen Salon betrat kam ihm seine Mutter besorgt entgegen. Nach einem langen Blick in sein Gesicht schien sie sich etwas zu entspannen.

„Geht es dir gut, mein Lieber? Du siehst nicht mehr ganz so fahl aus."

„Keine Sorge, Mutter, ich fühle mich schon wieder recht wohl. Mein Arm ist bestens versorgt und schmerzt kaum noch. Simon hat seine Sache ausgezeichnet gemacht. Ihr kennt Graf Simon zu Hohenberger doch sicher noch, Mutter. Bitte entschuldigt, ich vergaß vorhin ihn vorzustellen."

„Natürlich kenne ich den Grafen noch. Wer könnte einen so netten jungen Mann vergessen. Ich hörte, Ihr habt geheiratet und seid bereits Vater. Ich würde mich freuen Eure Familie einmal auf Schloss Wolffhardt begrüßen zu dürfen."

Simon bedankte sich höflich und meinte dann.

„Zuerst müssen wir jedoch Euren Gemahl finden, aus diesem Grund habe ich Euren Sohn begleitet."

Eleonore zu Wolffhardt nickte ihm dankbar zu und tätschelte dann mit bekümmerter Miene seinen Arm.

„Ach ja, mein armer Gemahl. Was mag ihm bloß widerfahren sein? Ich kann sein Verschwinden einfach nicht verstehen."

Adrian mischte sich ein.

„Nun, um das aufzuklären sind wir hier. Und seid versichert, Mutter, wenn es in meiner Macht steht werde ich Vater finden. Aber lasst uns hinsetzen. Ich fühle mich doch noch ein wenig schwach auf den Beinen."

Nachdem sie in einer Sitzgruppe Platz genommen hatten, fragte Adrian weiter: „Wo ist eigentlich Hermann? Er ist doch nicht etwa nach Hause geritten, da ich nun hier bin?"

Eleonora schüttelte den Kopf.

„Er wird bald wieder hier sein. Er ist draußen in der Halle und wartet auf seinen Bruder. Rudolph befindet sich mit sechs Männern auf der Suche nach deinem Vater. Sie reiten schon seit Tagen die Umgebung ab, in der Hoffnung wenigstens einen kleinen Hinweis zu finden, wo er sein könnte. Bisher war alles vergeblich, die wenigen Spuren verliefen im Sande..."

„Ich fürchte die Männer vergeuden bloß ihre Zeit, wenn sie ziellos durch die Gegend reiten. Aber das werde ich später mit Rudolph besprechen. Jetzt sagt mir erst einmal was überhaupt geschehen ist. Ich weiß bislang nur, dass Vater verschwunden ist."

Während Adrian sprach, massierte er unbewusst sachte seine Schulter, ein Zeichen, das ihn die Wunde mehr schmerzte als er zugab. Seine Mutter begann zu erklären:

„Dein Vater ist, wie in letzter Zeit öfter, zu dem kleinen Waldsee gefahren. Du kennst ihn ganz sicher noch, als Kind bist du oft heimlich dorthin gelaufen. Du sagtest immer, dort gäbe es eine Waldfee...“

„Und Vater schimpfte mich regelmäßig dafür aus und verbot mir, weiter dort hinzugehen. Was zieht ihn plötzlich selbst zu dem See? Er glaubt doch sicher nicht an die Waldfee.“

„Nein, das denke ich nicht. Aber Dr. Urban, sein neuer Arzt, riet ihm zu schwimmen. Das wäre gut für seine Muskeln und fördere die weitere Heilung seiner Beschwerden. Und da der See von einer warmen Quelle gespeist wird, sei er ideal.“

„Diesen Dr. Urban sollte ich mir vielleicht doch einmal ansehen. Wenn er Vater zum Schwimmen im Waldsee gebracht hat, muss er ihm gute Argumente genannt haben. Ich habe es ihm jedenfalls nie schmackhaft machen können.“

„Deine eindringlichen Worte haben Dr. Urban sicher nur den Weg geebnet. Denselben Rat von Seiten zweier Ärzte konnte dein Vater schließlich schlecht widersprechen. Jedenfalls ließ er sich schon seit es das Wetter ermöglichte täglich zu dem See fahren. Er wurde stets von Kilian, einem jungen kräftigen Diener begleitet, der ihn notfalls aus dem Wasser holen konnte sollten ihn die Kräfte verlassen. Auch an diesem Donnerstag, dem Tag seines Verschwindens, war Kilian bei ihm.

Sie fuhren stets in der alten Kutsche, da sie geräumiger ist und deinem Vater vor und nach dem Schwimmen zum Umkleiden diente. Nun, um es kurz zu machen, die Kutsche kam zur üblichen Zeit nicht heim und als eine weitere Stunde verstrichen war schickte ich zwei Knechte los. Ich dachte vielleicht sei ein Rad gebrochen oder ähnliches und die Kutsche sei nicht mehr fahrtüchtig. An Schlimmeres hätte ich nie gedacht.

Nach einer weiteren Stunde kamen die Männer zurück, völlig verstört. Sie führten die Kutsche mit sich, in ihr lag der tote Kilian. Sie hatten ihn leblos am Ufer liegend vorgefunden. Von deinem Vater fehlte jedoch jede Spur..."

Adrian nagte auf seiner Unterlippe, während er nachdachte. Schließlich fragte er:

„Ihr habt doch gewiss den See nach Vater absuchen lassen?"

„Natürlich, sogar mehrere Tage hintereinander. Man erklärte mir falls er ertrunken sei könne sein Leichnam noch nach einigen Tagen auftauchen. Aber das war nicht der Fall."

„Dieser Kilian", mischte sich nun Simon ein. „Wie war er zu Tode gekommen? Wies sein Körper Spuren einer unnatürlichen Todesursache auf?"

Die Herzogin schüttelte den Kopf.

„Nein, angeblich lag er da als ob er eingeschlafen sei. Dr. Urban, der ihn untersuchte, fand nichts was auf einen gewaltsamen Tod hingedeutet hätte. Er vermutete Kilian habe eventuell ein schwaches Herz gehabt. Dabei war er ein großer und kräftiger Mann."

„Auch anscheinend gesunde Menschen können einen plötzlichen Herztod erleiden", räumte Adrian ein. Allerdings ist es im Zusammenhang mit Vaters Verschwinden eher unwahrscheinlich, dass sein Diener zur selben Zeit einem Herzschlag erliegt. Wie lange ist er schon beerdigt? Und hat man ihn vor der Beerdigung nochmals beschaut? Manchmal werden die Spuren einer Vergiftung erst einige Tage nach dem Tod sichtbar."

Eleonore hob hilflos die Hände.

„Beerdigt wurde er erst vor drei Tagen. Er stammte nicht von hier und es dauerte eine Weile, bis seine Angehörigen hier sein konnten. Solange war er in der Kapelle aufgebahrt. Wegen der Wärme musste der Sarg schon bald geschlossen werden und ich denke nicht, dass er nochmals geöffnet wurde."

„Ich werde mit Dr. Urban reden", beschloss Adrian. „Vielleicht ist ihm ja doch etwas Ungewöhnliches aufgefallen. Zur Not könnte man..."

Er sprach nicht weiter, sondern blickte Simon an. Der ahnte was der Hexer sagen wollte. Zur Not könnte man den Leichnam nochmals aus seinem Grab holen. Er schauderte bei dem Gedanken.

Kapitel 3: Dr. Urban

Sie wurden durch ein Klopfen an der Türe unterbrochen. Herein traten Adrians Vettern Hermann und Rudolph. Adrian nahm deren Erscheinen zum Anlass, das Versäumnis Simon vorzustellen nachzuholen. Danach setzten sich die Neuankömmlinge zu ihnen.

Simon bemerkte sofort dass zwischen Adrian und seinen Cousins unterschwellige Spannungen herrschten. Besonders Rudolph schien ihm nicht wohlgesonnen zu sein. Und er machte keinen Hehl daraus. Voller Abneigung knurrte er:

„Du bist also doch gekommen. Ich dachte, du würdest es vorziehen in Aschaffenburg zu bleiben. Wie ich hörte hast du endlich geheiratet und bist Vater geworden. Wurde ja auch Zeit."

„Warum sollte ich nicht kommen wenn es um meinen Vater geht?" fragte Adrian zurück. Er ließ sich nicht provozieren.

„Wenn du auf unsere Unstimmigkeiten aus früheren Zeiten anspielst, die sind längst bereinigt. Vater und ich haben uns ausgesprochen. Aber das müsstest du doch wissen. Du gehst hier doch anscheinend ein und aus."

„Ich kam weil deine Mutter mich darum bat. Du warst ja nicht da als sie dich brauchte. Und bis zum Tod meines Vaters vor einem halben Jahr war ich die meiste Zeit im Ausland... Warum hast du deine Familie eigentlich nicht mitgebracht?"

„Bitte, streitet euch nicht. In dieser Zeit voller Ungewissheit muss die Familie doch zusammenhalten. Ich bin euch allen dankbar, dass ihr gekommen seid, mir beizustehen."

Die Herzogin hob beschwichtigend die Hände und schaute bittend zu Rudolph hin. Der murmelte eine Entschuldigung und Eleonore nahm sie mit einer leichten Neigung des Kopfes an.

Hermann sagte nichts. Im Gegensatz zu ihrer ersten Begegnung vor einigen Stunden schien er nun etwas gefasster zu sein. Doch immer wieder glitt sein Blick verstohlen zu Adrian hin, so als könne er nicht fassen ihn zu sehen. Der tat als bemerke er es nicht und beantwortete Rudolphs Frage.

„Meine Frau steht kurz vor der Geburt unseres zweiten Kindes.

Der Weg wäre für sie viel zu beschwerlich gewesen. Aber was hast du inzwischen herausgefunden? Ich hörte, du reitest seit Tagen mit deinen Männern die Gegend ab. Hast du denn schon irgendeinen Hinweis auf den Verbleib meines Vaters erhalten?"

Der Angesprochene nahm sich zusammen und unterdrückte seine offensichtliche Abneigung gegen den Cousin.

„Leider nicht. Es ist, als wäre er verschwunden ohne eine Spur zu hinterlassen. Wir haben im ganzen Umkreis die Leute befragt, keiner konnte sich jedoch erinnern ihn an diesem Tag gesehen zu haben.

Es kommt mir vor als wäre Hexerei im Spiel."

Er maß Adrian bei diesen Worten mit boshaftem Blick.

„Ich kann darin kein Hexenwerk entdecken", gab der betont gleichgültig zur Antwort. „Eher das Werk von Menschen, die etwas ganz bestimmtes erreichen möchten. Und was das ist werde ich herauszufinden versuchen. Aber das muss bis morgen warten. Ich fühle mich doch etwas erschöpft und werde zeitig zu Bett gehen. Morgen früh dürfte ich mich soweit erholt haben um die Suche nach Vater mit voller Kraft zu beginnen."

„Ach ja, ihr wurdet ja überfallen."

Rudolph tat als bemerke er erst jetzt Adrians verwundete Schulter. Dabei war dessen Arm in der weißen Schlinge nicht zu übersehen. Gedehnt meinte er:

„Sehr seltsam, hier ist schon seit Jahren nichts derartiges mehr passiert. Vielleicht haben sich diese Wegelagerer fette Beute vom Überfall auf den Sohn des Herzogs erhofft. Warum sonst hätten sie euch auflauern sollen? Zum Glück trafen sie nicht sehr gut, da du schon wieder recht munter bist. Scheinst nur einen Kratzer abbekommen zu haben. Und dein Freund blieb anscheinend vollkommen unversehrt."

Genau darüber hatte Adrian auch schon nachgegrübelt. Aber er schwieg sich erst einmal über seine Gedanken aus.

Während die beiden ihren Disput führten, beobachtete Simon sie stumm. Unbewusst stellte er Vergleiche zwischen den drei Männern an, die miteinander so eng verwandt waren. Die Brüder Rudolph und Hermann ähnelten sich von den Gesichtszügen her sehr und besaßen beide strohblonde Haare und helle Haut. Man sah ihnen auf den ersten Blick die Verwandtschaft mit dem Herzog zu Wolffhardt an. Kein Wunder, waren sie doch die Söhne von dessen Zwillingsbruder.

Adrian hingegen sah seinem Vater nicht einmal entfernt ähnlich. Mit seinen schwarzen Haaren und Augen, der dunkleren Hautfarbe und den fast edel zu nennenden Gesichtszügen schien er das männliche Abbild seiner Mutter zu sein. Einzig die hochgewachsene Statur hatte er von seinem Vater geerbt. Neben seinen derb wirkenden Vettern wirkt er wie ein Pfau im Hühnerhof, schoss es Simon durch den Sinn und er musste grinsen als er Adrians tadelndem Blick begegnete. Warum las der Hexer auch schon wieder in seinen Gedanken?

Sie wurden erneut unterbrochen. Diesmal war es ein Lakai, der verkündete, das Abendessen sei aufgetragen. Wie es Simon schon von seinem früheren Besuch auf Schloss Wolffhardt kannte, wurde die Abendmahlzeit mit den Angestellten gemeinsam eingenommen. Doch heute fehlten die fröhlichen Tischgespräche von damals. Die Bediensteten, die alle ihrem Herrn sehr zugetan waren, hüllten sich in bedrücktes Schweigen.

Nach der Mahlzeit entschuldigte sich Adrian bei seiner Mutter und seinen Vettern. Er wolle noch ein wenig Luft schnappen bevor er zu Bett ginge, sagte er, und warf gleichzeitig Simon einen auffordernden Blick zu. Der verstand sofort und erhob sich, ebenfalls eine Entschuldigung murmelnd, um ihm zu folgen.

Adrian schlug langsam den Weg zum Schlossgarten ein. Seine Bewegungen waren heute eher verhalten, was Simon vermuten ließ, dass ihn noch immer Schmerzen plagten. Schon nach wenigen Minuten ließ er sich auf einer steinernen Bank nieder, von der aus man einen herrlichen Ausblick auf das tief liegende Tal und die kleine Ortschaft Wolffhardt hatte. Der Platz war mit Bedacht gewählt, ringsum gab es nur gepflegte Blumenbeete, die durch niedrige Buchsbaumhecken eingefasst waren. Keine Möglichkeit für einen eventuellen Lauscher sich unbemerkt anzuschleichen.

„Irgendetwas stimmt hier ganz und gar nicht", begann der Hexer ohne Umschweife. „Dabei meine ich nicht nur das spurlose Verschwinden meines Vaters und den Tod seines Dieners. Auch der Überfall auf uns scheint mir von langer Hand geplant. Wir wurden, wie es den Anschein hat, von den Wegelagerern bereits erwartet, was umso verwunderlicher ist da es schon seit Jahren keinen einzigen Überfall mehr gegeben hatte. Außerdem wusste niemand außer meiner Familie, dass ich auf dem Weg hierher war."

„Auch der Überfall selbst kam mir... konstruiert vor", meinte Simon nachdenklich. „Ich habe lange darüber nachgedacht und alles noch einmal vor meinem geistigen Auge ablaufen lassen. Da war zuerst dieser Bandit, der uns das Geld abgenommen hatte. Er zögerte zuerst es zu nehmen, so als wäre das gar nicht Teil des Planes gewesen. Und als dieser andere dann auf dich zielte, da konnte ich trotz seiner Maske eine tödliche Entschlossenheit in seinen Augen aufblitzen sehen. Der Mann wollte dich töten und hat in seiner Hast nur schlecht gezielt. Als er die Waffe dann auf mich richtete erkannte ich sogleich, die Kugel würde mich verfehlen. Was sie dann ja auch tat, sie schlug hoch über mir in den Baum."

Er zögerte merklich, fragte dann aber beherzt:

„Hast du Feinde, die deinen Tod wollen? Vielleicht sogar in deiner eigenen Familie?" Adrian starrte eine Weile nachdenklich ins Tal, dann schüttelte er den Kopf.

„Nicht, dass ich wüsste. Wie du selbst weißt bin ich jahrelang nicht zu Hause gewesen. Und in den Wochen die ich nach meiner Rückkehr aus der Vergangenheit mit Zenta hier verbracht habe hatte ich anderes im Kopf, als mir Feinde zu schaffen. Außer mit meinen Eltern kam ich mit niemanden aus der Familie zusammen. Nur einmal besuchte ich mit Vater dessen Bruder. Der war schwer erkrankt und Vater hoffte, ich könne ihm helfen. Aber leider konnte ich nichts für ihn tun außer seine Schmerzen etwas zu lindern. Vor einem halben Jahr ist er gestorben."

„Könnten seine Söhne dir übel gesonnen sein? Vielleicht denken sie, du hättest ihrem Vater nicht helfen wollen. Besonders gut scheinst du dich mit den beiden nicht zu verstehen."

Adrian schüttelte entschieden den Kopf.

„Nein, das kann ich nicht behaupten. Aber wir hatten auch keinen Streit. Und die beiden wissen dass ich getan habe was in meiner Macht stand ihren Vater zu retten. Als ich zum Krankenbesuch zu meinem Onkel kam war nur Hermann dort. Rudolph befand sich schon längere Zeit im Ausland, in Frankreich, wenn ich mich recht entsinne. Er kam erst heim als es mit seinem Vater zu Ende ging."

„Also mir fiel gleich beim Eintreten auf dass Hermann dich anstarrte, als sähe er einen Geist. So, als hätte er jeden, bloß nicht dich erwartet. Ihm fielen bald die Augen aus dem Kopf."

„Ja, das ist mir allerdings auch aufgefallen. Aber ich wüsste nicht, weshalb meine Cousins meinen Tod wünschen sollten. Sie hätten doch nichts davon. Und unsere Zwistigkeiten aus der Kindheit sind längst vergessen. Wenn es darum ginge müsste auch eher ich ihnen böse sein, als umgekehrt. Denn sie ließen kaum eine Gelegenheit aus mich zu verspotten. Und ich kann mich auch an manch blauen Fleck oder blutige Nase erinnern, wenn sie mich abgepasst und verprügelt haben."

Auf Simons fragenden Blick erläuterte er seufzend.

„Ich habe dir doch schon einmal meine Kindheit geschildert. Ich war stets ein Außenseiter gewesen. Zuerst war es mein Aussehen, das so ganz anders war als das der übrigen Wolffhardts, das den Spott meiner Vettern anregte. Als dann meine übersinnlichen Fähigkeiten zutage traten sorgte mein Halbbruder Werner dafür, dass sie bald darüber Bescheid wussten. Sie fürchteten sich dann zwar vor meinen angeblichen Hexenkräften, aber leider nicht genug sie abzuhalten mich weiter zu piesacken. Für mich gab es keine schlimmeren Zeiten als jene, zu denen wir bei meinem Onkel zu Besuch waren oder der mit seiner Familie bei uns weilte. Dann heckten mein Bruder und meine Cousins ständig Gemeinheiten aus, die alle mich zum Ziel hatten."

„Hast du dich nicht gewehrt? Und was sagten deine Eltern dazu?"

Der Hexer lachte freudlos auf.

„Ich habe mich nicht gewehrt, hätte es gar nicht gekonnt. Ich war der jüngste und kleinste der Gruppe. Mich mit Fäusten zu wehren hätte mir noch mehr Unbill eingebracht. Ganz davon abgesehen war ich schon als Kind gegen jegliche Gewalt, ich hatte nie gelernt zu kämpfen. Und mein Vater tat immer so als sähe er nichts. Für ihn gab es nur seinen ältesten Sohn, ich war nur die zweite Besetzung, die Reserve sozusagen. Zu welchen Fiasko es führte als Wernher starb, habe ich dir ja schon erzählt."

Simon nickte wissend und dachte an die vernarbten Striemen auf Adrians Rücken. Wahrscheinlich dachte auch der im Moment daran, denn er rollte unbehaglich die Schultern. Was ihm ein Ächzen entrang, da sich seine Wunde unliebsam in Erinnerung brachte. Doch er fuhr gleich darauf in seiner Erzählung fort:
„Was meine Mutter betraf, so hütete ich mich ihr davon zu berichten. Sie hatte damals noch einen schweren Stand in der Familie. Sie war ja Italienerin und trotzdem sie uraltem italienischem Hochadel entstammte, galt sie in der Familie derer zu Wolffhardt lange Jahre nicht viel. Das hat sich bis heute zum Glück geändert aber damals litt sie sehr unter der Missachtung ihrer angeheirateten Verwandten. Ich konnte ihren Kummer nachfühlen, deshalb versuchte ich möglichst vor ihr zu verheimlichen, dass es mir ebenso erging wie ihr. Das hätte sie noch mehr belastet."
Er schwieg eine Weile, dann fuhr er fort.
„Als ich älter wurde weigerte ich mich zu den Familientreffen zu gehen. Ich versteckte mich im Stall oder ritt heimlich fort und kam erst wieder nach Hause, wenn die Kutsche schon abgefahren war. Das brachte mir zwar manche Tracht Prügel meines Vaters ein, aber das war mir lieber als die Bosheiten meiner Cousins zu ertragen. Als wir dann erwachsen wurden gingen wir uns aus dem Wege und dann war ich sowieso nicht mehr zu Hause. Du siehst, es gibt von ihrer Seite keinen Grund mir nach dem Leben zu trachten."
„Das Schloss und der Titel wären ein Grund. Vom Vermögen ganz zu schweigen. Deine Cousins sind Verschwender, das hat dein Vater schon vor Jahren erkannt. Das Vermögen, das ihnen ihr Vater vererbt hat, wird vielleicht bereits aufgebraucht sein. Gäbe es dich nicht mehr, so würde Rudolph in der Erbfolge der nächste sein. Du

weißt so gut wie ich zu welchen Gemeinheiten Menschen fähig sind, wenn sie etwas unbedingt haben wollen."

Ein schwerer Seufzer entrang sich den Lippen des Hexers. Doch dann schüttelte er entschieden den Kopf.

„Darüber habe ich ebenfalls schon nachgedacht. Aber es ergibt keinen Sinn. Nicht mehr. Ja, wenn das alles vor einigen Jahren passiert wäre. Da hätte ich den Titel sogar freiwillig abgegeben. Du warst ja dabei als mich Vater über den Lebenswandel meiner Vettern aufklärte und mich so schließlich umstimmte. Und jetzt gibt es sogar noch meinen Sohn, der mein Nachfolger würde, sollte ich zu Tode kommen. Und Zenta ist ein zweites Mal schwanger. Rudolph würde nie und nimmer an den Titel herankommen ohne zuvor meine gesamte Familie auslöschen zu müssen. Aber das würde er nicht tun, das traue ich ihm einfach nicht zu. Nein, es muss etwas anderes dahinter stecken. Und warum hätte er dann meinen Vater verschwinden lassen sollen? Um den Titel zu bekommen hätte er ihn töten müssen. Ich hätte vielleicht auch an meine Cousins als Täter gedacht, wenn ein Lösegeld gefordert worden wäre. Aber das ist nicht geschehen."

„Meinst du, er ist bereits tot?" fragte Simon beklommen. Er konnte sich im Innersten nicht vorstellen dass es nicht so wäre. Doch zu seiner Überraschung verneinte das der Hexer vehement.

„Er ist nicht tot. Als ich vorhin am Tisch zu seinem Platz schaute, da konnte ich ihn spüren. Nur schwach zwar, aber das genügte mir zu sagen, dass er lebt."

Simon zweifelte keinen Moment an dieser Aussage. Schon öfter hatte er ähnliche Beweise der seherischen Fähigkeiten Adrians miterlebt. Immer hatte gestimmt, was er voraussagte. Deshalb fragte er jetzt nur: „Und was willst du unternehmen um ihn zu finden?"

„Zuerst werden wir morgen diesen Dr. Urban aufsuchen und ihn ein wenig ausfragen. Ich muss mir ein Bild vom Charakter dieses Mannes machen, bevor ich ihn beurteile. Danach werden wir zum Waldsee reiten. Es müsste mit dem Teufel zugehen, wenn ich dort nicht erfahre, was geschehen ist."

„Und deine Cousins...?"

„Ich werde mich ihnen gegenüber erst einmal neutral verhalten. Und ich werde bei Gelegenheit versuchen in Rudolphs Gedanken zu dringen. Da er um meine Fähigkeiten weiß versucht er natürlich sich gegen mein Eindringen in seinen Kopf abzuschotten. Das hat er schon früher versucht. Aber das hält er nicht lange durch, denn es ist ermüdend, krampfhaft immer nur an belanglose Dinge zu denken. Er weiß ja nicht dass mich das Gedankenlesen ebenfalls viel zu viel Kraft kostet um es ständig zu tun. Aber ich werde ihn schon kriegen, früher oder später.

„Und was ist mit Hermann?"

„Hermanns Gehirn ist leichter zu knacken, aber seine Gedanken waren bislang nicht sehr aussagekräftig. Interessant wäre gewesen was er dachte, als er mich heute Mittag so unvermutet sah. Aber da war ich leider nicht in der Lage, ihn auszuhorchen. Auch Hexenkräften sind gewisse Grenzen gesetzt."

Er erhob sich ein wenig steif und sie gingen langsam zurück. Ein Diener öffnete ihnen sofort die Tür, so als hätte er schon auf sie gewartet.

„Ich bin müde und fühle mich etwas erschöpft, deshalb werde ich zu Bett gehen", meinte Adrian in entschuldigendem Ton zu Simon. „Zuvor werde ich mir noch einen kräftigen Schluck Weidenrindensaft aus Mutters Apotheke genehmigen."

Simon nickte verständnisvoll und lächelte.

„Ja, du bist auch ziemlich blass um die Nase. Ich werde mich ebenfalls in mein Zimmer begeben."

„Du solltest dir zuvor ein heißes Kräuterbad anrichten lassen um den Staub der Reise loszuwerden um deine Muskeln zu entspannen. Darauf muss ich vorerst leider verzichten, ich möchte nicht riskieren dass sich die Schulterwunde infiziert. Wir sehen uns morgen beim Frühstück."

Sie wünschten sich gegenseitig eine gute Nacht, dann verschwand Adrian in Richtung der Schlossapotheke und Simon ging zur Badestube.

Am nächsten Morgen ging es dem Hexer schon wesentlich besser. Die Wunde schmerze ihn kaum noch, behauptete er, und fand es auch nicht für nötig den Verband zu wechseln.

„Er sitzt noch gut und wird es bis heute Abend tun. Wenn sich die Wunde bis dahin nicht entzündet hat werde ich ein längst fälliges Bad nehmen. Bis dahin wirst du meinen Geruch ertragen müssen. Ich konnte mit einer Hand nur eine notdürftige Katzenwäsche zuwege bringen."

Simon konnte zwar keinen unangenehmen Geruch an ihm feststellen, flachste aber dennoch:

„Na, du hättest dir doch von einer Magd helfen lassen können. So wie früher…"

Statt einer Antwort erhielt er nur einen strafenden Blick zugeworfen. Sie saßen alleine beim Frühstück. Die Herzogin stand erst später auf und von Rudolph und Hermann war auch nichts zu sehen. So konnten sie sich wenigstens ungezwungen unterhalten. Nach dem Frühstück machten sie sich auf zu den Ställen, um sich Pferde satteln zu lassen. Adrian suchte sich einen älteren Wallach aus, der einen sanften Gang hatte. Er wollte seine verletzte Schulter so wenig als möglich erschüttern. Die Fahrt in einem leichten Zweispänner, wie der Stallknecht vorschlug, lehnte er jedoch ab. Er hatte eine Abneigung gegen Kutschen und griff nur darauf zurück, wenn er mit seiner Familie unterwegs war. Simon suchte sich eine lebhafte Stute aus dem Bestand des Herzogs aus. Ihre eigenen Pferde erholten sich auf der Weide von den Strapazen der Reise.

Adrian ließ sich vom Stallknecht den Weg zu Dr. Urbans kleinem Haus erklären, dann ritten sie los. Als sie die gewundene Straße hinunter ritten, wurde es Simon ein wenig mulmig zumute. Immer wieder glitt sein Blick zu den dichten Büschen am Wegrand, ob sich vielleicht abermals räuberisches Gesindel darin versteckte.

Adrian schien indessen unbesorgt, er lächelte dem Freund zu.

„Beruhige dich, Simon. Ich denke nicht dass wir heute nochmals überfallen werden."

„Woher willst du das wissen? Ich habe jedenfalls keine Lust, nochmals in einen Hinterhalt zu reiten."

Der Hexer schaute ihn ernst an.

„Ich weiß es eben, oder besser gesagt, ich spüre, dass es im Moment keinen Grund zur Besorgnis gibt."

Er behielt Recht. Nach etwa einer halben Stunde hielten sie die Pferde vor dem Haus des Arztes an.

Eine mürrische Haushälterin öffnete ihnen auf ihr Klopfen. Als ihr Blick auf Adrians Armschlinge fiel wurde sie etwas freundlicher.

„Der Doktor ist gerade auf Krankenbesuch, er wird aber bald zurück sein. Nehmt derweil in der Stube Platz."

Sie wurden in ein kleines Zimmer geführt, das neben dem Behandlungsraum des Doktors lag. Die Haushälterin wies ihnen Stühle an und ging aus dem Zimmer.

Sobald ihre schlurfenden Schritte nicht mehr zu hören waren stand Adrian auf und drückte die Klinke der Zwischentür. Wie er erwartet hatte war nicht abgeschlossen und er betrat das Zimmer um sich darin umzuschauen. Simon folgte ihm neugierig.

„Er ist bestens eingerichtet", bemerkte er anerkennend und musterte die blinkenden ärztlichen Utensilien, die säuberlich angeordnet in einer gläsernen Schale lagen.

Adrian nickte, während er die Behälter mit Kräutern und Arzneien begutachtete, die auf einem Bord standen. In einer kleinen Vitrine mit Glasfenstern befanden sich noch mehr Fläschchen und Gläser. Ihre Aufschriften besagten, dass der Inhalt durchweg giftig war. Die Tür des Schrankes war abgeschlossen und der Schlüssel fehlte.

„Ein vorsichtiger Mann, der seinen Beruf anscheinend ernst nimmt", bemerkte Adrian anerkennend. Dann deutete er in eine Ecke.

„Da siehst du, er besitzt ebenfalls einen Behandlungsstuhl."

„Bei dir habe ich solch einen Stuhl noch nie gesehen", murmelte Simon und begutachtete das ungewöhnliche Möbelstück. Es sah neuer aus als jenes auf dem Schloss und schien noch vielseitiger verwendbar.

„Warum besitzt du keinen?"

„Ach, irgendwo muss noch einer herumstehen, aber ich benütze ihn schon lange nicht mehr, da ich es wie du weißt vorziehe, meine Patienten zu betäuben bevor ich an ihnen herumschneide. Mein

Betäubungstrank macht die Patienten bewegungsunfähig und erspart ihnen zudem die Schmerzen des Eingriffs."

„Wäre es vermessen von mir wenn ich Euch um die Rezeptur dieses Trankes bitte?" erklang eine dunkle Stimme von der Tür her.

„Ich wäre sehr daran interessiert. Ihr seid der Prinz zu Wolffhardt, ja? Ich habe Euch bereits erwartet. Ich bin Dr. Urban."

Er reichte ihnen die Hand und Adrian stellte auch Simon vor. Ungeniert musterte er seinen Berufsgenossen. Dr. Urban war etwa dreißig Jahre alt und von hünenhafter Gestalt. Eigentlich erinnerte er eher an einen Krieger als an einen Mann, der sich der Heilkunst verschrieben hatte. Blonde halblange Haare umrahmten ein gut geschnittenes Männergesicht mit kantigem Kinn und blauen Augen. Er war fast so groß wie Adrian aber wesentlich breiter gebaut.

„Ihr könnt Eure Patienten doch alleine durch Eure Körperkraft ruhigstellen", ging der Hexer lächelnd auf die anfangs gestellte Frage ein.

„Das vielleicht, aber trotzdem wäre es mir lieber ich könnte mich voll und ganz auf die Behandlung konzentrieren. Außerdem würde ich meinen Patienten gerne unnötige Schmerzen ersparen. So, wie das jeder gute Arzt möchte."

„Da habt Ihr allerdings Recht", räumte Adrian ein und fügte mit einer zustimmenden Neigung des Kopfes hinzu. „Ich gebe Euch selbstverständlich gerne das Rezept des Trankes. Allerdings ist die Zubereitung etwas kompliziert und die Zutaten sind nicht einfach zu beschaffen und entsprechend teuer. Ich werde Euch eine Abschrift anfertigen." Dr. Urban nickte erfreut und deutete dann auf die Schlinge in der Adrians Arm ruhte.

„Ihr seid verletzt, soll ich mir Eure Schulter einmal ansehen?"

„Nein danke, das ist nicht nötig. Mein Freund hier hat mich schon verarztet und seine Sache ausgezeichnet gemacht."

Auf die Frage, wie er zu der Verletzung gekommen war, erzählte er in knappen Worten die Geschichte von dem Überfall.

Dr. Urban zog erstaunt eine Augenbraue hoch.

„Auf dem Weg zum Schloss, sagt Ihr? Seltsam, dort kam noch nie etwas Derartiges vor. Wurden die Wegelagerer inzwischen gefasst?"

„Soweit ich weiß suchte niemand nach ihnen. Alle verfügbaren Männer sind damit beschäftigt, meinen Vater zu finden. Sein Verschwinden ist auch der Grund weshalb wir Euch aufsuchen. Ich hoffe, Ihr könnt mir ein paar Fragen beantworten."

„Sofern es in meiner Macht steht, gerne. Aber kommt mit mir. Hier ist es zu ungemütlich. In meinem Wohnzimmer können wir uns besser unterhalten."

Er ging ihnen voran in ein größeres Zimmer, das am Ende des Flurs lag. Dort bat er sie Platz zu nehmen und ging dann kurz hinaus um seiner Haushälterin Anweisungen zu geben. Die Frau erschien wenige Minuten später und stellte einen Krug, drei Weingläsern und eine Schale mit Gebäck auf den Tisch. Nachdem Dr. Urban eingeschenkt hatte, bat er Adrian seine Fragen zu stellen.

„Ihr habt den toten Diener meines Vaters untersucht", begann der ohne Umschweife. „Konntet Ihr die Todesursache feststellen?"

Dr. Urban lehnte sich in seinem Sessel zurück und legte grübelnd die Fingerspitzen aneinander. Dabei fixierte er den Hexer aus seinen blauen Augen. Endlich begann er gedehnt:

„Den Diener? Ihr meint den jungen Mann, der Euren Vater an jenem Tage begleitet hat? Ja, der wurde zu mir gebracht, ich sollte die Leichenschau durchführen. Ich konnte absolut nichts feststellen, was auf ein gewaltsames Ableben schließen ließe. Deshalb habe ich Tod durch Herzversagen diagnostiziert. Zweifelt Ihr daran?"

„Nun, so wie ich Euch einschätze, habt Ihr den Leichnam gründlich angesehen. Dennoch vermute ich der Diener wurde getötet. Warum sollte er just zu jenem Zeitpunkt versterben, an dem mein Vater verschwand? Das erscheint mir recht unwahrscheinlich. Könnte er eventuell vergiftet worden sein? Da sieht man die Spuren nicht unbedingt sofort."

„Nun, das könnte vielleicht so gewesen sein", räumte Dr. Urban ein. „Es gibt ja einige Gifte die man nur sehr schwer nachweisen kann. Aber der Mann machte nicht den Eindruck als sei er unter Krämpfen gestorben. Seine Gesichtszüge waren völlig entspannt, so als ob er schliefe.

„Seine Haut, habt Ihr die gründlich angesehen? War sie verfärbt? Wie sahen seine Augäpfel aus, habt Ihr Euch die angesehen? Oder die Schleimhäute in seinem Mund?"

Dr. Urban setzte sich nun aufrecht hin und musterte seinen Kollegen streng. Sein Ton wurde eine Spur schärfer.

„Das habe ich alles getan und nichts Ungewöhnliches festgestellt. Ich übe meinen Beruf bereits einige Jahre aus und weiß worauf es bei einer Leichenschau ankommt. Wenn es etwas Ungewöhnliches zu entdecken gegeben hätte, so wäre es mir aufgefallen. Aber der Mann sah aus wie jemand den aus heiterem Himmel ein Herzschlag getroffen hat. Seine Haut war nicht verfärbt, bis auf die normalen Totenflecken, seine Schleimhäute nicht blau verfärbt und auch seine Augäpfel nicht blutunterlaufen."

„Entschuldigt bitte, ich wollte keinesfalls Eure Kompetenz in Frage stellen", beeilte sich Adrian zu versichern. Es gelang ihm sogar zerknirscht auszusehen obwohl Simon wusste, dass es dem Hexer egal war wenn sich sein Berufsgenosse auf den Schlips getreten fühlte. Als Dr. Urban gnädig nickte fuhr er auch sogleich mit seinen Fragen fort.

„Man sagte mir der Mann wäre erst einige Tage nach seinem Tod beerdigt worden. War er denn aufgebahrt?"

„Nur einen Tag, dann zwang uns die Wärme dazu, den Sarg zu schließen. Er wurde nur noch einmal kurz geöffnet als die Angehörigen eintrafen um den Toten nochmals zu sehen. Das war keine gute Idee, denn die Verwesung hatte bereits eingesetzt. Der Leichnam war aufgedunsen und hatte sich fast schwarz verfärbt. Die Mutter des Toten fiel bei seinem Anblick in Ohnmacht und musste anschließend von mir wegen einer Platzwunde am Kopf behandelt werden."

„Ihr habt meinen Vater in der letzten Zeit medizinisch betreut", wechselte Adrian das Thema.

„Bei meinem letzten Besuch vor etwa einem Jahr ging es ihm recht gut. Hat sich in der Zwischenzeit sein Gesundheitszustand verändert?"

„Nicht zum Schlechteren", gab Dr. Urban stolz zur Antwort.
„Mein Rat, möglichst regelmäßig zu schwimmen, hat seine allgemeine Kondition sehr verbessert. Und für die Winterzeit habe ich ihm körperliche Übungen verordnet, durch die er das Schwimmen ersetzen konnte. Das hat ihm gutgetan, als ich ihn vor einigen Tagen untersuchte war er besser in Form denn je."

„Schön, dass er wenigstens auf Euch hört", meinte Adrian mit leichtem Lächeln. „Wenn ich ihm zu mehr körperlicher Betätigung riet, argwöhnte er stets ich wolle ihn frühzeitig ins Grab bringen."

„Ich denke, das dürft Ihr nicht zu ernst nehmen. „Wenn er von Euch sprach, so leuchteten seine Augen voller Stolz. Und er versicherte mir, ohne Eure ungewöhnlichen Behandlungsmethoden nach der Apoplexie wäre er längst tot.

Sie unterhielten sich noch eine Weile über medizinische Dinge, dann erhob sich Adrian und dankte Dr. Urban für seine Hilfe. Nachdem sie der junge Arzt zu Tür gebracht und verabschiedet hatte, schaute der ihnen lange sinnend nach.

Kapitel 4: Auf Spurensuche

Ihr weiterer Weg führte sie durch das Städtchen Wolffhardt hindurch und auf den nahen Waldrand zu. Der Hexer lenkte sein Pferd zielstrebig einen abgelegenen Pfad entlang. Eine Weile ritt Simon schweigend neben ihm her, dann durchbrach er die lastende Stille.

„Was hältst du von dem Mann?"

Adrian hob leicht seine gesunde Schulter an.

„Scheint ein fähiger Arzt zu sein, mehr kann ich im Moment nicht sagen."

„Hast du in seine Gedanken geblickt?"

„Ja, kurz. Aber die drehten sich ausschließlich um unser Gespräch, also habe ich es bald wieder sein lassen. Ich glaube nicht, dass er etwas mit dem Verschwinden meines Vaters zu tun hat. Er hätte ja auch eher Schaden als Nutzen davon, wenn meinem Vater etwas passiert. So schnell findet er keinen Herzog mehr, dem er für viel Geld als Leibarzt dienen kann. Und Vater hat ihn durchaus fürstlich bezahlt, wie ich von Mutter erfuhr. Allerdings..."

„Allerdings was? Ist dir etwas an ihm aufgefallen?"

Simon drängte neugierig seine Stute näher heran. Doch der Hexer zuckte nur vage die Achsel.

„Er kommt mir irgendwoher bekannt vor. Nicht, dass ich ihn schon einmal getroffen hätte, daran würde ich mich erinnern. Nein, er erinnert mich nur an jemanden, aber ich komme nicht darauf an wen. Wahrscheinlich handelt es sich nur um eine zufällige Ähnlichkeit mit irgendeinem Bekannten."

„Vielleicht hast du mit ihm zusammen studiert. Aber nein, das ist eigentlich unmöglich. Er ist mindestens fünf Jahre jünger als du."

Adrian winkte leichthin ab und trieb seinen Wallach vor die Stute, denn der Weg wurde jetzt so schmal, dass die Pferde nur hintereinander laufen konnten.

„Ich komme ganz sicher noch darauf, falls ich ihm wirklich schon einmal begegnet sein sollte. Deswegen werde ich mir jetzt nicht den Kopf zerbrechen", sagte er über die Schulter.

Sie ritten noch etwa zehn Minuten den immer dichter bewachsenen

Pfad entlang und Simon fragte sich ob sie überhaupt noch auf dem richtigen Weg wären. Doch dann fiel ihm ein, dass Adrian sich schon von Kindheit an hier auskannte. Er würde sich sicher nicht verirren. Tatsächlich teilten sich bald die Büsche vor ihnen und der Waldsee lag idyllisch vor ihnen im Sonnenschein. Adrian drehte sich zu ihm um.

„Diesen Pfad ist anscheinend niemand mehr entlanggekommen, seit ich zum letzten Mal hier war. Wahrscheinlich ist er längst in Vergessenheit geraten. Als Junge ritt ich fast täglich über ihn zum See, er ist viel kürzer als der breite Weg, auf dem Vaters Kutsche hierherkam."

Simon betrachtete lange den kleinen See und seine Umgebung. Es war wirklich ein idyllisches Fleckchen und er konnte Adrians Liebe zu diesem verzauberten Ort verstehen.

„Verzaubert, ja", sagte der Hexer neben ihm leise und schien sich gar nicht bewusst, dass er schon wieder in den Gedanken des Freundes las. „Es ist ein magischer Ort, bewohnt von Feen und Waldgeistern. Doch nun ist er entweiht, sein Friede gestört worden durch ein furchtbares Verbrechen."

„Kannst du das spüren?" fragte Simon erstaunt. Fast ehrfürchtig blickte er dem Hexer ins Gesicht. Der nickte, während sein Blick düster die Umgebung maß.

„Ich spüre es mit all meinen Sinnen. Bisher herrschte hier stets eine heitere, friedliche Stimmung. Doch nun ist es, als würde der Ort von einer bösen Kraft beseelt. Kannst du es nicht spüren?"

Nein, das konnte Simon nicht. Für ihn war es ein wunderschöner Ort. Er sagte es Adrian und der seufzte leise.

„Ja, das ist er eigentlich auch, - und ein idealer Ort für Hexen. Von hier bin ich zum zweiten Mal in die Vergangenheit gereist, zurück zu Zenta. Und hierher bin ich mit ihr zurückgekommen um unser gemeinsames neues Leben zu beginnen. Deshalb bekümmert es mich besonders, dass der Ort nun entweiht ist. Aber schau..."

Er deutete auf die andere Seite des Sees wo neblige Schwaden den Berg hinauf krochen und sich langsam in den Sonnenstrahlen verflüchtigten.

„Was siehst du dort?"

Simon starrte auf die Stelle, konnte aber nichts Ungewöhnliches entdecken.

„Nebel", sagte er achselzuckend.

„Nebel", sagte auch Adrian, doch er betonte das Wort seltsam. Dann schaute er Simon ins Gesicht. „Das ist kein Nebel, sondern die Schatten der Waldgeister. Sie kommen des Morgens aus dem See und machen sich auf den Weg, den Berg hinauf. Erst am Abend steigen sie wieder herab."

Als er die gerunzelte Stirn des Freundes sah, lachte er leise.

„Nein, ich bin nicht verrückt. Es gibt sie wirklich. Aber anscheinend können nur Menschen mit… besonderer Begabung sie sehen. Sie begegneten mir schon vor vielen Jahren, als ich noch ein kleiner Junge war und zum ersten Mal zum See kam. Als ich zu Hause von ihnen erzählte, legte mich mein Vater übers Knie und verabreichte mir eine schreckliche Tracht Prügel. Er verlangte ich solle nie mehr so einen Unsinn erzählen und verbot mir, jemals wieder zum See zu reiten. Aber sobald es mir mein wunder Hintern erlaubte wieder im Sattel zu sitzen, kam ich erneut hier her. Fast jeden Tag. Von den Waldgeistern habe ich niemandem mehr erzählt."

„Was tun sie, kannst du mit ihnen sprechen?"

Der Hexer schüttelte den Kopf.

„Sie scheinen in einer eigenen Welt zu leben und beachten uns Menschen nicht. Wer weiß, vielleicht sind wir für sie so unwirklich wie sie für uns. Aber auch unter ihnen gibt es welche, denen es möglich ist uns Menschen zu erkennen und mit uns zu kommunizieren. Die Waldfee ist so ein Wesen."

„Waldfee? Ach ja, von der hast du mir erzählt..."

„Ja, sie scheint eine Art Hexe unter den Waldgeistern zu sein..."

„So wie du ein Hexer unter uns Menschen bist?"

Adrian nickte ernst.

„So stelle ich es mir vor. Ich traf sie zum ersten Mal kurz nach meinem ersten Besuch des Sees. Ich war damals sieben oder acht Jahre alt. Nach einem Streit mit meinem Halbbruder, aus dem ich mit blutiger Nase hervorgegangen war, stieg ich auf mein Pony und ritt hierher. Ich heulte furchtbar und presste große, kühle Kieselsteine aus dem See auf meine Nase um die Blutung zu stillen und den Schmerz zu lindern. Da fühlte ich plötzlich eine kühle zarte Berührung auf meinem Rücken. Als ich aufschaute sah ich sie; eine wunderschöne Frau mit wallenden hellen Haaren und einem Gewand, das aus Wolken zu bestehen schien. Zuerst dachte ich sie wäre ein Engel, vor allem, weil von ihr etwas ungemein Tröstliches ausging. Sie sprach zu mir ohne Worte und dennoch vermochte ich sie zu verstehen. In ihrer Gegenwart vergaß ich all meinen Kummer und Schmerz. Von da an suchte ich täglich nach ihr. Aber sie erschien nur wenn ich traurig oder verzweifelt war um mich zu trösten. Zum letzten Mal sprach ich mit ihr als ich hier saß und um meine verloren geglaubte Liebe weinte."

„Sie gab dir den Rat zurückzukehren und Zenta zu suchen, nicht wahr?"

„Das tat sie, ja. Und ich habe diesen Rat befolgt, trotz aller Gefahren die mir in der Vergangenheit drohten. Als ich zurückkam mit Zenta, da war sie da und lächelte mir aus der Ferne zu. Dann verschwand wie der Nebel in der Sonne."

Simon war fasziniert. Etwas heißer fragte er:

„Konnte Zenta sie auch sehen?"

Adrian nickte. „Sie erblickte sie sofort."

Wenig später umrundeten sie langsam den See, die Pferde an den Zügeln führend. Simons Augen waren auf den Boden gerichtet, er suchte nach möglichen Spuren. Adrian hingegen richtete den Blick in die Ferne, manchmal schloss er die Augen als lausche er Stimmen die nur er hören konnte. Sie erreichten die Stelle, an der den Berichten der Bediensteten zufolge der Leichnam des jungen Dieners gefunden worden war. Der Boden war hier von vielen Füßen zertrampelt, so dass man beim besten Willen keine brauchbaren Spuren mehr herauslesen konnte. Ansonsten gab es nichts Ungewöhnliches zu sehen.

Adrian ging einige Schritte auf den nahen Wald zu, wo sich fadenscheinige Nebelfetzen zwischen den Bäumen bewegten. Simon schaute angestrengt hin. War das vielleicht die Waldfee? Aber er konnte nur feine Nebelschwaden erblicken. Nach einer Weile kam der Hexer zu ihm zurück.

„Es ist wie ich vermutet hatte", berichtete er. „Etwas Böses hat diesen Ort heimgesucht und ihn vergiftet. Die Waldfee konnte mir leider nicht sagen wer oder was dafür verantwortlich ist. In ihrer Sprache gibt es kein Wort dafür. Sie konnte mir nur übermitteln, dass großes Unglück geschehen ist. Ein dunkler Schatten läge derzeit über dem See. Sie bat mich, einen Gegenzauber auszusprechen, damit der Waldsee wieder zu dem magischen Ort wird, der er vor dem bösen Zauber war."

„Und, was wirst du machen? Kannst du das tun?"

Der Hexer blickte ihn ernst an.

„Natürlich will ich versuchen den Bann von diesem Ort zu nehmen. Das liegt schon in meinem eigenen Interesse. Doch dazu benötige ich ein paar Utensilien, die man nicht in jedem Krämerladen bekommt. Ich muss dazu ein Kräuterweib aufsuchen, das tief im Wald haust. Hoffentlich gibt es die alte Hexe noch, sie schien mir schon uralt, als ich noch ein Kind war."

Simon wurde ganz aufgeregt.

„Du meinst, hier in der Nähe gibt es eine echte Hexe? Ich habe noch nie eine richtige Hexe kennengelernt."

Adrian lachte.

„Und was war mit Griseldis, die den Trank braute der dich fast tötete? Sie ist eine Hexe. Und auch mich nennt man nicht umsonst einen Hexer..."

„Ja, stimmt", räumte Simon verlegen ein. „Aber mit Griseldis pflege ich derweil ein gutes Verhältnis. Und Nelia schwört auf die Medizin und den Rat der Alten, sie hat sie sogar als Hebamme zur Geburt der Zwillinge holen lassen. Und was dich betrifft, dich habe ich noch nie als Hexer betrachtet. Nur immer als Freund mit besonderen Eigenheiten."

„Deine Freundschaft ist mir ebenfalls sehr wichtig. Denn es gibt nicht wenige Menschen wie du weißt - sogar in meiner eigenen Familie - die in mir zuallererst einen Hexer sehen. Aber das belastet mich inzwischen kaum noch und irgendwo haben sie ja auch Recht. Früher, als ich noch selbst an mir zweifelte, trafen mich diese Beschuldigungen sehr hart. Doch inzwischen bin ich daran gewohnt. Und ich leugne nicht mehr vor mir selbst zu sein, was ich nun einmal bin. Dafür sind mir zu viele seltsame Dinge widerfahren."

„Wann willst du die Hexe aufsuchen? Und den bösen Bann brechen."

„Ich habe der Waldfee versprochen mein möglichstes zu tun. Sobald ich die nötigen Utensilien habe und die passenden Zaubersprüche kenne, werde ich wieder hierherkommen. Das kann schon bald oder auch erst in einigen Tagen sein. Und um deiner nächsten Frage zuvorzukommen, du kannst mich ruhig zu der Hexe begleiten. Dann werden wir weitersehen."

Sie machten sich auf den Rückweg zum Schloss. Unterwegs erklärte Adrian er wolle versuchen mit seinem Vater Kontakt aufzunehmen. Dazu müsse er allerdings alleine sein und er benötigte dazu einen Gegenstand, zu dem sein Vater eine besondere Beziehung hatte.

„Der Stuhl in seinem Arbeitszimmer scheint mir geeignet", meinte er nach kurzem Nachdenken. „Der protzige, der einem Thron nicht unähnlich ist. Weiß der Himmel was Vater an diesem Möbelstück so liebt, mir hat er nie gefallen. Aber sei's drum, er ist für meine Zwecke genau richtig. Ich werde mich daraufsetzen und meine Hände auf die Lehne legen, so wie er es immer zu tun pflegt. Ich bin mir sicher ihn so zu erreichen. Ich hoffe nur er ist imstande mir einen Hinweis auf seinen Aufenthaltsort zu geben. Ansonsten kann es Tage dauern bis ich seinen nur schwach wahrnehmbaren Lebenszeichen zu folgen imstande bin."

„Du kannst ihn noch immer spüren? Dann ist er zumindest noch nicht tot."

„Nein, tot ist er nicht, das erspüre ich mit Sicherheit. Aber er ist anscheinend auch nicht Herr seiner Sinne... Ich kann dir das nicht genau beschreiben; ich fühle zwar seinen lebendigen Körper aber sein Geist scheint tot. Ich weiß einfach nicht was ich davon halten soll. Irgendetwas Unheimliches geht da vor. Und ich bin mir nicht sicher, ob ich dieser Sache gewachsen bin."

In seinem Gesicht stand Besorgnis und Simon wurde ganz mulmig zumute. Er hätte dem Freund so gerne beigestanden, wusste aber nicht einmal was er sagen sollte. So ritten sie schweigsam den Weg zum Schloss zurück. Erst als sie durch die Eingangstüre traten, schien Adrian aus seinen Grübeleien zu erwachen.

„Geh und leiste meiner Mutter ein wenig Gesellschaft", bat er. „Ich werde Vaters Arbeitszimmer aufsuchen. Wenn ich zurück bin, können wir dann unsere nächsten Schritte bereden."

Mit zielstrebigen Schritten ging er zur Treppe und stieg sie hinauf. Simon ging derweil zum kleinen Salon, wo er die Herzogin vermutete. Er fand sie in halb liegender Position auf ihrer Ottomane vor. Eine seidene Decke lag über ihren Beinen und neben ihr auf einem Tischchen stand eine silberne Kanne und ein dazu passender Becher aus dem es herb nach Kräutern roch. Ein medizinischer Trunk, der wohl ihre ständig anwachsende Nervosität ein wenig lindern sollte, vermutete Simon. Er musterte kurz die schmale Gestalt unter der Decke. Adrians Mutter schien in wenigen Tagen um Jahre gealtert zu sein. Sie wirkte hilflos und zerbrechlich und tat Simon in der Seele leid.

Eleonore zu Wolffhardt hatte trotz ihres adeligen Standes noch nicht allzu viel Gutes vom Leben erhalten. Die Zweifel ihres Gatten nach Adrians Geburt, was seine Vaterschaft betraf, hatten ihr schon die ersten Ehejahre vergällt. Danach musste sie mit ansehen wie Walther zu Wolffhardt stets Wernher, seinen Erstgeborenen, Adrian vorzog. Und dann Wernhers schrecklicher Unfall, den sein Vater Adrian anlastete. Als er ihren geliebten Sohn fast zu Tode peitschen ließ und ihn anschließend zwang seine Unschuld durch ein groteskes Gottesurteil zu beweisen, wollte Eleonore ihren Gatten verlassen. Nur durch Adrians eindringliches Zureden verzieh sie ihrem Mann und blieb bei ihm.

Erst in den letzten Jahren fanden die beiden näher zueinander. Dann erlitt Walther einen Schlaganfall und Eleonore fürchtete um sein Leben. Doch Adrians Heilkünste retteten dem Vater nicht nur das Leben, sie gaben ihm auch seinen Lebenswillen zurück. Für kurze Zeit kehrte sogar Zufriedenheit und Glück in ihr Leben als Adrian endlich die Frau fürs Leben fand und durch seinen Sohn den Fortbestand derer zu Wolffhardt sicherte. Doch nun, da sich alles zum Besseren zu wenden schien, verschwand ihr Mann auf mysteriöse Weise.

Die Jahre voller Kümmernisse und Sorgen waren nicht spurlos an der Herzogin vorbeigegangen, sie sah krank und erschöpft aus. Dennoch hatte sie sich nie unterkriegen lassen und stets um ein wenig Glück für sich und ihre Familie gekämpft. Doch dieser neuerliche Schlag schien endgültig zu viel für sie. Als Simon nun in Eleonores, von stummem Leid gezeichnetes Gesicht sah, fürchtete er ernsthaft um ihre Gesundheit.

„Geht es Euch nicht gut?" fragte er besorgt, doch sie winkte matt ab. „Ich habe mir einen Tee aus beruhigenden Kräutern zubereiten lassen. Doch mir wird erst wohler sein, wenn mein Gatte wieder bei uns ist. Wo ist Adrian, ist er nicht mit Euch heimgekehrt?"

Erneut flackerte Besorgnis in ihren Augen auf und Simon beeilte sich, zu versichern:

„Er wird bald bei Euch sein, er möchte nur kurz noch etwas überprüfen..."

Da er nicht genau wusste, inwieweit Adrians Mutter mit den Hexenkräften ihres Sohnes vertraut war, wollte er ihr lieber nicht zu viel verraten. Das sollte ihr Sohn selbst tun. Er setzte sich der Herzogin gegenüber und versuchte ein möglichst unverfängliches Gespräch zu führen. Doch es war gar nicht so einfach, angesichts ihrer gedrückten Stimmung ein passendes Thema zu finden. So atmete er unwillkürlich auf als kurz an die Türe geklopft wurde. Doch es war nicht Adrian, wie er gehofft hatte, sondern Rudolph. In seiner polternden Art durchmaß der große Mann das Zimmer und nahm nach einer kurzen Verbeugung vor seiner Tante in einem Sessel Platz. Er musterte Simon schnell und fragte barsch:

„Wo ist denn mein Vetter? Ruft er irgendwelche Geister an, die ihm den Weg zu seinem Vater weißen?"

Er lachte dröhnend, so als habe er einen großartigen Scherz gemacht. Dabei konnte er nicht ahnen, wie nahe er der Wahrheit kam. Simon hob die Schulter.

„Er will etwas nachschauen. Ich denke, er wird bald hier sein. Aber was führt Euch hierher, gibt es Neuigkeiten?"

Rudolph schaute bedauernd zu seiner Tante hin.

„Nein, leider nicht. Es gibt nach wie vor keinerlei Hinweise, wo mein Onkel sein könnte. Um ihn zu finden bedürfte es hellseherischer Fähigkeiten..."

„Na, dann ist es ja ein wahres Glück, dass ich darüber verfüge, nicht wahr?" erscholl es von der Tür her und Adrian trat ins Zimmer.

Er eilte auf seine Mutter zu und küsste sie sanft auf die Stirn. Dann nahm er neben ihr auf der Ottomane Platz und legte ihre Hand in seine. Sie musterte ihn besorgt, doch er zerstreute ihre Bedenken.

„Mir geht es ausgezeichnet, macht Euch wegen mir keinen zusätzlichen Kummer. Die Wunde heilt vortrefflich und belastet mich kaum. Deshalb werde ich mich gleich morgen früh mit Simon auf den Weg machen um Vater nach Hause zu bringen."

Ein Hoffnungsschimmer erhellte Eleonores Gesicht.

„Du weißt, wo er ist? Wie geht es ihm, ist er gesund?"

Rudolphs Augen traten für einen Moment fast aus dem Kopf, dann hatte er sich wieder unter Kontrolle. Mit heißerer Stimme fragte er.

„Woher weißt du...? Warum machen wir uns nicht noch heute auf den Weg?"

Adrian blickte ihm ernst ins Gesicht.

„Dort wo er ist geschieht ihm nichts Schlimmes. Deshalb kann seine Heimführung getrost bis morgen warten. Ich will zuerst Vorbereitungen für seinen Transport treffen. Die Kutsche muss umgebaut werden, das dauert eine Weile."

„Wieso soll die Kutsche umgebaut werden?" fragten Eleonore und Rudolph wie aus einem Munde. Die Herzogin fuhr leise fort: „Was ist mit meinem Gatten geschehen?"

Doch das konnte ihr der Hexer auch nicht sagen. Stattdessen erzählte er, dass es ihm dank seiner Fähigkeiten gelungen sei, mit seinem Vater Kontakt aufzunehmen.

„Ich kann es nicht erklären und es ist auch nicht wichtig", kam er erneuten Fragen zuvor. Dabei ignorierte er seinen Cousin, der ihn anstarrte und dabei verächtlich die Lippen verzog.

„Jedenfalls gelang es mir Vaters Aura zu erspüren. Sehr schwach nur, doch es wird reichen ihn zu finden. Ich konnte jedoch nicht zu ihm vordringen, nicht in seinen Geist eindringen. Und das macht mir Sorgen, denn ich vermute, dass er nicht Herr seiner Sinne ist. Doch wie dem auch sei, morgen Abend wird er wieder zu Hause sein, sollte nichts Unvorhergesehenes geschehen. Dann kann ich ihn gründlich untersuchen und danach werden wir weitersehen..."
Rudolph bestand darauf am nächsten Morgen mit ihnen zu reiten. Nach kurzem Zögern willigte Adrian ein.
„Gut, dann komm mit. Zu dritt reisen wir auch sicherer. Da du dich, im Gegensatz zu mir und Simon, darauf verstehst mit einer Waffe umzugehen, wird es keiner wagen uns anzugreifen. Aber sonst nehme ich außer dem Kutscher niemanden mit, ich will nicht unnötig Aufsehen erregen und wer immer meinen Vater verschleppt hat, soll möglichst nicht ahnen, dass ich ihn gefunden habe. Sonst könnte er auf den Gedanken kommen, ihn schnell woanders hinzubringen."
Bei diesen Worten schaute er seinen Cousin eindringlich an. Doch wenn er auf ein verräterisches Blitzen in dessen Augen gehofft hatte, so sah er sich getäuscht. Rudolph erwiderte den Blick ohne mit der Wimper zu zucken.

„Falls er wirklich etwas mit der Entführung zu tun hat, dann ist er kalt wie eine Hundeschnauze", meinte Simon später zu Adrian.
Er war dabei, dessen Verband vorsichtig abzulösen und betrachtete nun gespannt die Wunde. Der Hexer saß auf einem Schemel mit dem Spiegel in der Hand. Sein fachmännischer Blick ruhte auf der silbrigen Fläche, durch die er die Naht oberhalb seiner Brust begutachtete.
„Die Wunde sieht gut aus, nässt nicht und ist nicht geschwollen, ich denke, sie wird sich kaum noch entzünden."
Er legte den Spiegel beiseite und begann ein wenig umständlich, sich vollends auszukleiden. In der Badestube war es sehr warm, Simon spürte wie ihm Schweißperlen von der Stirn rannen. Auch er begann sich zu entkleiden um zu baden.

„Willst du dir nicht doch ein Bademädchen kommen lassen?" fragte er neckend. „Früher hat es dir doch auch nichts ausgemacht. Wieso bist du plötzlich so schamhaft?"

Wohlig seufzend ließ sich Adrian ins heiße Wasser gleiten.

„Früher hatte ich nur die Peitschenmale auf dem Rücken, jeder im Schloss wusste darüber Bescheid. Heute ist mein Körper von so vielen Narben bedeckt, den Anblick will ich keinem Bademädchen zumuten. Zudem wird unter den Dienern immer getratscht und es würde sich schneller wie ein Lauffeuer verbreiten, dass der Sohn des Herzogs plötzlich auch noch mit Foltermalen bedeckt ist. Dazu dieser Buchstabe, den eigentlich nur Sträflinge aufgebrannt bekommen.

Wie sollte ich das erklären? Dann wäre mein eh schon angeschlagener Ruf endgültig dahin."

Er grinste Simon anzüglich ins Gesicht, als der in die zweite Wanne stieg.

„Aber wie steht es mit dir? Wenn ich mich recht erinnere, hat es dir sehr gefallen, von Elisabeth gebadet zu werden. Von anderen Dienstleistungen gar nicht zu reden. Warum verzichtest du heute auf ihre Dienste?"

Simon schnaubte entrüstet.

„Na hör mal! Ich bin jetzt ein verheirateter Mann und werde bald zum vierten Mal Vater. Nelia würde mir zu Recht das Fell über die Ohren ziehen. Zudem ist auch Elisabeth inzwischen verheiratet. Ich traf sie gestern zufällig. Sie hat den Stallmeister zum Mann genommen und ist sehr glücklich mit ihm. Und sie ist guter Hoffnung."

Während sie in den Wannen entspannten, redeten sie noch eine Weile über vergangene Zeiten. Dann kam Simon auf Rudolph zu sprechen. „Dein Vetter ist schwer zu durchschauen", meinte er grübelnd.

„Als du sagtest, du würdest wissen wo dein Vater sei, hätte ich schwören können er war erschrocken darüber. Doch er hatte sich sogleich wieder in der Gewalt.

Irgendetwas ist faul an ihm und seinem Bruder. Das muss dir doch auch aufgefallen sein."

„Ja, natürlich bemerke ich es ebenfalls. Aber ich komme einfach nicht darauf welche Motive, die beiden haben könnten. Wie gesagt, sie kämen nie und nimmer an mein Erbe heran. Außer, sie ermordeten meine ganze Familie."

„Naja, Rudolph dachte du bringst Frau und Sohn mit", erinnerte ihn Simon ernst.

„Was, wenn der Überfall eigentlich deiner Familie galt? Wärt ihr alle getötet worden und dein Vater bliebe verschwunden, dann würde Rudolph der neue Herzog werden."

Adrian sagte nichts dazu, doch seine angespannten Kiefernmuskeln machten Simon deutlich, dass er ebenfalls an diese Möglichkeit gedacht hatte. Doch dann schüttelte er energisch den Kopf.

„Nein, ich will so etwas nicht denken. Rudolph ist gewiss kein Chorknabe und ich traue ihm einige Gemeinheiten zu. Aber er würde nicht meine ganze Familie auslöschen um an mein Erbe zu kommen. Es muss etwas anderes dahinterstecken. Andererseits bin ich mir fast sicher er hatte bei der Entführung die Finger im Spiel. Deshalb habe ich zugestimmt, dass er morgen mitkommt. Da haben wir ihn unter Kontrolle und vielleicht gelingt mir ja ein Blick in seine Gedanken. Bislang verschließt er sich eisern vor mir. Mal sehen, wie lange er das noch durchhält."

Kapitel 5: Erster Erfolg

Am nächsten Morgen machten sie sich zeitig auf den Weg. Adrian schien zuerst unschlüssig in welche Richtung sie sich halten sollten, doch nach einer Weile deutete er nach Norden. „Hier entlang."
Energisch dirigierte er sein Pferd in die angegebene Richtung und ließ es in leichten Galopp fallen. Simon und Rudolph hielten sich an seiner Seite und dahinter folgte die Kutsche des Herzogs.
Nach einer Weile ließen sie die Pferde in Trab verfallen. Solange die Straße geradeaus verlief, brauchte sich der Hexer nicht auf den weiteren Weg konzentrieren, nur an den Abzweigungen hielt er manchmal an um sich neu zu orientieren. Dazwischen blieb ihnen genügend Zeit sich zu unterhalten.
„Wie steht es eigentlich momentan mit deiner Vermögenslage, Rudolph?" fragte Adrian schließlich offen heraus. Er blickte seinem Vetter ins Gesicht und sah, wie sich dessen Miene augenblicklich verfinsterte.
„Was geht's dich an?" brummte er unwirsch. „Ich frag dich ja auch nicht nach deinen Geldangelegenheiten."
„Oh, die sind in Ordnung, auch ohne das Vermögen meines Vaters. Ich möchte bloß gewiss sein, dich und Hermann von der Liste der Verdächtigen streichen zu können."
Wobei außer euch beiden bisher niemand auf dieser Liste steht, dachte er bei sich. Rudolph brauste sofort auf. Mit vor Zorn hochrotem Gesicht grollte er:
„Also das ist doch die Höhe. Warum verdächtigst du ausgerechnet mich und Hermann? Wir sind die Neffen deines Vaters, verdammt. Welches Interesse sollten wir haben ihn zu entführen?"
Auf Adrians vielsagendes Schweigen blaffte er weiter:
„Ich bin nicht auf dein Erbe aus, falls du das vermutest. Früher war das anders, das gebe ich zu. Als du nach dem Streit mit deinem Vater weggingst, hoffte ich du würdest nie mehr zurückkommen. Und auch mein Vater hoffte das. Es hat ihn immer gewurmt nur der Zweitgeborene zu sein und wegen ein paar Minuten, die sein Zwillingsbruder eher das Licht der Welt erblickte auf den Titel

verzichten zu müssen. Deshalb hätte ihm gefallen, wenn wenigstens sein Sohn der nächste Herzog würde. Als du jedoch Frieden mit deinem Vater geschlossen hast mussten wir beide einsehen, dass daraus nichts werden würde."

„Das beantwortet nicht meine Frage", stieß Adrian mit sanfter Stimme nach. „Wie steht es um deine Finanzen? Bist du in Geldnot?"

Nach einem weiteren zornigen Blick gab sich Rudolph überraschend schnell geschlagen. Kleinlaut meinte er:

„Ich nage nicht am Hungertuch, falls das meinst. Aber viel besitze ich nicht mehr. In letzter Zeit hatte ich verdammt viel Pech beim Kartenspiel. Ich musste einen großen Teil der Ländereien verkaufen, die ich geerbt habe. Ich wäre gescheiter gleich nach Vaters Tod nach Frankreich zurückgegangen. So wie ich es eigentlich vorhatte. Dein Vater bot mir an die Ländereien für mich zu verwalten und auch auf Hermann ein waches Auge zu haben. Der kann ja die Finger nicht von den Weibern und den Würfeln lassen... Jedenfalls gerieten wir beide kurz nach Vaters Tod in eine Gruppe ziemlich großspurig auftretender Herren. Es gefiel uns mit denen die Nächte zu durchzechen, doch ehe wir recht wussten wie uns geschah, hatten sie uns am Spieltisch ausgenommen wie die Weihnachtsgänse. Ich kam gerade noch rechtzeitig zur Besinnung, bevor nichts mehr von unserem Erbe da war... Aber um auf deine ungeheuerliche Vermutung zurückzukommen; nein, Hermann und ich haben nichts mit dem Verschwinden deines Vaters zu tun. Das schwöre ich dir bei meiner Ehre."

Er hatte sich so in Rage geredet, dass er darüber vergaß, seine Gedanken zu verhüllen. So konnte der Hexer erkennen, dass er die Wahrheit sprach. Doch er sah auch die Unsicherheit die seinen Vetter plagte. Adrian hatte keine Zweifel. Rudolph wusste etwas, das er auf keinen Fall preisgeben wollte.

Eine Weile ritten sie schweigend weiter dann kam in der Ferne ein einsames Gehöft in Sicht. Beim Näherkommen konnte man einen kleinen Kirchturm erkennen der schnell deutlich werden ließ, dass sie auf keinen Bauernhof, sondern auf ein Kloster zuritten. Und genau zu diesem Kloster führte die Aura des Herzogs seinen Sohn. „Ein Kloster?" brummte Rudolph neben ihm ungläubig. „Bist du sicher, wir werden hier deinen Vater finden? Wir befinden uns am äußersten nördlichen Rand des Herzogtums. Wie soll er hier hergekommen sein?"

Das konnte Adrian auch nicht sagen, er spürte nur dass er seinen Vater gefunden hatte. Deshalb stieg er vom Pferd und hämmerte mit der Faust energisch an das eisenbeschlagene Tor. Fast augenblicklich erschien ein Gesicht in dem kleinen Fensterausschnitt und musterte die Ankömmlinge kritisch. Als der Blick des Torwächters jedoch auf die Kette mit dem Wolffhardtschen Siegel fiel, die Adrian ausnahmsweise um seinen Hals trug, weiteten sich seine Augen vor Erstaunen. Kurz darauf wurde das schwere Tor geöffnet. Ein langer hagerer Mönch stand vor ihnen, in eine braune Kutte gewandet. Darunter blickten nackte Füße hervor. Als er sich nun vor ihnen verneigte, konnte man deutlich die kreisrund ausrasierte Tonsur inmitten eines Wustes kurzer lockiger Haare erkennen.

„Was führt Euch hierher, Hoheit?" fragte er ehrerbietig. „Ein solch hoher Besuch kommt selten in unsere bescheidenen Mauern. Ich werde sofort den Bruder Abt verständigen. Bitte tretet derweil ein..." Hilfesuchend blickte er sich um und rief dann einen jungen Burschen, offensichtlich einen Novizen, zu sich heran. Leise gab er ihm Anweisungen und der Junge eilte davon.

Simon und Rudolph waren ebenfalls abgestiegen und führten die Pferde in den Klosterhof. Nachdem auch noch die Kutsche eingelassen worden war, schloss sich das Tor polternd hinter ihnen. Sie brauchten nicht lange zu warten, da kam der Abt des Klosters schon hinter dem Jungen auf sie zugeeilt.

„Ich bin Prinz Adrian zu Wolffhardt und auf der Suche nach meinem Vater", unterband der Hexer kurzerhand die sich anbahnende langatmige Begrüßungszeremonie. Simon musste insgeheim grinsen als er den Freund beobachtete. Er wusste wie sehr Adrian es hasste seinen Titel zu nennen. Und die übertriebene Ehrfurcht die ihm entgegengebracht wurde, war ihm zuwider.

Der Abt blickte ihn verwirrt an:

„Euren Vater sucht Ihr? Hier bei uns? Tut mir leid, aber der Herzog war schon seit vielen Jahren nicht mehr hier...“

„Vor etwa zwei Wochen wurde ein älterer Mann zu Euch ins Kloster gebracht, vermutlich krank oder verletzt. Das ist mein Vater, führt mich bitte zu ihm.“

Adrian fand es am besten gleich auf sein Anliegen zu kommen. Er spürte die Aura seines Vaters nun sehr deutlich, dennoch erschien sie ihm irgendwie... tot. Seine Besorgnis wuchs von Minute zu Minute an. Erst wenn er seinen Vater gesehen und sich ein Bild seines Zustandes gemacht hatte, wollte er gerne Erklärungen abgeben. Deshalb nahm er jetzt den verblüfften Abt beim Arm und führte ihn in Richtung des Klostergebäudes. Der überwand seine Verwunderung und schritt nun zielstrebig in den Teil des Hauses, in dem die Krankenstuben lagen. Erst als sie eine der winzigen Kammern betreten hatten fand er zu seiner Sprache zurück.

„Das ist der Mann der zu uns gebracht wurde. Aber er ist nie und nimmer der Herzog zu Wolffhardt. Die Männer die ihn brachten, sagten er wäre wohl ein Reisender. Sie haben ihn in diesem Zustand auf der Landstraße gefunden und hierhergebracht, da niemand ihn kannte...“

Mit hilfloser Gebärde zeigte er auf einen großen älteren Mann der in einem Lehnstuhl saß und mit leerem Blick vor sich hinstarrte. Er schien die Besucher gar nicht zu bemerken. Sein Unterkiefer hing schlaff herunter und Speichel sickerte aus seinen Mundwinkeln. Wohl deshalb hatte man ihm ein Tuch um den Hals gebunden.

„Er kann nur schlecht schlucken und es ist jedes Mal eine rechte Mühe, ihm wenigstens dünnflüssigen Brei und Wasser einzuflößen. Dabei scheint ihm körperlich nichts zu fehlen, jedenfalls konnte unser mit den Heilkräften vertrauter Bruder nichts feststellen. Er meint, dem Mann sei von einer bösen Macht die Seele gestohlen worden. Deshalb beten wir jeden Tag für ihn, bisher leider umsonst.“

Adrian war schon zu seinem Vater geeilt um sich selbst ein Urteil zu bilden. Zumindest auf den ersten Eindruck musste er dem Mönch

Recht geben. Er konnte keine Anzeichen einer Erkrankung feststellen. Der Puls seines Vaters schlug kräftig und stet, seine Augen waren nicht getrübt und die Schleimhäute seines Mundes zeigten keinerlei krankhafte Veränderungen. Und als er ihm ins Fleisch seines Armes kniff verzog der Patient für einen Moment schmerzlich das Gesicht. Doch er reagierte weder auf Ansprache noch auf den Anblick seines Sohnes, sein Blick blieb leer und stumpf.

Nach Beendigung der kurzen Untersuchung wandte sich der Abt verlegen an Adrian.

„Ist der Mann tatsächlich Euer Vater? Entschuldigt bitte, aber wenn ich das geahnt hätte, hätte ich selbstverständlich sofort einen Boten zu Euch geschickt. Wie ich schon sagte war der Herzog schon lange Jahre nicht mehr hier..., ich habe ihn leider nicht wiedererkannt."

„Macht Euch deswegen keine Gedanken", beschwichtigte der Hexer den alten Mönch schnell. „Die Jahre verändern unser aller Aussehen. Ich mache Euch gewiss keinen Vorwurf, sondern bin im Gegenteil dankbar, dass ihr meinen Vater aufgenommen und so gut gepflegt habt."

„Es ist die gottgefällige Aufgabe unseres Ordens den Kranken und Bedürftigen beizustehen" wehrte der Abt bescheiden ab. „Und ich bin froh, dass wir wenigstens etwas für das körperliche Wohl Eures Vaters tun konnten. Wir werden auch weiterhin für seine verlorene Seele beten..."

Der Abt bestand darauf, dass sie vor ihrer Heimreise eine Mahlzeit zu sich nahmen. Nach dem langen Ritt schmeckte ihnen das einfache, aber nahrhafte Essen ausgezeichnet. Danach halfen ein paar kräftige Mönche den schweren Herzog zur Kutsche zu tragen. Sie hoben ihn auf die zu einer Liegefläche umgebauten Sitze.

Bevor sie das Kloster verließen drückte Adrian dem Abt einen Beutel mit Münzen in die Hand. Der wollte bescheiden abwehren, doch der Hexer bestand darauf, dass er das Geld annahm.

„Damit könnt ihr auch weiterhin die Kranken und Bedürftigen unterstützen. Und wenn Ihr Unterstützung, gleich welcher Art braucht, so scheut Euch nicht mich davon in Kenntnis zu setzen. Ich werde Euch jederzeit gerne Hilfe gewähren."

Auf der Heimfahrt machten sie öfter Rast, um nach dem Befinden des Herzogs zu sehen. Außerdem ließen sie die Pferde nur langsam laufen, damit der Patient nicht allzu sehr durchgeschüttelt wurde. Als sie endlich am Schloss ankamen war es schon tiefe Nacht.

Die Kunde über die Heimkehr des Herzogs verbreitete sich dennoch wie ein Lauffeuer im Schloss. Sofort standen mehrere Diener und Knechte bereit ihren Herrn aus der Kutsche zu heben und in sein Schlafzimmer zu tragen. Nachdem sein Vater auf seinem Bett lag dankte Adrian allen für ihre Hilfe und schickte sie dann zurück in ihre Betten. Nur zwei Leibdiener bat er zu bleiben um den Herzog auszuziehen und ihm anschließend sein Schlafgewand überzustreifen.

Der Aufruhr war auch seiner Mutter nicht verborgen geblieben. Nun kam sie im Morgenmantel ins Zimmer geeilt und blickte mit ängstlichen Augen zuerst auf ihren Mann und dann auf ihren Sohn.

„Du hast ihn tatsächlich gefunden", flüsterte sie und Tränen liefen ihre Wangen hinab. Fast zögernd ging sie auf das Bett zu und betrachtete fassungslos den bewegungslosen Körper ihres Gatten. Noch immer starrten die Augen des Herzogs ausdruckslos ins Nichts.

„Was ist mit ihm?" fragte sie entsetzt. Er ist doch nicht etwa...?" Doch sie brachte es nicht über sich das Wort auszusprechen.

Beruhigend legte Adrian seinen Arm um ihre Schulter. Er schüttelte leicht den Kopf und murmelte:

„Nein, er ist nicht tot. Allerdings scheint er auch nicht bei Bewusstsein zu sein. Leider habe ich noch keine Ahnung was ihm widerfahren ist und ich kann ihn erst morgen gründlich untersuchen. Aber er lebt und ist zu Hause, alles Weitere muss sich finden."

Mit leiser Stimme erzählte er ihr wie und wo er seinen Vater aufgespürt hatte. Da seine Mutter schon seit seiner Kindheit mit den übersinnlichen Fähigkeiten ihres Sohnes vertraut war, zeigte sie kein Erstaunen. Bang fragte sie: „Wirst du ihn heilen können?"

„Ich weiß es nicht", bekannte er ehrlich. „Solch ein Zustand bei einem Patienten ist mir auch noch nicht vorgekommen. Es ist jedenfalls kein zweiter Schlaganfall, wie ich zuerst vermutet habe.

Fast würde ich behaupten er ist körperlich vollkommen gesund. Nur sein Geist..."

Er zögerte weiterzusprechen, zu ungeheuerlich war der Verdacht, den er hegte. Deshalb meinte er nur beruhigend:

„Gleich morgen früh werde ich ihn sehr gründlich untersuchen. Und ich werde auch Dr. Urban kommen lassen. Er kennt Vaters Gesundheitszustand am besten und erkennt vielleicht, was mir verborgen bleibt. Gemeinsam werden wir sicher etwas für ihn tun können."

Es gelang ihm seine Mutter zu beruhigen. Er riet ihr noch ein Beruhigungsmittel zu nehmen und wieder zu Bett zu gehen. Als sie gegangen war meldete sich Simon zum ersten Mal zu Wort. Er war die ganze Zeit im Zimmer gewesen, hatte aber das Gespräch zwischen Mutter und Sohn nicht stören wollen.

„Was denkst du wirklich, Adrian? Meinst du, Dr. Urban findet mehr heraus als du? Das kann ich nicht glauben. Mir erscheint dieser Zustand deines Vaters sehr... ungewöhnlich. Eher noch unheimlich. Er erinnert mich fast an das, was ich selbst durchlitt als mein Schwiegervater mir diesen Trank einflößte. Ich kann mich natürlich nicht daran erinnern, aber die Symptome erscheinen mir ähnlich wie du sie mir damals geschildert hast. Kommt es dir nicht auch so vor? Du hast mich durch ein Gegengift gerettet. Vielleicht kann dir das auch bei deinem Vater gelingen."

Adrian schaute nachdenklich zu dem reglosen Körper seines Vaters. Dann schüttelte er entschieden den Kopf.

„Nein, er wurde nicht vergiftet. Ich muss zwar zugeben, dass mir das auch zuerst in den Sinn kam. Aber nein, das kann einfach nicht sein. Vater lag über eine Woche in der Krankenstube des Klosters. Und außer Mönchen kam niemand an ihn heran. Und die haben ihm sicher kein Gift eingeflößt. Wenn er also bereits in diesem Zustand dorthin gebracht wurde, so müsste er schon vergiftet gewesen sein. Aber wäre das der Fall gewesen wäre er inzwischen entweder gestorben oder wieder zumindest halbwegs genesen. Auf jeden Fall hätte sich sein Zustand in die eine oder andere Richtung verändern müssen.

Der Abt versicherte mir aber er wäre absolut gleichgeblieben. Deshalb schließe ich Gift aus, ebenso wie eine Erkrankung. Zudem sind mir die Symptome die er zeigt bisher weder von Gift, noch von einer Krankheit bekannt."

„Was vermutest du also wirklich?" bohrte Simon nach. „Viel bleibt ja wohl nicht mehr übrig."

Seufzend starrte der Hexer erneut auf seinen Vater. Dann drehte er sich zu Simon um und blickte ihm in die Augen.

„Ich vermute einen Bann. Einen Hexen- oder Zauberbann, wie immer du es nennen magst. Die ganze Geschichte ist von Anfang an verworren. Da ist eine böse Macht im Spiel, das hat auch schon die Waldfee vermutet. Und selbst der Abt hat behauptet Vater sei die Seele gestohlen worden. Ich fürchte damit hat er gründlicher ins Schwarze getroffen, als ihm selbst bewusst war."

„Aber das hieße doch ein Zauberer oder eine Hexe hätte es auf dich und deine gesamte Familie abgesehen. Kennst du jemanden der über Zauberkräfte verfügt und zudem schlecht auf dich zu sprechen ist? Was ist mit dieser alten Hexe von der du gesprochen hast. Kann sie dir Übles wollen?"

„Die alte Gundula? Nein, die ist weder mir, noch meiner Familie übel gesonnen. Selbst Vater hatte nie einen Anlass gesehen sie aus ihrem Häuschen im Wald zu vertreiben. Und Mutter holt immer ihre Arzneipflanzen bei ihr. Sie hat von Gundula viel über die Heilung von Krankheiten gelernt."

„Und du?" gab Simon nicht nach. „Hast du die Hexe vielleicht verärgert?" Adrian lachte kopfschüttelnd.

„Gundula war stets wie eine Großmutter für mich. Ich besuchte sie schon als Kind oft. Sie tröstete mich, wenn ich Streit mit meinem Bruder oder Schläge von meinem Vater bekommen hatte. Da beides oft der Fall war besuchte ich sie meist mehrmals wöchentlich. Sie war immer nett und freundlich zu mir und backte Kuchen für mich. Zu ihr brachte ich auch verletzte Tiere, die ich gefunden hatte, und wir pflegten sie gemeinsam gesund. Oder wir begruben sie im Wald hinter ihrer Hütte, wenn unsere Künste versagt hatten. Gundula gab mir den Rat Heiler oder gar Arzt zu werden und sie erteilte mir sogar meinen ersten Unterricht in Kräuterkunde. Ich habe sie lange nicht mehr gesehen aber nun ist es, glaube ich an der Zeit sie wieder einmal aufzusuchen. Aber nun lass uns zu Bett gehen. Ich fühle mich müde und erschöpft. Morgen werden wir weiter sehen..."

Am Morgen hatte sich am Zustand des Herzogs nichts geändert. Er habe die ganze Nacht tief und fest geschlafen und sich kein einziges Mal bewegt erklärte die Bedienstete, die an seinem Bett gewacht hatte. Sie wurde von einem jungen Diener und einer Magd abgelöst, die in der Krankenpflege erfahren waren. Die beiden standen vor der schwierigen Aufgabe, dem teilnahmslosen Mann dünnflüssigen Milchbrei und Kräutertee einzuflößen ohne ihn zu ersticken. Nach anfänglichen Schwierigkeiten klappte es schließlich recht gut. Stolz berichtete die Magd wenig später Adrian der Herzog habe seinen Brei aufgegessen. Als Simon und der Hexer noch beim Frühstück saßen kam die leichte einspännige Kutsche Dr. Urbans den Weg heraufgefahren. Schon in aller Frühe hatte sich ein Knecht auf den Weg gemacht ihn zu benachrichtigen. Jetzt trat er mit energischen Schritten ins Zimmer, reichte im Vorbeigehen seinen Mantel einem Diener und kam an den Tisch. Er verneigte sich kurz und wünschte einen guten Morgen. Dann platzte er heraus:

„Ihr habt Euren Vater tatsächlich gefunden? Wie ist Euch das so schnell gelungen? Schließlich suchten viele Männer tagelang vergeblich nach ihm."

Adrian zuckte vage die Schulter.

„Zufall oder einfach Glück würde ich sagen, wahrscheinlich beides. Kommt, setzt Euch zu uns und esst einen Bissen. Sicher habt Ihr noch nicht gefrühstückt. Danach werden wir gemeinsam meinen Vater untersuchen. Da Ihr ihn die ganze Zeit behandelt habt, dachte ich es ist besser Euch hinzuzuziehen."

Dr. Urban zog sich einen Stuhl heran und setzte sich. Ein drittes Gedeck stand bereits für ihn bereit. Während er sich Rührei mit Speck auf seinen Teller lud und nach dem Brot griff, murmelte er verlegen: „Aber Ihr seid doch selbst Arzt, ein ausgezeichneter dazu, wie mir Euer Vater immer versicherte. Weshalb legt Ihr so viel Wert auf meine Meinung? Ich freue mich natürlich darüber..."

„Zwei Ärzte sind immer besser als einer", unterbrach ihn Adrian ernst. „Und ich mag ein guter Arzt sein, trotzdem kann ich mich irren. Schließlich bin ich auch nur ein Mensch."

Bei diesen Worten schnellten die Augen Dr. Urbans zum Gesicht des Hexers, doch er hatte sich sofort wieder in der Gewalt und begann bedächtig Butter auf sein Brot zu schmieren. Danach schien er einen Entschluss gefasst zu haben und schaute offen in die Augen seines Gegenübers.

„Nun, um ehrlich zu sein, so habe ich von Euch Dinge gehört die besagen, dass Ihr Eigenschaften besitzt, die nicht sehr menschlich sind."

Adrian erwiderte den Blick standhaft und meinte mit sanfter Stimme.

„Alles was durch Menschen geschieht ist menschlich. Das Gute wie das Böse. Einzig unsere Talente und unser Charakter unterscheiden uns. Es stimmt, ich besitze tatsächlich ein paar Fähigkeiten, die nur wenige haben. Dennoch bezeichne ich mich als Mensch..."

„Oh, entschuldigt, ich wollte Euch nicht zu nahetreten. Natürlich zweifle ich nicht an Eurer Menschlichkeit. Ich wollte damit nur sagen..."

Hilflos brach der Doktor ab während sich seine Backen mit Röte überzogen. Hastig biss er in sein Brot und begann zu kauen. Da Adrian an keinem Streitgespräch interessiert war, winkte er mit einer Handbewegung ab.

„Lasst uns von etwas anderem reden. Erzählt mir ob sich Vaters Gesundheit innerhalb des letzten Jahres verändert hat. Als ich ihn das letzte Mal sah, erschien er mir kräftig und gesund..."

Dr. Urban ging nur zu bereitwillig auf den Themenwechsel ein. Eilfertig berichtete er was er über den Gesundheitszustand seines Patienten wusste. Es war kein auffälliger Befund dabei, genau wie Adrian vermutet hatte. Wenn überhaupt, würde ihnen nur eine gründliche Untersuchung mehr Klarheit bringen.

Gleich nach dem Frühstück begaben sie sich zu dritt zum Schlafgemach des Herzogs. Er lag in halbsitzender Stellung auf dem Bett, von mehreren Kissen gestützt. Sein Blick war teilnahmslos auf seine Hände gerichtet, die in seinem Schoß lagen. Er schien gar nicht zu bemerken, dass jemand ins Zimmer gekommen war. Adrian schickte die junge Magd weg die neben dem Bett saß und strickte, um etwas gegen die Eintönigkeit der Krankenwache zu tun. Erleichtert eilte sie davon.

Simon übernahm es mit Dr. Urban den schweren Körper des Herzogs auszukleiden. Da Adrian noch immer seinen linken Arm nicht bewegen konnte, war er zu Untätigkeit verdammt. Erst als sein Vater vollkommen nackt auf dem Bett lag, trat er hinzu. Gemeinsam mit seinem Kollegen beugte er sich über den Körper um mit der Untersuchung zu beginnen. Sie gingen sehr gründlich vor, betrachteten eingehend Haut, Augen und Schleimhäute, prüften die Reflexe und stachen sogar mit Nadeln in die Muskeln. Dadurch erzielten sie zwar einige spontane Zuckungen des Patienten doch nichts deutete darauf hin, dass er wahrnahm was mit ihm geschah. Am Ende der Untersuchung waren sie nicht klüger als zuvor.

„Es ist keine Krankheit die ich kenne, oder von der ich auch nur jemals gehört hätte", gab Dr. Urban schließlich achselzuckend zu. „Wie steht es bei Ihnen?"

Doch auch Adrian konnte nur ratlos den Kopf schütteln.

„Ich schlage einen Aderlass oder zumindest Blutegel vor um das giftige Blut aus ihm zu ziehen", schlug der Doktor vor. „Das schadet nie und der Herzog ist ein kräftiger Mann. Ein Aderlass befreit ihn von bösen Säften und wird ihm Erleichterung bringen. Und wenn es doch eine Form der Apoplexie ist, tut er ihm sogar gut. Dadurch wird sein Blutdruck gesenkt."

Der Hexer wiegte zweifelnd den Kopf. Er hielt den Aderlass, der von vielen seiner Kollegen bei allen möglichen Krankheiten angewandt wurde, für meist überflüssig oder sogar schädlich. Bei Apoplexie war er jedoch tatsächlich manchmal heilsam. Doch eigentlich glaubte er nicht, dass sein Vater von einem neuerlichen Schlaganfall betroffen war. Stattdessen sah er seinen Verdacht immer mehr bestätigt, dass er unter einem Zauber stand der ihn geistig lähmte. Aber konnte er das Dr. Urban sagen? Wo er dessen

Antipathie gegen seine Hexenkräfte am Morgen so deutlich gefühlt hatte? Trotz dessen gegenteiliger Versicherung...

„Ein einmaliger Aderlass kann sicher nicht schaden", lenkte er deshalb ein.

Er wollte keine Unstimmigkeiten oder gar Kompetenzgerangel aufkommen lassen. Da sein Vater körperlich in Ordnung schien und ohnehin ein kräftiger Mann war, würde es ihm tatsächlich nicht schaden, wenn er einen kleinen Teil seines Blutes verlor. Ebenso wenig wie es ihm helfen würde.

Er überließ es Dr. Urban den Aderlass durchzuführen, achtete nur darauf, dass er nicht zu viel Blut abfließen ließ.

„Das müsste reichen", sagte er als sich etwa ein halber Liter in der untergehaltenen Schüssel befand. „Falls es Vater daraufhin tatsächlich besser geht, kann man den Aderlass ja zu einem späteren Zeitpunkt wiederholen."

Nachdem der Arm des Herzogs verbunden war, verabschiedete sich Dr. Urban ziemlich eilig. Er müsse weiter zu seinen anderen Patienten, lehnte Adrians Einladung zum Mittagessen zu bleiben ab. Aber er wolle gerne jeden Tag zum Schloss kommen um den weiteren Krankheitsverlauf seines Patienten im Auge zu behalten. Adrian hatte nichts dagegen und dankte ihm nochmals für seine Hilfe. Als Dr. Urban gegangen war, blickte der Hexer nachdenklich auf die Schüssel, in der das Blut seines Vaters gerann.

Kapitel 6: Besuch bei Gundula

Gleich nach dem Mittagessen ließen sie sich die Pferde satteln um Gundula in ihrem kleinen, am Anfang des Waldes gelegenen Häuschen, einen Besuch abzustatten. Zuvor hatte Adrian noch versucht seine Mutter ein wenig zu beruhigen. Nachdem sein Zureden keine Wirkung gezeigt hatte verabreichte er ihr schweren Herzens ein Mittel, damit sie nicht ständig weinte. Die Herzogin litt ungemein unter dem neuerlichen Schicksalsschlag. Nun war ihr Mann endlich wieder zu Hause und doch war er ihr ferner denn je.

Simon, der seinen Freund bestens kannte, merkte deutlich wie die ganze undurchsichtige Situation auch Adrian belastete. Die dunklen Ringe unter dessen Augen und die Sorgenfalten, die sich tief in seine Stirn gegraben hatten, ließen die Züge des Hexers ungewohnt streng erscheinen. Um ihn aus seinen Grübeleien herauszuholen kam Simon auf die alte Hexe zu sprechen.

„Warum lebt diese Gundula nicht näher am Dorf, ist sie bei den Bewohnern nicht gut gelitten? Eine alte Frau tut sich so ganz allein doch sicher schwer. Hat sie wenigstens jemand der ihr zur Hand geht?"

Seine Taktik ging auf.

Der Hexer drehte sich ein wenig im Sattel um besser mit ihm reden zu können.

„Gundula lebt schon seit ihrer Geburt dort am Waldrand. Ihre Mutter war ebenfalls ein Kräuterweib und hat sie ganz allein großgezogen. Einen Vater für ihr Kind nannte sie trotz der Schande nicht aber Gundula hat mir einmal verraten, dass es wahrscheinlich mein Urgroßvater war. Der konnte, so hieß es, keinem Weiberrock widerstehen. Und Gundulas Mutter soll eine wunderschöne Frau gewesen sein."

„Sie ist mit dir verwandt?"

„Wohl nur, weil er von dieser Blutsverwandtschaft wusste hat Vater nie versucht Gundula aus ihrem Häuschen zu vertreiben. Denn im Allgemeinen ist er, wie du weißt, auf niemanden gut zu sprechen der Hexenkräfte besitzt."

Er hielt einen Moment inne bevor er Simons ursprüngliche Frage beantwortete.

„Ja, Gundula lebt ganz allein. Sie hat nie geheiratet und auch keine Kinder zur Welt gebracht. Bisher bewältigte sie ihren Haushalt stets allein, obwohl Mutter ihr schon vor Jahren anbot eine Hilfe zu schicken. Gundula lehnte stets ab, sie meinte eine fremde Person würde nur Unordnung in ihren Kram bringen. Immerhin lässt sie sich inzwischen aber gnädig mit Lebensmitteln versorgen."

Wie alt ist sie eigentlich?"

Adrian dachte kurz nach.

„Neunzig ist sie mindestens, eher noch älter. Wie ich schon sagte; als ich noch ein Kind war schien sie mir schon alt. Aber schau mal, was ist denn dort los?"

Er deutete auf einen abseits gelegenen Bauernhof von dem jetzt Geschrei zu ihnen drang. Neugierig stellten sie sich in den Steigbügeln auf um besser über die halbhohen Büsche schauen zu können, die den Weg säumten.

Eine große weiße Ziege kam über die Wiese auf sie zu gerannt, ein Mann mit einem Prügel in der Hand lief keuchend hinter ihr her. Aber er holte das flinke Tier nicht ein und blieb schließlich schwer schnaufend stehen. Noch einmal drohte er der Ziege mit dem Prügel, dann drehte er sich um und ging schimpfend zu seinem Hof zurück. Die Ziege hielt ebenfalls in ihrem Lauf inne und trottete nun gemächlich direkt auf sie zu. Um ihrem Hals hing ein langer Strick, den sie hinter sich her schleifte. Mit einem kleinen Satz übersprang sie einen flachen Graben und lief nun zielstrebig auf dem Pfad vor ihnen her. Die beiden Reiter schienen sie nicht zu stören.

„Das ist sicher Gundulas Ziege", meinte Adrian lächelnd. „Sie hält schon immer eine Geiß und schwört auf die gesunden Eigenschaften von Ziegenmilch. Anscheinend ist das tatsächlich so, da sie trotz ihres Alters noch immer rüstig ist. Aus der Milch, die sie nicht für sich selbst braucht macht sie Käse, den sie auf dem Markt verkauft."

Sie ließen ihre Pferde gemächlich hinter der Ziege her traben. Es war nicht mehr weit bis zu Gundulas Häuschen, man konnte es schon am Waldrand ausmachen. Es war nicht etwa eine Holzhütte, wie Simon vermutet hatte, sondern ein richtiges kleines Haus, aus klobigen Steinen erbaut, das Dach mit verwitterten Holzschindeln gedeckt.

Um das Haus lief ein hoher Lattenzaun, dessen Tor einen Spalt aufstand. Offenbar erwartete die Alte ihre Ziege zurück und hatte ihr das Gartentor offenstehen lassen.

Als sie näherkamen öffnete sich die Haustüre und eine schmale, gebückte Gestalt trat heraus. Ihr Rücken war vom Alter gekrümmt und sie stützte sich auf einen klobigen Stock. Wie die Hexe aus dem Märchen, kam es Simon in den Sinn. Fehlte nur noch die schwarze Katze auf ihrem Rücken.

„Gundula mag keine Katzen", hörte er Adrian neben sich sagen und musste lachen. Der Hexer schaute ihn ein klein wenig verlegen an und murmelte eine Entschuldigung. Er blieb ihm eine Antwort schuldig, weil jetzt die dünne, zittrige Stimme der Alten zu ihnen drang.

„Da bist du ja endlich, Marie. Ich hatte schon Angst dieser Grobian von einem Ziegenbauer hätte dich eingefangen. Komm rein, meine gute, in deinem Stall liegt schönes Heu für dich."

So, als verstünde sie, trottete die Ziege durch das Tor und schnurstracks in den kleinen Schuppen, der ans Haus angebaut war. Erst jetzt hob Gundula den Kopf und musterte ihre Besucher aus zusammengekniffenen Augen. Es dauerte eine ganze Weile bis sie Adrian erkannte.

„Der junge Herr!" rief sie und ihre trüben Augen leuchteten erfreut auf. „Ich wusste, dass Ihr kommt, ich habe von Euch geträumt. Aber tretet ein, ich habe einen Kuchen gebacken, mit Nüssen, so wie Ihr ihn gerne mögt."

Sie stiegen ab und banden die Pferde an eine Birke, die in einigem Abstand zum Zaun wuchs. Adrian ging auf die alte Frau zu und umarmte sie vorsichtig, da sie so zerbrechlich wirkte. Er stellte ihr Simon vor, dann betraten sie gemeinsam das Häuschen. Nach dem strahlenden Sonnenschein draußen mussten sich ihre Augen erst an die Düsternis im Inneren gewöhnen. Die Stube, in der sie sich befanden, war vollgestopft mit alten Möbeln und allerlei Krims-

krams. Es roch nach Bienenwachs, Kräutern und dem Räucherwerk, das in einer flachen Schale langsam verglomm. Dünne Rauchfäden stiegen sich kräuselnd zur Decke empor. Die alte Gundula nötigte sie sich auf Stühle am Tisch zu setzten. Dann schlurfte sie davon um einen Kräutertee aufzugießen. Simon sah sich neugierig in dem Raum um. Alles wirkte aufgeräumt, doch auf den meisten Gegenständen lag eine dicke Staubschicht. Über den Boden rollten Staubknäuel, vom Wind bewegt, der durch das geöffnete Fenster drang. Und auf dem vergilbten Spitzentischtuch befanden sich große Flecke ausgeschütteter Flüssigkeit. Dazwischen lagen Brotkrümel. „Früher war das Haus immer bestens in Schuss, da konnte man vom Fußboden essen. Ihre Augen tun es nicht mehr", murmelte Adrian. „Sie sind milchig getrübt, eine typische Alterserscheinung die man den Star nennt. Wahrscheinlich sieht sie nicht viel mehr als Umrisse, bald wird sie vollkommen blind sein."
„Du solltest sie überreden, damit sie sich eine Hilfe kommen lässt. Es muss ihr doch schwerfallen ihren Alltag zu bewältigen..."
Er verstummte, weil Gundula zurückkam und irdene Becher auf den Tisch stellte, die am Rand angeschlagen und nicht besonders sauber waren. Dann schlurfte sie erneut davon.
Adrian erhob sich und folgte ihr.
„Ich werde Euch ein wenig zur Hand gehen, wenn Ihr nichts dagegen habt. Was machen die Knochen, werdet Ihr sehr vom Gliederreißen geplagt?"
„Ach es geht", antwortete sie mit ihrer dünnen Greisenstimme. „Früher habe ich die Leute mit meiner Medizin vom Zipperlein befreit, heute brauche ich fast alles für mich selbst. Es ist keine Gnade, so alt zu werden. Ich bete jede Nacht zur Jungfrau Maria, dass sie mich nicht wieder erwachen lässt. Aber sie hört nicht auf mich..."
„Wahrscheinlich habt Ihr noch eine Aufgabe im Leben zu erfüllen. Lasst mich Euch helfen."
Adrian nahm ihr den schweren Wasserkessel aus der Hand und goss die kochende Flüssigkeit in die bereitstehende Blechkanne. Sofort stiegen ihm die aromatischen Dämpfe getrockneter Kräuter in die

Nase. Er trug die Teekanne ins Zimmer und Gundula folgte mit dem Holzbrett auf dem der Kuchen lag.

Tee und Kuchen schmeckten überraschend gut, stellte Simon fest, der eigentlich nur aus Höflichkeit davon nahm. Es widerstrebte ihm aus der schmutzigen Tasse zu trinken aber er wollte die alte Frau nicht kränken. Als er beobachtete, wie selbstverständlich Adrian zulangte, tat er es ihm einfach nach.

„Geht Eure Ziege immer allein spazieren?" fragte Adrian im Plauderton. „Wir haben sie angetroffen, als sie gerade von einem Bauernhof wegrannte. Der Bauer schien recht verärgert zu sein..." Gundula stieß ein meckerndes Lachen aus und ihre trüben Augen begannen vor Vergnügen zu leuchten.

„Das war der alte Brunner, der Geißbauer. Er ist nicht gut auf mich zu sprechen seit er vor Jahren einen Trank gegen die Lahmheit seiner Lenden von mir wollte. Ich sagte ihm damals, wenn es Gott gefallen würde, dass er weiter dem jungen Weibsvolk hinterher läuft, hätte er ihm seine Manneskraft erhalten. So müsse er sich halt damit abfinden ein alter Kerl zu sein. Das hat ihm gar nicht gepasst und seither darf ich meine Marie nicht mehr zu ihm bringen. Aber damit sie fleißig Milch gibt muss sie jedes Jahr zum Bock und er hat nun mal den kräftigsten und schönsten Geißbock weit und breit. Bringt hervorragende Zicklein hervor, meist Zwillinge. Das bringt mir ein gutes Zubrot ein. Die jungen Geißen verkaufe ich auf dem Markt und die Böckchen ergeben einen guten Weihnachtsbraten..." Sie hatte für einen Moment den Faden verloren und überlegte, was sie überhaupt hatte sagen wollen.

Dann fiel es ihr wieder ein.

„Da mir der Kerl seinen Bock vorenthält schicke ich meine Marie einmal im Jahr allein los. Sie weiß genau was sie will und findet den Bock, egal auf welcher Weide er steht. Und wenn sie gedeckt ist kommt sie wieder nach Hause gelaufen. Der alte Brunner ist dann immer furchtbar wütend und hat mich sogar schon aufgesucht, um sich die Leistung seines Bockes bezahlen zu lassen. Aber da kam er mir gerade recht. Ich habe ihm gesagt er solle sich zum Teufel scheren."

Nachdem sie noch eine Weile den Erzählungen der alten Frau zuge-
hört hatten, kam Adrian auf den Grund ihres Besuches zu sprechen.
Er erzählte ihr was seinem Vater zugestoßen war und war nicht verwundert, dass sie schon davon gehört hatte. Gundula verzog ihr fal-
tiges Gesicht kummervoll.

„Das ist eine schlimme Sache, die Eurem Vater widerfuhr. Und
auch, was mit dem Waldsee geschah. Glaubt mir, ich wäre gerne
hingegangen um den bösen Zauber zu brechen. Aber meine Beine
tragen mich nicht mehr so weit. Und ich fürchte auch meine Hexenkräfte sind nicht mehr stark genug, einer so verderbten Macht
Einhalt zu gebieten. Deshalb bin ich froh, dass Ihr hier seid. Ihr seid
jung und Eure Kräfte enorm. Ihr könnt den Zauber brechen..."
Adrian schaute sie eine Weile stumm an, dann schüttelte er den
Kopf.

„Ich fürchte Ihr irrt was meine Hexenkräfte angeht, Gundula. Ich
streite zwar nicht ab, dass ich in gewissem Maße darüber verfüge.
Aber ob sie stark genug sind da bin ich mir nicht sicher. Vor allem
kenne ich keinen Zauber der einen Bann aufzuheben vermag. Ich
besitze zwar ein uraltes Buch das mir mein Mentor überlassen hat,
darin steht sicher etwas über die Aufhebung eines Bannes oder
Fluchs. Doch das steht in meinem Heim und ist somit unerreichbar
für mich. Deshalb bin ich zu Euch gekommen, ich wollte Eure Hilfe
erbitten."

Die alte Frau kniff verärgert die faltigen Lippen zusammen. Entschieden meinte sie: „Ach Papperlapapp! Was sind denn das für
Töne? Eure Bescheidenheit in Ehren aber sie ist völlig fehl am Platz.
Ich kann sie deutlich fühlen, Eure Hexenkräfte. Sie sind stärker denn
je. Ihr müsst sie nur endlich annehmen anstatt sie zu unterdrücken.
Schon als Ihr noch ein Kind ward, habe ich Euch das immer vor-
gesagt. Und seid Ihr nicht inzwischen geläutert worden, auf
schlimme Art geläutert? Ihr seid durch die Zeit gereist, sogar mehrmals. Und Ihr seid durchs Feuer gegangen und dennoch am Leben
geblieben. So etwas kann nur ein mächtiger Hexer. Und was Euer
Buch betrifft, Ihr könnt gerne meines haben. Dort in der Truhe liegt
es, seht es als mein Vermächtnis an Euch..."

„Aber das kann ich nicht annehmen. Euer wertvolles Buch, was wollt Ihr ohne es tun? Es beinhaltet Euer ganzes Lebenswerk."

„Die alte Hexe winkte herrisch ab. Mit Stolz in der Stimme sagte sie: „Dieses Buch ist uralt, was ich hinzugefügt habe, macht nur einen kleinen Teil seines Wissens aus. Es wurde seit vielen Generationen von Hexe zu Hexe weitergereicht.

Und nun ist es an der Zeit, es abermals weiterzugeben. Wie Ihr wisst habe ich keine leiblichen Erben. Wohl deshalb hat die Vorsehung Euch zu mir geschickt. Nehmt das Buch an Euch und haltet es in Ehren. Und wenn Euer Leben dereinst zu Ende geht, dann vermacht es Eurem Erben. So ist es Hexenbrauch."

„Aber noch lebt Ihr, Gundula, vielleicht noch viele Jahre. Was wollt Ihr ohne Euer Buch machen?"

Erneut winkt die alte Hexe mit ihrer knochigen Hand ab. Dann wurde ihre Stimme weich und man hörte kaum noch ein Zittern darin.

„Mein Leben ist fast zu Ende, ich spüre es. Vielleicht stimmt es was Ihr vermutet und ich bin bloß noch da um Euch gegen das Böse beizustehen. Ich habe mich in meinem Leben stets bemüht als gute Hexe zu gelten. Aber nun bin ich alt und kann nicht mehr viel bewirken. Den paar Leuten die noch zu mir kommen um sich eine Medizin oder einen Rat von mir zu holen, kann ich auch ohne das Hexenbuch helfen. Und um Liebende durch einen Zaubertrank zusammenzubringen brauche ich es auch nicht. Aber richtig großes Hexenwerk werde ich wohl nicht mehr schaffen."

Für einen Moment sah sie resigniert aus, doch sogleich sprach sie resolut weiter:

„Außerdem nützt mir das Buch sowieso nichts mehr. Meine Augen sind so schlecht geworden, ich kann kaum mehr als Hell und Dunkel unterscheiden. Selbst wenn ich wollte, ich könnte nicht mehr einen einzigen Hexenspruch nachlesen. Also nehmt es schon und studiert es gut. Ich bin sicher Ihr findet darin den passenden Gegenzauber. Ich helfe Euch gerne bei der Vorbereitung des Rituals und habe hier irgendwo ganz sicher die benötigten Utensilien herumliegen, aber nachlesen müsst Ihr selbst."

Adrian gab sich geschlagen und ging zu der Truhe um darin nach dem Buch zu suchen. Er fand es, eingeschlagen in ein seidenes Tuch und zusammengehalten von einem dünnen geflochtenen Lederband, ganz unten in der Truhe, zwischen allerlei zauberkräftigen Dingen wie Wurzeln, Steinen, Knochen und vielem mehr.

Vorsichtig, als hielte er einen Schatz, trug er es zum Tisch, löste zuerst das Lederband und faltete dann das Tuch auseinander. Simon, der ihn nicht aus den Augen gelassen hatte, schaute ehrfürchtig auf das was nach Adrians Worten der größte Schatz jeder Hexe war: Das Hexenbuch mit all seinen uralten Überlieferungen. Eigentlich war es kein richtiges Buch erkannte er, sondern eine kleine hölzerne Truhe. Der Hexer öffnete langsam den Deckel, nachdem er eingehend die eingeschnitzten Zeichen betrachtet hatte, die darauf zu erkennen waren. Er schien deren Bedeutung zu kennen, während sie für Simon nur einen rätselhaften Wirrwarr von Linien und Bögen darstellten. Er nahm sich vor, Adrian später unbedingt danach zu fragen. Im inneren der Kiste stapelten sich vergilbte Seiten auf denen sich Zeichnungen, magische Zeichen oder auch einfach nur geschriebene Worte befanden. Wie alt manche dieser Überlieferungen waren, war an den Materialien zu erkennen, auf denen sie verewigt waren. Da gab es brüchige Pergamentstücke ebenso wie hauchdünne Birkenrinde oder dünne gegerbte Lamm-häute. Sogar flache Kieselsteine, Wildschweinhauer und einige Flussmuscheln lagen darin, auf denen sich Zeichen oder Zauber-sprüche befanden. Simon erinnerte sich noch genau an Adrians Hexenbuch. Es besaß das Format eines richtigen, gebundenen Buches, doch die ältesten Eintragungen standen ebenfalls auf Tier-häuten und Baumrinde geschrieben. Die zauberkräftigen Steine, Knochen und dergleichen bewahrte der Hexer in einer steinernen Urne auf, in der sich sogar noch die Asche einer, vor zwei Jahrhunderten auf dem Scheiterhaufen verbrannten Hexe befand. Simon hatte das als makaber empfunden, aber Adrian fand nichts anrüchig oder gar pietätlos daran.

„Ich danke Euch für dieses wertvolle Geschenk", durchbrach der Hexer schließlich die sich ausdehnende Stille. Seine Stimme klang ernst und feierlich als er versicherte: „Ich werde es stets in Ehren halten und immer ein Gebet für Euch zur großen Göttin Aradia beten, wenn ich das Buch zur Hand nehme."

Die alte Gundula lächelte gerührt und Adrian bat Simon leise, die Schatulle wieder in das Seidentuch einzuschlagen und gut zu verschnüren, da er ja seinen linken Arm noch immer in der Schlinge trug. Bald darauf verabschiedeten sie sich von der Hexe. Adrian versprach wiederzukommen, sobald er einen Zauber gefunden hatte um den Bann zu brechen.

„Ich kann es noch immer nicht glauben", meinte Simon nachdenklich als sie zurückritten. „Wer, um Himmels Willen hat ein Interesse dran, einen Bann auf deinen Vater zu legen? Und warum?"

„Ich weiß es nicht", musste Adrian zugeben. „Aber irgendjemand hat diesen Bann oder Fluch veranlasst. Und er hat offensichtlich eine Hexe oder einen Zauberkundigen gefunden, der bereit war, schwarze Magie auszuüben."

„Was kann dieser Unbekannte bloß von dir wollen?" sinnierte Simon weiter. „Kann er es in Wahrheit auf dich abgesehen haben?"

„Darüber habe ich auch schon nachgedacht", gab Adrian zu.

„Aber warum? Bist du dir ganz sicher niemandes Feindschaft herausgefordert zu haben? Eventuell, als du in die Vergangenheit gereist bist, vielleicht ist dir ja jemand in deine Zeit gefolgt?"

Doch Adrian schüttelte kategorisch den Kopf.

„Nein, das kann nicht sein, ich habe mir auch schon den Kopf darüber zerbrochen. Die einzigen Hexen, die mir in der Vergangenheit begegnet sind waren Erasmus, Agatha und Zenta. Und für die Menschen die einen Grund gehabt hätten mir in die Zukunft zu folgen war es unmöglich durch die Zeit zu reisen. Nein, es muss etwas ganz anderes dahinterstecken. Etwas, was hier geschehen ist. Und was bereits vor so langer Zeit geschehen ist, dass ich es eigentlich als abgeschlossen angesehen habe. Ich kann nur hoffen, dass ich bald dahinterkomme."

Eine Stunde später stiegen sie vor dem Schloss aus den Sätteln und wurden schon auf der Treppe vom aufgeregten Bernhard erwartet.

„Was ist denn nun schon wieder los?" brummte Adrian. „Mein Bedarf an Aufregungen wäre langsam gedeckt. Hoffentlich ist nicht schon wieder etwas Schlimmes passiert."

Doch der versiegelte Brief, den der alte Diener in der Hand hielt, war nicht für ihn, sondern für Simon. Der wurde kreidebleich als er ihn annahm und hektisch das Siegel, auf dem sein Wappen prangte, aufbrach. Schnell überflog er die wenigen Zeilen, dann entspannte er sich sichtlich und reichte Adrian stumm die Botschaft.

Sie war nicht von Nelia, wie er erwartet hatte, sondern von Simons Burgverwalter. Dem Mann oblag es während der Abwesenheit des Grafen zu Hohenberg auf dessen Burg für Ordnung und Sicherheit zu sorgen. Dass er seine Aufgabe ernst nahm bewies dieser Brief. In ihm stand, dass einige Tage nach der Abreise Simons und Adrians drei Männer vor den Toren der Burg standen. Sie führten eine leere Kutsche mit sich und verlangten zuerst, die Frau des Burgherrn zu sprechen. Als der Verwalter das ablehnte, erklärten sie nach einigem Zögern, sie kämen von Schloss Wolffhardt und wären von Prinz Adrian geschickt worden, seine Frau und seinen Sohn zu holen. Sie hatten sogar eine dementsprechende Mitteilung dabei. Doch dem Verwalter kamen die Männer nicht vertrauenserweckend vor. Zudem konnte er sich nicht vorstellen, dass Adrian seiner hochschwangeren Frau eine so lange und beschwerliche Reise zumuten würde. Und nachdem Zenta ihm bestätigt hatte die Unterschrift auf der Botschaft sei nicht die ihres Mannes, fackelte der Burgverwalter nicht lange und ließ die Männer von der Torwache festnehmen. Sie wurden nach Rothenburg gebracht und dort ins Gefängnis geworfen. Dort sollten sie bis zur Rückkehr Adrians und Simons verbleiben, falls von denen keine Order käme, die Männer freizulassen.

„Ein Glück, dass du so einen fähigen Verwalter hast", seufzte Adrian erleichtert, nachdem er die Nachricht gelesen hatte. „Ich werde dem Mann nach unserer Rückkehr meinen persönlichen Dank für seine Umsicht aussprechen und ihm zudem eine Belohnung zukommen lassen. Nicht auszudenken was passiert wäre, hätte er Zenta und Wernher in die zweifelhafte Obhut dieser Männer gegeben."

„Ich habe vor unserer Abreise angeordnet niemanden in die Burg zu lassen. Aber das war eher eine allgemeine Vorsichtsmaßnahme, ich wäre im Traum nicht darauf gekommen, jemand wolle deine Familie entführen. Meinst du wer immer versucht hat Zenta und deinen Sohn in seine Gewalt zu bringen, wird es nochmals versuchen?"

Doch das konnte ihm Adrian nicht beantworten. Er zuckte nur ratlos die Schultern.

„Ich hoffe sehr bald herauszufinden wer hinter dieser undurchsichtigen Sache steckt. Es wird mir immer klarer, dass es jemanden hier gibt, der mich bis aufs Blut hasst und nichts unversucht lässt, mich in die Knie zu zwingen. Aber so sehr ich mir auch das Hirn zermartere, mir will niemand einfallen."

„Vielleicht ist es ja tatsächlich jemand, der aus früheren Zeiten schlecht auf dich zu sprechen ist", mutmaßte Simon. „Als du noch hier im Schloss gewohnt hast. Nur wer?"

„Glaube mir, ich habe bereits mein ganzes Leben in Gedanken überprüft. Praktisch von Kindheit an. Aber der einzige, von dem ich weiß, dass er mich wirklich hasste, war mein Halbbruder. Aber der ist tot. Und aus dem Jenseits sinnt er gewiss nicht auf Rache..."

Kapitel 7: Korbinian

Die ungewöhnlichen Ereignisse sollten auch in den nächsten Tagen nicht aufhören. Eher das Gegenteil war der Fall, so dass Adrian kaum einmal Ruhe hatte in das Hexenbuch zu schauen. Dabei brannte ihm die Zeit auf den Nägeln. Das Befinden seines Vaters änderte sich weder zum Guten noch zum Schlechten. Er lag einfach bewegungslos auf seinem Bett, starrte ins Nichts oder schlief.

Für die Bediensteten war es Schwerstarbeit den großen, schweren Mann zu ernähren und zu pflegen. Da Adrian befürchtete, die Bewegungslosigkeit würde seinem Vater schaden oder könne sogar einen neuerlichen Schlaganfall auslösen ordnete er an, dass der Herzog mehrmals am Tage aufgerichtet und seine Körperhaltung verändert wurde. Daneben ließ er seine Muskeln mit ätherischen Ölen massieren, um die Durchblutung anzuregen.

Auch Dr. Urban kam täglich vorbei um nach dem Befinden seines Patienten zu sehen. Aber auch ihm fiel nichts ein, wie man den Kranken aus seiner Lethargie reißen konnte. Als er einen erneuten Aderlass vorschlug, war Adrian jedoch entschieden dagegen.

„Was soll das bringen?" fragte er ablehnend. „Es sind keine bösen Säfte, die Vater in diesem Zustand halten. Meiner Meinung nach ist es noch nicht einmal eine Krankheit. Wenn wir ihm zu viel Blut abzapfen ist das eher schädlich, da es ihn schwächt."

„Was soll es sonst sein, wenn keine Krankheit?" erwiderte Dr. Urban scharf. Dann deutete er auf die Schalen mit darin verglimmenden Kräutern und die Steine, die der Hexer um seinen Vater drapiert hatte. Er bemühte sich nicht den abfälligen Unterton in seiner Stimme zu unterdrücken.

„Mit diesem Humbug könnt Ihr ihn auch nicht gesund machen. Das ist Hexenwerk und Ihr wisst was Euer Vater davon halten würde. Er würde das Zeug zum Fenster hinauswerfen, wenn er Herr seiner Sinne wäre. Langsam bezweifle ich, dass Ihr ein so guter Arzt seid wie er mich glauben machen wollte..."

„Denkt von mir aus was Ihr wollt. Aber ich sage Euch, es ist keine Krankheit die meinen Vater zu diesem lebenden Leichnam gemacht hat. Ihr habt Recht, hier ist Hexenwerk im Spiel. Und deshalb werde ich auf Hexenart dagegen angehen. Das ist jedenfalls besser als gar nichts zu tun. Wenn es Euch gegen den Strich geht was ich tue, so steht Euch frei zu gehen. Ansonsten könnt Ihr mir behilflich sein."

Der Doktor schien einen Moment zu überlegen, dann gab er sich einen Ruck. Versöhnlicher meinte er:

„Nun, es schadet sicher nicht Eurem Treiben zuzusehen. Vielleicht ist ja tatsächlich etwas daran. Schließlich bin ich ein aufgeschlossener Mensch und lerne gerne Neues hinzu."

Adrian musterte ihn einen Moment eindringlich, dann gab er ebenfalls nach. Er wollte Dr. Urban nicht vergraulen, schließlich war sein Vater ja dessen Patient. Und aus einem Grund, der ihm selbst nicht klar war, wollte er den Mann unter seiner Kontrolle wissen. Deshalb begann er jetzt ihm eingehend die Wirkung der verschiedenen Kräuteraromen und Steine auf den menschlichen Organismus zu erklären.

„Ihr seht, es ist nicht unbedingt Hexenwerk, was ich hier tue. Auf diese Weise versuchte man die Menschen schon vor vielen Jahrhunderten zu heilen. Und oft war der Erfolg verblüffend", beendete er seine Erläuterungen.

Es schien als wäre Dr. Urban tatsächlich beeindruckt.

„Von der Seite habe ich diese Methoden noch nie betrachtet", gestand er ein. „Und woher habt Ihr dieses umfassende Wissen über die Wirkung von Pflanzen und Steinen?"

„Ich habe mich schon immer für derartige Dinge interessiert", meinte Adrian vorsichtig. „Und mir von Heilkundigen, Kräuterweibern oder auch Hebammen ihre Heilmethoden erklären lassen. Was ich als gut befand habe ich mir gemerkt und bei passender Gelegenheit ausprobiert."

Dass er das meiste von einem echten Hexer gelernt hatte verschwieg er lieber. Dr. Urban wusste bestimmt mehr über ihn als er zugab. Schließlich ging er schon lange im Schloss ein und aus. Und obwohl keiner der Bediensteten es wagte den Sohn des Herzogs offen einen Hexer zu nennen, so war sich Adrian doch sicher die Hauptperson so manches Klatsches zu sein. Dass man ihn tatsächlich für die seltsamen Begebenheiten verantwortlich machte die sich seit Tagen zutrugen, erfuhr er noch am selben Abend. Wie es auch sein Vater hielt nahm Adrian seine Abendmahlzeit im Kreise sämtlicher Bediensteten des Schlosses ein. Doch an diesem Abend war die Stimmung am großen Tisch unruhig, ja fast gereizt. Und die zuerst verstohlenen Blicken in seine Richtung wurden zunehmend feindseliger. Die Herzogin bemerkte es ebenfalls und blickte mit angstvollen Augen zu ihrem Sohn. Adrian drückte ihr beruhigend den Arm. Schließlich erhob er sich und klopfte mit dem Messer an sein Glas um die Aufmerksamkeit auf sich zu richten.

Ernst blickte er in die vielen, ihm zugewandten Gesichter. Die meisten davon kannte er schon seit Jahren, manche sogar aus Kindertagen. Nachdem er sich der allgemeinen Aufmerksamkeit sicher war forderte er knapp:

„Da auf Offenheit und Ehrlichkeit in diesem Hause schon immer Wert gelegt wurde bitte ich euch sie auch mir gegenüber zu wahren. Wenn also jemand meint etwas vorbringen zu müssen, so soll er es tun."

Nach dieser kurzen Ansage herrschte erst einmal betretenes Schweigen. Die Männer und Frauen sahen sich gegenseitig beklommen an. Schließlich erhob sich ein junger kräftiger Mann, den Adrian nur vom Sehen kannte. Es war der neue Vorarbeiter der Schmiede, fiel ihm ein, der erst vor einem knappen Jahr die Nachfolge des alten Schmiedes angetreten hatte. Dem war von einem nervösen Pferd der Unterschenkel zertrümmert worden, seither war er Invalide.

Der junge Schmied erwiderte Adrians Blick herausfordernd. Dabei verschränkte er die muskulösen Arme vor der Brust. Doch der Hexer ließ sich durch die Drohgebärde nicht einschüchtern, sondern meinte auffordernd:

„Nun sagt schon was Euch bedrückt. Ich kann es mir zwar denken, möchte aber dennoch aus Eurem Munde hören, was meine Bediensteten an mir auszusetzen haben."

„Noch sind wir die Bediensteten Eures Vaters", knurrte der Mann unerschrocken. „Und wir hoffen es auch noch lange zu bleiben. Denn Ihr habt Eurem Vater und den Bewohnern des Schlosses bisher nur Unheil gebracht."

Adrian ließ sich scheinbar nicht aus der Ruhe bringen. Sanft erwiderte er:

„Ihr seht das falsch. Mein Vater verschwand lange bevor ich herkam, das wisst Ihr doch so gut wie ich. Und nur mir ist es zu verdanken, dass er inzwischen wenigstens wieder unter uns weilt. Und seid versichert ich werde nichts unversucht lassen ihn wieder zu dem Mann zu machen, der er vor seinem Verschwinden war. Das liegt auch in meinem eigenen Interesse, denn ich bin noch längst nicht gewillt seine Nachfolge anzutreten. Was habt Ihr sonst noch gegen mich vorzubringen?"

„Es sind die verdammten Unfälle, die seltsamen Vorfälle, die geschehen seit ihr hier seid. Das geht nicht mit rechten Dingen zu... Es ist...Hexenwerk. Und Ihr seid ein Hexer!" warf eine ältere Frau mit schriller Stimme ein.

Adrian richtete den Blick auf sie. Es war eine der Wäscherinnen, sie lebte schon seit ihrer Kindheit auf dem Schloss. Und sie kannte alle Geschichten die sich um ihn rankten.

An Adrians unbewegter Miene konnte man nicht erkennen, ob er sich durch die Anschuldigung dieser Frau gekränkt fühlte. Kühl fragte er: „Und welcher Art ist das Hexenwerk, dessen Ihr mich beschuldigt?"

Sogleich redeten mehrere Personen durcheinander. Es wurden verschiedene seltsame Begebenheiten und Unfälle aufgezählt, die sich seit Tagen in und um das Schloss zutrugen. Natürlich wusste Adrian Bescheid, es war ihm stets umgehend zugetragen worden sobald sich etwas Ungewöhnliches ereignet hatte. Er konnte die Leute ein Stück weit verstehen, es waren überwiegend einfache Menschen deren festgefügtes Weltbild aus den Fugen zu geraten drohte. Inzwischen glaubte er selbst nicht mehr, dass es sich dabei um eine Anhäufung unglückseliger Zufälle handelte. Jemand hatte dabei seine Hand im Spiel. So war zuerst das Dach einer Scheune in Brand geraten und nur wenige Tage später der Herd in der Schlossküche in Flammen aufgegangen. Zuerst hatte sich noch niemand etwas dabei gedacht, denn so etwas kam schon einmal vor. Meist geschah es aus Unachtsamkeit oder Leichtsinn im Umgang mit Feuer.

Doch dann war es in innerhalb kürzester Zeit zu mehreren unerklärlichen Unfällen gekommen bei denen drei Männer ernsthaft verletzt worden waren. In den Ställen gingen ebenfalls seltsame Dinge vor: Die Schweine wurden von einer Seuche heimgesucht, der fast alle Ferkel zum Opfer gefallen waren und bei den Schafen kamen in diesem Frühjahr besonders viele verkrüppelte Lämmer zur Welt. Außerdem war der beste Zuchtbulle auf seiner Weide von einem Bären getötet worden. Und dass, obwohl in den letzten zwei Jahrzehnten kein Bär mehr innerhalb des Herzogtums gesichtet worden war. Zwar hatte niemand den Bären gesehen, aber die Biss- und Prankenspuren an dem toten Bullen ließen keinen anderen Schluss zu.

Das merkwürdigste war jedoch am Morgen passiert. Der Stalljunge war völlig außer Atem zu Adrian gekommen und hatte ihn gebeten, sofort in den Kuhstall zu kommen. Dort hatten die Knechte um den Kadaver eines neugeborenen Kalbes gestanden und ungläubig auf dessen zwei Köpfe geblickt.

Was jedoch die abergläubische Furcht dieser Männer noch mehr herausgefordert hatte war die Tatsache, dass im benachbarten Pferdestall sämtlichen Pferden die Mähnen und die Schweife verflochten worden waren. Dieses Anzeichen einer bösen Macht konnte Adrian nicht entkräften. Und er konnte es den Menschen auch nicht verdenken, dass sie sofort an ihn dachten, war es doch seit seiner Kindheit bekannt, dass er über ungewöhnliche Fähigkeiten verfügte. Er hatte den Pferden schließlich die Verflechtungen eigenhändig gelöst, da niemand der Knechte es gewagt hatte, da es angeblich Unglück brachte. Es wäre jedoch vergebliche Mühe gewesen das den verstörten Bediensteten ausreden zu wollen.

Nun brachte er die aufgeregt durcheinander redenden Leute zum Schweigen, indem er energisch um Ruhe bat. Als sich alle Augen auf ihn richteten, ergriff er das Wort:

„Ich weiß, wie beunruhigend diese seltsamen Geschehnisse auf euch wirken müssen. Mir selbst ergeht es nicht anders. Dennoch sollten wir einen klaren Kopf bewahren und uns nicht gegenseitig verrückt machen."

Als wieder anklagendes Gemurmel aufkam, unterband er es mit einer knappen Handbewegung.

„Wenn wir uns all diese Unfälle und Begebenheiten vor Augen halten so muss man zugeben, einzeln gesehen ist nichts Ungewöhnliches darunter.

Eine Scheune gerät schnell in Brand, ebenso ein unbeaufsichtigter Herd. Und zumindest zwei der schlimmen Unfälle sind leider auf den Leichtsinn der Betroffenen zurückzuführen. Das haben Nachforschungen ergeben.

Auch die Seuche unter den Schweinen ist nicht ungewöhnlich, denn in den umliegenden Dörfern ist sie ebenfalls aufgetreten. Und die verkrüppelten Lämmer sind wohl eher auf die Unzulänglichkeit des neuen Zuchtbockes zurückzuführen als auf Hexenwerk. Ich habe ihn bereits aus der Herde entfernen und schlachten lassen. Sein Nachfolger wird im nächsten Jahr sicher wieder zufriedenstellenden Nachwuchs hervorbringen."

„Und was ist mit dem Kalb heute Morgen?" rief der junge Schmied dazwischen. „Es hatte zwei Köpfe. Und dann die Schweife der Pferde. Sie waren allesamt verflochten. So etwas tun nur Hexen... Was wird noch alles geschehen? Vielleicht sind unsere Kinder die nächsten Opfer."

Adrian schaute ernst in die Runde der ängstlichen Männer und Frauen. Er musste die verunsicherten Menschen überzeugen, dass nicht er diese Vorkommnisse verursacht hatte, sonst würde ein Aufstand entstehen, den er auf jeden Fall verhindern musste. Ruhiger als er sich fühlte nahm er erneut das Wort auf.

„Als Arzt kann ich versichern, dass es hin und wieder vorkommt, dass ein Tier mit zwei Köpfen geboren wird. Das hat nichts mit Hexerei zu tun, sondern ist eine Laune der Natur. Und was das Flechten der Pferdeschwänze angeht meint ihr ich stelle mich stundenlang in den Stall, um so etwas Unsinniges zu tun? Noch dazu mit meinem verletzten Arm. Nein, ich vermute dabei eher einen schlechten Scherz mit dem Ziel, mich bei euch in Ungnade zu bringen..."

Er fuhr lauter fort um die aufbrandenden Rufe zu übertönen.

„Sagt mir was ich davon hätte, wenn ich all das tatsächlich getan hätte? Warum sollte ich meinen Vater entführen lassen und ihn zu einem lebenden Toten machen? Es gibt keinen Grund dafür. Ihr alle hier kennt die Geschichte um den jahrelangen Zwist zwischen Vater und mir. Viele von euch haben es miterlebt und die anderen sind ebenfalls darüber im Bilde. Deshalb weiß auch jeder hier, dass ich nie erpicht darauf war, der nächste Herzog zu werden. Nur weil es der ausdrückliche Wunsch meines Vaters ist, habe ich nachgegeben. Doch damit bis dahin möglichst viel Zeit vergeht, habe ich nichts unversucht gelassen, ihm nach seiner Apoplexie den Lebenswillen zurückzubringen. Deshalb ist es absurd, wenn ihr von mir denkt ich wolle nun baldigst seinen Platz einnehmen, indem ich ihn verhexe."

Nach dieser eindringlichen Rede wurden die ersten Gesichter nachdenklich. Denn selbstverständlich wussten alle um das Drama, das sich zwischen Vater und Sohn abgespielt hatte. Um die Leute noch nachdenklicher zu machen, führte Adrian sogleich seine Rede fort: „Genauso absurd ist es zu denken, ich hätte alle diese Unglücksfälle inszeniert. Ich frage euch noch einmal: Was hätte ich davon? Dass man mich einen Hexer nennt wisst ihr alle, ich brauche es euch nicht zu demonstrieren..."

„Aber die geflochtenen Pferdemähnen und -schweife", mischte sich der Schmied erneut ein. „Ich habe es mit eigenen Augen gesehen. Und das ist nun einmal ein eindeutiger Beweis, dass eine Hexe ihr Unwesen trieb. Das müsste Euch doch bekannt sein. Alle Hexen tun das."

„Ich persönlich habe noch nie gehört das Hexen so etwas Dummes tun. Wozu sollte es denn gut sein? Diese Geschichte ist ein Ammenmärchen..."

„Aber irgendjemand hat es bei unseren Pferden getan, Ihr habt es doch selbst gesehen!" ereiferte sich der Schmied erzürnt. „Zudem habt Ihr die Flechten eigenhändig gelöst. Das gelingt nur dem der es verursacht hat."

Adrian musste sich innerlich zusammenreißen um nicht entnervt die Augen zu verdrehen. Geduldig, als spräche er zu einem Kind erklärte er:

„Natürlich kann das Jeder, das Flechten ebenso wie das Lösen, vorausgesetzt, dass er ein bisschen Geschick dazu hat. Ich habe sie gelöst, weil sich sonst keiner traute. Ich wollte euch damit beweisen, dass es abergläubischer Humbug ist zu glauben es brächte Unglück. Deshalb betone ich nochmal das war keine Zauberei von mir. Denn auch ich hätte die Pferdeschweife und Mähnen mit meinen Händen verknüpfen müssen. Es gibt keinen Zauberspruch mit dem sich so etwas bewerkstelligen ließe. Doch bei den vielen Gäulen, die im Stall stehen hätte ich dazu die ganze Nacht vergeudet und mich obendrein in die Gefahr begeben dabei erwischt zu werden. Nein, da ist ganz gewiss keine Zauberei im Spiel gewesen. Und ich benötige auch keine Zauberkräfte um zu sagen, dass der wahre Übeltäter hier mitten unter uns sitzt. Hast du uns vielleicht etwas zu erzählen, Junge?"

Er blickte auffordernd in Richtung eines der Stalljungen. Der magere hochaufgeschossene Jüngling war während seiner Rede zusehends nervöser geworden. Jetzt schoss ihm das Blut in seine eben noch fahlen Backen. Gehetzt schaute er zur Türe, ob ihm wohl die Flucht gelingen könnte. Doch er erkannte sogleich, dass er es nicht schaffen würde, denn ein paar Männer in seiner unmittelbaren Nähe schauten ihn drohend an. Resigniert ließ er die Schultern sinken und starrte Adrian schuldbewusst an.

„Er sagte mir es solle ein Scherz sein", begann er stotternd. „Ich konnte doch nicht ahnen, dass man Euch..."

Hilflos brach er ab. In seinen weit aufgerissenen Augen schimmerte es verdächtig.

„Wer sagte das?" fragte Adrian ihn sanft. Er ging zu dem Jungen hin und legte ihm die Hand auf die Schulter. Dann setzte er sich auf den Stuhl neben ihm, den schnell ein anderer Mann für ihn räumte. Beruhigend meinte er:

„Du brauchst keine Angst zu haben, ich reiße dir schon nicht den Kopf ab. Am besten du erzählst alles von Anfang an. Und denke gründlich nach, damit du nichts vergisst. Wir wollen alles erfahren was du weißt."

Stockend begann der Stalljunge zu erzählen:

Von dem alten Korbinian, der ihn vor einigen Tagen im Stall auf-gesucht hatte. Und von der jungen hübschen Magd, die ihn immer mit so verliebten Augen ansah. Um ihr zu imponieren hatte er bei Korbinian ein Fläschchen mit duftendem Rosenöl bestellt. Das wollte er seiner Angebeteten schenken. Aber das Öl war sehr teuer, zu teuer für seinen bescheidenen Lohn. Da hatte ihm Korbinian angeboten ihm das Öl zu schenken, wenn er ihm dafür einen kleinen Gefallen erweisen würde. Er solle den Pferden heimlich in der Nacht die Mähnen und Schweife flechten.

„Er behauptete es wäre ein Scherz, mit dem er Euch überraschen wolle. Ihr wüsstet dann schon Bescheid. Und es wäre wirklich nichts Schlimmes dabei... Ich habe ihm geglaubt, sonst hätte ich es nicht gemacht. Ich hatte doch keine Ahnung was es bedeutet und wie es sich auf die Leute auswirken würde. Von einem solchen Hexenzauber habe ich noch nie gehört, sonst hätte ich es nicht getan. Das müsst Ihr mir glauben. Werdet Ihr mich jetzt dafür bestrafen, Herr? Ich bitte Euch nur entlasst mich nicht...‟

Seine Stimme bebte vor Verzweiflung, so dass Adrian schnell beruhigend den Kopf schüttelte.

„Nein, keine Angst. Ich werde dich weder entlassen, noch sonst wie bestrafen. Es war ja wirklich nur ein Scherz, wenn auch ein sehr dummer. Aber dafür kannst du ja nichts. Erzähle mir aber doch wer dieser Korbinian ist. Ich habe niemals von ihm gehört.‟

Nun rannen dem jungen Kerl doch noch die Tränen aus den Augen, so erleichtert war er. Nachdem er sich mehrmals stammelnd bedankt hatte, begann er Korbinian zu beschreiben. Auch die anderen Bediensteten kannten den Mann anscheinend gut und beschrieben ihn ebenfalls sehr genau. Dadurch konnte sich Adrian bald ein ziemlich gutes Bild von dem Mann machen. Bei Korbinian handelte es sich um einen Mann von etwa sechzig Jahren, der schon seit längerer Zeit in Abständen von zwei, drei Wochen auf dem Schloss auftauchte. Er verkaufte alles Mögliche, angefangen von ge-trockneten Kräutern für die Küche über Salben und Wässerchen, die der Schönheit dienten bis hin zu allerlei Arzneimitteln. Darüber hinaus behandelte er kleine und größere Wehwehchen wie eingewachsene Zehennägel, Hühneraugen oder auch vereiterte Zähne.

„Er ist also ein Händler und Bader", vermutete Adrian nach der Beschreibung. Oder ein Hexer, vermutete er, sprach seinen Verdacht jedoch nicht aus.

„Ja", bestätigte ein alter Knecht, der schon lange für den Herzog arbeitete und sich bestens auskannte.

„Seit Gundula, unser Kräuterweib, zu alt dafür geworden ist gab es niemanden mehr, bei dem wir unsere Kräuter und Medizin holen konnten. Da kam uns Korbinian gerade recht. Den Doktor kann sich keiner von uns leisten, nur bei schweren Erkrankungen lässt ihn Eure Mutter auf ihre Kosten kommen. Dieser Korbinian ist zwar ein mürrischer alter Kerl, aber was seine Medizin und den sonstigen Kram betrifft den er verkauft, gibt es nichts zu meckern."

„Seit wann kommt er denn hier aufs Schloss?" wollte Adrian wissen.

„Och, seit etwa einem Jahr. Aber in letzter Zeit hat er sich rar gemacht. Zuletzt habe ich ihn kurz vor dem Verschwinden Eures Vaters gesehen..."

„Nun, jedenfalls scheint er wieder hier zu sein. Aber außer dem Stalljungen ist er wohl niemandem begegnet. Das erscheint mir seltsam..."

Nach dem Abendessen löste sich die Tischgemeinschaft schnell auf. Niemand kam nochmals auf die Verdächtigungen zurück, die kurz zuvor noch für so viel Misstrauen gesorgt hatten. Es schien fast als schämten sich die Bediensteten den zukünftigen Herzog einer so schwerwiegenden Sache beschuldigt zu haben.

Auch Adrians Mutter zog sich in ihre Gemächer zurück. Sie klagte über Kopfschmerzen und wollte früh zu Bett gehen. Man sah ihr immer deutlicher die Last an, die auf ihren schmalen Schultern ruhte.

„Ich bekomme Angst um sie", bekannte Adrian bekümmert, nachdem er mit Simon alleine war. „Wenn sich die allgemeine Situation auf dem Schloss nicht bald zum Besseren wendet, werden ihre Nerven das nicht durchhalten. Sie versucht zwar tapfer zu sein, aber es ist einfach zu viel was sie in all den Jahren immer wieder durchmachen musste. Sie hätte endlich ein sorgenfreies Leben verdient."

„Es wird wirklich Zeit, dass du herausfindest, wer dir Übles will und warum. Auch du kannst nicht ewig diese Ungewissheit ertragen. Und nun auch noch die Sorge um Zenta und deinen Sohn. Nicht auszudenken, was geschehen wäre, hätte mein Verwalter nicht so gut aufgepasst. Ich hoffe, dass wenigstens diese Gefahr gebannt ist."

Der Hexer rieb sich erschöpft übers Gesicht. Nur in Simons Gegenwart konnte er seine Ängste offen zeigen. Bei ihm waren seine Gefühle sicher.

„Mir wäre am wohlsten wir könnten sofort den Heimweg zu deiner Burg antreten", bekannte er. „Ich bin ständig am Grübeln wer mir so übel gesonnen ist, dass er meine ganze Familie ins Unglück treiben will, nur um mich zu treffen. Ginge es um mich alleine, so würde ich mir nicht halb so viele Sorgen machen."

„Ist dir immer noch niemand eingefallen dem du diese Untaten zutrauen würdest? Wie steht es um diesen Korbinian, kennst du ihn wirklich nicht? Er ist ganz sicher in dieses Spiel verwickelt..."

„Nein, ich habe noch nie in meinem Leben von ihm gehört. Auch die Beschreibung passt auf niemanden, den ich kenne. Es ist zum Verzweifeln, aber ich kann mir noch so das Gehirn zermartern, mir fällt niemand ein der mich so hassen könnte."

Mit einer wütenden Geste gab er seinem Glas einen Stoß, so dass es umfiel und in tausend Stücke zerbarst. Rotwein ergoss sich über das weiße Tischtuch und hinterließ einen blutroten Fleck. Dieses für ihn so untypische Tun zeigte Simon wie blank Adrians Nerven lagen. Er grübelte fast ständig darüber nach wie er dem Freund helfen könnte, doch ihm wollte partout nichts einfallen.

„Ich werde Gundula bitten wenigstens für eine Weile ins Schloss zu ziehen. Ich brauche ihre Hilfe."

Als er Simons verständnislosen Blick sah, erklärte er:

„Ich kann nicht gleichzeitig meine Familie beschützen und versuchen den Bann zu brechen. Auch wenn sie fast blind ist erkennt

Gundula Korbinian an seiner Aura. Sollte er sich nochmals hierher wagen so wird sie ihn auf jeden Fall bemerken. Und er spürt sie ebenfalls und wird vor ihr auf der Hut sein. Denn ihre Kräfte sind noch immer enorm."

„Außerdem", fuhr er nachdrücklich fort „Kann sie mir helfen den Bann zu brechen der auf Vater liegt. Am besten ich mache mich noch heute Abend auf den Weg zu ihr. Ich lasse gleich die Kutsche anspannen. Was ist mit dir, kommst du mit?"

Eigentlich hatte Simon vorgehabt, den Abend zu nutzen um Nelia einen Brief zu schreiben. Aber das konnte auch noch ein paar Stunden warten. Deshalb nickte er zustimmend.

Es wurde schnell dunkel, als sie den Weg zum Häuschen der Alten zurücklegten. Sie wurden von einem älteren Knecht begleitet, der während Gundulas Aufenthalt im Schloss ihr Haus hüten ihre Tiere versorgen würde. Adrian kutschierte nicht selbst, sondern hatte einen der Kutscher beauftragt. Außerdem hatte er ein Pferd satteln lassen, das hinter der Kutsche angebunden mitlief. Auf Simons verwunderte Frage hatte der Hexer nur achselzuckend geantwortet er wolle einfach für alles gerüstet sein.

Gundula zeigte sich nicht begeistert ihr Heim zu verlassen, doch nachdem Adrian ihr seine Pläne erklärt hatte, willigte sie schließlich ein. Die paar Habseligkeiten die sie benötigte waren schnell zusammengepackt. Während Adrian sie auf dem Weg zur wartenden Kutsche sorgsam unterhakte, ließ es sich die Alte nicht nehmen den Knecht ausführlich über die Pflege ihrer Tiere zu unterrichten. Der Mann biss mürrisch die Zähne zusammen und nickte nur ab und zu knapp zu ihren Ausführungen. Dann eilte er schleunigst ins Haus und schlug die Türe hinter sich zu, froh ihrem Geplapper entgehen zu können.

Sie nahmen der Hexe gegenüber auf der Sitzbank Platz. Während der Fahrt erklärte ihr Adrian ausführlich was sich in den letzten Tagen zugetragen hatte. Schließlich fragte er:

„Kennt Ihr diesen Korbinian, Gundula? Was wisst Ihr über ihn?"

„Kennen ist zu viel gesagt, ich habe von ihm gehört, das ist alles. Er soll jetzt die Leute im Ort und auf dem Schloss mit all dem Kram versorgen, den sie früher bei mir gekauft haben. Ich dachte ja anfangs er käme einmal bei mir vorbei um sich vorzustellen, aber das hat er nicht getan. Nach dem, was Ihr mir von ihm berichtet habt, hatte er wohl Sorge ich würde ihm anmerken was er im Schilde führt. Er ist...“

Sie unterbrach sich und drehte ruckartig den Kopf dem Fenster zu, so als würde etwas ihre Aufmerksamkeit erregen. Auch Adrian starrte gespannt aus dem offenen Kutschenfenster in die Nacht. Simon, der die beiden erstaunt beobachtete, wandte seinen Blick ebenfalls in die gleiche Richtung. Doch er sah nichts außer die Bäume, die kurz im Fensterausschnitt der gemächlich dahinrollenden Kutsche erschienen und wieder verschwanden. Er konnte auch nichts Verdächtiges hören, nur das Trappeln der Pferdehufe und das monotone Räderrollen.

„Das muss er sein, ich spüre seine Aura ganz deutlich“, flüsterte Gundula und fuhr erschauernd fort. „Sie ist so... verderbt. Dieser Mann scheint Belzebub persönlich zu sein. Nun wundert mich nicht mehr, dass er zu solch schlimmen Untaten fähig ist. Er ist mächtig, spürt Ihr es auch?“

Adrian spürte die Ausstrahlung seines unbekannten Widersachers ebenfalls deutlich. Und er war ebenso schockiert wie die alte Hexe über die ungezügelte, rohe Gewalt die von ihr ausging. Sie hatten es hier mit einem sehr mächtigen Zauberer zu tun.

„Er befand sich auf dem Weg zu meiner Hütte“, wurde Gundula bewusst und sie erbleichte unter den Runzeln ihrer Haut. Genau wie Adrian konnte sie sich denken, welchen Plan Korbinian gehegt hatte und den sie ihm eher zufällig vereitelt hatten.

„Er hatte die Absicht, mich zu ermorden...“

Kapitel 8: Die Höhle des Grauens

Natürlich entging auch Korbinian nicht, dass er entdeckt worden war. Genau wie Gundula und Adrian die seine, spürte er die Aura der beiden Hexen deutlich. Ebenso deutlich musste ihm bewusst geworden sein, dass sein Plan die Alte zu ermorden, zumindest fürs erste, gescheitert war. Deshalb reagierte er sofort indem er sein Pferd herumriss und ihm die Sporen gab. Mit schrillem Wiehern stob das Tier in die Nacht davon. Adrian rief dem Kutscher zu sofort anzuhalten. Kaum stand die Kutsche war er schon draußen und band das gesattelte Pferd los. Bevor er aufsaß wandte er sich Simon zu. „Bring du bitte Gundula zum Schloss und sorge dafür, dass sie gut ankommt. Mutter weiß Bescheid und hat bereits ein Zimmer für sie herrichten lassen."

„Was willst du tun?" fragte Simon alarmiert. „Du wirst diesem Kerl doch nicht alleine folgen wollen. Das ist gefährlich. Soll ich dich nicht lieber begleiten?"

Doch der Hexer schwang sich schon auf den Rücken des Pferdes. Entschieden meinte er.

„Wir können nicht zu zweit auf einem Tier reiten, es würde unter der doppelten Last nicht weit kommen."

Ernst sah er Simon in die Augen bevor er fortfuhr:

„Das ist mein Krieg und ich will dich nicht unnötig in Gefahr bringen. Außerdem habe ich nicht die Absicht mich auf eine Auseinandersetzung mit diesem Korbinian einzulassen. Zumindest nicht heute. Aber ich will wenigstens versuchen ihn zu verfolgen. Vielleicht entdecke ich ja seinen Schlupfwinkel. Dann wären wir einen Schritt weiter."

Er hob kurz die Hand zum Gruß und trieb das Pferd aus dem Stand zum Galopp an. Ehe Simon noch etwas erwidern konnte verschwand er schon auf dem Weg, den auch Korbinian geritten war.

„Es wird ihm schon nichts geschehen", meinte Gundula und legte ihre runzelige Hand tröstend auf Simons Arm. „Er ist sehr umsichtig und wird sich nicht in Gefahr begeben. Bringt mich zum Schloss, junger Herr. Bestimmt ist er morgen früh wieder zu Hause, damit wir gemeinsam nach einem Gegenzauber suchen können."

Simon war nicht so zuversichtlich, er sorgte sich um den Freund. Doch was sollte er tun? Schweren Herzens gab er dem Kutscher ein Zeichen weiterzufahren.

Adrian trieb den Wallach so schnell an, wie er es bei den herrschenden Licht- und Wegverhältnissen gerade noch verantworten konnte. Sollte das Tier stürzen, so würde seine Hoffnung zunichte sein den alten Hexer einzuholen. Auch so glaubte er kaum daran, dazu war dessen Vorsprung bereits zu groß. Zudem konnte ihn dieser Korbinian mindestens so deutlich fühlen wie er ihn. Er würde also nicht so dumm sein ihn direkt zu seiner Unterkunft zu führen. Dennoch wollte Adrian nichts unversucht lassen ihn doch zur Strecke zu bringen. Wenn er den Hexer stellen könnte würde er den Grund der seltsamen Begebenheiten vielleicht schneller auflösen können, als er zu hoffen gewagt hatte.

Ein alter Mann ist doch sicher kein verwegener Reiter mehr, hoffte er. Bei dem halsbrecherischen Tempo und der unebenen Wegstrecke konnte es schnell passieren, dass ein Pferd einen Fehltritt tat.

Doch nach etwa einer Stunde musste Adrian einsehen, dass er Korbinian nicht mehr einholen würde. Seine Aura wurde zusehends schwächer, bald konnte er sie überhaupt nicht mehr spüren. Der alte Hexer war ihm entkommen.

Leise fluchend hielt er den keuchenden Wallach an. Bei dem halsbrecherischen Ritt hatte er sich so sehr darauf konzentriert Korbinian nicht zu verlieren, dass er nicht auf den Weg geachtet hatte. Jetzt musste er herausfinden wo er sich überhaupt befand. Bei der fast undurchdringlichen Dunkelheit hier am Waldrand kein leichtes Unterfangen. Zu allem Überfluss schoben sich nun auch noch Wolken vor die ohnehin nur matt scheinende Mondsichel und verdunkelten sie noch mehr.

„Du kennst auch nicht zufällig den Rückweg, wie?" fragte er das Pferd und klopfte ihm aufmunternd den Hals. Als verstünde es die Frage schüttelte es energisch den Kopf, so dass sein Zaumzeug klirrte. „Na, macht nichts", meinte Adrian mehr zu sich selbst. „Wir werden uns schon nicht verirren."

Nach einigen Minuten verzogen sich die Wolken wieder und die Sicht wurde ein wenig besser. Adrian stellte sich in den Steigbügeln auf und ließ das Pferd sich einmal um die eigene Achse drehen. In der Ferne vermeinte er die Silhouette eines Kirchturmes zuerkennen und wie zur Bestätigung schlug weit entfernt eine Turmuhr zehn Mal.

„Na, siehst du. Dort ist ein Dorf und es ist gerade mal zehn Uhr. Mit etwas Glück sind wir um Mitternacht längst zu Hause. Geh, mein Guter."

Willig gehorchte der Wallach seinem Schenkeldruck und stapfte entschlossen durch das halbhohe Gras einer Wiese auf die Ortschaft zu. Schon nach kurzer Zeit kamen sie auf einen breiten gepflasterten Weg, der vermutlich geradewegs zu dem Dorf führte. Deshalb trieb Adrian das Pferd nun zu etwas schnellerer Gangart an. Das erfahrene Tier würde sich von alleine nach dem Verlauf der Straße richten.

Der Weg führte ein Stück weit mitten durch den Wald und um Adrian wurde es stockfinster. Doch der Wallach trottete unverdrossen seines Weges, das laute Klappern seiner Eisen auf den Steinen verriet seinem Reiter, dass er sich immer noch auf der Straße befand.

Später wusste Adrian nicht mehr zu sagen was seine Aufmerksamkeit erregt hatte, ein leises Geräusch oder vielleicht nur eine Ahnung. Abrupt zügelte er das Pferd und lauschte in die Nacht. Doch es war nur das Atmen des Pferdes und das leise Rauschen des Windes in den Tannenwipfeln zu hören. Nicht zum ersten Mal in dieser Nacht verfluchte Adrian seine Nachlässigkeit keine Laterne mitgenommen zu haben. Hier, unter den dichten Bäumen, konnte er kaum die Hand vor Augen sehen.

Ein Hirngespinst, sagte er verdrossen zu sich selbst als sich nichts rührte. Meine Nerven sind wirklich nicht mehr die allerbesten. Vielleicht sollte ich mir einen kräftigen Baldriantee brauen. Er wollte schon wieder anreiten da ertönte tief im Wald ein leises Krächzen.

Wie angewurzelt blieb er starr sitzen und lauschte erneut. Kein Zweifel, es war ein Ächzen oder Stöhnen, das da an sein Ohr drang. Und es erklang so weit weg, dass er es nicht orten konnte.

Vielleicht ein Igelpärchen, überlegte er. Diese Tiere gaben oft seltsame Laute von sich, wenn sie sich paarten. Aber war die Paarungszeit dieser Stachelträger nicht schon längst vorüber? Und hielten sie sich nicht eher in den Wiesen und Feldern auf und nicht im Wald? Ein erneuter weher Laut riss ihn aus seinen Grübeleien. Und diesmal vermeinte er ein menschliches Schluchzen zu erkennen.

Entschlossen sprang er vom Pferd und hielt sich in die Richtung, aus der das Geräusch kam. Auch wenn es unwahrscheinlich war das hier ein Mensch der Hilfe bedurfte, er würde nicht ruhen bis er den Auslöser dieser jammernden Laute ausfindig gemacht hatte.

Es war schwierig sich durch das zwar niedrige, aber dichte Buschwerk zu kämpfen, dass den Straßenrand und den dahinter ansteigenden Hang säumte. Nachdem er die Büsche gemeistert hatte ging es besser, unter den hohen Tannenbäumen gedieh kaum andere Vegetation. Vorsichtig tappte er von Baum zu Baum. Seine Arme weit von sich gestreckt und den Kopf möglichst tief nach unten gesenkt, damit ihm nicht ein tiefhängender Ast in die Augen stieß, arbeitete er sich Schritt für Schritt auf die Laute zu, die immer deutlicher erklangen. Er war sich nun fast sicher kein Tier vor sich zu haben, das war das Weinen eines Menschen. Nach weiteren anstrengenden Minuten stieß sein Fuß an etwas Weiches und ein erschreckter Aufschrei ertönte. Er konnte die Panik des Wesens spüren, das hektisch vor ihm wegzukriechen versuchte. Schnell bückte er sich und griff danach. Er bekam klammen groben Wollstoff zu fassen und spürte darunter eine kleine Gestalt. Das war ein Kind, wurde ihm klar, und er redete beruhigend auf es ein. Erst nach einer kleinen Ewigkeit entspannte sich der magere Körper etwas.

„Wer bist du und was tust du allein mitten in der Nacht hier im Wald?" fragte er schließlich als das Zittern aufhörte. „Hast du dich verlaufen?"

Wie durch ein Wunder verzogen sich die Wolken endlich und blasses Mondlicht fiel durch eine Lücke in den Bäumen, direkt auf ihn und das Kind. Er erkannte einen etwa zehnjährigen Jungen, der nur in Lumpen gekleidet war und entsetzlich mager und verschmutzt aussah. Riesengroße Augen starrten ihn angstvoll an, doch die verzerrten Lippen blieben stumm. Nun erkannte Adrian auch die Spuren von Misshandlungen an Armen und Beinen des Jungen. Er schien von blauen Flecken und Kratzern übersät. Was war wohl mit dem Kind geschehen? Aber jetzt war nicht der richtige Zeitpunkt, darüber nachzudenken was dem Knaben widerfahren war. Das konnte warten bis er ihn in Sicherheit gebracht hatte.

„Kannst du laufen?", fragte er sanft, doch er bekam keine Antwort.

„Na, dann komm her, ich werde dich tragen" murmelte er und griff nach dem Jungen. Doch der zuckte erneut zurück.

Beruhigend redete er ihm zu:

„Ich werde dir nichts tun, hab keine Angst. Ich will dich nur von hier wegbringen. Du möchtest hier doch sicher nicht bleiben."

Der Junge starrte ihn lange an, dann schüttelte er langsam den Kopf. Als Adrian den schmächtigen Körper hochhob, durchzuckte ein stechender Schmerz seine Schulter. Leise ächzend erhob er sich mit seiner Last und wollte den Abhang hinuntergehen. Da krallte sich der Junge plötzlich so an seiner verletzten Schulter fest, dass er vor Schmerz aufstöhnte. Aber das Kind schien es gar nicht zu bemerken.

„Nein", stammelte es voller Angst. „Bitte, wir müssen erst die Anderen holen."

Adrian blieb wie angewurzelt stehen.

„Welche Anderen?" fragte er und schaute sich um. Aber er konnte niemanden sonst entdecken.

„Sie sind in der Höhle dort oben. Dort hält er uns gefangen. Heute war er nicht da, da konnte ich mich befreien. Ich wollte Hilfe holen. Aber dann bin ich den Abhang heruntergefallen und es wurde schwarz vor meinen Augen. Erst vorhin bin ich aufgewacht..."

Adrian starrte in die Richtung, in die der Kleine wies. Undeutlich erkannte er eine steil abfallende felsige Stelle von etwa zwei Metern Höhe. Nach seinem Sturz war der Knabe wohl noch einige Meter den Abhang heruntergerutscht. bevor er an einem Baumstumpf liegenblieb.

„Wer sind diese Anderen und wie viele seid ihr?" wollte er wissen. Es brannten ihm noch mehr Fragen auf der Zunge, doch deren Beantwortung war im Moment nebensächlich. Wenn irgendwo dort oben tatsächlich Kinder in einer Höhle gefangen gehalten wurden, so musste er sie umgehend befreien. Alles andere konnte man dann später aufklären.

Er bettete den Jungen vorsichtig wieder auf den Boden und kauerte sich neben ihn.

„Kannst du mir sagen wie ich diese Höhle finde?"

Es war ein mühsames Unterfangen aus dem Kind die Antworten herauszubekommen die er benötigte. Entweder durch den Sturz, oder durch seine Aufregung bedingt, konnte der Junge nur stockend konkrete Angaben machen.

Es waren noch drei weitere Kinder in der Höhle gefangen, berichtete er, die alle in kleinen hölzernen Verschlägen gehalten wurden. Einen Wächter gab es nicht und des Nachts war der böse Mann, wie der Junge ihn nannte, noch nie erschienen. Adrian hoffte inständig er würde nicht ausgerechnet in dieser Nacht seine Gewohnheit brechen.

Nachdem er dem Kind versprochen hatte so schnell als möglich zurückzukehren, machte er sich auf die Suche nach der Höhle. Zumindest hatten sich die Wolken inzwischen gänzlich verzogen, so dass er wenigstens schemenhaft seine Umgebung erkennen konnte. Nach einer anstrengenden Kletterpartie den Steilhang hinauf musste er erst einmal verschnaufen und abwarten bis das Toben in seiner Schulter nachließ. Seine Augen suchten die Umgebung nach der tiefen Schwärze eines Höhleneinganges ab. Schließlich entdeckte er eine Felsspalte, hinter der sich vielleicht eine Höhle verbarg und ging darauf zu. Es handelte sich tatsächlich um den sehr gut getarnten Eingang in ein unübersichtliches Höhlenlabyrinth. Nachdem er über mehrere große Felsbrocken geklettert war und sich in vollkommener Schwärze um einige Ecken getastet hatte, erstreckte sich plötzlich eine große, vom matten Schein einer Fackel nur mäßig erhellte Höhle vor ihm. Die Fackel war ziemlich hoch angebracht und schon so weit abgebrannt, dass sie wohl bald aus ihrer eisernen Halterung fallen würde und Adrian hoffte, sie würde noch so lange brennen bis er die Kinder gefunden und befreit hatte. Um sich zu orientieren blickte er sich erst einmal suchend in dem düsteren Gewölbe um.

Sein Blick fiel zuerst auf einen großen länglichen Stein, der ihn sofort an einen Altar erinnerte. Daneben auf dem Boden lagen mehrere umwickelte Stäbe. Weitere Fackeln, erkannte er erfreut, und nahm sich eine um sie an der fast abgebrannten anzuzünden. Er machte sich in ihrem Schein daran die Höhle näher zu inspizieren. Was er sah, ließ ihn frösteln. Der flache Stein war tatsächlich ein Altar, aber keiner, den eine Kirche gutheißen würde. Ein umgedrehtes klobiges Kreuz war dahinter aufgestellt auf das der Kadaver einer schwarzen Katze gespießt war. Aus ihrem weit geöffneten Maul sickerte noch immer ein schwaches Rinnsal eingedickten Blutes über das Holz. Auch auf dem Altar gab es Spuren von getrocknetem Blut und die Reste eines Feuers. In der erkalteten Asche lagen die verbrannten Knochen einer weiteren Katze, oder auch eines kleinen Hundes. Adrian musste bei dem grausigen Anblick schlucken.

Es wurde ihm klar, dass hier die geheime Opferstätte eines schwarzen Hexers oder auch Satanisten war. Obwohl er keinerlei Anhaltspunkte dafür hatte stand für Adrian fest, dass es sich dabei nur um Korbinian handeln konnte. Seine böse Ausstrahlung war hier in jedem Gegenstand fühlbar.

„Hier treibst du also dein Unwesen, Korbinian", flüsterte er. „Und du fügst dem Bild, das ich mir bereits von dir gemacht habe, noch ein paar Scheußlichkeiten hinzu. Nun, ich werde dafür sorgen, dass du kein Lebewesen mehr dem Teufel opfern wirst."

Die Kinder fielen ihm wieder ein, wozu wurden sie hier gefangen gehalten? Sein Gehirn weigerte sich den Gedanken weiterzuspinnen, dass der alte Hexer hier nicht nur Tiere, sondern auch Kinder opferte.

Wo waren die Kinder, verdammt? Er drehte sich langsam im Kreis und suchte die gesamte Höhlenwand nach Nischen ab. Den grauen Vorhang entdeckte er erst auf den zweiten Blick und eilte darauf zu um ihn zur Seite zu reißen. Die Fackel beleuchtete ein paar kleinere Felsnischen, die alle mit hölzernen Gittern verschlossen waren. An einem dieser Holzgitter krochen jetzt kleine Kinderhände empor, dahinter waren wirre dunkle Haare und ein schmales Gesicht zu erkennen. Der Knabe schaute ihn mit großen angstgeweiteten Augen an. Zwei weitere Jungen erschienen an den Gittern der nächsten beiden Verschläge. Alle drei waren sie etwa gleich alt, so um die zehn Jahre vermutete Adrian. Sie schauten ihn stumm und ängstlich an.

An einem vierten Verschlag hing eine der Latten halb heraus. Aus dem war wohl der Junge ausgebrochen, den er im Wald gefunden hatte. Daneben gab es noch zwei weitere Löcher, die leer und unverschlossen waren.

Adrians Augen suchten die Wand nach einem Schlüsselbund ab, schließlich entdeckte er ihn auf einem Mauervorsprung und ging sofort daran die Verliese aufzusperren. Dabei redete er so sanft er es vermochte auf die drei Kinder ein. Obwohl er vermutete, dass Korbinian nicht ausgerechnet in dieser Nacht hierherkommen würde, war er doch nervös. Hoffentlich waren die Kinder nicht zu schwach zum Laufen, überlegte er. Sie sahen alle entsetzlich mager aus. Wenn er sie tragen müsste, würde es die halbe Nacht dauern bis er mit ihnen bei seinem Pferd ankam.

„Meint ihr, ihr schafft es, eine kurze Strecke zu laufen?" fragte er besorgt, als die drei Jungen aus ihren Käfigen krochen. Ihre Bekleidung bestand mehr oder weniger aus Lumpen und er war froh, dass die Nacht einigermaßen lau war.

Die Kinder waren zwar schwach, aber sie konnten alleine laufen. Er nahm den, der ihm den schwächlichsten Eindruck machte bei der Hand, in der anderen trug er die Fackel. Die anderen beiden Jungen fassten sich einander bei den Händen und folgten ihm.

Alle drei warfen scheue Blicke zu dem Altar hin und senkten dann die Köpfe. Hatten sie etwa die Gräueltaten des Hexers mit ansehen müssen? Zorn wallte in Adrian auf als er daran dachte was diesen armen Jungen angetan worden war. Sie würden über alles reden müssen, aber das hatte noch Zeit.

Für die Kinder war das Martyrium noch lange nicht vorbei, sie würden noch Jahre unter den Gräueln leiden, die sie erlebt hatten. Als sie die Höhle schon fast hinter sich hatten entdeckte Adrian noch eine weitere Nische, die ebenfalls hinter einer grauen Plane verborgen war. Er bat die Kinder zu warten und spähte hinein. Im Schein seiner Fackel leuchteten mehrere Augenpaare auf. Erst bei näherem Hinsehen erkannte er, dass es Tieraugen waren. In winzigen Käfigen hockten mehrere schwarze Katzen, Raben, ein ganzer Wurf junger Hunde und zwei schwarze Hähne. In einer Ecke stand ein großer Ziegenbock angebunden, dessen Fell ebenfalls kohlschwarz war. Opfertiere.

So gerne er es getan hätte, er konnte sich momentan nicht auch noch um diese Tiere kümmern. Aber er würde gleich morgen früh Männer hierher schicken die alle Tiere abholen, die Höhle genau untersuchen und danach verschließen würden. Notfalls würde er anordnen den Eingang mit Felsen zu verbarrikadieren. Hier sollten nie mehr solche Ungeheuerlichkeiten geschehen.

Als er sich schon abwenden wollte, fiel sein Blick auf etwas am Boden, das er zuerst für Äste hielt. Er hielt die Fackel näher daran und prallte zurück. Was da lag waren keine Äste, sondern Knochen. Die verkohlten Knochen von Kindern...

Während des mühsamen Abstieges konnte Adrian kaum einen klaren Gedanken fassen. Was war dieser Korbinian nur für ein Mensch?

Es war schon schlimm genug Tiere zu töten um sie zu opfern. Aber Menschen, noch dazu Kinder. Dieser Mann musste der Teufel persönlich sein. Die Überwindung des steilen Hangs benötigte Adrians ganze Aufmerksamkeit. Die Knaben waren zu schwach zum Klettern, so dass er zuerst abstieg und dann jeden herunterhob. Obwohl die Kinder dünn und leicht waren war er bald in Schweiß gebadet und sein verletzter Arm schmerzte höllisch.

Nach seiner Schätzung waren mindesten zwei Stunden vergangen, bis sie endlich bei dem zurückgelassenen Knaben ankamen. Da der Junge nicht laufen konnte, trug er ihn auf dem Arm. Die anderen drei folgten stumm, einer trug die Fackel, so dass sie einigermaßen den Boden unter ihren Füßen erkennen konnten.

Adrian war erleichtert, als er das Pferd noch an derselben Stelle vorfand, an der er von seinem Rücken gestiegen war. Er hätte sonst nicht gewusst wie er die geschwächten Kinder bis ins nächste Dorf hätte bringen können. Dankbar tätschelte er dem Wallach den Hals und hob dann alle vier Kinder auf seinen Rücken. Zwei setzte er in den Sattel, dann eines davor, und das andere dahinter.

Er legte seinen Umhang um alle vier, damit sie in ihren schäbigen Fetzen nicht gar so sehr froren. Dann packte er das Pferd beim Zaumzeug und führte es in Richtung des Dorfes.

Dem Wallach schien die ungewohnte Last auf seinem Rücken nichts auszumachen. Gleichmütig stapfte er hinter Adrian die endlose Straße entlang. Die Kinder auf seinem Rücken gaben kaum einen Laut von sich. Aneinander geklammert saßen sie auf dem mächtigen Ross und schienen noch gar nicht zu begreifen, dass sie gerettet waren. Da er nur im Schritttempo vorwärtskam, zog sich die Wegstrecke bis in den Ort unendlich lange dahin. Wie in Trance setzte er einen Fuß vor den anderen, die Fackel in der einen und die Zügel in der anderen Hand.

Endlich lag die kleine Ortschaft vor ihnen. Die Turmuhr schlug zweimal laut und wies ihm den Weg zum Kirchplatz. Er stellte erleichtert fest, dass er das Dörfchen kannte. Es lag etwa zehn Kilometer vom Schloss entfernt.

Einen Moment überlegte er wen er um diese nachtschlafende Zeit wecken konnte. Die Kinder hingen mehr als sie saßen auf dem Pferderücken. Die Erschöpfung stand ihnen in die schmutzigen Gesichter geschrieben, sie mussten dringend versorgt werden.

Das Haus des Pfarrers befand sich am nächsten und er entschloss sich kurzerhand den frommen Mann aus dem Schlaf zu scheuchen. Schließlich war die Nächstenliebe oberstes Gebot für einen Diener Gottes. Deshalb ging er geradewegs darauf zu und schlug kräftig mit der Faust an die Tür. Er musste nicht lange warten. Über ihm öffnete sich ein Fenster und eine ältliche Frau streckte ihren Kopf heraus. „Was gibt es denn mitten in der Nacht?" fragte sie mürrisch.

Da Adrian keine Lust hatte eine lange Diskussion zu beginnen, stellte er sich knapp unter seinem Titel vor. Die Erwähnung seines Namens wirkte Wunder.

„Ich komme sofort, Eure Hoheit", beeilte sich die Frau zu versichern und ihr Kopf verschwand aus dem Fenster. Kurz darauf ertönten polternde Schritte auf der Treppe und der Pfarrer erschien persönlich im Türrahmen. In seinem langen weißen Nachthemd und mit der Schlafhaube auf dem Kopf sah er ein wenig komisch aus. Aber Adrian hatte dafür keinen Blick. In knappen Worten erklärte er, dass er vier Kinder dabeihätte, die dringend versorgt werden müssten. Ohne eine Antwort abzuwarten drehte er sich um und griff nach dem ersten Knaben um ihn vom Pferd zu heben. Der Pfarrer war anscheinend ein Mann, den nichts so leicht erschüttern konnte. Ohne zu zögern nahm er Adrian den Jungen ab um ihn ins Haus zu bringen. Er führte die nächtlichen Besucher in seine Wohnstube und half, die erschöpften Kinder auf den Teppich vor den Kamin zu betten. Seine Haushälterin bedeckte sie mit wollenen Decken und legte Holzscheite in die Glut. Bald darauf erwachte das Feuer prasselnd zum Leben.

Während die Haushälterin in die Küche eilte um Milch zu erwärmen, blickten der Pfarrer und auch Adrian entsetzt auf die ausgemergelten Kinder. Im hellen Schein der Kerzen wurde deutlich, in welchem schrecklichen Zustand sie sich befanden. Alle vier waren abgemagert bis auf die Knochen und übersät mit Wunden und blauen Flecken.

„Um Gottes heiligen Willen", murmelte der Pfarrer und bekreuzigte sich schnell. „Wo habt ihr denn diese Kinder aufgelesen?"

Adrian erklärte ihm das Notwendigste ohne Korbinians Namen zu erwähnen. Schließlich wusste er nicht mit Sicherheit, ob der alte Hexer wirklich am Elend dieser Kinder schuldig war.

„Ich habe sie zufällig im Wald entdeckt", meinte er nur. „Was mit ihnen geschehen ist weiß ich nicht und es schien mir nicht gut sie mit Fragen zu quälen. Sie müssen etwas zu essen und zu trinken bekommen und schlafen. Wenn es ihnen besser geht, kann man sie befragen."

Die Haushälterin kam mit einem Topf aus der Küche und stellte ihn auf den Kamin. Sie füllte einen Napf mit dampfender Milch und brockte Brotstücke hinein.

„Kennt Ihr diese Kinder? Stammen sie vielleicht aus diesem Ort?" wollte Adrian wissen. Gemeinsam mit der Haushälterin bemühte er sich den Jungen die mit Milch vollgesogenen Brotstücke zu füttern. Sie waren so erschöpft, dass sie trotz ihres Hungers immer wieder einschliefen. Aber erst nachdem alle vier etwas gegessen hatten ließ er sie schlafen. Sorgsam legte er die warmen Decken über die aneinander gekauerten Kinder.

Die Haushälterin setzte sich auf einen Stuhl und schlang die Arme um sich, so als friere sie ebenfalls. Der Schock über den Anblick der ausgemergelten kleinen Kinderkörper stand ihr noch immer ins Gesicht geschrieben. Sie schüttelte nur den Kopf, ohne die Fragen zu beantworten.

Der Pfarrer war kurz draußen gewesen um das Pferd in den Stall zu bringen. Jetzt kam er in die Stube zurück und gab Adrian Antwort: „Nein, von hier stammen sie nicht. Ich wüsste, wenn bei uns Kinder verschwunden wären. Und da ich mich regelmäßig mit den Pfarrern der Nachbargemeinden zum Meinungsaustausch treffe weiß ich, dass nirgendwo im Umkreis Kinder verschwunden sind. Weiß der liebe Herrgott, wo diese Knaben ihren Familien entrissen worden sind."

Adrian machte sich darüber seine eigenen Gedanken, äußerte sie aber nicht. Stattdessen fragte er:

„Wen könnte ich um diese Zeit zum Schloss schicken? Sicher sorgt sich meine Mutter bereits, weil ich so lange weg bin und ich möchte nicht, dass sie sich grämt. Sie hat in letzter Zeit viele Aufregungen erleben müssen. Außerdem benötige ich eine Kutsche, die die Kinder abholt."

Wie er vermutet hatte wusste der Pfarrer bestens über die Dinge Bescheid, die sich auf dem Schloss zugetragen hatten. Er murmelte ein paar mitfühlende Worte und schlug dann vor, seinen jungen Knecht zu wecken und zum Schloss zu schicken. Als der junge Mann verschlafen in die Stube trat gab ihm Adrian Anweisungen, was er der

Wache des Schlosses ausrichten sollte. Er dankte dem Knecht für seine Bereitschaft. Als der Pfarrer gerade nicht hinsah drückte er ihm ein paar Münzen in die Hand, die der Bursche eilig unter seinem Wams verschwinden ließ. Dann machte er sich grinsend davon. Adrian wandte sich an den Pfarrer und die Haushälterin.

„Ihr könnt nun wieder zu Bett gehen. Ich werde hier bei den Jungen bleiben und ihren Schlaf bewachen. Ich danke Euch für die selbstlose Hilfe. Gute Nacht."

Der Pfarrer murmelte noch etwas von Christenpflicht, dann gingen die beiden aus dem Zimmer. Seufzend ließ sich der Hexer auf einen Stuhl sinken und betrachtete die schlafenden Kinder auf dem Boden. Er hatte sie kurz untersucht und nichts festgestellt was eine dringende ärztliche Versorgung erforderlich gemacht hätte. Auch die Verletzung des Knaben, der von der Steilwand gestürzt war, konnte bis morgen warten. Was diese Kinder momentan am nötigsten brauchten war Schlaf und nahrhaftes Essen. Schlaf konnte er ihnen sofort bieten, alles andere hatte Zeit bis morgen.

Er war zu müde und ausgelaugt um über Korbinian nachzudenken. Auch das konnte getrost bis morgen warten. So gut es seine Statur zuließ, rückte er sich in dem Lehnstuhl bequem zurecht und schloss müde die Augen.

„Ich werde dich verfolgen und finden, Korbinian", murmelte er. „Du wirst deine Untaten noch bereuen." Dann dämmerte er in einen leichten Schlaf.

Kapitel 9: Rettung der Knaben

Schon frühzeitig am nächsten Morgen stand die Kutsche vor der Pforte des Pfarrhauses. Adrian wunderte sich nicht dass Simon herausstieg, er hatte bereits mit dem Freund gerechnet.

„Ich erzähle dir alles während der Heimfahrt", schnitt er die Fragen ab, die Simon auf den Lippen lagen. „Hilf mir lieber die Kinder in die Kutsche zu bringen. Und erschrecke nicht zu sehr bei ihrem Anblick..."

Simon konnte sein Entsetzen dennoch nicht verbergen und musste schlucken als er gemeinsam mit Adrian die schwachen Knaben zur Kutsche trug. Schließlich saßen alle vier wohl verwahrt unter Decken auf der gepolsterten Bank. Er setzte sich ihnen gegenüber und beobachtete sie voller Mitleid. Adrian band derweil den Wallach hinten an, dann schwang er sich ebenfalls in die Kutsche und gab dem Mann auf dem Bock ein Zeichen loszufahren. Zuvor hatte er sich noch beim Pfarrer und der Haushälterin für die Hilfe bedankt und darauf bestanden dass der Geistliche das Geld, das er ihm hinlegte, auch annahm. Er sagte ihm er solle es für die Bedürftigen seiner Gemeinde verwenden und so nahm es der Pfarrer schließlich dankend an.

Die Kinder rührten sich kaum, starrten nur mit großen Augen ängstlich vor sich hin. Nach einer Weile lullte sie das eintönige Rattern der Räder in unruhigen Schlaf. Adrian erkannte die brennende Neugier in den Augen des Freundes, wollte aber nicht zu viel erzählen, damit die vier Knaben nicht aufwachten. Deshalb gab er Simon nur einige Details preis und meinte, später würde er die ganze Geschichte mit ihm besprechen. So bezähmte Simon weiterhin seine Neugier und warf nur immer wieder besorgte Blicke auf die stummen kleinen Jungen.

Adrian versicherte beruhigend:

„Sie werden bald alle vier wieder gesund sein. Zumindest körperlich. Sie sind zwar unterernährt, aber noch ist ihr Zustand nicht kritisch. Kräftiges, nahrhaftes Essen und ein geordneter Tagesablauf mit regelmäßigen Ruhezeiten, dann sind sie in einigen Wochen wieder genesen. Die Kratzer und Hämatome sind aus ärztlicher Sicht eher unbedeutend, sie werden bald abgeheilt sein."

Auf dem Schloss war bereits ein Zimmer für die Kinder hergerichtet worden und sie brachten die vier sogleich dort unter. Es war ein heller freundlicher Raum, in dem Adrians Mutter in aller Eile vier Betten hatte aufstellen lassen. Hier sollten die Jungen vorerst bleiben und später zu ihren Familien gebracht werden, sobald diese ausfindig gemacht waren.

Die Herzogin ließ es sich nicht nehmen ihre neuen Schützlinge sofort kennenzulernen. Doch als sie die elenden Gestalten sah schlug sie voller Entsetzen und Mitleid die Hände vor den Mund. Erst nach einer ganzen Weile gewann sie ihre Fassung wieder.

„Um Himmels Wille! Welcher Mensch tut denn unschuldigen Kindern so etwas Schlimmes an? Das muss ein wahrer Unmensch sein."

„Es ist der gleiche Unmensch der für Vaters Zustand verantwortlich ist", gab Adrian ernst zur Antwort. „Und es wird höchste Zeit ihm das Handwerk zu legen."

„Erst einmal müssen die Kinder gründlich gesäubert werden und ordentliche Kleidung bekommen", warf seine Mutter ein.

„Ich werde sofort dafür sorgen dass die Badestube beheizt und genügend Wasser erwärmt wird. Die vier scheinen schon seit Wochen kein Bad mehr gesehen zu haben. Und sicher kann ich auch irgendwo frische Kleider auftreiben, die, welche sie am Leib tragen taugt nur noch zum Verbrennen."

Adrian stimmte ihr zu, froh darüber, dass seine Mutter aus ihrer Lethargie gerissen wurde.

„Ja, und tragt bitte der Köchin auf sie soll eine leichte Mahlzeit für die Kinder zubereiten. Ihre Mägen müssen erst wieder an normale Nahrung gewöhnt werden."

Eleonore nickte eifrig und verließ das Zimmer, dankbar eine Aufgabe zu haben.

Adrian drehte sich zu Simon um.

„Wenn der ganze Dreck von den Jungen gewaschen ist werde ich sie kurz auf Verletzungen untersuchen, die eventuell behandelt werden müssen. Du kannst mir dabei assistieren."

„Ja, natürlich helfe ich dir gern", gab der zur Antwort. „Was macht übrigens dein verletzter Arm? Danach sollte ich auch mal schauen." Bevor Adrian antworten konnte, kam seine Mutter schon wieder zurück. Sie erklärte ihm dass sie ihre Zofen zu den Familien der Bediensteten geschickt habe die Kinder in dem Alter der Knaben hatten, um Kleidung zu besorgen. Später würde dann der Schneider vorbeischauen und bei den Jungen Maß nehmen. Außerdem, sagte sie, wäre die Badestube hergerichtet.

Adrian dankte ihr. „…und bitte sagt den Bademädchen, sie sollen die Jungen nach dem Baden ins Apothekenzimmer bringen. Ich will sie auf Verletzungen untersuchen."

Er ging mit Simon zum Apothekenzimmer und zog dort vorsichtig sein Hemd aus. Mit Hilfe des Handspiegels betrachtete er die Schulterwunde. Der Verband war verrutscht, wie er vermutet hatte, doch die Wunde darunter sah besser aus, als er befürchtet hatte.

„Du hast gutes Heilfleisch", meinte auch Simon und begutachtete zufrieden die verschorfte Wunde. „Ich werde dich zur Vorsicht nochmals verbinden, denke aber nicht dass du Probleme bekommst."

Das war auch Adrians Meinung, er ließ sich einen neuen Verband anlegen und zog sein Hemd wieder darüber. Probehalber bewegte er den Arm und nickte Simon dankend zu:

„Ich spür kaum noch was."

Sie unterhielten sich bis es an der Tür klopfte und eine Zofe den ersten Jungen brachte. Es war der, den Adrian im Wald aufgegriffen hatte. Es schien als habe er bereits ein bisschen Zutrauen zu ihm gefasst, denn er humpelte auf ihn zu und schaute zu ihm auf. Er war in ein großes Badetuch gehüllt und trug an den Füßen Filzschlappen, die ihm zu groß waren. Um ihn besser untersuchen zu können setzte Adrian ihn auf den Tisch, auf dem eine Decke ausgebreitet lag. Simon trat näher an den Tisch heran, fasste das Kind aber nicht an, um es nicht zu erschrecken.

„Ich möchte mir zuerst dein verletztes Bein ansehen. Hast du große Schmerzen?", fragte der Hexer in sanftem Tonfall. Doch sein Patient sah ihn nur stumm an.

„Sagst du mir wie du heißt? Mein Name ist Adrian und ich bin ein Doktor. Und das ist Simon, er hilft mir. Wir möchten dir helfen schnell wieder gesund zu werden."

Nach einer kleinen Weile öffnete der Junge den Mund.

„Michael", sagte er nur ein einziges Wort und presste die Lippen wieder zusammen.

„Michael. Na das ist doch der richtige Name für einen tapferen Jungen wie dich. Hat der Erzengel Michael nicht mit dem Drachen gekämpft und ihn besiegt?"

Als er keine Antwort erhielt, fuhr er fort:

„Ich möchte zuerst dein Bein untersuchen, Michael. Du humpelst, also tut es dir noch weh. Zeigst du mir die Stelle die schmerzt?"

Der Kleine nickte zögernd und zog das Badetuch so weit hoch, dass sein rechtes Bein darunter zum Vorschein kam. Er zeigte auf sein Knie. „Da."

Adrian lächelte ihn beruhigend an und begann damit das verletzte Bein zu untersuchen. Er drehte es vorsichtig nach allen Richtungen und sprach dabei unermüdlich im Plauderton auf seinen Patienten ein.

„Na, das sieht doch gar nicht so schlimm aus", befand er schließlich. „Dein Knie ist nur verstaucht, wir werden Salbe darauf geben und eine Binde darum wickeln. Du wirst sehen, in ein paar Tagen spürst du nichts mehr. So, nun werde ich mir den Rest von dir auch noch anschauen. Hast du sonst noch irgendwo Schmerzen, außer in deinem Knie?"

Wie beiläufig begann er damit den Jungen zu untersuchen. Er begann beim Kopf, den er abtastete, hörte den mageren Oberkörper mit seinem Hörrohr ab und tastete den Bauch auf eventuelle Verletzungen der inneren Organe ab.

„So, schon fertig. Das hast du prima gemacht."

Adrian hüllte den Jungen wieder in das Badetuch und lächelte ihn an. „Und, war's schlimm?"

Michael schüttelte den Kopf und lächelte schüchtern zurück. Adrian hob ihn vom Tisch herunter

„Dann bringt dich die Zofe jetzt in dein Zimmer zurück, dort werden inzwischen Kleider für dich sein. Deine Freunde kommen auch bald nach."

Die Untersuchung der anderen drei Knaben verlief ebenfalls reibungslos. Sie schauten zwar ängstlich, aber Adrians natürliche Freundlichkeit und seine aufmunternden Worte ließen die Furcht der kleinen Patienten schnell schwinden. Er kannte nun immerhin die Vornamen der vier: Michael, Heiner, Siegfried und Martin.

„Und?" fragte Simon gespannt als sich die Tür hinter dem letzten Knaben schloss.

„Hast du Misshandlungen festgestellt? Blaue Flecke und Kratzer weisen sie ja genug auf."

Adrian setzte sich auf die Tischkante und schürzte die Lippen. Dann zuckte er die Schultern.

„Ich konnte zum Glück nichts feststellen, was auf größere oder innere Verletzungen deuten würde. Vermutlich wurden sie mit einer Gerte oder Rute geschlagen, das würde die vielen Kratzer und Striemen erklären. Dass sie sehr schlecht ernährt wurden brauche ich dir nicht zu sagen, das sieht man deutlich. Was mir am meisten zu denken gibt sind die kleinen Einschnitte an ihren Armen. Es sieht aus als seien sie zur Ader gelassen worden."

„Man hat sie zur Ader gelassen?" fragte Simon stirnrunzelnd.

Empört schüttelte er den Kopf.

„Wie kann man Kindern so etwas antun? Und was wollte der Kerl mit ihrem Blut?"

Simon nagte erregt an der Unterlippe während er nachdachte. Dann fragte er:

„Sagtest du nicht, in der Höhle würde sich ein Altar befinden? Kann es sein dass Korbinian das Blut der Knaben brauchte, um eine schwarze Messe damit abzuhalten?"

Adrian wiegte zweifelnd den Kopf.

„Ich kenne die Rituale einer schwarzen Messe nicht besser als du, aber soweit mir bekannt ist, wird dazu nicht nur Blut, sondern ein lebendiges Wesen benötigt. Und ich fand auch einige Tiere dort die offensichtlich geopfert wurden."

„Aber wofür brauchte er das Blut der Kinder?" kam Simon auf seine ursprüngliche Frage zurück. Dazu konnte Adrian aber auch nur Vermutungen äußern.

„Vielleicht hat Korbinian die Jungen benutzt um ihr Blut zu trinken. Angeblich soll das Blut von Kindern besondere Kräfte besitzen und so etwas wie ein Jungbrunnen sein. Manche Menschen können sich nicht damit abfinden älter zu werden und suchen verzweifelt nach Möglichkeiten jung zu bleiben. Ob Korbinian dazu gehört kann ich nicht beurteilen. Er wird uns Rechenschaft über seine Motive ablegen müssen. Doch dazu müssen wir ihn erst haben."

Wie er da auf dem Tisch saß, kam er Simon ungewohnt müde vor. Tiefe Ringe unter seinen Augen zeugten von Schlafmangel.

„Du siehst schlecht aus", bemerkte Simon. „Du solltest dich mehr schonen. Immerhin bist du vor nicht allzu langer Zeit angeschossen worden und hast eine Menge Blut verloren. So etwas bleibt nicht an den Kleidern hängen."

Der Hexer lächelte nur matt und meinte beruhigend:

„Keine Angst, ich schaffe das schon. Ich bin nur etwas müde. Ein paar Stunden Schlaf und mir geht es wieder gut. Aber zuvor müssen wir noch Gundula aufsuchen. Sie ist bei meinem Vater und vielleicht konnte sie herausfinden was mit ihm los ist. Wenn es mir mit ihrer Hilfe gelänge ihn aus seinem erstarrten Zustand zu holen, hätte ich eine große Sorge weniger. Die Kinder sind erst einmal in guter Obhut, ich werde später nochmals nach ihnen sehen."

„Du machst dir auch Sorgen um Zenta, nicht wahr?"

„Das kann ich nicht leugnen, ja. Nicht dass ich sie bei dir auf der Burg nicht in Sicherheit weiß. Aber in wenigen Wochen kommt unser Kind zur Welt. Und es wäre mir einfach lieber bei der Geburt dabei zu sein. Außerdem habe ich einfach Sehnsucht nach meiner Familie."

Das konnte ihm Simon sehr gut nachfühlen. Auch er sehnte sich zurück in die Beschaulichkeit seines Burglebens mit Nelia und seinen Kindern. Aber er schwieg, damit sich Adrian zu all seinen Sorgen nicht noch Schuldgefühle wegen ihm bekam.

Deshalb meinte er in zuversichtlichem Ton:

„Sicher wirst du gemeinsam mit Gundula einen Gegenzauber finden, der deinen Vater wieder aufwachen lässt. Und danach können wir ja bald die Heimreise antreten."

„Und was ist mit Korbinian?" fragte Adrian ungewohnt scharf.

„Er wird weiter sein Unwesen treiben, wenn ihn niemand stoppt. Und sich weitere Kinder greifen, die er für seine unheiligen Zwecke missbraucht. Nein, solange er nicht unschädlich gemacht ist, kann ich nicht von hier weg.

Aber dir steht es selbstverständlich frei, heimzureisen, wenn du das möchtest. Ich kann gut verstehen wenn du zurück zu deiner Familie willst. "

Simon hatte bereits vermutet, dass der Freund nicht abreisen würde, solange der alte Hexer hier sein Unwesen trieb. Selbstverständlich würde er ihn nicht im Stich lassen, schließlich war er so ziemlich der einzige der ihm zur Seite stand. Seit Adrians Vater wieder zu Hause war hatten sich Hermann und Rudolph nicht mehr auf dem Schloss blicken lassen. Anscheinend waren sie froh endlich wieder ihren eigenen Belangen nachgehen zu können.

„Ich werde bleiben solange du auch bleibst", meinte er deshalb bestimmt. „Und wir werden Korbinian das Handwerk gemeinsam legen. Darüber brauchen wir gar nicht zu diskutieren. Also komm, lass uns Gundula aufsuchen, sie wartet sicher schon voller Ungeduld auf dich."

So war es denn auch. Sie trafen die Greisin im Schlafgemach des Herzogs an. Sie saß auf einem Stuhl neben seinem Bett und drehte die Perlen eines Rosenkranzes zwischen ihren gichtgekrümmten Fingern. Im Raum roch es intensiv nach Kräutern und auf der Kommode standen unzählige dicke Kerzen.

„Ah, da seid ihr ja endlich", meinte sie ein wenig mürrisch und an Adrian gewandt:

„Ich vermute, Ihr habt Korbinian nicht erwischt...?"

Adrian verneinte knapp und ging dann zum Bett seines Vaters um ihn intensiv zu betrachten. Es schien ihm als würde er nicht mehr ganz so steif daliegen, seine Gesichtszüge sahen deutlich entspannter aus. Er sagte es Gundula und fragte dann:

„Ist das Euer Werk? Wie habt Ihr das geschafft?"

„Ich habe aus meinem alten Gehirn mein gesamtes Hexenwissen zusammengekramt und ein paar Zaubersprüche über Eurem Vater gesprochen. Das hat seinen Zustand ein wenig verbessert. Aber um ihn ganz erwachen zu lassen muss ein wirksamer Zauber her. Und den könnt nur Ihr finden. Habt Ihr schon in meinem Buch gelesen?"

„Nein, dazu bin ich leider noch nicht gekommen. Es scheint sich alles gegen mich verschworen zu haben..."

Ausführlich begann er zu berichten was sich zugetragen hatte seit sie sich letzten Abend getrennt hatten. Auch was er in der Höhle des Hexers vorgefunden hatte ließ er nicht aus. Gundula war schockiert und meinte, in ihrem langen Leben von keiner ähnlichen Tat einer Hexe gehört zu haben.

„Er ist eine Schande für unsere Zunft", betonte sie und ihre milchig getrübten Augen sahen Adrian fordernd an. „Ihr müsst ihm das Handwerk legen und zwar bald."

„Glaubt mir, nichts würde ich lieber tun", versicherte der grimmig. „Wenn ich nur wüsste, wie. Was meint Ihr Gundula, wozu braucht er das Blut der Knaben? Er hat sie zweifellos zur Ader gelassen, sogar mehrmals. Aber zu welchem Zweck?"

Die alte Hexe wackelte nachdenklich mit dem Kopf. Nach einer ganzen Weile meinte sie vorsichtig:

„Nun, im alten Aberglauben heißt es das Blut junger Tiere bei Neumond getrunken, würde das Leben um ein Vielfaches verlängern. Vielleicht denkt Korbinian das Blut von Kindern wäre noch wirkungsvoller. In sehr, sehr alten Überlieferungen wird sogar behauptet, das Blut von Neugeborenen sei ein Born der Unsterblichkeit. Bei schwarzen Messen wurde einem Neugeborenen das Blut abgezapft und vom Hohepriester in einer goldenen Schale aufgefangen und getrunken. Der Körper wurde dann den Göttern oder auch dem Teufel geopfert..."

„Falls Korbinian tatsächlich auf Unsterblichkeit aus ist so dürfte es ihm schwer fallen ein neugeborenes Kind zu rauben. Vielleicht hält er sich deshalb an größere Kinder, die werden nicht mehr ständig beaufsichtigt und sind einfacher zu entführen. Trotzdem sollten die Knaben doch irgendwo vermisst werden. "

Adrian verabschiedete sich von Gundula, denn er wollte sich endlich die Zeit nehmen das alte Hexenbuch gründlich durchzusehen. Doch kaum hatte er die Zimmertür hinter sich und Simon geschlossen, drangen von unten die Stimmen von Männern zu ihnen. Seufzend verhielt der Hexer seinen Schritt und horchte kurz die Treppe hinab.

„Die Männer, die ich zur Höhle geschickt habe, sind zurück. Vielleicht haben sie ja dort mehr entdeckt als ich."

Gemeinsam eilten sie die Treppe hinunter und aus dem Haus. Im Schlosshof standen zwei Wagen und die Männer waren dabei Käfige mit Tieren abzuladen.

„Das sind die Opfertiere, die Korbinian in der Höhle hielt", erklärte Adrian. „Ich habe angewiesen, sie erst einmal hierher zu schaffen. Nachdem ich sie mir angeschaut habe werden wir sehen, was mit ihnen geschehen soll. Komm mit..."

Die Tiere schienen alle gesund zu sein, schauten aber verstört auf die Menschen um sich herum. Adrian entschied sich schnell: Die Raben ließ er kurzerhand frei, mit lautem Gekrächze entflohen sie der Enge ihres Käfigs sobald die Tür geöffnet wurde. Auch die Katzen ließ er laufen, sie würden sich schnell an die neue Umgebung gewöhnen und Mäuse gab es in den Ställen und Scheunen mehr als genug für sie.

Die jungen Hunde und auch die beiden prächtigen Hähne fanden schnell neue Besitzer, die sie mitnahmen. Einzig den schwarzen Ziegenbock wollte niemand haben. Die Bediensteten betrachteten das Tier misstrauisch und ein paar besonders Abergläubische schlugen vor es zu schlachten. Aber dieser Vorschlag gefiel Adrian nicht, der Bock sollte nicht seinem Schicksal entgangen sein um im Kochtopf zu enden. So ließ er ihn auf die Weide zu den Schafen bringen. Dort gab es ein paar Geißen, denen sicher egal war welche Farbe ihr neuer Pascha hatte.

Adrian wandte seine Aufmerksamkeit nun einem verschnürten Bündel zu, das noch auf dem Wagen lag. Nachdem er die Schnüre gelöst und das Leinentuch auseinander geschlagen hatte, kamen verkohlte Knochen zum Vorschein. Er betrachtete sie lange und eingehend. Schließlich war er sich sicher.

„Das sind tatsächlich menschliche Knochen", meinte er und Simon konnte deutlich die Erschütterung aus seiner Stimme heraushören. „Kinderknochen, vermutlich von Knaben die nicht älter als zehn Jahre gewesen sind. Genau werden wir es nie wissen, da nur die größeren Röhrenknochen dem Feuer standgehalten haben. Alle anderen Knochen sind in der Glut zerfallen."

„Das sind die Knochen von drei Kindern" ließ sich Simon schaudernd vernehmen. Er konnte den Blick nicht von den angeschwärzten Gebeinen lösen, dem einzigen, was von drei Knaben übrig geblieben war. „Warum hat er sie wohl aufgehoben?"

Doch darauf wusste der Hexer auch keine Antwort. Wer konnte schon wissen was in dem kranken Kopf dieses alten Mannes vorging. Die Frage drängte sich in sein Hirn was er mit den armen Kindern angestellt hatte, bevor er sie verbrannte. Hatte er ihnen so viel Blut entzogen, dass sie nicht überlebten oder hatte er sie gar sadistisch gequält, bevor er sie den Flammen übergab? Er konnte nur hoffen dass sie wenigstens nicht leiden mussten.

„Was wirst du mit den Knochen tun?" durchschnitt Simons Frage seine Gedanken.

„Sie auf dem Friedhof des Schlosses begraben lassen. Sie sollen in geweihter Erde ruhen. Vielleicht finden wir ja die Eltern denen sie gestohlen worden sind, dann können wir ihnen wenigstens sagen wo ihre Kinder ruhen. Ich werde ein paar Männer beauftragen in der Umgebung nachzuforschen ob Knaben verschwunden sind. Wir müssen ja auch die Eltern der vier überlebenden Jungen ausfindig machen."

„Sie sind alt genug um zu wissen aus welchem Ort sie stammen. Du solltest sie einfach danach fragen", schlug Simon vor.

Adrian nickte. „Das habe ich auch vor. Sobald sie sich von den Schrecken der Gefangenschaft einigermaßen erholt haben, werde ich sie ausführlich befragen. Das wird nicht leicht für sie werden, deshalb wollte ich ihnen noch ein wenig Zeit gewähren."

Er wandte sich an die Männer, die noch immer im Hof herumstanden und auf weitere Anordnungen warteten.

„Habt ihr sonst noch etwas in der Höhle gefunden?"

Ein großer Mann trat vor um zu berichten was sie gefunden hatten und er ließ keinen Zweifel daran, dass er alles für die Utensilien einer Hexe hielt. Adrian konnte dem Mann nachfühlen, als der sich schaudernd bekreuzigte. Schließlich war es ihm ähnlich ergangen als er vor dem blutbesudelten Altar mit dem umgedrehten Kreuz und der toten Katze daran gestanden hatte. Die Männer hatten neben Töpfen mit unbekanntem und stinkendem Inhalt, getrockneten oder mumifizierten Teilen von Tieren auch Teufelssymbole entdeckt, die mit Blut an die Wände gemalt worden waren.

„Wir haben am Ende unserer Erkundungen Lampenöl auf alles ge-schüttet und es dann angezündet", beendete der Mann seinen Bericht. „Es hat so fürchterlich gequalmt und gestunken, wir hielten es nicht dort aus. Deshalb schlage ich vor, dass wir erst in einigen Tagen nochmals hingehen um den Eingang zu verbarrikadieren. Ganz sicher kommt dieser... Zauberer nicht zurück und wenn doch, findet er nur noch Verwüstung und Asche vor."

Damit war Adrian einverstanden. Korbinian wusste sicher bereits, was mit seinem geheimen Unterschlupf geschehen war und würde nicht einmal mehr in die Nähe der Höhle kommen. Vermutlich gab es gar keine Notwendigkeit mehr den Eingang unpassierbar zu machen. Dennoch würde er die Männer mit genau diesem Auftrag in einigen Tagen nochmals hinschicken. Die Stätte des Grauens sollte für immer ihr schlimmes Geheimnis in ihrem Inneren einschließen. Er dankte den Männern für ihre Arbeit und schickte sie dann fort. Unterdessen war längst Mittag vorbei. Sie beschlossen, sich in der Küche etwas aufwärmen zu lassen. Nach dem Essen schauten sie nochmals bei den Kindern vorbei. Alle vier lagen in ihren Betten und schliefen. Das Zimmer war abgedunkelt und die Herzogin saß bei ihnen und bewachte ihren Schlaf. Als sie Adrian und Simon erkannte erhob sie sich und kam zu ihnen an die Tür. Flüsternd berichtete sie: „Sie sind alle gebadet und haben gegessen. Ich dachte mir Ruhe wäre das beste Heilmittel, deshalb ließ ich ihnen einen schlaffördernden Tee zubereiten."

Nach einer kurzen Pause fuhr sie fort:

„Zum Abendessen sind sie sicher wieder wach, danach werde ich ihnen nochmals Tee geben. Die armen Knaben, sie tun mir so leid. Immer wieder einmal wimmert oder weint einer im Schlaf. Deshalb sitze ich bei ihnen um sie zu trösten. Meinst du, sie werden ihre schlimmen Erlebnisse überwinden können? Ich hoffe es so sehr für sie."

„Wir werden unser Möglichstes tun, damit sie darüber hinwegkommen", tröstete Adrian sie und fügte hinzu. „Wenn sie erst einmal wieder bei ihren Familien sind geht es ihnen sicher bald besser. Deshalb werde ich sie gleich morgen nach dem Frühstück befragen. Je eher sie wieder in ihre gewohnte Umgebung kommen, umso besser für sie."

„Ja, da hast du sicher Recht. Obwohl sie mir bereits ans Herz gewachsen sind. Es ist so viel was du dir aufbürdest, Adrian. Das Schicksal deines Vaters und jetzt auch noch die Sorge um diese Kinder. Und deine Verletzung ist auch noch nicht richtig abgeheilt. Ich mache mir Sorgen um dich, mein Sohn."

„Ach Mutter, das ist lieb von Euch aber Ihr braucht keine Bedenken zu haben", meinte Adrian zuversichtlicher als ihm zumute war. Aber was brachte es, wenn sich seine Mutter noch mehr grämte, als sie es ohnehin schon tat. Er musste all dem endlich ein Ende setzen, je eher desto besser. Deshalb verabschiedete er sich von seiner Mutter und kurz darauf auch von Simon. Er begab sich in sein Zimmer und schloss die Tür ab. Dann ging er zu der Truhe und holte Gundulas Buch hervor. Auf seinem Schreibtisch stand eine große Karaffe mit Wasser und ein Glas. Daneben lagen mehrere Kerzen. Mehr würde er in den nächsten Stunden nicht brauchen. Er entzündete eine Kerze und setzte sich in ihrem Schein an den Tisch. Er legte das Hexenbuch vor sich und begann aufmerksam jede Seite zu studieren. Und er würde nicht eher ruhen bis er ein geeignetes Hexenritual gefunden hatte, um den bösen Zauber, der über der ganzen Umgebung zu liegen schien, zu brechen.

Kapitel 10: Das Ritual

Draußen krähte ein Hahn und Adrian hob überrascht den Kopf. Wie spät, oder besser gesagt, wie früh war es? Über seinen Studien hatte er die Zeit völlig vergessen. Er stand auf, dehnte sich gähnend und ging zum Fenster um die Vorhänge zurückzuziehen. Noch war es dunkel, doch fern am Horizont leuchtete schon der erste Streifen des beginnenden Tages. Er starrte eine Weile selbstvergessen darauf, ohne wirklich etwas wahrzunehmen. Dann dehnte er sich erneut und rieb sich die brennenden Augen. Aber müde fühlte er sich nicht, eher angespannt. Er hatte gefunden was er suchte, einen Gegenzauber, so mächtig, dass er damit den Zauber Korbinians brechen konnte. Immer wieder war er die lateinischen Worte im Geiste durchgegangen, hatte sie auswendig gelernt, sich die magischen Zutaten eingeprägt, die nötig waren dem Zauber noch mehr Kraft zu verleihen. Es würde eine Weile dauern die Figuren aus Lehm zu formen und die Kräuter so zu verflechten, dass daraus Hexensymbole entstanden. Aber das bereitete ihm kein Kopfzerbrechen. Er vertraute auf seine Geschicklichkeit und auch auf Gundulas Fingerfertigkeit. Obwohl ihre Augen fast erblindet waren, würden ihre Hände doch die Pentagramme und Figuren aus Weidenrute und Drudenfuß zu flechten wissen, sie hatten es ein Leben lang getan. Auch die alte Hexe würde die Zauberworte auswendig lernen müssen bevor sie gemeinsam darangehen konnten, Korbinians Fluch zu bekämpfen. Adrian war sich darüber im Klaren, dass er ohne Gundulas Buch noch immer nach einem wirksamen Gegenzauber suchen würde. Und er unterschätzte die Kräfte der Alten nicht, trotz ihres hohen Alters waren sie seinen eigenen weit überlegen. Ein letztes Mal ließ er sich die Zauberformel durch den Kopf gehen, als er sicher war sie in seinem Gedächtnis gespeichert zu haben, verließ er sein Zimmer.

Sein Weg führte ihn zur Suite seines Vaters und wie erwartet traf er dort auf Gundula. Sie saß noch immer auf dem Stuhl neben dem Bett und ihre knochigen Finger drehten die schwarzen Perlen ihres Rosenkranzes während sich ihre Lippen lautlos bewegten. Hatte sie etwa die ganze Nacht so gesessen und gebetet? Die vielen Runzeln ihres Gesichtes ließen nicht erkennen ob sie müde und erschöpft war. Ebenso wenig wie ihre vom Alter gebeugte Gestalt. Jetzt hielten ihre Hände inne und sie wandte den Kopf zu ihm hin.

„Ah, da seid Ihr ja. Ich habe Euch bereits erwartet und die Zeit damit verbracht der Gottesmutter meine Ehrerbietung zu erweisen. Das solltet Ihr auch tun..."

Adrian lächelte.

„Und da heißt es immer, Hexen seien nicht gottesfürchtig oder würden ihre Seele sogar dem Teufel verschreiben."

„Dass das durchaus der Fall sein kann sieht man an Korbinian, nicht wahr. Ich für meinen Teil habe stets auf die Hilfe der Jungfrau Maria vertraut. Schon seit Urzeiten sehen wir Hexen in ihr die große Göttin und beten zu ihr. Dabei ist es gleichgültig mit welchem Namen wir sie benennen. Die Kirche, die uns Gottlosigkeit und Ketzerei vorwirft, hat das bloß nie verstanden. Aber vielleicht wollte sie das ja nicht..."

Das war ein Thema, dem sich Adrian jetzt nicht widmen wollte. Obwohl er viel dazu hätte sagen können. Schließlich war er während seiner Zeitreise zwischen die Mühlen der Inquisition geraten und hätte um ein Haar sein Leben auf dem Scheiterhaufen verloren. Die Narben an seinem Körper, die ihm zugefügt wurden um sein Geständnis ein Hexer zu sein zu erzwingen, würden ihn bis an sein Lebensende daran erinnern. Ablenkend meinte er:

„Korbinian ist zum Glück eine Ausnahme in unseren Reihen. Und wir sollten alles in unserer Macht stehende tun, ihm möglichst schnell das Handwerk zu legen."

Er erklärte ihr ausführlich von seiner erfolgreichen Suche nach dem Gegenzauber und sagte ihr mehrmals langsam die magischen Formeln vor. Obwohl die alte Hexe der lateinischen Sprache nicht mächtig war, konnte sie die komplizierten Worte schon bald nachsprechen. Welche Zauberkraft die Formel hatte merkten sie daran, dass sich der alte Herzog plötzlich zu regen begann. Nur leicht zwar, aber unübersehbar begannen seine Glieder zu zucken und er bewegte den Kopf hin und her, ohne jedoch zu erwachen. Aber seine

Augen unter den geschlossenen Lidern zuckten unruhig hin und her, so als bemühe er sich vergeblich sie zu öffnen. Erst nach einer ganzen Weile lag er wieder ruhig da.

„Wir müssen die Amulette und Figuren anfertigen", entschied Adrian. „Je eher wir mit dem Gegenzauber beginnen können, desto besser ist es für Vater. Hoffentlich erholt er sich schnell von dem Bann. Was meint Ihr?"

„Er wird sich vermutlich nicht erinnern können, was mit ihm geschehen ist. Und sich höchstens wundern, wieviel Zeit inzwischen vergangen ist. Sorgt Ihr für das Material das ich benötige und bringt es mir hier her. Ich werde derweil weiter bei Eurem Vater wachen."

Adrian versprach so schnell als möglich mit den Utensilien zurückzukehren und verließ das Schlafgemach seines Vaters. Bevor er zum Speisezimmer ging um zu frühstücken ging er bei der Küche vorbei und wies eine Magd an, Gundula ein leichtes Frühstück zu bringen. Simon war ebenfalls schon früh aufgestanden und schien ihn bereits zu erwarten.

Kritisch musterte er den Freund.

„Hast du überhaupt geschlafen?" fragte er missbilligend. „Du siehst aus, als hättest du kein Auge zugetan. Willst du deine Gesundheit unbedingt mit Gewalt ruinieren? Dabei predigst du anderen stets wie wichtig ausreichender Schlaf ist."

Adrian ließ sich mit einem leisen Seufzer auf seinem Platz nieder und fuhr sich mit der Hand über die geröteten Augen. Dann langte er träge nach einem Apfel, der auf einer silbernen Schale neben anderem Obst lag, und biss hinein. Erst nachdem er den Bissen geschluckt hatte gab er Antwort.

„Glaube mir Simon, wenn ich das alles hinter mir habe werde ich schlafen wie ein Murmeltier. Doch momentan habe ich dazu keine Zeit. Ich studierte die ganze Nacht Gundulas Buch und habe endlich eine passende Formel gefunden..."

„Kannst du heute Morgen nach den Kindern schauen?" bat er Simon nach dem Frühstück. „Ich möchte alles vorbereiten, was nötig ist damit Gundula und ich möglichst bald loslegen können. Es ist an der Zeit, Korbinian endlich das Handwerk zu legen."

„Selbstverständlich kümmere ich mich um die Jungen, ich helfe dir gerne. Was meinst du wann du und Gundula soweit seid?"

„Ich hoffe, dass wir Vater noch im Laufe des Tages aus seinem Zustand befreien können. Und morgen werde ich mit Gundula zum See fahren um dort ebenfalls den Bann zu brechen. Wenn das geschehen ist können wir uns ganz und gar auf die Ergreifung des Hexers konzentrieren."

„Was denkst du, besteht die Gefahr, dass er dir und Gundula Steine in den Weg legt? Bei eurem Gegenzauber meine ich. Kann er euch irgendwie schaden?"

Adrian musterte einen Moment Simons besorgtes Gesicht, dann legte er ihm beruhigend die Hand auf den Arm.

„Möglich ist es schon, dass er versucht uns zu behindern. Aber nicht sehr wahrscheinlich. Bedenke, wir können ihn beide spüren sollte er uns zu nahekommen. Und er fürchtet unsere Kräfte, mit unseren vereinten Kräften sind wir auf jeden Fall stärker als er. Nein, ich denke er kommt uns nicht in die Quere. Entweder er sinnt auf eine neue Untat oder er ist bereits auf der Flucht."

„Du meinst er könnte fliehen?"

Diese Möglichkeit hatte Simon gar nicht in Betracht gezogen. Aber tatsächlich wurde hier der Boden heiß für den alten Hexer. Adrian war der rechtmäßige Stellvertreter seines Vaters und hatte während dessen Handlungsunfähigkeit alle Rechte eines Herzogs. Wenn er die Jagd auf Korbinian eröffnete würden sämtliche Soldaten des Herzogtums nach dem Mann suchen.

„Ich befürchte es fast", bestätigte ihm Adrian und schaute bei dem Gedanken grimmig drein.

„Ich an seiner Stelle würde es tun. Er kann sich denken, dass ich Himmel und Hölle in Bewegung setze ihn aufzuspüren. Die Höhle kann er nicht mehr benutzen, das ist ihm klar. Und in seiner Behausung ist er auch nicht mehr lange sicher, wo immer er auch untergekrochen sein mag. Ich habe bereits Zeichner beauftragt, die nach den Angaben der Bediensteten sein Konterfei erstellen. Sobald die Bilder fertig sind, werde ich Männer im gesamten Land nach ihm suchen lassen."

„Ich wäre froh, wenn er nie mehr auftauchen würde", murmelte Simon und schaute verwundert auf als Adrian zornig den Kopf schüttelte. „Bist du anderer Meinung...?"

„Allerdings bin ich das. Er würde ganz gewiss bald wieder wo anders sein Unwesen treiben. Andere Knaben rauben und für seine Zwecke missbrauchen. Das kann ich nicht zulassen. Außerdem...", hielt er einen Moment grübelnd inne. „Außerdem erfahre ich dann nicht in wessen Auftrag er gehandelt hat."

Jetzt schaute Simon noch erstaunter.

„Du meinst... Aber wie kommst du darauf?"

Adrian seufzte tief, während er den letzten Bissen seines Frühstücks mit einem Schluck Tee hinunterspülte. Er schob seinen Stuhl zurück und erhob sich. Dann blickte er ernst auf den Freund herab.

„Korbinian ist nur ein Handlanger, - das Werkzeug meines wirklichen Gegners. Ich habe noch niemals zuvor in meinem Leben von ihm gehört. Und er kannte mich ganz sicher ebenso wenig. Jemand hat ihn auf mich angesetzt. Vaters Entführung, der Bann - das ergibt alles keinen Sinn. Höchstens den, mich zu verunsichern und mir meine Grenzen aufzuzeigen. Es muss etwas mit meinem Ruf als Hexer zu tun haben, da bin ich mir sicher. Irgendjemand hier hasst mich bis aufs Blut. Mich und meine Hexengaben. Er will mich mit meinen eigenen Waffen vernichten. Nur deshalb wurde dieser ganze Zauber inszeniert. Aber mir will einfach niemand einfallen, der das sein könnte."

Simon war völlig fassungslos. Er wagte einen neuen Einwand:

„Aber der Überfall - du wurdest dabei um ein Haar getötet. Wenn das alles inszeniert worden wäre um dich und deine Hexenkräfte bloßzustellen, hätte man dich doch nicht um ein Haar ermordet. Es ist purer Zufall, dass die Kugel dein Herz verfehlt hat."

„Das hat mich am Anfang auch auf eine falsche Fährte gelockt. Aber inzwischen glaube ich, ich sollte gar nicht getötet werden, nur verwundet. Dass die Kugel um ein Haar mein Herz getroffen hätte, war ein Versehen."

„Ich habe diesem Kerl in die Augen geblickt und blanken Hass darin gesehen. Er wollte dich umbringen..."

117

Doch Adrian war anderer Meinung.

„Es war sein Hass, ja, der mich fast getötet hätte. Aber dann besann er sich in letzter Sekunde auf seinen eigentlichen Plan. Denn als ich getroffen vom Pferd fiel, wäre es ihm ein leichtes gewesen mir den Fangschuss zu verpassen. Wir waren beide nicht bewaffnet, er hätte in aller Seelenruhe von seinem Pferd steigen können um mich endgültig zu erledigen. Er hat es nicht getan, weil das seine Rachegelüste nicht befriedigt hätte. Aber darüber können wir später noch sprechen. Ich werde dich wahrscheinlich erst am Nachmittag wieder treffen. Also, bis später...“

Er nickte nochmals kurz in Simons Richtung und verschwand dann mit eiligen Schritten. Simon starrte noch eine Weile die geschlossene Tür an, dann stand er ebenfalls auf. Er würde Adrians Wunsch entsprechen und nach den Kindern sehen. Vielleicht waren sie ja heute bereit auf seine vorsichtigen Fragen zu antworten.

Kritisch beäugte Adrian nochmals die aus Lehm geformten Puppen. Vom künstlerischen Standpunkt her waren sie eher unbedeutend stellte er mit leichtem Grinsen fest. Aber darauf kam es, Gott sei Dank, nicht an. Wichtig war nur ihre anatomische Vollkommenheit, was hieß, sie besaßen alle Gliedmaßen eines Menschen und auch annähernd menschliche Gesichtszüge. Die richtigen Proportionen waren eher unwichtig. Vorsichtig, damit sie nicht zerbrachen, legte er die Figuren in einen mit Stroh ausgepolsterten Korb. Nachdem er sich gründlich die Hände vom noch anhaftenden Lehm gereinigt hatte, klemmte er sich den Korb unter den Arm und ergriff mit der anderen Hand einen Sack, in dem sich die weiteren Dinge befanden, die er und Gundula benötigen würden. Er öffnete die Tür des Raumes und spähte erst einmal in den Gang hinaus. Es war niemand zu sehen und zufrieden verließ er die Stube.

Während er durch den breiten Gang und anschließend die Treppe hochging war er froh, dass ihm keiner der Bediensteten begegnete. So würde es schon kein Getuschel geben über die seltsamen Utensilien, die er mit sich trug, und die zweifellos magische Bedeutung hatten.

Im Schlafzimmer seines Vaters traf er außer Gundula auch seine Mutter an. Sie saß neben dem Bett und hielt die schlaffe Hand ihres Mannes. Nun hob sie den Kopf und starrte ihren Sohn voller Hoffnung an.

„Gundula sagte mir ihr wolltet es heute versuchen, ihn aus seinem Trancezustand zu hohlen. Ich bete dafür, dass es gelingen möge."

„Es wird gelingen, Mutter. Das verspreche ich Euch. Aber ich muss Euch leider bitten das Zimmer zu verlassen. Es erfordert sehr viel Konzentration, die erforderlichen Rituale exakt durchzuführen. Außerdem könnte es Euch verwirren. Ich werde sofort nach Euch schicken, sobald Vater erwacht ist."

Das sah die Herzogin ein und sie erhob sich mit einem leisen Seufzer. Vor Adrian blieb sie nochmals stehen und er nahm ihre Hände in die seinen. Zärtlich küsste er sie auf die Stirn und begleitete sie dann zur Tür. Nachdem sie gegangen war schloss er sorgfältig ab, sie konnten keine Störung gebrauchen. Er drehte sich zu Gundula um, die bereits damit beschäftigt war mittels eines Kerzenstummels die vielen Kerzen zu entzünden, die sie rund um das Bett des Herzogs verteilt hatte. Jede einzelne dieser Kerzen war noch am vergangenen Abend vom Kaplan des Schlosses geweiht worden. Ebenso wie die Kräuterbündel und Materialien, die von der alten Hexe erst danach geflochten worden waren. Es hätte die christliche Toleranz des jungen Priesters bei weitem überschritten, wäre er gezwungen gewesen offensichtliches Hexenwerk zu segnen. Auch so, vermutete Adrian, lag er ganz sicher in der Kapelle auf Knien um seinen Schöpfer um Absolution für seine Freveltat zu bitten. Er lächelte beim Gedanken an die Gewissensnöte des Kaplans bitter, gerne hätte er sie ihm erspart. Aber es war nun einmal von absoluter Wichtigkeit geweihte Utensilien zu benutzen damit der böse Bann auch wirklich gebrochen werden konnte.

Um Gundula behilflich zu sein, griff Adrian ebenfalls nach einer Kerze und entzündete damit die anderen. Da die Vorhänge dicht zugezogen waren, war das Zimmer jetzt in unwirklich anmutendes flackerndes Zwielicht getaucht. Und der Herzog lag inmitten der Kerzen wie ein aufgebahrter Leichnam, blass und stumm.

Adrian ging zur Kommode, die als provisorischer Opfertisch herhalten musste. Gundula hatte mit Blütenblättern ein Kreis auf dem Boden gelegt. Auf dem Altar lagen die magischen Symbole, die sie geflochten hatte. Vorsichtig legte er die modellierten Figuren dazwischen, neun an der Zahl. Für jeden der Protagonisten eine, die in dieses mörderische Hexenspiel verwickelt waren. Da gab es die Figur, die den Herzog darstellte, daneben lagen die, die Adrian selbst und Gundula darstellten. Vier kleinere Puppen stellten die vier Knaben dar, die ja ebenfalls unter dem Bann des Hexers litten. Auf der anderen Seite des Altars schließlich die Figuren des alten Hexers und seines bislang unbekannten Auftraggebers. Um die beiden Puppen waren dünne Schnüre gewickelt, zum Zeichen, dass ihre Macht gebunden war. Wie Gundula legte sich Adrian nun einen langen schwarzen Umhang um. Sein dunkles Haar hing ihm lose auf die Schultern. Die alte Hexe hatte ihr weißes Haar unter einem dichten schwarzen Tuch versteckt. Beide traten jetzt in den Kreis vor dem Altar und verneigten sich tief vor einem Bildnis, dass die höchste Hexengöttin Aradia darstellte, sitzend auf einem Thron der aus der Sichel des Mondes geformt war. Gundula hob beide Hände und sprach mit ruhiger klarer Stimme die Worte, die die Götter herbeirufen sollten:

„Euros, Wächter des Ostens, der Luft, wir rufen dich, komm herbei und schütze diesen Kreis.
Notus, Wächter des Südens, des Feuers, wir rufen dich, komm herbei und schütze diesen Kreis.
Cephyrus, Wächter des Westens, des Wassers, wir rufen dich, komm herbei und schütze diesen Kreis.
Boreas, Wächter des Nordens, der Erde, wir rufen dich, komm herbei und schütze diesen Kreis.
Öffnet Eure Tore, so dass die große Göttin Aradia und der große Gott Karnayna in unserer Mitte dem Ritual beiwohnen können."
Sie faltete die Hände und verneigte sich tief.
Nun breitete Adrian die Arme aus, hob den Kopf und seine tiefe, ruhige Stimme erfüllte den Raum:

„Sei willkommen, große Göttin Aradia, die du in Wahrheit Diana bist, große Göttin von Himmel und Erde, Königin des Mondes und der Sterne, Mutter der Erde.

Sei willkommen, großer Gott Karnayna, Gott des Waldes und der Jagd, Vater der Fruchtbarkeit und der Ekstase.

Wohnt unserem Ritual bei, gebt uns Eure Liebe und öffnet unsere Herzen. Führt uns aus der Dunkelheit ans Licht und erhört unsere Bitte."

Nun fiel auch Gundula wieder ein, gemeinsam beendeten sie die Anrufung der Götter:

„Wir heißen Euch willkommen, ihr Mächte des Kosmos, ihr Göttinnen und Götter, vor allem dich, große Göttin Aradia, die du auf Erden gekommen bist um uns Menschen die Magie zu lehren.

Bitte stehe uns bei diesem Ritual bei und gib uns all deine Kraft, so dass wir unser Ziel erreichen werden."

Plötzlich flackerten die Kerzen heller und ein Luftzug strich durch den Raum. Die Götter waren gekommen und die beiden Hexen rezitierten gemeinsam die Formel, wiederholten sie dreimal. Dann trat Adrian an das Kohlebecken, das ebenfalls auf dem Altar stand und entzündete mit einem Holzspan die darin befindlichen Kräuter. Würziger Duft erfüllte den Raum und kleine Rauchfahnen stiegen kräuselnd zur Decke empor. Erst als die Kräuter fast abgebrannt waren, legte er trockene Weidenzweige und Hölzer in die verbleibende Glut und goss vorsichtig wenige Tropfen eines ätherischen Öles hinzu. Mit leisem Knacken gingen die Zweige in Flammen auf. Nun nahm er die Figuren, die den Hexer und seinen Auftraggeber darstellten, und legte sie in die Glut. Flackernd schlugen die Flammen darüber zusammen und schwarzer Rauch stieg auf.

Die Lippen der Hexen begannen erneut Beschwörungsformeln zu murmeln und ihre Augen ruhten unverwandt auf den Figuren, die in der Glut schnell austrockneten und rissig wurden. Nach einer Weile griff Adrian nach der Kanne mit dem geweihten Wasser und goss es in einem Schwall über die Symbole des Bösen. Sie zerbarsten mit lautem Knall in mehrere Teile, die inzwischen verbrannten Schnüre konnten sie nicht mehr zusammenhalten.

Gundula öffnete eines der Fenster um den schwarzen Qualm und damit das Böse aus dem Zimmer zu entlassen. Mit einem Ebereschenzweig wedelte sie auch noch die letzten Rauchschwaden hinaus. Dann schloss sie das Fester wieder und ging zum Altar zurück. Im Zimmer herrschte nun eine spürbar freiere Atmosphäre. Es war, als wäre endlich wieder Friede und Liebe eingekehrt.

Adrian drehte sich um und blickte auf seinen Vater. Er lag nun vollkommen entspannt da, doch seine Augen waren noch immer fest geschlossen. Die alte Hexe trat ebenfalls an das Bett und berührte leicht die Stirn des Schlafenden. Er seufzte leise und seine Augenlider flatterten. Dann lag er wieder still.

„Der Bann ist von ihm genommen, er wird bald erwachen. Lasst uns den Göttern für ihre Hilfe danken und sie entlassen", schlug Gundula vor und Adrian nickte stumm. Gemeinsam traten sie erneut vor den Altar und verabschiedeten die Götter mit fast denselben Worten, mit denen sie sie zuvor gerufen hatten. Dann standen beide stumm mit gesenkten Köpfen da, um jeder für sich ein Gebet zu sprechen.

„Was tut ihr beiden da in meinem Zimmer? Und was ist das für ein Kram, den ihr auf meiner Truhe aufgestellt habt. Und dieser Gestank nach Räucherwerk. Ihr werdet doch hier keine Hexerei betreiben."

Adrian fuhr beim Klang der altvertrauten Stimme herum und starrte auf seinen Vater, der sich auf seinem Bett aufgesetzt hatte und sie mit hochgezogenen Augenbrauen musterte.

Dem alten Herrn stand das Misstrauen in den Augen geschrieben und schon zogen sich seine Brauen zu einem seiner gefürchteten Wutausbrüche zusammen. Er war wieder ganz der Alte, stellte Adrian mit erleichtertem Lachen fest. Schnell ging er auf seinen Vater zu um ihn zu beschwichtigen. Auch Gundula kam erneut heran um ihm bei dieser schwierigen Aufgabe zu helfen. Gemeinsam berichteten sie was in der letzten Zeit vorgefallen war und dem alten Herzog verschlug es tatsächlich erst einmal die Sprache.

„Ihr wollt mir wirklich weismachen ich hätte mehrere Wochen in tiefstem Schlaf verbracht?" brachte er schließlich ungläubig hervor. Die Fassungslosigkeit in seinen Augen wich Bestürzung. Er schaute an sich herab und betrachtete seinen Körper, der ganz offensichtlich um mehrere Pfunde leichter geworden war. Vorsichtig, als traue er seinen Kräften nicht, schob er die Beine über den Bettrand und erhob sich unsicher. Tapsig wie ein Bär machte er ein paar Schritte, dann fasste er sich an den Bauch.

„Was ist, habt Ihr Schmerzen?" fragte Adrian alarmiert und ging auf ihn zu. Doch sein Vater hob gebieterisch eine Hand und gehorsam blieb er stehen.

Was ist das um meinen Leib?" grollte er und fühlte erneut. „Himmel, es ist feucht, habe ich etwa im Nassen gelegen?"

Mit beiden Händen patschte er sich auf Hüften und Po. Dann kam ihm die Erkenntnis und er erstarrte, während sein Gesicht schamrot anlief.

„Wir mussten Euch wickeln und füttern wie ein Kleinkind. Aber keine Sorge, nun benötigt Ihr diese Pflege nicht mehr. Ich lasse Euch sofort ein Bad anrichten und frische Kleider herauslegen, danach fühlt Ihr Euch sicher gleich wohler."

Adrian musste an sich halten um nicht zu grinsen. Die Anspannungen der letzten Zeit wollten ihm in einem hysterischen Gelächter entweichen aber er beherrschte sich mühsam, weil er seinen Vater nicht noch mehr in Verlegenheit bringen wollte.

„Nehmt es nicht so tragisch", riet er stattdessen. „Seid lieber froh, dass der Alptraum endlich ein Ende hat."

„Ein Alptraum, von dem ich nicht das geringste weiß", murrte sein Vater mit finsterer Miene. „Himmel, was werden die Bediensteten von mir denken. Gewickelt und gefüttert wie ein Säugling..."

Er konnte nicht aufhören, den Kopf zu schütteln.

„Seid froh, dass Euch die ganze Tragik des Geschehens nicht bewusst wurde. Und die Bediensteten werden schon nicht hinter Eurem Rücken tratschen. Sie werden im Gegenteil froh sein, dass Ihr wieder auf den Beinen und Herr Eurer Sinne seid. Außerdem haben sie Euch auch damals nach Eurer Apoplexie in ähnlicher

Weise versorgt. Aber kommt und besucht erst Mutter in ihrem Zimmer. Sie ist selbst schon krank vor Sorge um Euch. Ich möchte sie keine Minute länger leiden lassen."

Das sah der Herzog ein und sein Gesicht erhellte sich vor Rührung beim Gedanken an seine Frau. Eilig begab er sich hinter den Paravent, der in der Nähe seines Bettes stand und entledigte sich der Windel. Nachdem er sich wenigstens eine Hose übergestreift und den Gürtel seines Morgenmantels ordentlich verknüpft hatte, verließ er zusammen mit seinem Sohn das Zimmer. Gundula blieb zurück um den Altar wieder in eine Kommode zu verwandeln. Sie grinste ihn aus ihrem fast zahnlosen Mund freundlich an als er sich, immer noch ein wenig verlegen, für ihre Hilfe bedankte.

Auf dem Weg zu den Zimmern der Herzogin begegnete ihnen ein Dienstmädchen. Sie erstarrte vor Erstaunen als sie den Herzog so voller Elan den Gang entlangkommen sah, als sei er nie krank gewesen. Fast vergaß sie darüber ihren Knicks zu machen und stolperte dann beim überhasteten Versuch das Versäumte nachzuholen. „Hoppla, meine gute, verletzt Euch nicht", brummte der alte Herzog gutmütig und griff gerade noch rechtzeitig zu um die Magd aufzufangen. Lächelnd stellte er sie wieder auf die Beine und erklärte: „Ihr dürft es ruhig den anderen erzählen; ich bin wieder genesen. Das habe ich nur meinem Sohn zu verdanken und der alten Gundula. Geht in die Küche und sagt der Köchin heute Abend möchte ich feiern. Sie soll etwas Leckeres zaubern und vom besten Wein ausschenken."

Die Dienstmagd versprach sofort zur Küche zu laufen und entfloh fast vor ihnen um die Neuigkeit so schnell als möglich im Schloss zu verbreiten. Adrian hätte seinen Kopf verwettet, dass innerhalb der nächsten zehn Minuten alle Bediensteten über die wundersame Genesung des Schlossherrn Bescheid wussten. Er wunderte sich längst nicht mehr über die Zuneigung, die der Herzog bei seinen Angestellten genoss. Früher, als Knabe, war er oft fast neidisch darauf gewesen wie nett und freundlich sein Vater jedermann auf dem Schloss behandelte. Alle, außer ihn, den Sohn, den er für ein Kuckuckskind hielt und den er deshalb mit Nichtbeachtung strafte.

Und den er später fast zu Tode peitschen ließ, weil er ihn für einen Brudermörder hielt...

Gewaltsam verdrängte er die unguten Gedanken aus seinem Kopf. Das war alles schon so lange her und inzwischen hatten sie sich mehrmals gründlich ausgesprochen. Es gab keinerlei Unklarheiten mehr zwischen ihnen, kein Misstrauen, keine Zweifel. Dennoch glomm manchmal noch dieses Fünkchen Wut in ihm auf...

Vor der Türe, die zur Suite seiner Mutter führte, verabschiedete sich Adrian von seinem Vater.

„Ich lasse Euch mit Mutter alleine. Sie wird weinen vor Glück und Ihr habt euch sicher viel zu erzählen, was nur Euch beide angeht. Ich habe noch einiges zu erledigen und werde wohl erst zum Abendbrot wieder mit Euch zusammentreffen. Ich weiß, dass es noch vieles zu erklären gibt aber das können wir auch noch heute Abend tun."

Er verbeugte sich leicht und ging davon. Hinter sich hörte er ein leises Pochen, und kurz darauf das Öffnen der Türe. Er lächelte als er den leisen aber unverkennbar glücklichen Aufschrei seiner Mutter vernahm und eilte dann den Gang entlang um den Jungen einen Besuch abzustatten.

Kapitel 11: Entlarvt

Auch im Zimmer der Knaben schien eine Veränderung vor sich gegangen zu sein. Es herrschte nun nicht mehr die dumpfe Verzweiflung und Angst vor, die noch wie eine Glocke unter der Decke hing als er zuletzt hier gewesen war. Er erkannte Simon, der umringt von den vier Jungen am Tisch saß und leise mit ihnen sprach. Der Freund bemerkte seine Anwesenheit und drehte sich zu ihm um. Gespannt musterte er Adrians Gesichtszüge und lächelte dann.

„Es ist dir gelungen, ja? Du siehst viel ...sorgenfreier aus, als heute Morgen. Und, wie geht es deinem Vater, ist er wohlauf?"

Adrian erklärte ihm in wenigen Sätzen das Wesentliche.

„Genaueres wirst du heute Abend hören, du willst doch sicher dabei sein wenn ich Vater Rede und Antwort stehe."

„Wenn du und er das möchten, dann gerne. Aber ich will weder neugierig noch aufdringlich sein."

Der Hexer lachte leise und zum ersten Mal seit langen Tagen sah er wieder gelöster aus. Auch seine Antwort war wieder in dem humorvollen Ton gehalten, den Simon an ihm kannte und schätzte.

„Von wegen nicht neugierig sein, ich sehe dir deine Neugier an der Nasenspitze an. Aber im Ernst, ich bestehe sogar auf deine Anwesenheit. Du weißt um Vaters Art mir Vorschriften machen zu wollen. Ich fürchte die langen Wochen des Schlafes haben daran nichts geändert. Vor dir wird er mich nicht gar so drangsalieren, er mag dich nämlich sehr und will auf keinen Fall schlecht vor dir dastehen. Du siehst, es ist reiner Selbstschutz dich dabei haben zu wollen."

Simon stimmte grinsend zu. Er hatte schon öfter den launigen Gesprächen von Vater und Sohn beigewohnt und wusste, dass Adrian sich sehr wohl mit seinem Vater auseinandersetzen konnte, ohne dabei ins Hintertreffen zu geraten. Außerdem war er tatsächlich neugierig, wie der alte Herzog die Geschichte um den Bann und seine wundersame Errettung aufnahm.

Der Hexer fasste die vier Knaben näher ins Auge und erkundigte sich mit einem stummen fragenden Blick bei Simon nach dem aktuellen Stand ihrer Genesung. Er konnte unschwer erkennen, dass an den Kindern eine Veränderung vorgegangen war. Sie verhielten sich nicht mehr so unterwürfig und schauten auch nicht mehr so ängstlich wie noch am Tag zuvor. War es ihm und Gundula gelungen auch den Bann, der über den Kindern lag, zu brechen?

„Unsere jungen Freunden scheinen sich heute wesentlich besser zu fühlen als gestern", bestätigte Simon nun seinen Eindruck. Er strich einem der Knaben übers Haar, was der mit vertrauensvollem Lächeln aufnahm. Kein Zusammenzucken mehr oder Ducken um befürchteten Schlägen zu entgehen. In zufriedenem Ton fuhr er fort.

„Wir haben gemeinsam gegessen und uns danach unterhalten. Was meint ihr, Jungs, wollt Ihr Adrian nochmals erzählen was ihr mir bereits berichtet habt?"

Die vier schauten neugierig zu ihrem Retter auf und dann begann Michael zu reden. Er war anscheinend der Mutigste von ihnen, was ja schon sein Versuch sie alle zu befreien gezeigt hatte. Er sah fast ehrfürchtig zu dem Hexer auf. Es war ihm deutlich anzumerken, dass er genau wusste was er und seine Leidensgenossen dem großen, dunkelhaarigen Mann zu verdanken hatten.

„Wir möchten Euch zuerst danken, Herr, dass Ihr uns aus der Höhle befreit habt..."

Adrian wiegelte schnell ab.

„Das war doch selbstverständlich. Aber ihr braucht mich nicht Herr zu nennen. Sagt einfach Adrian zu mir, das ist einfacher. Also, nun berichtet mir einmal genau wie ihr in diese Höhle gekommen seid."

Er nahm sich einen Stuhl, der an der Wand stand, und setzte sich zu Simon und den Kindern an den Tisch. Freundlich blickte er jeden der Knaben sekundenlang an, überprüfte dabei unauffällig ihren körperlichen und seelischen Zustand. Simon hatte Recht; die Kinder sahen zwar entsetzlich mager aus, aber ansonsten machten sie einen gesunden Eindruck. Sie würden zumindest keine körperlichen Schäden davontragen. Wie es um ihr Seelenheil stand würde er viel-leicht wissen wenn er mit ihnen gesprochen hatte.

Zuerst fragte er die Knaben wo sie denn zu Hause wären und war überrascht, dass alle vier aus einem Waisenhaus kamen, dass sein

Vater schon vor vielen Jahren für Kinder ohne Familien erbauen lassen hatte. Es befand sich in einem der Nachbarorte und wurde von einem Ehepaar in mittleren Jahren geleitet, das selbst kinderlos war. Wie kam es das von dort Kinder verschwinden konnten, ohne dass es dem Herzog gemeldet worden war? Adrian wusste wie sehr dieses Waisenhaus seinem Vater am Herzen lag, er hatte es mit ihm schon öfter besucht und stets waren sie mit der Unterbringung und Versorgung der Kinder zufrieden gewesen. Das Ehepaar Brunner war bisher über jeden Zweifel erhaben gewesen, was ihre liebevolle Fürsorge und Zuwendung für die Waisen betraf. Und die Stimmung unter den Kindern war immer heiter und gelöst gewesen, auch wenn sie dem Haus unangemeldet einen Besuch abstatteten.

Das würde er sofort am nächsten Morgen klären, nahm sich Adrian vor. Er war gespannt wie sich die Brunners herausreden würden, was das mysteriöse Verschwinden von mindestens vier Kindern betraf.

Er vermutete, dass die getöteten Kinder ebenfalls aus dem Waisenhaus stammten. Ein Mann, etwa in Adrians Alter, so berichtete Michael weiter, wäre in letzter Zeit öfter ins Waisenhaus gekommen und hätte immer einen Knaben mitgenommen, den er zuvor sorgsam unter allen Kindern ausgewählt hätte. Auf die Frage des Hexers, wie viele Kinder insgesamt mitgenommen worden seien, rechnete Michael sorgfältig mit den Fingern nach. Seine Freunde halfen ihm dabei die Namen aller Jungen aufzuzählen, die von dem Fremden weggebracht worden waren. Diese vier eingerechnet kamen sie schließlich auf elf Jungen, die innerhalb eines Jahres aus dem Waisenhaus entführt wurden. Etwa jeden Monat ein Knabe…

Simon blickte erschüttert zu Adrian hin, der ebenfalls fassungslos den Kopf schüttelte. Das bedeutete, Korbinian hatte innerhalb eines knappen Jahres mindestens sechs Kinder getötet. Wahrscheinlich sogar noch mehr, wenn er tatsächlich jeden Monat ein Kind geopfert hatte und diese vier noch übrig waren.

Adrian ignorierte Simons fragende Blicke, es war jetzt nicht der richtige Zeitpunkt Mutmaßungen über das Schicksal dieser Kinder aufzustellen. Er wollte die Erinnerung der Jungen nicht mehr aufwühlen, als unbedingt zur Klärung der Sachlage nötig war. Deshalb fragte er behutsam weiter was geschehen sei, nachdem der Mann sie mitgenommen hatte. Um ihnen das Erzählen der schlimmen Einzelheiten erträglicher zu machen nutzte der Hexer seine übernatürlichen Fähigkeiten und versetzte die vier Knaben in einen leichten Zustand der Trance.

Wie gut sie wirkte merkte Simon am emotionslosen Tonfall, in dem Michael ihnen nun wahre Gräueltaten schilderte, die ihm und seinen Kameraden angetan wurden. Hin und wieder streute einer der anderen Knaben ein paar Sätze ein, berichtete, was Michael vergessen hatte. Mit geringfügigen Abweichungen schienen alle vier den gleichen Leidensweg hinter sich zu haben. Den beiden Zuhörern stockte der Atem bei der unglaublichen Geschichte und sowohl Adrian, als auch Simon, nahmen sich erneut fest vor nicht eher zu ruhen, bis Korbinian und sein unbekannter Helfer gefasst waren. Nachdem er ihn aus dem Waisenhaus geholt hatte, erzählte Michael, brachte der Mann ihn sogleich in die Höhle im Wald, wo er in einen der winzigen Kerker gesperrt wurde. Dann verschwand der Mann und ließ ihn in vollkommener Dunkelheit zurück. Erst nachdem sich Michael ein wenig beruhigt hatte, merkte er, dass er nicht alleine in dem dunklen Verließ saß. In den Verschlägen rechts und links von ihm befanden sich ebenfalls Kinder. Kinder, die er kannte, stellte er bald erleichtert fest. Doch als sie ihm erzählten was ihnen geschehen war und auch ihm geschehen würde, kam seine Angst zurück.

Er wusste nicht wie lange er in seinem Gefängnis hockte und hatte bald jegliches Zeitgefühl verloren. Er fror, war hungrig und durstig, und in seinen Eingeweiden wühlte die Angst. Längst waren die Knaben in den anderen Käfigen verstummt, jeder schien in seiner eigenen Verzweiflung verloren. Nur ab und zu drang leises Schluchzen an seine Ohren. Als plötzlich Schritte ertönten und dann die Höhle in das flackernde Licht einer brennenden Fackel getaucht wurde, schrien seine Mitgefangenen vor Panik leise auf.

Ein alter Mann, groß, hager und sehr grimmig dreinblickend, betrat die kleine Nebenhöhle, in der die gefangenen Kinder saßen. Hinter ihm kam der jüngere Mann, der sie alle aus dem Waisenhaus geholt hatte. Er sah nicht sehr glücklich aus und machte einen nervösen Eindruck, so als wäre er ängstlich. Gespannt harrte er hinter dem Alten aus als der vor Michaels Verschlag trat und mit der Fackel hinein leuchtete.

Nach einem intensiven Blick nickte der und meinte mürrisch: „Na endlich, dieser macht einen ganz passablen Eindruck. Sieht drahtig aus und ist nicht allzu sehr gemästet. Einige Tage hungern und ein paarmal zur Ader gelassen sollte er bei Neumond soweit sein. Besser als die anderen hier, die sind allesamt nicht geeignet geopfert zu werden. Sie taugen nur mir ihr Blut und damit ewige Jugend zu schenken."

Danach hatte der Alte dem jungen Mann angewiesen Michael Blut abzuzapfen. Dazu befahl er dem Jungen ihm tief in die Augen zu sehen. Nachdem er das ängstlich getan hatte war Michael unfähig gewesen sich den weiteren Anordnungen zu widersetzen. Willenlos sah er zu wie ihm mit einem spitzen Messer die Vene in der Armbeuge geöffnet wurde und anschließend sein Blut in eine kleine irdene Schale floss. Der Alte entfernte sich dann mit der Schale, wobei er leise, unverständliche Sprüche murmelte.

In den folgenden Tagen oder Wochen spulte sich immer die gleiche Prozedur ab. Keiner der Jungen wusste noch wie lange sie schon dort im Dunkeln darbten, ob es Tag oder Nacht war konnte man nur an einem schmalen Spalt hoch oben in der Felsdecke erkennen. Aber das einfallende Licht reichte nicht aus ihr Gefängnis zu erhellen. Ab und zu kam der jüngere Mann um ihnen Wasser und eine dünne Suppe zu bringen, in der wenige Brocken grob zerkleinertes Gemüse schwamm. Dazu gab es für jeden eine Scheibe Brot. Und nach jedem Essen bekam einer von ihnen Blut abgezapft. Wenn sie sich gegen die schmerzhafte Prozedur wehrten setzte es Schläge und Tritte, bis sie sich fügten.

Manchmal wurde eines der Tiere geholt, die in winzigen Käfigen im Nebenteil der Höhle hinvegetierten. Dann hörten die Knaben die markerschütternden Schreie der gequälten Kreaturen durch die Höhle gellen und hielten sich voller Entsetzen die Ohren zu. Kurze

Zeit darauf drang der Geruch von Rauch, vermischt mit dem ekelhaften Gestank verbrennenden Fleisches, bis in ihr Gefängnis. Manchmal kam der Alte und stand lange sinnend vor ihren Kerkern, dann öffnete er einen der Verschläge und nahm den Jungen mit sich. Er bekam ein Gebräu zu trinken, das ihn völlig willenlos machte und wusste später nicht mehr genau, was mit ihm geschehen war. Aber irgendwann wurde der Junge, der in dem Verschlag neben Michael hauste, nicht mehr zurückgebracht. Und danach stank es in der Höhle fürchterlich nach verbranntem Fleisch...

Michael war der einzige der Knaben, der sich nicht in sein Schicksal fügen wollte. Er sann auf Flucht und als er eines Tages einen großen, scharfkantigen Stein in der hintersten Ecke seines Gefängnisses ertastete, reifte in ihm ein Plan. Immer wenn er sich sicher war dass sie alleine in der Höhle waren, bearbeitete er einen der hölzernen Gitterstäbe damit. Er schaute oft hinauf zu dem Spalt ob es Tag war oder Nacht und als er merkte, dass ein ganzer Tag verstrichen war ohne dass einer der beiden Männer erschien, wagte er den Ausbruch. Er trat mit all seiner verbliebenen Kraft gegen das dünngescheuerte Holz und als es endlich nachgab, zwängte er sich durch den entstandenen Spalt. Er versprach seinen Freunden Hilfe zu holen und suchte sich dann mühsam den Weg ins Freie. Doch dann bereitete die steil abfallende Felswand seinem Plan ein jähes Ende. Er trat ins Leere und stürzte so unglücklich auf sein Knie, dass er sich nicht mehr erheben konnte. Hätte Adrian nicht sein Wimmern gehört, er wäre dort gestorben.

Michael endete und schaute den Hexer voller Vertrauen an. Dann fragte er: „Was wird mit uns geschehen? Kommen wir wieder in das Waisenhaus zurück?"

Darauf wusste Adrian noch keine Antwort. Es würde darauf ankommen, was er über die Brunners herausfand. Wenn sie tatsächlich etwas mit dem Verschwinden der Kinder zu tun hatten, dann würde ein anderes Ehepaar gefunden werden müssen das fähig war solch ein Heim zu leiten. Es würde einige Zeit in Anspruch nehmen jemanden zu finden der gewillt und in der Lage war, so viele verwaiste Kinder zu betreuen.

„Wollt ihr denn zurück?" fragte er. Michael zuckte die Schultern. „Es ist nicht schlecht dort. Aber es ist halt keine richtige Familie. So, wie es meine war..."

Auf Adrians Frage erzählte er von dem tragischen Unglück, das seine Eltern und seinen drei jüngeren Geschwistern das Leben gekostet hatte. Vor etwas mehr als einem Jahr hatte des Nachts ein Blitzschlag das Haus getroffen und es war bis auf die Grundmauern abgebrannt. Niemand überlebte den Brand. Nur Michael, der für einige Tag bei einem Nachbarn wohnte, um ihm bei der Schafschur zu helfen und sich damit ein Taschengeld zu erwerben.

„Ich wollte ein eigenes Pony haben und Papa hat gesagt, er kauft es mir, wenn ich einen Teil des Geldes selbst verdiene", endete er traurig.

Adrian konnte sich erinnern von dem Unglück gehört zu haben. Michaels Vater hatte einen kleinen, aber durch umsichtiges Bewirtschaften gut florierenden Hof besessen. Da sich die Schlafgemächer alle im Dachgeschoß befanden, hatte es keine Rettung für die Schlafenden gegeben. Innerhalb von Minuten hatte der mit Schindeln aus Holz gedeckte Dachstuhl in hellen Flammen gestanden und alle Bewohner waren bis zur Unkenntlichkeit verbrannt.

Die anderen drei Knaben hatten ebenfalls auf tragische Weise ihre Eltern verloren und lebten schon länger im Waisenhaus. Doch auch ihnen sah man an, dass sie lieber wieder in einer Familie gewohnt hätten. So gut man die Waisen im Heim auch zu versorgen suchte, es war kein Ersatz für ein richtiges Zuhause.

Simon sah Adrian seltsam an. Auch er war ohne Familie aufgewachsen. Er musste sogar schon als Fünfjähriger für seinen Lebensunterhalt arbeiten, nicht ahnend, dass er eigentlich der Erbe der Burg war, auf der er schuftete. Er war ein sehr einsames Kind gewesen und wusste wie schwer das Leben ohne die Liebe einer Mutter und die Fürsorge eines Vaters war.

Der Hexer seufzte tief. Schließlich war seine Kindheit auch nicht so gewesen, wie sie hätte sein sollen. Das Schicksal meinte es oft nicht gut mit Kindern, resümierte er in Gedanken. Dann schaute er die Knaben der Reihe nach an.

„Wir werden eine Lösung finden", meinte er dann zuversichtlich. „Bis dahin bleibt ihr erst einmal alle hier auf dem Schloss."

Noch immer in Gedanken versunken was mit den Kindern geschehen sollte, ging Adrian wenig später durch die Gänge des Schlosses. Er wollte kurz nach seinen Eltern sehen. Simon war bei den Jungen geblieben um sie zu beschäftigen und so davon abzuhalten zu intensiv über ihre Erlebnisse nachzudenken.

Der Herzog und seine Frau befänden sich im kleinen Salon, erfuhr er von einem Diener, als er das Zimmer leer vorfand.

„Dr. Urban ist ebenfalls dort."

Dr. Urban. An den hatte Adrian gar nicht mehr gedacht. In letzter Zeit waren die Krankenbesuche des Leibarztes merklich weniger geworden. Und trotz seiner demonstrativ zur Schau gestellten Toleranz hatte er seine Abneigung gegen Adrians Hexenmedizin nicht immer unterdrücken können. Und auch der Hexer beobachtete den Kollegen mit wachsendem Misstrauen und stellte dessen ärztliche Kompetenz immer öfter in Frage.

Dr. Urban gab sich zwar alle Mühe als fortschrittlich denkender Arzt zu gelten, wohl deshalb hatte er den lukrativen Posten als neuer Leibarzt des Herzogs ergattert. Aber er war im Grunde seines Herzens noch stark den alten ärztlichen Traditionen verhaftet. Traditionen, die Adrian teilweise für fragwürdig oder sogar lebensbedrohlich für den Patienten ansah.

Deshalb atmete er erst noch einmal tief durch, ehe er das Zimmer betrat. In Gedanken legte er sich schon ein paar Argumente zurecht, die er auf Dr. Urbans spitze Anspielungen antworten wollte. Obwohl er keinen Grund sah sich für die Methoden, mit denen er seinen Vater von dem Bann befreit hatte, zu rechtfertigen. Aber er würde dem Doktor keine Einzelheiten auf die Nase binden.

Die drei saßen um ein kleines Tischchen und unterhielten sich angeregt. Adrian stellte zufrieden fest wie gelöst und glücklich seine Mutter nun wieder wirkte, sie sah um Jahre jünger aus. Und sein Vater machte einen gesunden und vitalen Eindruck. Die wochenlange, unfreiwillige Fastenkur hatte ihm sichtlich gutgetan, wenn auch seine Kleidung nun an ihm schlotterte. Das zu ändern war kein großes Problem, sicher nähten sich schon mehrere Schneider die Finger wund, um die Garderobe des Herzogs seiner neuen, schlanken Figur anzupassen.

„Oh, Adrian, da bist du ja endlich. Ich konnte dir noch gar nicht danken, dass du dieses Wunder vollbracht hast."

Freudestrahlend eilte seine Mutter auf ihn zu und umarmte ihn herzlich. Er neigte lächelnd seinen Kopf damit sie ihn auf die Wangen küssen konnte. Dabei blickte er direkt in Dr. Urbans finstere Miene, die sich nun schnell zu einem falschen Grinsen verzerrte, da er sich beobachtet fühlte.

Alter Scharlatan, dachte Adrian grimmig, - meine wundersame Heilung deines Patienten scheint ganz und gar nicht in deine Pläne zu passen. Hättest dir wohl ein erkleckliches Sümmchen erhofft, wenn du es selbst zustande gebracht hättest.

Laut sagte er:

„Ihr braucht mir nicht zu danken, Mutter! Es ehrt mich, Euch einen Dienst erwiesen zu haben. Und Euch Vater, scheint es schon wieder recht gut zu gehen, was mich sehr freut. Guten Tag, Dr. Urban. Schön, Euch mal wieder im Schloss zu sehen, in letzter Zeit habt Ihr Euch ja ziemlich rar gemacht."

Der Doktor errötete bei diesen Worten leicht, fasste sich aber schnell. Mit einem verlegenen Seitenblick auf den Herzog meinte er: „Nun ja, eine Influenza-Epidemie hielt mich leider davon ab täglich nach dem Herzog zu sehen. Aber da ich ihn bei Euch in besten Händen wusste, ist es mir leichter gefallen meine Besuche etwas zu vernachlässigen. Wie ich sehe habt Ihr das Wunder auch ohne mein Zutun vollbracht. Darf ich fragen welches Mittel diese wundersame Spontanheilung erwirkt hat?"

„Nun ich muss zugeben, es war Zauberkraft nötig das zu bewirken. Aber solcherlei Dinge sind Euch ja fern. Deshalb will ich Euch nicht mit Einzelheiten langweilen."

Der alte Herzog blickte tadelnd auf seinen Sohn, sagte aber nichts. Von seiner Frau hatte er erfahren wie schlimm es um ihn gestanden hatte. Adrian wandte sich erneut an seinen Berufskollegen und meinte im Plauderton:

„Ach übrigens, Dr. Urban, Ich habe ein paar Kinder in einer Höhle gefunden denen übel mitgespielt wurde. Sie erzählten mir eine ziemlich wirre Geschichte und sind körperlich in keiner allzu guten Verfassung. Ich wäre für eine zweite Meinung dankbar, was ihren Zustand betrifft. Wollt Ihr nicht einmal mit hochkommen und sie Euch ansehen? Vielleicht fällt Euch etwas auf was mir entgangen ist."

Dr. Urban schien plötzlich nervös zu werden. Er räusperte sich einige Male und brachte dann mit einem Blick auf seine eilig gezückte Taschenuhr heraus:

„Oh, im Prinzip würde ich Euch gerne helfen, aber leider wird mir heute die Zeit etwas knapp. Ich muss noch einen dringenden Patientenbesuch absolvieren den ich fast vergessen hätte. Aber morgen stehe ich Euch gerne zur Verfügung. Wenn es Euch recht ist, werde ich mich jetzt verabschieden."

Eben noch hat er ganz gemütlich dagesessen, als hätte er alle Zeit der Welt, ging es Adrian durch den Kopf. Warum hatte Dr. Urban es plötzlich so eilig? Aber er sagte nichts zu dessen plötzlicher Eile sondern meinte nur achselzuckend:

„Ja, geht nur wenn Ihr müsst. Die Untersuchung der Kinder hat keine große Eile, momentan sind sie gut versorgt. Und ich will Euch selbstverständlich nicht von Euren Pflichten abhalten. Die Kinder werden ja ganz sicher noch einige Tage hier sein, bis wir entschieden haben wo sie bleiben können. Also dann, auf Wiedersehen, Herr Kollege."

Er erhob sich um Dr. Urban zur Türe zu begleiten. Der eilte vor ihm her, als wäre er zu einem Notfall gerufen und verabschiedete sich an der Haustüre so rasch, als befürchte er festgehalten zu werden. Adrian sah ihm verwundert nach wie er die Treppen hinab eilte und sich auf den Kutschbock seines Einspänners schwang. Er klatschte dem dösenden Pferd die Zügel so heftig auf die Kruppe, dass es erschreckt wieherte und dann die gepflasterte Schlosszufahrt in einem Tempo hinabraste, als sei der Teufel hinter ihm her. Erst als er die Torwache passiert hatte drosselte der Doktor das mörderische

Tempo seines Pferdes und die Kutsche ratterte etwas gemächlicher weiter.

Stirnrunzelnd schaute Adrian ihm nach. Die plötzliche Eile des Doktors kam ihm sehr verdächtig vor. Und hatte er nicht schon die ganze Zeit ein komisches Gefühl wenn ihm Dr. Urban einfiel? Warum hatte er nicht auf seine innere Stimme gehört? Es war wohl der Aufregung und Anspannung der letzten Zeit anzurechnen, dass er nicht auf seine Intuition achtete. Aber nun war es zu spät, der Doktor war weg und höchstens noch mit einem schnellen Pferd einzuholen. Doch bis er beim Stall angelangt und ein Pferd gesattelt hatte, konnte sein Berufskollege schon über alle Berge sein. Nein, das hatte keinen Sinn.

Ärgerlich drehte er sich um und machte sich auf den Weg zurück zum oberen Stock um Simon und die Kinder zum Abendessen zu rufen. Sein Vater wollte die Knaben kennenlernen und sie waren nicht mehr so verängstigt, dass sie nicht im großen Speisesaal mit all den anderen zusammen essen konnten. Es würde ihnen sicher sogar guttun in einer großen Gemeinschaft zu sitzen.

Auf halbem Weg kam ihm Simon entgegengeeilt.

„Dr. Urban", rief er atemlos und blieb keuchend vor Adrian stehen. Er ist es, die Kinder haben ihn vom Balkon aus erkannt. Schnell, wir müssen ihn aufhalten..."

Jetzt fiel es Adrian wie Schuppen von den Augen. Natürlich, das war es, was ihm die ganze Zeit im Kopf herumgespukt war. Die Beschreibung, die die Kinder von dem zweiten Mann gegeben hatten, passte genau auf Dr. Urban. Verdammt, warum war ihm das nicht früher aufgefallen? Mit seinen hellseherischen Fähigkeiten war es momentan wirklich nicht sehr weit her.

Doch alle Selbstanklage nützte nichts, der vermutliche Urheber all des Übels der letzten Zeit war auf und davon. Er würde Soldaten hinterher schicken, die den Doktor vielleicht noch fanden. Aber im Grunde wusste er, dass die wichtigste Person in diesem verworrenen Spiel entkommen war.

Trotz der Einsicht drehte er auf dem Absatz um und eilte zu dem Häuschen, in dem die diensthabenden Wachmänner anzutreffen waren. Er befahl so viele Männer als möglich zusammenzutrommeln und auf die Spur des Doktors anzusetzen. Der diensthabende Hauptmann salutierte kurz und wiederholte den Befehl. Dann machte er zackig kehrt um seine Soldaten um sich zu versammeln.

Adrian blieb nichts übrig als abzuwarten ob ihre Suche von Erfolg gekrönt war. Plötzlich müde drehte er um und ging mit schleppenden Schritten zu Simon zurück, der unter der Türe auf ihn wartete. Auf dem Weg zur Treppe erzählte er:

„Ich war mit den Jungen auf dem Balkon weil das Wetter so schön ist. Ich dachte etwas frische Luft tut ihnen gut. Und tatsächlich blühten sie richtig auf und versuchten um die Wette auf einen Busch zu spucken, der in einiger Entfernung wächst. Dann sahen sie den Doktor aus dem Haus kommen und erstarrten alle vier, als wären sie versteinert. Michael erholte sich zuerst und erzählte mir ganz atemlos dass dies der Mann sei, der sie aus dem Waisenhaus geholt und zu der Höhle gebracht habe. Und der später täglich kam um ihnen Essen zu bringen und Blut abzuzapfen. Ich traute erst meinen Ohren nicht aber dann dachte ich, dass sich die Kinder gewiss nicht irren. Nicht, was ihren Peiniger angeht. Also bin ich sofort losgerannt um dir Bescheid zu geben."

„Verdammt, ich hatte die ganze Zeit ein ungutes Gefühl, aber nicht darauf geachtet. Selbst, als Dr. Urban so plötzlich aufbrach, nachdem ich ihn bat sich die Kinder anzusehen fiel mir noch nichts auf. Oder besser gesagt, ich hörte nicht auf meine innere Stimme. Himmel, dabei waren wir der Lösung so nahe. Der Doktor hätte uns sicher verraten wo wir den Hexer finden können, er macht mir nicht den Eindruck als wäre er hart genug zu schweigen."

„Die Soldaten werden ihn dingfest machen sobald er versucht in seine Wohnung zu gelangen. Und dahin muss er ja sicher nochmals zurück, er kann nicht fliehen ohne ein paar Sachen mitzunehmen. Und schließlich weiß er ja noch nicht einmal, dass die Kinder ihn erkannt haben. Du wirst sehen, in spätestens einer Stunde haben sie ihn festgenommen."

Simon sagte es zuversichtlich, doch Adrian glaubte nicht, dass der Arzt es wagen würde sein Haus nochmals aufzusuchen. Nach der

Erwähnung der Kinder war er sofort in Panik geraten. Und hatte er nicht misstrauisch zum oberen Stockwerk aufgeschaut, nachdem er so überhastet das Schloss verlassen hatte? Seine Augen waren wie von selbst nach oben gewandert und er hatte die Knaben vermutlich ebenso gesehen, wie die ihn.

Nein, der Doktor würde nicht in sein Haus zurückkehren und auch nicht gefasst werden. Das wusste Adrian mit untrüglicher Sicherheit. Er würde verschwinden und mit ihm der alte Hexer - und ihr Geheimnis würden sie mit sich nehmen.

Kapitel 12: Nachforschungen

Wie Adrian schon vermutet hatte tauchte Dr. Urban nicht mehr auf. Zwei Soldaten harrten die ganze Nacht im Schutz eines halb zerfallenen Schuppens aus um ihm aufzulauern. Aber er kam nicht zu seinem Haus zurück und wurde auch von niemandem gesehen.

Am Morgen berichtete ein übernächtigt wirkender Hauptmann das die Suche leider erfolglos geblieben sei. Aber er habe zwei ausgeruhte Soldaten vor dem Haus des Arztes postiert, die aufgefordert waren den Doktor sofort zu verhaften, sollten sie seiner ansichtig werden. Der Hexer glaubte jedoch nicht daran dass ihnen der Mann so leicht in die Falle gehen würde. Es gab viel zu tun und er konnte und wollte nicht untätig herumsitzen um Dingen zu harren, die vielleicht nie eintreten würden. Deshalb machte er sich nach dem Frühstück in Simons Begleitung auf den Weg zum Waisenhaus. Er wollte dem Ehepaar Brunner genau auf den Zahn fühlen und wehe ihnen, wenn sie etwas mit dem Verschwinden der Kinder zu tun hatten.

Das Waisenhaus sah ganz anders aus als Simon es sich vorgestellt hatte. Es handelte sich um einen prächtigen Steinbau im Stile eines großen, dreistöckigen Gutshauses. Hinter dem hohen hölzernen Eingangstor befand sich ein lichtüberfluteter Innenhof, in dem mindestens zwölf kleine Kinder von einigen jungen Mädchen betreut wurden. Die Kinder waren alle im Alter zwischen etwa zwei und fünf Jahren und machten einen fröhlichen Eindruck. Einige saßen in einer großen Umrandung, die mit Sand gefüllt war, und spielten mit kleinen, ledernen Eimerchen und aus Holz geschnitzten Förmchen. Andere zogen Bollerwägelchen hinter sich her in denen Stoffpuppen oder -tiere saßen. Eine kleine Gruppe übte mit ihrer Betreuerin ein Lied ein, die hellen Kinderstimmen klangen bis zu ihnen herüber. „Das sind die Kinder, die noch nicht zur Schule gehen. Die anderen haben jetzt Unterricht. Er wird im oberen Stock abgehalten."

Adrian deutete in die Höhe auf eine Fensterfront, in deren Butzenscheiben sich die Morgensonne spiegelte.

„Das ist ja ein richtiges Herrenhaus", staunte Simon beeindruckt und sah sich gründlich um. Alles machte einen blitzsauberen und sehr gepflegten Eindruck. „Ich habe zwar schon hin und wieder ein Waisenhaus gesehen, aber meistens waren es armselige Hütten in der Nähe des Armenhauses, da die Bürger weder für die Obdachlosen noch für die Waisenkinder viel übrighaben."

„Kinder liegen meinem Vater sehr am Herzen und deshalb bezahlt er diese Einrichtung auch aus eigener Tasche und nicht von den eingenommenen Steuergeldern. Er gibt jährlich einen schönen Batzen für den Unterhalt der Kinder aus und führt das Waisenhaus auch stets seinen hohen Besuchern vor. Er ist sehr stolz auf sein Werk und möchte, dass es auch anderswo Schule macht."

„Das ist eine sehr gute Idee. Hoffentlich wirkt sich sein Beispiel auch bei den anderen Landesfürsten positiv aus. Es wird viel zu wenig für arme Waisenkinder getan. Nach meiner Erfahrung werden sie meist in der Verwandtschaft herumgeschubst und als billige Arbeitskräfte ausgenutzt. Und die, die gar niemanden mehr haben, werden vielfach sich selbst überlassen."

„Zum Glück konnte ich Vater bislang vorenthalten welchen Verdacht wir gegen Theodor Brunner und seine Frau Aurelia hegen. Er hätte es sich nicht nehmen lassen mit hierher zu reiten und ihnen nötigenfalls persönlich den Kopf abzureißen. Das wird er immer noch tun können, wenn sich unser Verdacht bewahrheiten sollte." Er winkte den Kindern zu die ihn und Simon neugierig anstarrten und grüßte die jungen Betreuerinnen freundlich, bevor er zur Haustüre schritt und energisch anklopfte. Nach kurzer Zeit kam eine füllige Frau um ihnen zu öffnen. Sie trug eine blütenweiße Schürze über ihrem schlichten blauen Kleid und wischte sich schnell die bemehlten Hände daran ab. Ihr Lächeln, als sie den Sohn des Herzogs erkannte, war freundlich und unbefangen, eilig machte sie einen tiefen Knicks vor ihm.

„Welche unerwartete Ehre Eures Besuches, Hoheit. Ich bin gerade dabei einen Kuchen zu backen, da wir heute Nachmittag den Geburtstag der kleinen Anna feiern wollen. Sie ist vier Jahre alt geworden und schon ganz aufgeregt. Aber tretet bitte ein und nehmt in der großen Stube Platz, ich werde sofort nach meinem Mann schicken. Er inspiziert im Garten die Obstbäume. Wenn wir von schlimmen Unwettern verschont bleiben, wird die diesjährige Ernte gut ausfallen, die Bäume hängen so voll, dass wir die Äste abstützen müssen damit sie unter der Last nicht brechen."

Sie eilte ihnen voraus in besagte Stube und deutete dann einladend auf ein kleines Sofa, das in einer Nische stand.

„Bitte nehmt Platz, ich werde Euch gleich eine Erfrischung servieren lassen. Ich hoffe es stört Euch nicht, dass die Tische bereits gedeckt sind, in einer Stunde geht der Unterricht zu Ende und dann fallen die Kinder wie ein hungriger Heuschreckenschwarm hier ein. Da muss alles bereitstehen."

Sie entfernte sich lächelnd nachdem Adrian und Simon versichert hatten weder durstig zu sein, noch sich gestört zu fühlen. Als sie außer Hörweite war meinte Simon mit einem Blick auf die liebevoll gedeckten Tische:

„Also ich kann mir nicht helfen, aber wie eine Frau, die kaltlächelnd die ihr anvertrauten Kinder verkauft, kommt mir Frau Brunner nicht vor. Sie macht im Gegenteil einen sehr sympathischen Eindruck. Ich bin auf den Mann gespannt."

Adrian wackelte ratlos mit dem Kopf und schaute sich ebenfalls gründlich in der Stube um. Eigentlich war es eher ein Speisesaal mit den drei Tischreihen, an denen nach Simons Schätzung mindestens fünfzig Menschen Platz fanden. Der Hexer knurrte fast unwirsch:

„Der ist ebenso sympathisch, wie du gleich feststellen wirst. Die beiden sind ganz verrückt mit ihrer vielköpfigen Rasselbande und haben bislang Vaters vollstes Vertrauen genossen. Aber dennoch sind die Knaben nun einmal von hier gekommen und bislang haben die Brunners nicht gemeldet, dass sie verschwunden sind. Was aber ihre Pflicht gewesen wäre."

Sie kamen nicht dazu weitere Mutmaßungen anzustellen, denn nun kam der Hausherr ins Zimmer gepoltert. Er war ein untersetzter Mann, der um die Hüften herum füllig wurde. Er trug Arbeitskleidung und an seinen Stiefeln haftete Erde und Gras. Mit einem großen, karierten Taschentuch wischte er sich den Schweiß von der

Stirn und stopfte es dann achtlos in die Brusttasche seiner Latzhose. Man sah im an, dass er gerade seine Gartenarbeit unterbrochen hatte um den hohen Besuch zu begrüßen. Er machte aber keineswegs einen erschrockenen Eindruck sondern schien nur ein wenig überrascht den Sohn des Herzogs zu sehen. Keine Spur von schlechtem Gewissen oder wenigstens Unbehagen über die unangemeldeten Besucher. Hinter ihm erschien erneut seine Frau, sie balancierte ein Tablett auf dem zwei Becher mit Saft und eine Schale frisch gebackener Kekse standen. Sie stellte es auf einem kleinen Tisch ab. Dann nahm sie neben ihrem Mann auf einem Stuhl Platz. Beide schauten sie Adrian erwartungsvoll an.

Der räusperte sich einige Male, dann schien er sich entschieden zu haben sofort mit den unbeschönigten Tatsachen aufzuwarten. In knappen Worten erzählte er was nötig war und kam dann umgehend zur dringlichsten Frage:

„Wie viele Kinder sind in letzter Zeit aus dem Heim geholt worden und an wen habt Ihr sie gegeben oder gar verkauft?"

Das Ehepaar Brunner saß ihm eine ganze Weile mit sprachlos geöffneten Mündern gegenüber. Jegliche Heiterkeit war aus ihren Zügen verschwunden und Bestürzung gewichen. Schließlich fand Theodor Brunner zuerst seine Sprache wieder. Mit hochrotem Kopf und vor Empörung blitzenden Augen betonte er:

„Ihr werdet doch nicht glauben, Hoheit, dass ich eines der mir anvertrauten Kinder verkaufen würde. Die Bezahlung, die meine Frau und ich für die Betreuung der Kinder erhalten, ist ausreichend, wir sind nicht anspruchsvoll. Und für den Unterhalt der Kinder kommt Euer Vater auf. Warum sollte ich also Kinder verkaufen? Jedes einzelne von ihnen liegt mir sehr am Herzen und meiner Frau ergeht es ebenso. Wir lieben sie alle, als wären es unsere eigenen."

„Aber es steht außer Frage, dass die vier Jungen von hier kamen. Und vermutlich die anderen auch, doch von denen sind nur Knochen übrig und niemand kann mehr sagen wer sie waren."

Als ihr die Bedeutung seiner hart hervorgestoßenen Worte klar wurde, brach Frau Brunner in Tränen aus. Sie schlug die Hände vors Gesicht und weinte hemmungslos. Auch die Augen des Mannes

röteten sich verdächtig, er wischte darüber und schluckte krampfhaft. Schließlich brachte er heißer heraus.

„Die Jungen sind tot? Unsere Jungen? Um Gottes heiligen Willen,
wie konnte das geschehen?"

„Das frage ich Euch. Wem habt Ihr die Kinder überlassen und zu
welchem Zweck? Warum wurde niemand davon benachrichtigt?
Es ist Eure Pflicht meinen Vater zu benachrichtigen, wenn eines der
Kinder das Heim verlässt."

„Aber es war doch die Idee Eures Vaters einige der Kinder in neue
Familien zu vermitteln. Er kam vor etwas mehr als einem Jahr in
Begleitung Dr. Urbans und erklärte, er wolle versuchen einige der
Kinder in geeigneten Familien unterbringen. Zuerst waren ich und
meine Frau dagegen, wie ich schon sagte hängen wir an jedem
einzelnen von ihnen und versuchen ihnen ihre Eltern zu ersetzen, so
gut es geht. Aber der Herzog meinte ein noch so gutes Waisenhaus
könne ein liebevolles Elternhaus niemals ersetzen. Und es gäbe
einige Familien, die gerne ein Kind aufnehmen würden um es wie
ihr eigenes großzuziehen. Das sahen wir ein und schließlich
stimmten wir, wenn auch widerstrebend, zu. Euer Vater sagte, Dr.
Urban würde sich persönlich darum kümmern. Er käme viel herum
und wüsste, welche Familien gerne ein Kind aufnehmen würde. Und
er würde persönlich jedes Kind aussuchen, damit es auch gut in die
neue Familie passe. So wurde es dann gehandhabt."

Adrian warf Simon einen stummen Blick zu. Es verwunderte ihn
nicht, dass Dr. Urban seine Hand im Spiel hatte. Nun konnte er sich
auch erklären wie der Arzt es fertigbekommen hatte, die Knaben aus
dem Waisenhaus zu holen ohne Verdacht zu erregen. Und der alte
Herzog hatte ihm, in seinem Bestreben den Kindern eine glückliche
Zukunft zu verschaffen, ahnungslos auch noch den Weg geebnet.
Nicht ahnend, dass er sie statt in eine gute Zukunft in den Tod
schickte.

Adrian fragte die Brunners noch weiter aus. Er erfuhr, dass
innerhalb eines Jahres tatsächlich elf Jungen von Dr. Urban
ausgewählt und mitgenommen wurden. Elf, von denen gerade mal
noch vier am Leben waren.

Schließlich beendete er sein Verhör und erhob sich. Er legte der immer noch weinenden Frau sanft die Hand auf die Schulter. Aber er konnte sie nicht trösten, sie war voller Schmerz und Trauer über ihre verlorenen Schützlinge. Und auch Theodor Brunner konnte nur mühsam die Tränen unterdrücken. Der Hexer hegte keinen Zweifel mehr an der Echtheit ihrer Trauer. Er war während des Gesprächs mehrmals intensiv in die Gedanken des Ehepaares eingedrungen um ihre wahren Gefühle zu erfahren.

„Was geschieht denn nun mit den anderen Knaben?" fragte der Heimleiter ihn später mit hoffnungsvoller Stimme. „Werdet Ihr sie zu uns zurückbringen?"

Adrian zuckte vage die Schultern.

„Falls das der Wunsch der Kinder ist, dann ja. Aber diese Entscheidung hat noch Zeit und momentan sind sie in der Obhut meiner Mutter gut aufgehoben. Sie hat die Jungen bereits in ihr Herz geschlossen und es würde mich nicht verwundern, wenn sie ihnen für immer auf dem Schloss eine Heimat bieten wollte. Aber wie ich schon sagte, es ist die Entscheidung der Knaben. Ich werde Euch in jedem Fall benachrichtigen."

Auf dem Rückweg zum Schloss durchbrach Simon das nachdenkliche Schweigen des Hexers.

„Wirst du es deinem Vater sagen?"

Und auf Adrians fragenden Blick fuhr er unbehaglich fort.

„Dass er unwissentlich dafür gesorgt hat, dass Dr. Urban die Jungen entführen konnte. Er wird sich schrecklich darüber grämen am Tod der Kinder mitverantwortlich zu sein."

„Ich werde es ihm wohl sagen müssen. Denn wir wissen noch viel zu wenig über die Gründe dieses Doktors. Himmel, er ist eine Schande für unseren gesamten Berufsstand. Ich habe ja schon einige unfähige Ärzte kennengelernt und auch solche, denen ihr eigenes Wohl deutlich über dem ihrer Patienten stand. Aber ein Arzt, der unschuldige Kinder einem solch grausamen Schicksal aussetzt ist mir noch nicht untergekommen. Ich werde seine Beweggründe sicher niemals verstehen können. Falls ich sie überhaupt jemals erfahre. Denn dazu müssen wir ihn erst kriegen."

„Wir kriegen ihn, verlass dich darauf."

Simon sagte es im Brustton der Überzeugung und meinte es auch so. Er wollte nicht eher ruhen bis Dr. Urban seiner gerechten Strafe zugeführt war. Und mit ihm der grausame alte Hexer.

„Welche Strafe würden die beiden erwarten müssen?" wollte er wissen. Er hoffte es würde eine harte Strafe sein, bezweifelte jedoch gleichzeitig, dass überhaupt eine Strafe den Untaten, die der Arzt und der Hexer begangen hatten, gerecht werden konnte.

Adrian überlegte einen Moment, dann zuckte er die Schultern.

„Ich denke, der Tod am Strang ist ihnen gewiss."

„Schade, dass Hexen heutzutage nicht mehr auf dem Scheiterhaufen verbrannt werden", brummte Simon. „Dann würden die beiden wenigstens annähernd die Qualen kennenlernen, die sie ihren Opfern bereitet haben. Der Tod am Strang ist viel zu human."

Adrian schwieg zu seinen Worten. Ihm hatten in der Vergangenheit schon beide Todesarten gedroht und beinahe wäre er tatsächlich im Feuer gestorben. Er wusste wie qualvoll es war im Qualm fast zu ersticken, während die Flammen einem schon schmerzhaft die Beine hinauf krochen. Dagegen war der rasche Tod am Galgen wirklich human.

„Gewaltsam zu sterben ist immer schrecklich", meinte er schließlich langsam. „Und ich bin mir nicht sicher ob es tatsächlich richtig ist, Töten mit töten zu vergelten. Mit der Gewissheit seiner Schuld weiterleben zu müssen, kann eine ebenso harte Strafe sein."

„Das wäre es sicher für dich und mich, aber bestimmt nicht für diesen abartigen Hexer und wahrscheinlich auch nicht für Dr. Urban", war Simon überzeugt. „Ihnen waren die Qualen ihrer Opfer gleichgültig und vielleicht haben sie sich sogar daran geweidet. Sicher werden sie bis an ihr Lebensende nicht bereuen, was sie getan haben. Deshalb kann nur der Tod die einzig wahre Strafe für sie sein."

„Wahrscheinlich hast du Recht", musste Adrian zugeben. „Doch bevor man sie bestrafen kann, müssen sie zuerst dingfest gemacht werden. Was danach mit ihnen geschieht liegt, Gott sei Dank, nicht in unserer, sondern der Hand des Richters."

Wieder ritten sie, jeder in seine eigenen Gedanken versunken nebeneinander her, dann durchbrach Simon erneut das Schweigen:
„Du sagtest einmal Dr. Urban käme dir irgendwie bekannt vor. Ist dir inzwischen eingefallen, woher?"
„Ich habe schon oft darüber nachgedacht, doch leider ohne Erfolg. Dennoch, das Gefühl ihn irgendwoher zu kennen, geistert noch immer durch meinen Kopf. Vielleicht bin ich bereits in meiner frühen Kindheit auf ihn getroffen und kann mich deshalb nicht mehr genau erinnern. Oder er sieht einfach nur jemandem ähnlich, der mir einmal begegnet ist. Ich komme einfach nicht darauf. Ich werde Vater ausfragen, wie er auf ihn gestoßen ist. Vielleicht kennt er ihn ja schon lange und seine Erklärung bringt endlich Licht in die Dunkelheit meines Gedächtnisses."

Das Mittagessen war schon vorüber als sie im Schloss eintrafen, so nahmen sie allein die Mahlzeit ein die ihnen die Köchin aufwärmte. Weder Adrian noch Simon hatten Appetit. Sie wälzten immer wieder die geringen Möglichkeiten durch, wie man Dr. Urban und den alten Korbinian doch noch einfangen konnte. Leider waren es nicht viele, denn solange sie nicht herausbekamen, wo die Beiden sich versteckten, war es ausgeschlossen ihrer habhaft zu werden. Höchstens der Zufall konnte ihnen zu Hilfe kommen, doch das war eher unwahrscheinlich. Wenn sie es schlau anstellten hatten der Doktor und der Hexer sich längst getrennt und jeder versuchte in einer anderen Gegend unterzutauchen. Zumindest Dr. Urban war vom Aussehen her ein eher unauffälliger Mann, er würde ohne große Veränderungen an seinem Äußeren vornehmen zu müssen irgendwo außerhalb des Herzogtums eine neue Praxis eröffnen können. Ärzte waren rar, keiner würde sich für seine Vergangenheit interessieren. Korbinians Äußeres war sicher auffälliger, doch wenn er erst einmal mehrere Tagesritte entfernt war konnte er ebenfalls in einem neuen Umfeld sein Unwesen treiben, ohne befürchten zu müssen erkannt und festgenommen zu werden.
„Nein, zumindest Dr. Urban wird sich weiterhin an meine Fersen heften", unterbrach Adrian schließlich ihre Mutmaßungen.

Seine Stimme klang sicher: „Was immer seinen Hass auf mich entfacht hat, er wird nicht eher ruhen, bis er seine Rache hat."
Er warf die Serviette achtlos neben seinen fast unberührten Teller. Voller Unruhe erhob er sich von seinem Stuhl und lief mit auf dem Rücken verschränkten Händen auf und ab. Dann blickte er Simon fest an.

„Er hat so lange an seinem Plan getüftelt, er wird nicht einfach aufgeben und sich auf nimmer Wiedersehen aus dem Staub machen. Und das ist unsere Chance."
Simon stand ebenfalls auf, stemmte die Fäuste auf den Tisch und starrte den Freund wild an. Er wusste genau, was Adrian beabsichtigte, aber er würde es nicht zulassen, dass er sich in Gefahr begab. Deshalb meinte er in heftigem Ton:

„Oh nein, vergiss diesen absurden Plan. Du wirst nicht den Lockvogel spielen und dich in Gefahr bringen. Wir wissen zwar nicht was dieser Doktor tatsächlich vorhat, aber eines wissen wir: Er will dich tot sehen. Und das will er so sehr, dass er, nun da er seine Felle davonschwimmen sieht, von seinem ursprünglichen Plan abweicht und dich kurzerhand erschießt. Vielleicht ist er ja verrückt und dadurch unberechenbar. Denk an deine Familie Adrian, deine Frau erwartet in Kürze euer zweites Kind. Willst du sie wirklich allein in einer Welt zurücklassen, die nicht ihre eigene ist? Sie braucht dich, sie und deine Kinder. Und auch dein Vater zählt auf dich. Wer soll der nächste Herzog werden, wenn nicht du?"

„Ja, schon gut, du hast ja Recht."
Adrian hob beschwichtigend die Hände und verzog den Mund zu einem reuevollen Lächeln. Dennoch klangen seine weiteren Worte bitter.

„Ich weiß was ich meiner Familie schuldig bin. Und ich bin nicht lebensmüde. Selbstverständlich wünsche ich mir auch meine Kinder aufwachsen zu sehen und mit meiner Frau alt zu werden. Aber du musst auch bedenken dass ich ständig in Gefahr bin, solange Dr. Urban frei herumläuft. Er kann überall sein, mir hinter jeder Ecke auflauern um mich zu erschießen. Oder was noch schlimmer wäre; er kann irgendwann jemand aus meiner Familie entführen um mich in seine Gewalt zu bekommen. Schließlich kann ich nicht ständig auf jeden aufpassen. Hast du daran schon einmal gedacht?"

„Natürlich habe ich daran auch schon gedacht", gab Simon kleinlaut zu. „Trotzdem, ich denke du solltest dir den Gedanken aus dem Kopf schlagen Dr. Urban anlocken zu wollen."

„Wahrscheinlich ist er sowieso schon längst über alle Berge", beschwichtigte Adrian. Er ging zur Türe und öffnete sie. Dann drehte er sich um und machte eine einladende Geste zu Simon hin.

„Aber er wird über kurz oder lang einen neuen Plan schmieden, da bin ich mir sicher. Doch nun komm, wir wollen sehen wie es den Kindern geht. Außerdem muss ich mit Vater sprechen und dann auch noch gemeinsam mit Gundula zum See fahren um den Bann zu brechen. Du siehst, es gibt viel zu tun, selbst wenn ich es wollte ich würde momentan gar nicht die Zeit aufbringen den Lockvogel zu spielen."

Einige Tage später saßen Adrian und Simon spät abends noch bei einem Glas Wein zusammen um sich nochmals über die Ereignisse der jüngsten Vergangenheit und auch über ihre nächsten Zukunftspläne zu unterhalten. Die letzten Tage waren ereignisreich gewesen und beide waren zwar müde aber dennoch zu aufgekratzt um schon schlafen zu gehen.

Das Schloss lag bereits in tiefer Ruhe, nur durch ein geöffnetes Fester drangen die vertrauten Geräusche der Nacht herein. Grillen zirpten und aus den Stallungen drang das gedämpfte Rumoren der Tiere. Vom nahen Dorf erklang das Heulen eines einsamen Hofhundes und einer der Jagdhunde des Herzogs, vermutlich eine läufige Hündin, erwiderte sehnsuchtsvoll den Ruf.

Simon seufzte unwillkürlich auf. Auch er hätte am liebsten laut nach seiner Frau gerufen. Er vermisste sie und auch seine Kinder. Adrian schien seine Gedanken zu ahnen und fühlte vermutlich ähnlich, denn er schaute ihn ein wenig schuldbewusst an.

„Es wird höchste Zeit, uns auf die Heimreise zu machen", bestätigte er und richtete seinen Blick zum Fenster und in die Schwärze der Nacht. „Zenta wird in wenigen Tagen niederkommen und ich möchte dann unbedingt bei ihr sein. Deshalb werden wir übermorgen aufbrechen, ein Tag wird genügen, unsere Sachen zu packen. Auf dem Schloss ist alles geregelt, Vater wieder im Vollbesitz seiner Kräfte. Unserem Aufbruch steht also nichts mehr im Weg."

Simon nickte zustimmend. Er konnte plötzlich kaum noch erwarten, endlich die Heimreise anzutreten.

„Vielleicht ist euer Kind ja schon geboren", sinnierte er.

Doch Adrian schüttelte entschieden den Kopf.

„Nein, das ist es nicht. Zenta hätte mir übermittelt, wenn es so wäre. Sie meint, es dauert noch ein paar Tage."

Es war für Simon nicht verwunderlich, was Adrian da sagte. Der Hexer war emotional sehr mit seiner Frau verbunden, außerdem war Zenta ebenfalls eine Hexe - es bereitete den beiden keine Schwierigkeit, sich auch über eine so große Entfernung hinweg auszutauschen. Wie dieser Gedankentransfer allerdings genau vor sich ging konnte noch nicht einmal Adrian selbst genau erklären. Er wusste einfach um das Befinden seiner Frau, und umgekehrt verhielt es sich ebenso. Beneidenswert, fand Simon. Er hätte etwas darum gegeben zu wissen ob es seiner Frau und auch den Kindern gut ging. Aber leider waren er und Nelia auf Briefe und Boten angewiesen. Doch bis eine Botschaft ihren Weg gefunden hatte, konnte sich die Situation des Schreibers längst geändert haben.

„Mein Wissen wird mir nichts nützen wenn ich hier bin und Zenta in Rothenburg", gab Adrian leise zu bedenken. Er hatte die Gedanken des Freundes aufgefangen. „Das Bewusstsein dass es ihr schlecht geht und ich nicht bei ihr sein kann, würde mich im Gegenteil nur schrecklich belasten."

Von dieser Seite hatte Simon es noch nie betrachtet und er dachte einen Moment darüber nach. Ja, es musste tatsächlich schlimm sein, kam ihm in den Sinn, was ihn zu der Frage veranlasste:

„Wie war das damals eigentlich als du in die Vergangenheit gereist bist und dort als Hexer angeklagt wurdest. Konnte Zenta da auch spüren was dir widerfuhr? Es muss eine furchtbare Erfahrung für sie gewesen sein."

Eine Weile antwortete Adrian nicht. Sein Blick schien in eine andere Dimension gerichtet und Simon tat es leid, ihn an die schlimme Zeit mit Folter und der Aussicht, auf dem Scheiterhaufen zu enden, erinnert zu haben.

„Entschuldige", murmelte er zerknirscht. Doch Adrian winkte ab. „Mach dir keine Gedanken, ich habe inzwischen gelernt, mit der Erinnerung umzugehen. Es ist nicht mehr schlimm. Aber für Zenta war es damals wirklich schrecklich. So schrecklich, dass sie sich von mir abwandte damit ich in meine eigene Zeit zurückkehre, um dem sonst sicheren Tod zu entrinnen. Zu jener Zeit wusste ich noch nicht um diese ...Verbundenheit zwischen uns. Meine Angst und die Schmerzen der Folter hielten mich die meiste Zeit davon ab an sie zu denken. Ich hatte genug mit mir selbst zu tun und die Gewissheit, sie für immer verloren zu haben, peinigte mich noch zusätzlich. So versuchte ich jeden Gedanken an sie zu unterdrücken. Aber Zenta dachte den ganzen Tag an mich und konnte spüren wie es mir erging. Sie hat es mir später einmal erzählt und gestanden wie sehr sie mit mir gelitten hat."

Er schüttelte den Kopf, als wolle er die Gedanken daraus vertreiben. Dann sah er Simon an.

„Du siehst, es ist nicht immer eine Gnade genau zu wissen wie es dem Partner ergeht. Die Ohnmacht nicht helfen zu können ist manchmal schlimmer als im Nachhinein vor vollendete Tatsachen gestellt zu werden. Aber lass uns von anderen Dingen reden. Überlegen wir lieber was hier noch zu tun ist, damit wir unbesorgt heimreisen können..."

Sie kamen zu dem Ergebnis es wäre nicht mehr viel, was noch zu klären war. Vor einigen Tagen war Adrian gemeinsam mit Gundula zum Waldsee gefahren wo sie ein ähnliches Ritual abgehalten hatten, wie zuvor im Zimmer seines Vaters. Abermals zeigten sich ihnen die Götter gnädig gestimmt und nun war der Waldsee wieder der idyllische Ort, der er vor der Verwünschung gewesen war.

Danach konnte keiner Gundula länger aufhalten, sie bestand darauf möglichst sofort in ihr Häuschen am Waldrand zurückzukehren. Die Herzogin, die der Alten gern einen geruhsamen Lebensabend im

Schloss gewährt hätte, ließ sie schließlich schweren Herzens ziehen. Zumindest gelang es ihr der alten Frau die Hilfe einer jungen Magd aufzudrängen. Nun würde Gundulas Häuschen regelmäßig gereinigt werden und sie bekam täglich eine warme Mahlzeit gekocht. Auch für Vorräte und genügend Feuerholz wurde gesorgt, so blieb der Alten endlich die Zeit ihren Lebensabend zu genießen.

Adrian hatte ihr das Hexenbuch zurückgeben wollen, doch sie bestand darauf, dass er es behielt.

„Ihr seid mein Nachfolger", hatte sie kategorisch gesagt. „Und ich werde beruhigt in nicht allzu ferner Zeit die Augen für immer schließen können. Jede Hexe soll einen würdigen Nachfolger haben, der ihre Kräfte weiterträgt. Und wenn ich sterbe, so sende ich Euch meine Kräfte. Ich weiß, bei Euch sind sie bestens aufgehoben und eines fernen Tages werdet Ihr sie ebenfalls an einen würdigen Nachfolger weitergeben. So erfüllt sich unser Schicksal."

Adrian hatte ihr gerührt gedankt. Es war für ihn ein großes Geschenk und auch eine große Ehre, der auserwählte Nachfolger Gundulas zu sein.

„Wie werdet Ihr mir Eure Kräfte schicken?" wollte er noch wissen. Er war sich sicher das wäre möglich, doch er hatte keine Ahnung wie es von Statten ging.

„Ihr werdet es erfahren, wenn es so weit ist", beschied ihm die Alte knapp und setzte sich in ihren Lehnsessel. Mit zufriedenem Seufzer legte sie die Füße auf einen Schemel und richtete ihre fast blinden Augen auf ihn. „Und nun hinfort mit Euch. Ich bin eine alte Frau und habe mir meine Ruhe verdient."

Auch die Frage was aus den Knaben würde war geklärt; sie sollten auf dem Schloss bleiben. Die vier hatten sich in den letzten Tagen in fröhliche Kinder zurück verwandelt. Das gute Essen schlug sichtbar an, sie würden bald wieder ihre normalen Proportionen erreicht haben. Alle waren neu eingekleidet und man sah ihnen die erlittenen Strapazen kaum noch an. Hin und wieder wurden sie zwar noch von Alpträumen geplagt doch Adrian war sich fast sicher, dass sie ihre schlimmen Erlebnisse ohne bleibende seelische Schäden verarbeiten würden. Die Herzogin hatte die Jungen inzwischen fest in ihr Herz geschlossen und auch der Herzog war durchaus von dem Gedanken angetan, wieder fröhliches Kinderlachen in den stillen Gängen von Schloss Wolffhardt zu hören. Adrian war mit dieser Regelung sehr zufrieden, er hatte bereits geahnt, dass seine Eltern so entscheiden würden. Jeder Knabe würde ein eigenes Zimmer bekommen, sie konnten aber auch noch einige Zeit zusammenbleiben, falls das ihr Wunsch war. Der Herzog und seine Frau würden sie wie leibliche Kinder annehmen und erziehen. Das hieß, sie würden einen Privatlehrer bekommen und später als Erwachsene ein privilegiertes Leben führen können. Wenn sie wollten konnten sie ihr Leben lang im Herzogtum leben. Erbberechtigt würden sie jedoch nicht sein, der Herzogtitel stand alleine Adrian und seinen Nachkommen zu.

Heiner, Siegfried und Martin stimmten dem Gedanken fortan auf dem Schloss bleiben zu dürfen sofort begeistert zu. Nur Michael fiel nicht in ihre Jubelrufe ein. Er saß still und in sich gekehrt da und blickte traurig zu Boden.

„Was ist mit dir, Michael?" fragte Adrian ihn besorgt. „Möchtest du lieber ins Waisenhaus zurück? Die Brunners würden dich mit Freuden wieder aufnehmen. Und es steht dir natürlich frei, zu leben wo du möchtest."

Michael richtete seine dunklen Augen auf den Hexer, so als suche er etwas in dessen Zügen. Dann bat er leise:

„Darf ich mit Euch sprechen, Adrian? Allein…", fügte er mit einem schnellen Blick auf seine Kameraden hinzu.

„Sicher können wir unter vier Augen reden. Komm mit mir zu den Ställen. Ich wollte dir sowieso etwas zeigen und so können wir beides in einem erledigen."

Eifrig nickend sprang Michael vom Stuhl auf und lief neben dem Hexer her durch die Gänge und die Treppen hinab. Doch er brach sein Schweigen erst als sie in den Ställen angelangt waren. Inzwischen hatte er sich in Gedanken zurecht gelegt was er sagen wollte und platzte jetzt heraus:

„Ich möchte nicht hierbleiben und ich möchte auch nicht ins Waisenhaus zurück…"

„Aber wo willst du denn fortan leben?" fragte Adrian ihn freundlich. Er ahnte schon was der Junge sagen würde und dessen Antwort kam prompt. „Ich möchte bei Euch bleiben, ich meine, mit Euch gehen, wenn Ihr zurückgeht..."

Er schaute ängstlich zu dem großen Mann auf, seine Augen waren vor Aufregung weit geöffnet und er atmete hörbar.

Adrian kauerte sich auf die Hacken nieder, so dass er mit Michael etwa auf Augenhöhe war. Er legte ihm leicht die Hand auf die Schulter und strich mit dem Daumen eine vorwitzige dunkle Haarsträhne von seiner Wange. Er hatte schon seit Tagen bemerkt wie der Junge förmlich an ihm klebte, sobald er in seine Nähe kam. Ihm war bewusst, dass er in ihm einen Vaterersatz suchte. Michaels eigener Vater war ja noch nicht allzu lange tot und hatte eine große Lücke zurückgelassen, die er verzweifelt zu füllen suchte. Mit elf Jahren befand er sich in einem Alter in dem ein Junge seinen Vater brauchte. Seine drei Kameraden waren zwar etwa im gleichen Alter wie Michael, doch da sie ihre Väter alle schon im frühen Kindesalter verloren hatten, konnten sie sich kaum noch an sie erinnern. Demzufolge spürten sie den Verlust nicht gar so sehr. Und schließlich würde der Herzog ja fortan für sie da sein.

Adrian hatte längst gemerkt dass Michael ihn glühend bewunderte, seit er ihn und seine Freunde aus der Höhle gerettet hatte. Für ihn war er ein Held. Er schmunzelte bei dem Gedanken, - wenn Michael mit ihm kam, würde er seinen Irrtum bald bemerken.

Was ihn selbst betraf so hatte er im Grunde nichts dagegen einzuwenden Michael mit sich zu nehmen, er mochte den Jungen und sicher würde auch Zenta ihn mögen.

Ernst blickte er ihn an und nickte dann lächelnd.

„Wenn es wirklich dein Wunsch ist mit mir zu kommen, dann soll es so sein. Du bist in meiner Familie herzlich willkommen und mein Haus ist groß genug. Allerdings wirst du bei mir nicht so geruhsam leben wie es hier der Fall wäre. Wie du weißt bin ich Arzt und demzufolge viel unterwegs. Tag und Nacht kommen Kranke zu mir und wollen behandelt werden. Außerdem habe ich eine Frau und einen kleinen Sohn und bald wird ein weiteres Kind zur Welt kommen.

Das heißt, es gibt viel Unruhe und Lärm und du müsstest die Pflichten eines älteren Bruders übernehmen. Würde dir das gefallen?"

Michael überlegte keine Sekunde.

„Ja, das würde es, sogar sehr. In meiner Familie war ich ebenfalls der Älteste und Vater hat immer gesagt ich müsse auf die Kleinen aufpassen. Es wird also fast so sein wie früher. Ich danke Euch recht herzlich, Ihr werdet es nicht bereuen, Herr."

„Na, wenn du zu mir gehörst, dann sage nicht Herr zu mir, Michael. Nenne mich Adrian, so wie es all meine Freunde tun."

Er hielt dem Jungen lächelnd die Hand hin.

„Willkommen in meiner Familie."

Voller Begeisterung schlug Michael ein. Sein Gesicht glühte vor Freude und er hüpfte aufgeregt von einem Bein aufs andere.

„Was wollt Ihr... ähh, ich meine, was willst du mir zeigen, Adrian?"

Der Hexer führte ihn durch den Stallgang zu einer der hinteren Boxen, wobei er hin und wieder über ein samtiges Pferdemaul strich, dass sich ihnen über das Gatter entgegen streckte. Schließlich blieb er vor einer Box stehen über deren oberen Rand sie die dunklen Augen eines braunweiß geschleckten Pferdes neugierig anblickte. Adrian öffnete die Tür und trat neben das Tier, das sich sogleich zutraulich an ihn lehnte und sich hinter den Ohren kraulen ließ. Es schnaubte leise und senkte den Kopf so als wolle es Michael genauer betrachten.

„Das ist Kobold. Wenn er dir gefällt, so wird er dir gehören."

Mit sprachlos geöffnetem Mund schaute Michael zuerst das Pferd und dann Adrian an. Schließlich fing er sich und nickte eifrig.

„Oh, er ist wunderschön. Und er soll wirklich mir gehören? Warum?"

„Nun, wenn du mit uns kommen willst brauchst du ein Pferd. Und ich denke Kobold ist genau der Richtige für dich. Er ist nicht sehr groß, aber ausdauernd und sehr brav. Seine braunen Flecken geben ihm ein ungewöhnliches und wie ich finde, lustiges Aussehen. Ein passendes Pferd für einen Jungen. Du solltest ihn gleich satteln und mit ihm durch den Schlosspark reiten, damit ihr euch aneinander gewöhnt. Du kannst doch reiten?"

„Natürlich kann ich reiten", antwortet Michael mit Stolz in der Stimme und begann sofort mit dem Satteln und Aufzäumen. Kobold ließ es geduldig geschehen und lief dann mit klappernden Hufen hinter seinem neuen Herrn her zum Stall hinaus. Draußen saß Michael auf und drückte ihm die Fersen in die Weichen. Gutwillig verfiel das Pferd zuerst in sanften Trab und dann in leichten Galopp und dann stob es, von seinem jungen Reiter angefeuert, in Richtung des Parks davon, mitten durch eine Hühnerschar hindurch die laut gackernd auseinanderstob. Adrian sah ihnen nach und grinste zufrieden.

Kapitel 13: Geständnisse

Ihre wenigen Habseligkeiten, die sie für die Heimreise benötigten, waren schnell zusammengepackt.

Adrian begutachtete im Stall gerade kritisch ihre Reittiere ob sie den Anforderungen des langen Heimweges gewachsen wären, als draußen das Hufgetrappel mehrerer Pferde erscholl. Aus der Dämmerung des Stalles spähte er durch die offene Tür hinaus in den Hof und erkannte, dass es seine Cousins waren, die gerade vor der Freitreppe aus den Sätteln stiegen und die Zügel einem Knecht zuwarfen.

„Sieh an", sagte der Hexer leise zu sich selbst. „Kaum ist bekannt, dass ich nach Hause abreise, schon kommen meine Vettern aus ihren Löchern gekrochen. Na, dann will ich doch mal hören was sie plötzlich wieder hierherführt."

Er klopfte dem Wallach den Hals und reichte ihm noch eine Möhre. Die Pferde waren im besten Zustand, nach der langen geruhsamen Zeit auf der Weide waren sie ausgeruht und voller Tatendrang. Sie würden den Heimweg ohne Probleme bewältigen. Kobold war am Morgen neu beschlagen worden und würde mit seinem leichten Reiter locker mit den größeren Tieren Schritt halten können.

Als er die Treppe erreichte hatte sich die Tür bereits hinter Rudolph und Hermann geschlossen. Gemächlich nahm er die vielen Stufen und nickte dankend dem Diener zu, der ihm eilfertig die Tür öffnete. Ich werde froh sein, wenn ich zu Hause nicht mehr ständig über irgendwelche Bedienstete stolpere, dachte er bei sich. Und überlegte wie es sein würde, wenn er einmal der Herzog war. Schließlich konnte er nicht die Hälfte des Personals entlassen, bloß weil er einfache Handhabungen lieber selbst erledigte anstatt sich bedienen zu lassen. Aber, tröstete er sich, bis diese Situation eintrat würden hoffentlich noch viele Jahre vergehen.

Er hörte Stimmen aus dem Esszimmer wo seine Mutter bei ihrem späten Frühstück saß und ging darauf zu. Auch sein Vater war anwesend, stellte er fest. Sein kräftiger Bass war nicht zu überhören.

„Oh, was für ein seltener Besuch", sagte Adrian laut und trat durch den offenstehenden Türflügel.

Hermann und Rudolph hatten bereits am Tisch Platz genommen und blickten ihm neugierig entgegen. Auch der Herzog und seine Frau schauten in seine Richtung und sein Vater machte eine einladende Bewegung zu dem Stuhl neben seinem.

„Ah, mein Sohn, da bist du ja. Komm, setz dich her zu uns. Deine Vettern haben sich gerade nach meiner wundersamen Genesung erkundigt. Da ich herzlich wenig dazu sagen kann kommst du eben richtig. Schließlich war es dein Verdienst..."

„Es wird ihnen vermutlich ebenso missfallen wie Euch, dennoch ist es nun mal Tatsache, dass es reinem Hexenwerk zu verdanken ist, dass Ihr noch unter uns weilt. Durch einen bösen Zauber wurdet Ihr Eurer Sinne beraubt und mein und Gundulas Gegenzauber hat Euch davon wieder befreit."

Adrian schaute bei seinen sachlich ausgesprochenen Worten seinen Cousins ernst ins Gesicht. Zu seiner Überraschung konnte er heute nichts von der Abscheu erkennen, die sie früher offen gezeigt hatten. Rudolph grinste sogar anerkennend.

„Wusste ich's doch, auf Adrian kann man sich verlassen. Es war doch gut ihn zu benachrichtigen. Nun jetzt, da alles wieder in Ordnung ist, kann ich ja meine ursprüngliche Absicht guten Gewissens ausführen und endlich nach Frankreich zurückkehren. Ich wollte mich zuvor nur vergewissern, ob Hermann und ich auch wirklich nicht mehr gebraucht werden."

„Du möchtest wirklich nach Frankreich zurückgehen? Und was ist mit deinem Haus und den Ländereien?"

Rudolph grinste schuldbewusst, hielt Adrians forschendem Blick aber tapfer stand. Sein Brustkorb dehnte sich unter einem langen Atemzug, ehe er gestand:

„Leider ist nicht mehr allzu viel an Ländereien da, doch die wird Hermann bis zu meiner Rückkehr verwalten. Er hat es mir versprochen. Denn ich werde nicht sehr lange in Frankreich bleiben. Nur so lange, bis ich die Frau der meine Liebe gehört überredet habe, mit mir zu kommen. Meine wilden Jahre sind vorbei, ich habe es deinem Vater eben schon gesagt. Und Hermanns auch, die Ereignisse der letzten Zeit haben uns beide geläutert."

„Ach!" Adrian war nun wirklich interessiert und setzte sich neben seinem Vater nieder, wobei er Rudolph nicht aus den Augen ließ. „Wovon den geläutert? Hattet ihr beiden doch etwas mit Vaters Verschwinden und dem Anschlag auf mich zu tun?"

Man konnte sehen wie es in Rudolph arbeitete und sein Bruder, der bisher noch kein Wort gesagt hatte, kaute nervös auf seiner Unterlippe. Mit den Augen gab er Rudolph ein Zeichen und der entschloss sich endlich reinen Tisch zu machen. Nachdem er einige Male geschluckt hatte, sah er Adrian offen an.

„Nun ja, wir wussten über einiges Bescheid. Aber nur zu Anfang fand Dr. Urbans Plan unsere Zustimmung. Er sagte er wolle dir nur einen Denkzettel verpassen und dir beweisen, dass deine Hexen-kräfte nichts taugen. Und deinem Vater wollte er zeigen, dass auf ihn und seine ärztliche Kunst mehr Verlass ist als auf dich. Das erzählte er uns zumindest, als er uns in seinen Plan einweihte. Doch dann kam alles anders als geplant. Der Überfall sollte dich nur erschrecken und du hättest dabei auch nicht um ein Haar getötet werden sollen. Ein harmloser Streifschuss, mehr nicht, versicherte er."

„Und da habt ihr gleich mitgemacht. Dachtet ihr wirklich ich würde mich so einfach einschüchtern lassen? Und wieso wurde Vater ent-führt und mit diesem Bann belegt? Ich verstehe das nicht, da müsst ihr mir schon helfen."

Rudolph zuckte hilflos die Schultern und suchte nach Worten. Endlich brachte er schulterzuckend heraus:

„Wie gesagt, es lief alles anders als geplant. Dr. Urban sagte, er hätte da einen Mann an der Hand, der ein wirklicher Hexer wäre. Und der würde dir eine Prüfung auferlegen, die deine Unfähigkeit ein für alle Mal entlarvt. Er wollte mit Hilfe dieses Hexers deinen Vater davon überzeugen, dass du und deine Kräfte nichts taugen."

Adrian runzelte die Stirn. Es kam ihm mehr als unwahrscheinlich vor, dass Dr. Urban tatsächlich aus so einem lächerlichen Grund gehandelt hatte. Schließlich hatte er es doch bereits bis zum Leibarzt des Herzogs gebracht. Hexenkräfte hin oder her, er lebte doch viel zu weit entfernt vom Schloss, um eine ernsthafte Konkurrenz für den Doktor zu sein. Zudem war es doch jedem hier bekannt, dass er nicht erpicht darauf war hierher zurückzukehren. Nein, es musste etwas ganz anderes sein, dass Dr. Urban dazu gebracht hatte seinen ärztlichen Eid zu vergessen und statt zu heilen, Unheil über die Menschen zu bringen. Was das war, würde er aber wohl erst erfahren, wenn Dr. Urban gefasst war. Er lenkte das Gespräch in eine andere Richtung.

„Was hat Dr. Urban euch eigentlich dafür versprochen damit ihr bei diesem Spiel mitwirkt? Dass du Rudolph doch noch der nächste Herzog werden kannst?"

„Nein, bestimmt nicht, ich schwöre es dir!"

Rudolph hob abwehrend die Hände und schüttelte so energisch den Kopf, dass ihm die Haare ums Gesicht flogen.

„Das hätte ich auch gar nicht gewollt. Was ich dir sagte, als wir deinen Vater holten, war die Wahrheit gewesen. Ich will nicht Herzog werden, schon längst nicht mehr. Nein, Dr. Urban hat versprochen er würde dafür sorgen, dass wir die Ländereien zurückbekämen, die wir beim Spiel verloren haben. Und dafür, so dachten wir wenigstens, könnten wir ihm ruhig helfen dich ein wenig zu erschrecken. Aber als du dann blutend und nur knapp dem Tod entronnen vor uns standst, da ist Hermann und mir schnell klargeworden, dass es nicht bloß um eine kleine Intrige dir gegenüber ging. Deshalb habe ich Dr. Urban aufgesucht um ihm zu sagen er könne fortan nicht mehr mit uns rechnen."

„Und warum habt ihr mich davon nicht in Kenntnis gesetzt? Der Mann könnte längst im Kerker sitzen und vielleicht wäre einiges Unheil vereitelt worden, hättet ihr mir früher gesagt was ihr heute erzählt."

„Er hat uns bedroht", gestand Rudolph kleinlaut. „Er sagte, er würde uns tief hineinreiten, genug wüsste er ja über uns. Außerdem war dieser furchtbare Mann bei ihm, dieser Hexer der deinen Vater verhext und seinen Diener nur Kraft seines Blickes getötet hat. Dr.

Urban meinte dieser Hexer könne uns in Kröten verwandeln, wenn ihm danach wäre. Oder uns auf der Stelle in Flammen aufgehen lassen. Wir haben ihm geglaubt und lieber geschwiegen..."

Mit einer hilflosen Geste brach er ab und blickte betreten auf die Tischfläche vor sich. Nur mit Mühe konnte sich Adrian seinen Ärger verkneifen. In Kröten verwandeln, in Flammen aufgehen lassen. Nein, das traute er dem bösartigen Hexer nun doch nicht zu. Doch seine Vettern hatten anscheinend solche Angst vor den Zauberkräften Korbinians, dass sie die Drohung tatsächlich zum Schweigen veranlasst hatte.

„Wir sind heute gekommen um endlich reinen Tisch zu machen. Und um dich und auch Euch Onkel um Verzeihung zu bitten. Und auch Euch Tante, für die Ängste, die Ihr ausgestanden habt."

Rudolph blickte schnell von einem zum anderen und senkte dann reuevoll den Blick. Hermann tat es ihm nach, wie zwei arme Büßer saßen sie da und harrten auf ihr Urteil. Würde es Vergebung oder Verurteilung lauten? Schließlich räusperte sich der Herzog, der die ganze Zeit schweigend dem Gespräch gefolgt war. Er legte seine große schwere Hand auf Rudolphs Arm und der zuckte zusammen, hielt aber still. Nur seine Augen hoben sich und blickten ängstlich in die seines Onkels. Sekundenlang starrten sich die beiden Männer an, dann brach der Herzog sein Schweigen.

„Das sind wahrlich sehr schlimme Dinge, die mir heute zu Ohren gekommen sind. Und ich muss gestehen, es fällt mir schwer euch beiden zu verzeihen. Doch weil ihr die Söhne meines Bruders seid werde ich es tun, obwohl ich sehr enttäuscht von euch bin. Aber ich halte euch zu Gute, dass ihr jetzt alles gestanden habt. Und schließlich bin ich ja selbst auf Dr. Urban hereingefallen. Mein Gott, wenn ich bedenke, wie sehr ich diesem Mann vertraut habe. Es ist unfassbar wie kaltblütig er mich hintergangen hat."

Seine Worte brachten Adrian auf eine Frage, die er noch stellen wollte und er hakte sofort nach:

„Wie seid Ihr überhaupt an Dr. Urban geraten, Vater? Was wisst Ihr über diesen Mann?"

Der Herzog dachte einen Moment konzentriert nach, dann meinte er mit leichtem Achselzucken:

„Nachdem du mich von meiner Apoplexie geheilt und mir eindringlich geraten hast die beiden Quacksalber, wie du sie nanntest, endlich fortzujagen bin ich deinem Rat gefolgt und habe mich ihrer Dienste entledigt. Sie waren nicht begeistert, wie du dir denken kannst, schließlich haben sie an mir all die Jahre prächtig verdient. Nun, wie dem auch sei, nach deiner Rückkehr nach Aschaffenburg sah ich mich gezwungen einen anderen Leibarzt zu finden. In meinem Alter plagt einen Mann so manches Zipperlein. Auf Gundulas Künste wollte ich mich nicht verlassen, sie war ja auch schon alt und fast blind. Außerdem weißt du wie ich im Allgemeinen zu Hexenkünsten stehe."

Er grinste schief und fuhr fort:

„Ich forschte also nach wo es in der Umgebung einen Arzt mit gutem Ruf gäbe und stieß prompt auf Dr. Urban. Er hatte erst kurze Zeit seine Praxis eröffnet, sich aber schon einen ausgezeichneten Ruf erworben. Was lag also näher als ihn zu konsultieren. Er war gerne bereit mein Leibarzt zu werden und kam fortan jeden zweiten Tag zum Schloss, um sich nach meinem Befinden zu erkundigen. Hin und wieder verordnete er mir eine Therapie, die hauptsächlich dazu diente meine Gesundheit und Schaffenskraft zu erhalten. Und wenn mich ein Husten oder Schnupfen plagte, braute er mir ein wirksames Mittel zusammen. Ansonsten gab es für ihn nicht viel zu tun, ich erfreute mich zum Glück guter Gesundheit."

„Und ganz nebenbei erkundigte er sich nach mir", vermutete Adrian und sein Vater nickte.

„Ganz recht, er quetschte mich förmlich über dich und deine Heilmethoden aus. Dabei betonte er stets für welch einen guten Arzt er dich hielt und dass er mich ganz in deinem Sinne zu therapieren gedachte. Das war auch mein Wunsch, schließlich bin ich sehr stolz auf dich, mein Sohn."

Er sagte es in einem solchen Brustton der Überzeugung, dass Adrian es sich verkniff, etwas dazu zu äußern. Es war erst in den letzten Jahren zu einer Annäherung zwischen ihnen gekommen. Noch vor nicht allzu langer Zeit hätte sich der Herzog zu Wollfhardt lieber von einem Rossarzt, als von seinem eigenen Sohn behandeln lassen. Aber das hatte Adrian ihm längst vergeben, wenn er es auch nie vergessen konnte. Deshalb verdrängte er die Gedanken daran entschieden.

Es brachte nichts alte Wunden aufzureißen. Weder seine eigenen, noch die seines Vaters.

„Also kennt Ihr ihn auch erst seit kurzem. Ich hoffte etwas mehr über den Mann zu erfahren, woher er kommt, wer er ist... Es muss doch etwas geben was ihn mit mir in Verbindung bringt. Aber mir fällt beim besten Willen nicht ein, was das sein könnte. Ich würde beschwören dem Doktor nie zuvor in meinem Leben begegnet zu sein. Und seine konfusen Erklärungen Rudolph und Hermann gegenüber, erscheinen mir schlichtweg als Unsinn..."

Doch auch sein Vater konnte ihm nicht weiterhelfen. Dr. Urban schien aus dem Nichts aufgetaucht zu sein und nun war er wieder im Nichts verschwunden. Eine leise Stimme in Adrians Hinterkopf sagte ihm jedoch, dass der Doktor seine Absicht ihm zu schaden niemals aufgeben würde.

Früh am nächsten Morgen machten sie sich zum Aufbruch bereit. Trotz der frühen Stunde hatte es sich die Köchin nicht nehmen lassen, ihnen ein opulentes Frühstück aufzutischen. Michael brachte vor Aufregung kaum einen Bissen hinunter und nippte nur einige Male an seiner heißen Milch. Adrian beobachtete ihn lächelnd, seiner Meinung nach hatte der Junge die ganze Nacht kein Auge zugetan, sondern nur ihrem Aufbruch entgegengefiebert.

„Du wirst uns im Laufe des Tages vor Müdigkeit vom Pferd fallen", meinte er schmunzelnd. „Vielleicht sollten wir dich vorsichtshalber darauf festbinden. Iss wenigsten ein wenig von dem Haferbrei. Wir werden erst heute Abend im Gasthaus die nächste Mahlzeit ein-nehmen. So lange wirst du nicht durchhalten ohne einen Bissen im Magen."

Ich habe Vesperbrote für unterwegs gepackt", mischte sich die Köchin ein und strich Michael tröstend über die Haare. Dann beugte sie sich zu ihm herunter und wisperte in sein Ohr. „Ich habe in deinen Beutel einen Apfel und ein paar Kekse mit hineingelegt. Die kannst du auch während des Rittes verzehren."

Mit ihnen am Tisch saßen vier kräftige Männer. Sie waren die Eskorte, die sie nach Hause begleiten würde. Vergeblich hatte Adrian seinen Vater zu überzeugen versucht, dass ihre Heimreise nicht allzu gefährlich verlaufen würde, da sie nicht von belebten Straßen abzuweichen gedachten. Schließlich hatte er jedoch nachgegeben, hauptsächlich seiner Mutter zuliebe, die dabeigestanden und besorgt die Hände gerungen hatte. Zumindest war es ihm gelungen, durchzusetzen, dass die Männer in gewöhnlicher Straßenkleidung ritten. Wäre es nach seinem Vater gegangen trügen sie die auffälligen Farben und das Wappen des Herzogtums auf ihren Umhängen. Nicht verhindern konnte er allerdings, dass die Soldaten ihre Schwerter gut sichtbar mit sich führten, darauf hatte der Herzog vehement bestanden.

Simon hielt sich aus dem Disput zwischen Vater und Sohn heraus, obwohl ihm die Begleitung der Männer nicht unrecht war. Sein Bedarf an Abenteuern war gedeckt und er hatte nichts gegen das angenehme Gefühl, sich im Schutze der Soldaten sicher wähnen zu können. Das Auftauchen von Adrians Eltern unterbrach die Schweigsamkeit der Frühstücksrunde. Der Herzog und auch die Herzogin waren in Morgenmänteln aus edlen Stoffen gehüllt erschienen, normalerweise standen beide nicht zu solch früher Stunde auf. Adrian erhob sich vom Tisch und verbeugte sich formvollendet vor seinen Eltern. Dann nahm er seine Mutter in die Arme und drückte sie an sich. Er sah die Tränen in ihren Augen und suchte sie zu beruhigen.

„Ich verspreche Euch zu Weihnachten mit Zenta und den Kindern zum Schloss zu kommen. Bis dahin ist das Kleine aus dem Gröbsten heraus und es wird mir eine Freude sein, Euch Euer jüngstes Enkelkind vorzustellen."

Sein Vater schaute ihn zuerst stumm an, dann packte er ihn an der Schulter und riss ihn ungestüm an sich, drückte ihn an seine Brust.

„Ich danke dir, Sohn", sagte er ungewöhnlich weich und auch in seinen Augen schimmerte es verdächtig. „Ich weiß sehr wohl was ich dir verdanke. Ich hoffe, du verzeihst deinem alten, brummigen Vater, dass er nicht in Worte fassen kann, was ihn bewegt. Komm gut heim und komm vor allem bald gesund wieder zu uns zurück." Das war wirklich eine ungewöhnliche Rede für den alten Herzog und fast schien es, als schäme er sich bereits dafür seinen Gefühlen nachgegeben zu haben. Nochmals drückte er fest Adrians Schultern und trat dann zurück.

„Nun beeilt euch, dass ihr fortkommt", brummte er ungnädig und blickte streng in die Runde. „Ihr habt einen weiten Weg vor euch und solltet euch schicken."

Simon verabschiedete sich ebenfalls herzlich und dankte für die Gastfreundschaft.

„Ach was, ich habe Euch zu danken", dröhnte der Herzog und nötigte Simon das Versprechen ab, ebenfalls an Weihnachten mit seiner ganzen Familie zu kommen. „Wir werden ein Weihnachtsfest feiern wie es das Herzogtum noch nicht gesehen hat", versprach er. „Und du kommst selbstverständlich ebenfalls mit", meinte er an Michael gewandt, der schüchtern neben Adrian stand. Er tätschelte ihm liebevoll die Wange. „Deine Freunde werden begeistert sein dich wiederzusehen und ihr werdet euch viel zu erzählen haben." Lachend gab er ihm einen sanften Klaps und drängte dann zum Aufbruch.

Draußen warteten schon die gesattelten Pferde, von einem mürrisch blickenden Knecht beaufsichtigt. Er schien froh seiner Bürde entledigt zu sein und schlurfte eilig zu den Ställen zurück.

Sie saßen auf und winkten dem Herzogspaar nochmals zu, bevor sie die Tiere wendeten und zum Tor hinausritten. Die vier Soldaten verteilten sich, so dass zwei vor und zwei hinter ihnen ritten, die Hände demonstrativ an die Schwerter gelegt.

„Da wagt sich sicher kein Spitzbube an uns heran", meinte Adrian und klang ein wenig genervt. „Und auch keine anderen Reisenden. Alle werden vermutlich denken da kommen ein paar ganz hohe Herrschaften des Weges geritten."

„Na, immerhin bist du der Sohn eines Herzogs und somit tatsächlich eine wichtige Person", warf Simon grinsend ein und erntete dafür einen bitterbösen Blick aus schwarzen Augen. Was der Hexer murmelte konnte er nicht verstehen, doch er vermutete stark, es war nichts Schmeichelhaftes. Er kannte die Abneigung seines Freundes gegen alles, was auf seine Person aufmerksam machte. Adrian hasste nichts so sehr, wie wegen seiner Herkunft oder seines Titels Aufmerksamkeit auf sich zu ziehen. Simon fragte sich manchmal wie es sein würde, wenn er tatsächlich einmal Herzog war, dann hätte er mit noch mehr Speichelleckern zu tun die ihn hofieren würden.

Am ersten Tag kamen sie gut voran, das Wetter meinte es gut mit ihnen, es war weder zu warm, noch regnete es. Und Michael hielt sich überraschend wacker auf Kobold, der ebenfalls tapfer mit den größeren Pferden Schritt hielt. Trotzdem legten sie alle paar Stunden Pausen ein um dem Jungen und den Tieren Erholung zu gönnen. Als sie am Abend an einem Gasthaus anhielten, hatten sie schon ein beträchtliches Wegstück geschafft.

Am nächsten Tag begann es mittags zu regnen und sie mussten langsamer reiten, da die Straßen stellenweise ziemlich glitschig wurden und sie nicht riskieren wollten, dass eines der Pferde stürzte. Adrian hatte es geschafft die vier Soldaten dazu zu bewegen, nicht in militärischer Formation zu reiten. Noch lieber hätte er die Männer heimgeschickt, doch das lehnten sie kategorisch ab. Immerhin ritten sie jetzt in einigem Abstand hinter ihnen her, so als wären sie zufällig auf demselben Weg. Und ihre Schwerter waren unter ihren Umhängen verborgen.

„Was meinst du wann werden wir zu Hause auf meiner Burg sein?" fragte Simon dumpf aus den Tiefen seiner Kapuze heraus, die er sich zum Schutz gegen den Regen weit ins Gesicht gezogen hatte. Ein unangenehm scharfer Wind wehte ihnen entgegen und die Pferde schüttelten immer wieder unzufrieden schnaubend ihre durchnässten Mähnen, was noch mehr Nässe über ihre Reiter brachte.

Der Hexer lugte unter seinem vor Nässe triefenden Umhang hervor und warf einen trüben Blick zu den tief hängenden Wolken, die rasch am Himmel entlang zogen. Mit der Hand wischte er sich das Wasser aus den Augen um wenigstens einen Moment klar zu sehen.

„Wenn dieses Unwetter nicht bald in eine andere Richtung zieht sehe ich keine Chance es bis morgen Mittag zu schaffen, so wie ich es eigentlich hoffte. Für ein gewöhnliches Sommergewitter hält der Regen schon viel zu lange an, wenn wir Pech haben begleitet er uns bis Rothenburg."

Er drehte sich zu Michael um, der zusammengekauert auf Kobold saß und unter seinem durchnässten Umhang bibberte.

„Du frierst ja, Junge. Warum sagst du nichts? Wir werden am nächsten Gasthof anhalten damit du trockene Sachen anziehen und dich aufwärmen kannst. Nicht dass du uns krank wirst."

„Aber ich will Euch nicht aufhalten. Eure Frau erwartet Euch doch dringend, das habt Ihr selbst gesagt. Und wenn Ihr wegen mir zu spät kommt, dann ist sie vielleicht böse auf mich."

Adrian hielt sein Pferd zurück, so dass es mit Kobold auf einer Höhe lief. Er langte hinüber und drückte leicht Michaels Schulter.

„Da brauchst du keine Angst zu haben, Zenta ist bestimmt nicht böse auf dich. Und gewöhne dir endlich das Euch und Ihr ab, du gehörst jetzt zu meiner Familie und da sagen alle du zueinander. Für dich wird es da keine Ausnahme geben. Verstanden?"

Michael nickte zaghaft und lächelte dann treuherzig zu dem großen Mann empor. Dann versicherte er:

„Ich vergesse es immer wieder, Euch... dich zu duzen. Es ist noch so ungewohnt. Aber ich werde mich bestimmt bald daran gewöhnen."

„Das hoffe ich sehr", brummte Adrian und deutete dann voraus.

„Da vorne ist ein Gasthof, da werden wir Halt machen um uns aufzuwärmen und unsere Sachen zu trocknen. Und falls es möglich ist werden wir hier übernachten. Ich bin es leid nass zu sein und außerdem habe ich Hunger. Was sagt ihr dazu?"

Sowohl Michael als auch Simon waren einverstanden und Adrian verständigte die Männer der Eskorte von ihrem Entschluss. Einen der Männer schickte er voraus um zu fragen ob das Gasthaus über freie Zimmer verfügte.

Der feiste Wirt erwartete sie bereits an der Tür und rieb sich erfreut die Hände. Er erkannte auf einen Blick, dass er mit diesen Reisenden ein gutes Geschäft machen konnte. Nach der Begrüßung hastete er eilig in die Küche um sein Personal aufzuscheuchen. Kurz darauf kam er mit einem Knecht zurück, der die Pferde in den Stall bringen und versorgen würde.

Zwei Mägde nahmen den Gästen die nassen Umhänge ab um sie vor dem Kamin zum Trocknen aufzuhängen. Sie wurden zu einem großen Tisch geführt und bald standen dampfende Schüsseln vor der Reisegesellschaft und alle ließen sich die zwar einfache aber gute und kräftige Mahlzeit schmecken. Dazu gab es Bier und für Michael ein Glas Buttermilch. Nach dem Essen blieben sie noch in der Gaststube sitzen, da ihre Zimmer noch nicht fertig waren. Der dicke Wirt setzte sich zu ihnen, eine lange Pfeife im Mundwinkel aus der er kleine Wölkchen paffte. Ungeniert fragte er seine Gäste aus woher sie kamen und wohin die Reise ginge. Da sein Gasthof etwas abseits der Straße lag kamen nicht so viele Durchreisende vorbei und er nutzte gerne die Gelegenheit, vielleicht ein paar interessante Neuigkeiten aufzuschnappen.

Adrian hatte nichts dagegen, dem neugierigen Wirt ein paar belanglose Auskünfte zu geben. So erzählte er woher sie kamen und dass sie auf dem Weg zu Heim und Familie wären.

„Ach, das ist ja ein Zufall", erzählte der Wirt. „Vor einigen Tagen war ein Gast hier, der kam ebenfalls aus dem Herzogtum Wolffhardt. Aber er wollte nicht nach Rothenburg wie Ihr, sondern fragte, ob er noch auf dem richtigen Weg nach Aschaffenburg wäre. Leider konnte ich ihm nicht weiterhelfen, von einer Stadt namens Aschaffenburg habe ich nie gehört."

Simon zog scharf die Luft ein und auch Adrian hob erstaunt eine Augenbraue, hatte sich aber sofort wieder in der Gewalt.

„Ach ja?" fragte er in nur mäßig erstauntem Ton. „Wie sah dieser Mann denn aus? Vielleicht ist er mir ja bekannt. Ich lebte jahrelang in Wolffhardt und kenne dort sehr viele Leute."

Bereitwillig beschrieb der Wirt den früheren Gast so gut er sich an ihn erinnern konnte und weder Adrian noch Simon waren verwundert Dr. Urban in der Beschreibung zu erkennen. Unauffällig fragten sie den Wirt weiter nach ihm aus, doch der wusste nicht viel mehr und erhob sich kurz darauf, um zwei weitere Gäste zu begrüßen.

„Was will der Doktor in Aschaffenburg?"

Simon schaute den Freund ratlos an.

„Er reist doch bestimmt nicht zufällig dorthin."

Das glaubte Adrian auch nicht und meinte nüchtern:

„Er sucht mich nach wie vor und will vermutlich auf jeden Fall bereits in Aschaffenburg sein, wenn ich dort wieder eintreffe. Es wird für ihn ein Leichtes sein von meiner Haushälterin alles möglich über mich und meine Familie zu erfragen. Ellen hat ja bereits den Männern, die er geschickt hat bereitwillig erklärt, wo ich zu finden bin. Sie wird ihm selbst wahrscheinlich ebenso arglos seine Fragen beantworten. Verdammt, hätte ich ihr nur gesagt, sie solle niemandem trauen. Aber da ich selbst von dieser Verschwörung nichts ahnte, konnte ich sie auch nicht vorwarnen."

„Meinst du, er wird versuchen, sich auf Burg Hohenberg einzuschleichen?"

Simon drehte sich beim Gedanken daran fast der Magen um.

„Was, wenn Dr. Urban sich Zutritt zum Schloss verschafft und Zenta und Nelia samt den Kindern als Geiseln nähme? Am Ende hat er sogar Korbinian bei sich."

Bei diesem Gedanken wurde ihm noch übler.

Adrian legte ihm beschwichtigend die Hand auf den Arm.

„Nein, keine Sorge, Simon. Er ist nicht auf der Burg. Zenta hätte es mir übermittelt, falls irgendeine Gefahr bestünde. Dennoch wollen wir morgen in aller Frühe weiterreisen und wenn das Wetter mitspielt werden wir um die Mittagszeit bei deiner Burg eintreffen. Trink noch ein Bier, das beruhigt deine Nerven, so kannst du heute Nacht wenigstens schlafen. Es ist wichtig für uns alle morgen ausgeruht zu sein, damit uns nicht auf dem letzten Wegstück noch ein Unglück aufhält."

Simon ließ sich einigermaßen beruhigen und befolgte den Rat seines Freundes. Da sie von dem anstrengenden Ritt durch das Unwetter alle erschöpft waren, gingen sie schon bei Sonnenuntergang schlafen. Und sobald der Morgen graute, setzten sie ihren Weg fort.

Kapitel 14: Auf Simons Burg

Ruhig, fast ein wenig verschlafen, lag Burg Hohenberg vor ihnen in der Nachmittagssonne. Das Wetter hatte sich wieder gebessert und im Laufe des Tages war es sogar richtig heiß geworden, so dass sie ihre Reiseumhänge in den Satteltaschen verstaut und hemdsärmelig weiter geritten waren.

Simons Wachleute waren auf ihrem Posten und nahmen ihre Aufgabe sehr ernst. So wurden sie schon von weitem erspäht und nun schwang das schwere Burgtor wie von Geisterhand bewegt vor ihnen auf. Sie ritten hindurch und hielten vor dem Hauptmann an, der mitten im Hof stand und zackig grüßte. Seine Soldaten taten es ihm nach. Der zurückgekehrte Burgherr erwiderte freundlich den Gruß seiner Männer, ebenso Adrian. Beide registrierten sofort die friedliche Atmosphäre, auch ohne nachzufragen wussten sie das auf der Burg alles in Ordnung war. Bevor sie zum Haus weiterritten bat Simon den Hauptmann für ihre Eskorte Zimmer bereitzustellen. Die Männer und ihre Pferde sollten sich erst einige Tage ausruhen, bevor sie wieder den Heimweg antraten. Adrian lenkte sein Pferd näher an Michaels Pony heran und erklärte ihm.

„Wir sind jetzt auf Simons Burg und hier ist unser Ritt erst einmal zu Ende. Wir reisen erst dann nach Aschaffenburg weiter, wenn meine Frau und das Neugeborene kräftig genug für die anstrengende Fahrt sind."

Adrian stupste Michael sanft an, der beklommen auf seinem Pferd saß. Er spürte die Nervosität des Jungen, hatte vergeblich versucht ihn zu beruhigen. Vor den Ställen stiegen sie aus den Sätteln und übergaben die Zügel den Knechten, damit sie die Pferde versorgten. Nur Michael rührte sich nicht. Adrian trat dicht an Kobold heran und legte seine Hände auf Mähne und Rücken des kleinen Pferdes. Ernst blickte er in die dunklen Augen seines Ziehsohnes. „Du brauchst keine Angst zu haben das meine Familie dich nicht akzeptiert. Zenta wird dich ebenso liebgewinnen wie ich. Und der kleine Werner wird seinem großen Bruder nicht mehr von der Seite weichen. Jetzt komm..."

Er packte Michael um die Taille und hob ihn vom Pferd. Dann nahm er ihn bei der Hand und sie gingen Simon nach, der bereits im Hauseingang verschwunden war.

Von drinnen erscholl gleich darauf vielstimmiges Geschrei, jedes von Simons Kindern wollte zuerst den endlich zurückgekehrten Papa begrüßen. Nelia stand lächelnd daneben und Adrian lächelte über ihre kaum verhohlene Ungeduld, sie konnte ebenfalls nicht erwarten den Heimgekehrten in die Arme zu schließen. Doch da die Kinder noch an ihm hingen, bezähmte sie sich und ging erst einmal auf Adrian und Michael zu. Sie streckte sich um Adrian einen Willkommenskuss auf die Wange zu drücken und reichte dann dem Jungen die Hand. Freundlich lächelte sie ihn an.

„Du bist Michael, ja? Simon hat schon von dir geschrieben und wir sind bereits sehr gespannt auf dich. Sei uns herzlich willkommen."

An Adrian gewandt meinte sie:

„Du willst sicher gleich Zenta und deinen Sohn sehen. Sie sind beide im großen Burgzimmer. Zenta hat sich etwas hingelegt. Sie meint, das Kind wird bald kommen, deshalb wird es sie freuen, dass du es noch rechtzeitig geschafft hast. Geh gleich zu ihr, du kennst ja den Weg."

Endlich hatten Simons Kinder die Begrüßung ihres Vaters beendet und nun konnte sich auch Nelia in seine Arme werfen. Adrian grinste flüchtig und fasste Michael dann erneut bei der Hand. Er hatte es plötzlich eilig zu seiner Frau zu kommen und nahm den Weg zum Burgzimmer mit so großen Schritten, dass der Junge kaum mitkam.

Zenta lag auf der Ottomane und hatte es sich so bequem gemacht, wie es ihre fortgeschrittene Schwangerschaft ermöglichte. Halb sitzend, halb liegend stützte sie sich mit einem Arm auf der Lehne ab und sah ihnen freudig lächelnd entgegen. Adrian vergaß für einen Moment seinen jungen Begleiter und ging rasch auf sie zu, kniete vor der Ottomane nieder und nahm seine Frau zärtlich in die Arme um sie zu küssen. Als sie leise stöhnte ließ er sofort von ihr ab und schaute sie besorgt an.

„Entschuldige bitte", murmelte er. „Ich wollte dir nicht wehtun."

„Nein, das hast du nicht. Es ist nur der dicke Bauch, er bringt mich noch um. Deine Tochter möchte unbedingt ans Licht der Welt und mir scheint, sie hat nur auf deine Rückkehr gewartet. Ich habe seit etwa einer Stunde leichte Wehen, aber Nelia bislang noch nichts davon gesagt. Aber jetzt, wo du da bist, kann das Kind ja kommen. Aber sag, wer ist dieser hübsche Junge an deiner Seite? Ist das Michael, von dem du mir geschrieben hast?"

Sie streckte ihre Hand nach Michael aus und bat ihn näher zu sich heran. Zögernd kam er der Aufforderung nach und blieb dann betreten schauend neben ihr stehen. Zenta musterte ihn wohlwollend und klopfte dann auf das Sofa, eine Einladung für den Jungen, der er nur zögernd nachkam. Doch als sie ihre warme Hand vertraulich auf seinen Rücken legte, entspannte er sich ein wenig.

„Ich freue mich sehr dich in unserer kleinen Familie begrüßen zu dürfen und hoffe, es gefällt dir bei uns. Und wenn du es zulässt will ich dir gerne die Mutter ersetzen, die du so früh verloren hast. Sei uns willkommen, Michael."

Die Augen des Jungen waren aufmerksam auf Zentas Gesicht gerichtet, so als suche er nach der Wahrheit darin. Aus Zentas Zügen sprach Freundlichkeit und Offenheit und er atmete mit unbewusstem Seufzer die Spannung aus, die ihn die ganze Zeit beherrscht hatte. Adrian wollte wissen wo denn sein Sohn und Fee seien und Zenta erklärte ihm, dass Wernher im Kinderzimmer nebenan schliefe und Fee bei ihm sei um seinen Schlaf zu bewachen. Er beschloss die beiden erst einmal nicht zu stören, es war später noch Zeit sich Sohn und Hund zu widmen.

Erst einmal wollte er seine Frau untersuchen und feststellen wie weit die Geburt schon vorangeschritten war. Deshalb schickte er nun Michael aus dem Zimmer und riet ihm, sich zu Simons Familie zu gesellen, damit er mit allen bekannt wurde.

Der Junge trollte sich etwas widerstrebend, man sah ihm deutlich an dass er Zenta sofort in sein Herz geschlossen hatte und nur ungern von ihrer Seite wich. Aber er fügte sich und sie hörten, wie er die Treppe hinunter lief. Dafür tauchte kurze Zeit später Nelia auf um sich nach Zentas Befinden zu erkundigen.

„Dachte ich es mir doch dass du bereits Wehen hast" erklärte sie als Adrian ihr das Ergebnis seiner Untersuchung mitteilte. „Du warst heute ungewöhnlich still und in dich gekehrt. Aber nun, da dein Mann da ist, kann das Kind ja kommen. Soll ich nach Griseldis schicken lassen? Sie ist eine hervorragende Hebamme."
Doch Zenta winkte entschieden ab.
„Nein, nicht nötig. Adrian wird unser Kind entbinden... aber wenn du ihm vielleicht ein wenig zur Hand gehen würdest?"
Nelia war sofort einverstanden. Sie wusste dass der Hexer ein ausgezeichneter Geburtshelfer war, hatte er ihr doch bei der Geburt ihrer ersten Tochter beigestanden. Und ihr selbst war Geburtshilfe auch nicht fremd, sie ging Griseldis zur Hand, wenn diese eine der Dienstmägde der Burg entband. Mit vereinten Kräften brachten sie die Hochschwangere in das Geburtszimmer, dann brachte Nelia resolut einige Mägde auf Trab die kochendes Wasser, Seife und frische Leintücher herbei schafften.

Ein paar Stunden später war es geschafft, die, von den Strapazen der Geburt erschöpfte aber glückliche Mutter stillte zum ersten Mal ihre kleine Tochter und der nicht weniger erschöpfte, stolze Vater saß daneben und betrachtete liebevoll das neue Familienmitglied.
„Wie soll sie denn heißen?" fragte Nelia.
„Ich dachte Agatha wäre passend", meinte Adrian und schaute seine Frau prüfend an. Agatha, das war der Name von Zentas Mutter, die damals in der Vergangenheit zurückgeblieben war, um mit dem Hexer Erasmus in die neue Welt auszuwandern. Zuvor hatte sie ihr einziges Kind Adrian anvertraut, damit er sie in seine eigene Zeit mitnahm. Die Erinnerung trieb Zenta die Tränen in die Augen doch sie blinzelte sie tapfer weg.
„Ja, Agatha ist ein schöner Name für unser Kind. Auf diese Weise bin ich wieder mit Mutter verbunden. Was meinst du Adrian, ist es möglich ihr zu übermitteln, dass sie ein zweites Enkelkind hat? Sie würde sich so sehr darüber freuen."
„Ich denke, sie weiß es bereits", brummte der Hexer voller Überzeugung. „Sie ist schließlich eine Hexe, genau wie du auch. Und

ihre Kräfte sind sehr stark. Ich bin sicher sie findet Möglichkeiten mit dir zu kommunizieren, selbst wenn dir selbst das gar nicht bewusst wird. Vielleicht kommt sie in deine Träume, du sagst doch du träumst oft von ihr...."

Ein Poltern an der Türe unterbrach ihr Gespräch und kurz darauf stürmte Simons Familie ins Zimmer, um den neuen Erdenbürger zu begrüßen. Eine Zofe trug Wernher auf dem Arm, der zuerst staunend seine Schwester betrachtete und dann eifersüchtig zu weinen anfing weil er auch zu seiner Mutter ins Bett wollte. Adrian nahm seinen Sohn auf den Schoß und versuchte ihn zu trösten. Nach einer Weile war das Kind wieder zufrieden und lutschte versöhnt an seinem Daumen.

Michael war ebenfalls mitgekommen, ganz selbstverständlich stellte er sich neben Adrian und betrachtete das winzige Kind in Zentas Armen voller Interesse. Dann griff er sachte nach Wernhers kleinen Fingern die ihm über den Kopf fuhren und sein Haar verstrubbelten. Er hob sein Gesicht und grinste den kleinen Jungen schelmisch an. Anscheinend hatten sich die beiden schon miteinander bekannt gemacht und verstanden sich gut. Das machte Adrian zuversichtlich, dass sich Michael gut in seine neue Familie einleben würde.

Auch Fee, die Hündin, die Ihnen aus der Vergangenheit gefolgt war, hatte sich ins Zimmer geschlichen und leise bis ans Bett vorgepirscht. Nun streckte sie ihre lange Nase vor um den Geruch des Säuglings aufzunehmen und begann dann sachte mit dem Schwanz zu wedeln. Kein Zweifel, sie hatte die kleine Agatha als neues Mitglied ihres Rudels erkannt und sofort akzeptiert. Von nun an würde sie die Kleine notfalls mit ihrem Leben verteidigen, genauso wie sie es bei jedem anderen Familienmitglied tun würde.

Simon betrachtete den Säugling eingehend und stellte fest:
„Sie wird der erklärte Liebling deines Vaters werden, darauf würde ich meine Burg verwetten."

Adrian lachte leise und nickte. Er wusste, auf was der Freund anspielte. Das Köpfchen der kleinen Agatha umrahmte eine Flut blonder Härchen. Der Herzog zu Wolffhardt war ein blonder Recke mit heller Haut. Und genau wie er hatte sein ältester Sohn Wernher ausgesehen, sein ganzer Stolz. Dass sein jüngerer Sohn die wesentlich dunklere Haut und das rabenschwarze Haar seiner italienischen Mutter geerbt hatte, war ihm lange Jahre ein Stachel im Fleisch gewesen. Er würde außer sich sein vor Freude, weil endlich wieder ein Familienmitglied nach seiner Art schlug.

Dass der kleine Wernher das pure Ebenbild Adrians war hatte der alte Herzog stillschweigend akzeptiert. Er erwartete es wohl nicht anders, schließlich war auch Zenta dunkelhaarig, wenn auch ihr Haar nicht schwarz, sondern eher von der Farbe dunklen Mahagonis war. Walther zu Wolffhardt liebte seinen ersten Enkel dennoch mit der abgöttischen Liebe eines stolzen Großvaters. Doch ja, die kleine Agatha würde sein erklärter Sonnenschein werden, das war jetzt schon klar.

Es ging bereits auf Mitternacht zu und in der Burg herrschte Stille. Fast alle Burgbewohner waren zu Bett gegangen, nur die leisen Schritte der Nachtwachen waren ab und zu in den Gängen zu hören. Doch der Hexer war noch wach, er saß an Simons Schreibtisch und verfasste einen Brief an seinen Vater. Die Geburt der kleinen Agatha hatte ihn vorübergehend von seinen Sorgen abgelenkt, doch nun, da er alleine war und Zeit zum Nachdenken hatte, kamen sie verstärkt zurück. Seine Gedanken kreisten um Dr. Urban. Wenn er doch bloß wüsste was dieser Mann von ihm wollte. Er war sich sicher dass er weiterhin eine ernste Bedrohung für ihn, und was noch weitaus schlimmer war, für seine Familie darstellte. Zwar nicht gerade hier auf Simons Burg, die war gut bewacht. Aber wie würde es in ein paar Wochen sein wenn er mit den Seinen in sein Haus nach Aschaffenburg zurückkehrte?

Und was war aus Korbinian geworden? Befand er sich vielleicht ebenfalls in der Nähe um ihm aufzulauern? Er konnte sich nach wie vor nicht vorstellen was der Hexer von ihm wollte und zermarterte sich vergeblich das Gehirn, ob er ihm oder Dr. Urban etwas angetan hatte, von dem er gar nichts ahnte. Es war einfach zum Verrückt werden.

Frustriert warf er die Feder weg, was einen Tintenklecks auf der Unterlage hinterließ. Er wischte ihn weg bevor er in das polierte

Leder eindringen konnte und widmete sich seufzend wieder seinem halbfertigen Brief. Nochmals las er was er bereits geschrieben hatte. Zuerst hatte er ausführlich über die Geburt seiner Tochter berichtet und hinzugefügt, dass Mutter und Kind wohlauf seien. Auch Michaels erstes Zusammentreffen mit seiner neuen Familie hatte er erwähnt und ebenso, dass sich in Simons Familie alle bester Gesundheit erfreuten und herzliche Grüße schickten.

Damit wäre eigentlich alles geschrieben und der Brief könnte abgeschlossen werden. Doch nach einigem Zögern entschloss er sich doch noch, seinen Vater um Hilfe zu bitten. Entschlossen nahm er erneut die Feder zur Hand und begann zu formulieren. Seine Bitte würde seinen Vater vermutlich verwundern, doch er zweifelte nicht daran, dass er zustimmen würde. Zügig schrieb er, dass er darum bat, ihm die Männer der Eskorte auf unbestimmte Zeit auszuleihen, damit sie sein Haus und Anwesen in Aschaffenburg beaufsichtigten. Fremde Männer wollte er für diese Aufgabe nicht anheuern. Zwar konnte er sich bisher immer auf seine Menschenkenntnis und auch auf seine übersinnlichen Fähigkeiten verlassen. Aber die Ereignisse auf dem Schloss hatten ihn verunsichert. Und da es nicht nur um ihn, sondern um das Leben seiner Familie ging, wollte er nicht das kleinste Risiko eingehen. Er überflog nochmals das Geschriebene, dann faltete er den Brief zusammen. Mit geschmolzenem Wachs aus Simons Vorrat verschloss er das Schreiben und drückte sorgfältig sein Siegel in die noch weiche Masse. Morgen früh würde ein Bote den Brief zu seinem Vater bringen.
Gähnend erhob er sich und dehnte seine verspannten Glieder. Es war ein langer, ereignisreicher Tag gewesen und nun wurde es höchste Zeit, endlich zu Bett zu gehen. Die Müdigkeit ergriff rapide Besitz von ihm. Er nahm die Kerze vom Schreibtisch und tappte in ihrem Schein durch die dunklen Gänge zu seinem Zimmer. Doch bevor er es betrat, schaute er nochmals in Zentas Zimmer. Er wollte sicher sein, dass es ihr und dem Säugling gut ging.
Eine ältliche Zofe hob überrascht den Kopf als er leise die Tür öffnete. Als sie ihn erkannten nickte sie kurz und legte stumm einen

Finger über ihre Lippen, dann deutete sie aufs Bett. Er verstand und sie widmete sich wieder ihrem Strickzeug.

Sein Blick ruhte auf Zenta, sie lag entspannt halb auf die Seite gedreht und schlief tief. Ihre Züge zeigten einen glücklichen und gelösten Ausdruck. Das Kind in seiner Wiege schlief ebenfalls, ab und zu gab es kleine Laute von sich, die sich wie leises Ächzen anhörten. Das Gesichtchen war rosig und auf den winzigen Lippen hing noch ein kleiner Tropfen Milch, es war erst vor kurzem gestillt worden.

Der Anblick der friedlich Schlafenden brachte ihm seine eigene Müdigkeit vehement ins Gedächtnis zurück und er schloss leise die Tür um in sein Zimmer zu gehen, das gegenüber lag.

Er zog sich aus und legte sich unter die Decken, doch der Schlaf wollte nicht kommen. Wirre Bilder kreisten durch seine Gedanken, und verursachten Ängste, die wie Blitze durch sein Gehirn fuhren. Er scheuchte die bösen Ahnungen, die ihn befielen gewaltsam fort und endlich fiel er in einen unruhigen Schlaf.

Am nächsten Morgen fühlte er sich wie gerädert und ließ sich mit leisem Ächzen auf den Stuhl am Frühstückstisch fallen. Simon, der ausgeruht und höchst zufrieden aussah witzelte.

„Wie ein glücklicher frischgebackener Vater siehst du nicht aus. Hat die Kleine etwa die ganze Nacht geschrien, so dass du nicht schlafen konntest?"

Adrian winkte matt ab.

„Nein, sie war sehr brav. Aber ich musste ständig über Dr. Urbans Motive nachgrübeln, natürlich ohne eine Antwort darauf zu finden. Und ständig kamen mir Schreckensbilder in den Sinn, dass er in seinem Hass auf mich meiner Familie etwas antut. Ich fühle mich so hilflos wenn es darum geht, meine Lieben vor ihm zu schützen. Ich habe meinen Vater sogar brieflich gebeten, mir seine Soldaten auf unbestimmte Zeit zu überlassen, damit wir zu Hause wenigstens etwas Schutz haben."

Er schüttelte verzweifelt den Kopf.

„Wenn es nur um mich ginge, ich würde keinen Gedanken mehr an den Kerl verschwenden. Aber wenn es meine Familie betrifft..."

Simon konnte ihm seine Sorge nachfühlen und er wusste, dass Adrians Worte nicht nur daher gesagt waren sondern der Wahrheit entsprachen. Sein eigenes Schicksal hatte er stets so angenommen, wie es kam.

„Solange ihr hier seid, seid sicher", versuchte er den Freund zu beruhigen. „Du weißt, wie gut ich die Burg bewachen lasse, hier kommt kein Unbefugter rein. Nicht einmal Korbinian."

„Ja, das ist mir klar, aber ich will euch nicht zur Last fallen und muss auch wieder nach Hause zurück. Robert ist zwar ein ausgezeichneter Arzt, doch viele meiner älteren Patienten sind etwas eigen, was ihre Behandlung betrifft. Damit ist er vielleicht etwas überfordert. Schließlich ist er noch nicht allzu lange von der Universität weg und andere Behandlungsmethoden gewohnt, als ich sie oftmals praktiziere."

Dr. Robert Geiger war der junge Arzt, der einmal Adrians Nachfolger werden sollte, sobald der sein Herzogamt antreten musste. Simon kannte ihn nicht persönlich, hatte aber von Adrian schon viel Gutes über ihn gehört und konnte deshalb die Sorge des Freundes nicht ganz nachvollziehen.

„Du und deine Familie fallt weder mir noch Nelia zur Last", antwortete Simon mit tadelndem Unterton. „Aber ich verstehe natürlich dass es dich heim zieht. Deine Ängste bezüglich Dr. Urbans kann ich aber auch gut nachvollziehen. Doch ich denke die Soldaten deines Vaters werden eine Abschreckung für ihn darstellen."

Adrian zuckte nachdenklich die Schultern.

„Ob das halt ausreicht? Er kann sich in Aschaffenburg überall versteckt halten, keiner kennt ihn und er kann ganz in Ruhe neue Pläne schmieden."

„Du kennst doch daheim sehr viele Leute und kannst unauffällig nach Dr. Urban forschen. Es müsste doch mit dem Teufel zugehen, wenn niemand ihn erkennt. Schließlich muss er doch irgendwo wohnen und ich denke nicht, dass er sich in einer verlassenen Hütte verkriecht."

Daran hatte Adrian auch schon gedacht und bereits in der Frühe die Männer der Eskorte nach Aschaffenburg geschickt. Hier wurden sie nicht gebraucht, wie Simon schon sagte, wurde die Burg gut bewacht. Sie konnten unauffällig Erkundungen einziehen und daneben noch einige Aufträge ausführen, die Adrian ihnen aufgetragen hatte.

Die Tage, die sie auf Simons Burg verbrachten, verliefen in völliger Harmonie. Nelia hielt sich oft bei der jungen Mutter auf und ging ihr ein wenig zur Hand. Und Zenta erholte sich schnell von den Strapazen der Schwangerschaft und der Geburt, schon nach wenigen Tagen weigerte sie sich energisch weiter das Bett zu hüten und stand auf. Adrian hatte nichts dagegen einzuwenden, er riet ihr nur sich nicht allzu sehr anzustrengen. Das hatte Zenta auch nicht vor, sie verbrachte die meiste Zeit mit ihren Kindern im sonnigen Burggarten. Nelia und ihre Kinder leisteten ihr oft Gesellschaft, so dass die beiden Männer ihre Familien meist nur bei den gemeinsamen Mahlzeiten zu Gesicht bekamen.

Weder der Hexer noch Simon blieb in dieser Zeit untätig. Sie ritten oft die Umgebung der Burg ab und statteten auch mehrmals dem nahen Städtchen Besuche ab um sich zu informieren, ob Dr. Urban oder Korbinian ihnen vielleicht gefolgt waren. Da Simon bei den Bürgern Rothenburgs bestens bekannt und beliebt war, wurde ihnen stets bereitwillig Auskunft erteilt. Doch nichts deutete darauf hin, dass jemand nach ihnen suchte. Und auch ihre Beschreibung der beiden Männer brachte nichts, keiner hatte die beiden jemals gesehen.

„Vielleicht hat Dr. Urban seine Pläne ja aufgegeben", vermutete Simon, als sie sich wieder auf dem Weg zur Burg befanden. Sie waren bei Griseldis gewesen, dem Kräuterweib des Ortes. Außerdem genoss sie den Ruf einer ausgezeichneten Heilerin und Hebamme.

Aber auch Griseldis konnte ihnen nichts über die Gesuchten sagen, weder der Doktor, noch der Hexer waren bei ihr aufgetaucht. Dennoch waren sie über eine Stunde in ihrer kleinen Hütte verweilt, die Alte hatte darauf bestanden, sie mit Streuselkuchen und selbstgemachtem Brombeerwein zu bewirten. Und erst nachdem beide

Männer ausführlich über das Befinden ihrer Familien berichtet hatten, war Griseldis zufrieden und ließ sie ziehen.

„Er wird seinen Rachefeldzug nie und nimmer abbrechen, - nicht, bevor einer von uns beiden tot ist", prophezeite Adrian düster.

„Aber er ist nicht hier, soviel steht fest. Und er wird auch nicht mehr hierher kommen. Ganz sicher hat er sich inzwischen in der Umgebung Aschaffenburgs eingenistet und wartet dort auf mich wie eine Spinne im Netz."

„Dann geh einfach nicht dorthin zurück, warum reist du nicht mit deiner Familie in den Schwarzwald zurück? Dort gibt es jede Menge Wachleute die dich und die Deinen beschützen können."

Simon fragte es eindringlich, erntete jedoch nur ein stures Kopfschütteln von dem Freund.

„Nein, dort bringe ich nur noch mehr Menschen in Gefahr. Und ich möchte nicht mein Leben lang in ständiger Begleitung von Wächtern herumlaufen, das würde mich wahnsinnig machen. Außerdem habe ich, so gut ich konnte, für unsere Rückkehr vorgesorgt. Gestern Abend kamen meine Männer zurück, die ich nach Aschaffenburg gesandt hatte. Sie berichteten mir alle Aufträge seien zu meiner Zufriedenheit ausgeführt worden. Unserer baldigen Heimreise steht also nichts mehr im Wege."

Die Art dieser Aufträge war Simon bekannt. So hatte Adrian einen Schmied beauftragen lassen sein komplettes Grundstück mit einem Zaun aus hohen Eisenpfählen einzuzäunen. Dazu ein großes eisernes Tor mit einem kleinen Wachhäuschen dahinter. So war gewährleistet, dass kein Unbefugter Einlass in sein Haus fand. Auch das alte Gärtnerhaus hatte er herrichten lassen, darin würden die Soldaten wohnen die ihn und seine Familie bewachten. Aus den vier Wachen waren inzwischen sechs geworden, auf Adrians Brief hatte es sich sein Vater nicht nehmen lassen, umgehend zwei weitere Männer zu schicken.

Dass der Hexer die zusätzlichen Wächter mit einem resignierten Seufzer akzeptiert hatte, zeigte Simon einmal mehr, wie groß die Angst des Freundes um seine Familie war. Normalerweise hätte er nicht eher geruht, bis er die Wachen losgeworden wäre.

„Wann willst du denn abreisen?" fragte er. „Wenn es nach mir und Nelia geht könnt ihr gerne noch eine Weile hierbleiben. Wir lassen euch nur ungern ziehen."

„Das ist gut gemeint, aber nein, es wird höchste Zeit nach Hause zu fahren. Wir haben eure Gastfreundschaft schon viel zu lange in Anspruch genommen.

Ich denke, vorausgesetzt das Wetter schlägt nicht um, werden wir Ende der Woche abreisen. Zenta geht es wieder prächtig und auch die kleine Agatha wird ihre erste Reise sicher unbeschadet überstehen. Es ist ja nicht sehr weit, mit etwas Glück sind wir innerhalb eines Tages zu Hause. Wir werden uns am Freitag in aller Frühe auf den Weg machen."

Simon unternahm gar nicht den Versuch den Freund umzustimmen. Er konnte ihn auch verstehen, schließlich hatte auch er danach gefiebert, endlich wieder nach Hause zu kommen. Und Adrian war noch viel länger von seinem zuhause und seinen Patienten fort.

Kapitel 15: Wieder zu Hause

Endlich wieder zu Hause. Adrian stieg steifbeinig aus der Kutsche und trat an das neue schmiedeeiserne Tor, das sein Grundstück vor Eindringlingen schützen sollte. Er begutachtete es eingehend, ebenso den hohen Zaun aus Eisenstäben. Jeder einzelne Stab war oben noch zusätzlich mit einer scharfen Spitze versehen. Zufrieden schürzte er die Lippen. Es war zwar sicher nicht unmöglich das etwa zwei Meter hohe Hindernis zu überwinden, aber einfach war es auch nicht.

Da er noch keinen Schlüssel zum Tor besaß zog er kräftig an dem Glockenstrang, der neben dem Tor angebracht war. Von drinnen erklang schepperndes Geläut und kurz darauf öffnete sich die Tür. Ellen, die Haushälterin, lugte heraus. Als sie erkannte wer Einlass begehrte, kam sie herbei geeilt um das Tor aufzuschließen.

„Willkommen zu Hause!" rief sie überschwänglich und strahlte über das ganze Gesicht. Dann trat sie beiseite um die große Kutsche samt dem ihr folgenden Pulk von Männern und Pferden einzulassen. Da sie bereits Bescheid wusste wen der Hausherr alles mitbrachte, war sie darüber nicht verwundert. Die fremden Männer interessierten sie kaum, der neue Familienzuwachs hingegen brennend. Neugierig und diensteifrig öffnete sie die Kutschentüre und strahlte glücklich als sie Zenta mit dem Säugling im Arm erblickte.

„Hallo Ellen, es freut mich dich wiederzusehen", grüßte Zenta sie freundlich und reichte ihr das Kind hin. „Würdest du mir bitte Agatha abnehmen. Nur nicht so zaghaft, sie ist nicht zerbrechlich." Lächelnd stieg sie aus der Kutsche und reckte sich erst einmal. Dann griff sie in die Kutsche und holte Wernher heraus, der trotz des Trubels um ihn fest schlief. Die monotone Kutschenfahrt hatte eine solch einschläfernde Wirkung auf ihn gehabt, dass er selbst jetzt nicht richtig wach wurde und leise zu greinen begann.

Adrian trat hinzu und nahm ihn auf den Arm. Sofort beruhigte sich der kleine Junge und lehnte den Kopf an die Schulter seines Vaters. Er erkannte Ellen und grinste auf sie herab.

Adrian meinte: „Die Fahrt war doch anstrengender als ich dachte.

Aber nun haben wir sie ja glücklicherweise überstanden.
Darf ich dir Michael vorstellen, Ellen. Er gehört nun ebenfalls zu unserer Familie."
Michael verbeugte sich artig vor Ellen und murmelte einen Gruß. Dann schaute er sich mit großen Augen in seinem neuen Zuhause um. Da die Abenddämmerung gerade erst anbrach, konnte er Haus und Garten noch gut erkennen.
„Na, gefällt dir, was du siehst? Willkommen in deinem neuen Zuhause."
Adrian legte seinen Arm um Michaels schmale Schultern und drückte ihn kurz an sich. Dann versuchte er vergeblich Fee zu beruhigen, die vor lauter Freude, wieder daheim zu sein aufgeregt jaulte. Nachdem sie Ellen schwanzwedelnd begrüßt hatte stürmte sie in den Garten davon, um überall nach dem Rechten zu sehen.
Inzwischen waren auch zwei Knechte aus dem Haus gekommen. Und der alte Hans, der eigentlich längst seinen wohlverdienten Ruhestand genießen sollte, kam hinterher. Adrian trug den Knechten auf, das Gepäck aus der Kutsche zu holen und bat Hans, nachdem er ihn freundlich begrüßt hatte, den Wachmännern den Weg zum Gärtnerhaus zu zeigen.
Dann legte er seinen freien Arm um Zenta und ging mit ihr zum Haus. Ellen, die schlafende Agatha auf dem Arm, eilte ihnen voraus. Pferde und Kutsche blieben im Hof zurück, darum würden sich die Knechte kümmern. Aus der Küche zog ihnen ein verlockender Duft entgegen. Ellen hatte weder Kosten noch Mühen gescheut ein prächtiges Mahl zu zaubern. Und in der großen Stube war der Tisch bereits liebevoll gedeckt. Doch zuerst steuerte Ellen die Treppen an, die ins Obergeschoß führten. Dort hatte sie bereits eine Wiege in Adrians und Zentas Zimmer aufgestellt.
„Ich hoffe es ist Recht" sagte sie und warf Zenta einen fragenden Blick zu. „Ich habe die Wiege vom Speicher holen lassen und auch die Kindersachen durchgewaschen, die noch von Wernher dort lagen. Sie befinden sich in der Truhe."
Zenta bedankte sich bei ihr und legte Agatha erst einmal auf dem breiten Bett ab. Die Kleine war inzwischen erwacht und betrachtete

voller Interesse die fremde Frau, die sich über sie beugte. Dann steckte sie ihr Fäustchen in den Mund und schmatzte laut.

„Sie ist hungrig und ich werde sie stillen und wickeln."

Zenta nahm ihren Reiseumhang ab und wandte sich an Ellen.

„Zeigst du bitte inzwischen Michael sein Zimmer. Er ist sicher schon neugierig darauf."

Ellen nahm den Jungen freundschaftlich bei der Schulter und schob ihn zur Tür hinaus. Ihre Schritte entfernten sich und endeten vor einem der Nachbarzimmer. Adrian setzte Wernher ab, der sofort in die angrenzende Kammer lief, die sein kleines Reich war. Sie hörten ihn rumoren als er begann seine Spielsachen zu inspizieren, die er so lange entbehren musste. Nach kurzer Zeit erklangen die rhythmischen Geräusche, die sein Schaukelpferd verursachte.

Adrian ließ sich aufseufzend auf den Bettrand nieder und fasste nach den winzigen Fingern seiner Tochter um sie zärtlich zu streicheln.

„Na, kleine Agatha, nun bist du endlich zu Hause."

Er faltete das Wickeltuch auseinander, in dem das Kind eingepackt war und lächelte als der Säugling sofort wild zu strampeln begann. Dann beugte er sich herunter und küsste den goldenen Haarflaum, der wie winzige Stacheln um das Köpfchen stand. Agathas rudernde Händchen bekamen eine seiner losen Haarsträhnen zu fassen und zogen kräftig daran. Unwillkürlich jaulte ihr Vater leise auf.

Zenta eilte ihm lachend zu Hilfe und befreiten sein Haar. Dann pflückte sie sorgsam ein paar schwarze Haare zwischen den kleinen Fingern ihrer Tochter hervor und reichte sie Adrian. Er griff schnell nach ihrer Hand und zog Zenta an sich heran um sie zu küssen. Sie gab dem leichten Zug nach und sank in seine Arme.

Erst als Agatha unruhig wurde fanden die beiden in die Wirklichkeit zurück und Zenta entwand sich ihm mit bedauerndem Murmeln.

„Die Kleine ist hungrig und wahrscheinlich sind ihre Windeln voll. Mach dich frisch, während ich mich um sie kümmere. Du siehst schrecklich zerzaust aus und riechst nach Pferd."

Tadelnd blickte er zu ihr auf, dann schnüffelte er an seinem Leinenhemd. Achselzuckend gab er ihr Recht. Der Tag auf dem Kutschbock hatte eine Mischung aus Pferdegeruch und Schweiß an ihm hinterlassen. Und sein vom Fahrtwind verwehtes Haar hing wirr um seinen Kopf. Deshalb erhob er sich lachend und verließ das Zimmer um ihren Rat zu befolgen.

Eine gute Stunde später traf der ganze Haushalt beim Abendessen zusammen. Wie es auch auf dem Schloss seines Vaters üblich war, nahm die Familie des Hexers die Abendmahlzeit stets im Kreise aller Hausbewohner ein. Heute kamen zusätzlich die sechs Wachmänner dazu und deshalb war die Tafel um einen Tisch erweitert worden. Und für Michael wurde der Platz neben Adrian und Zenta gedeckt, an dem er fortan sitzen würde. Man sah dem Jungen an wie stolz ihn diese Auszeichnung machte.

Inzwischen war auch Dr. Robert Geiger, Adrians Partner, von seiner abendlichen Visite zurück. Und auch die alte Maria saß mit am Tisch, die einst hier Haushälterin war und nun ihren Lebensabend in der vertrauten Gemeinschaft verbrachte. Da sie keine nahen Verwandten besaß bei denen sie unterkommen konnte, war es für Adrian eine Selbstverständlichkeit seiner langjährigen treuen Bediensteten Kost und Wohnrecht bis an ihr Lebensende zu gewähren. Dasselbe galt für den alten Hans, den ehemaligen Stallknecht, auch er blieb wie Maria weiterhin in die Hausgemeinschaft integriert.

Eine derartige Altersversorgung war keinesfalls die Norm. Viele Bedienstete fristeten ein kärgliches Leben, nachdem sie zu alt zum Arbeiten waren. Wer keine Angehörigen hatte, bei denen er unterkommen konnte, dem blieb oft nur der Weg ins Armenhaus. Und dort starben nicht wenige innerhalb eines Jahres an Krankheiten, Unterernährung oder auch einfach nur an Einsamkeit.

Doch Adrian wäre es nie in den Sinn gekommen, seine alten oder kranken Dienstboten zu entlassen. Für ihn war es selbstverständlich sich um alle seine Leute zu kümmern.

Die beiden Alten wussten das sehr wohl zu schätzen und zeigten ihre Dankbarkeit durch kleine Gefälligkeiten. So ließ es sich Hans nicht nehmen die jungen Knechte zu beaufsichtigen und in Haus und Hof nach dem Rechten zu sehen. Und Maria kochte immer noch mit wahrer Leidenschaft und verwöhnte die Familienmitglieder mit ihren Leibspeisen. Oder sie strickte voller Begeisterung wollene Sachen für Wernher und nun auch für die kleine Agatha.

Nach dem Essen zerstreute sich die Tischgemeinschaft wieder. Zenta brachte Wernher zu Bett und wollte sich dann selbst früh niederlegen. Die lange Fahrt in der holpernden Kutsche hatte sie doch mehr erschöpft, als sie gedacht hatte. Adrian küsste Frau und Kind zärtlich und riet Zenta, sich von Ellen einen Kräutertee bringen zu lassen.

„Ich hoffe, du hattest während meiner unvermutet langen Abwesenheit keine allzu großen Schwierigkeiten", begann er wenig später ein Gespräch mit seinem Partner, der als einziger von der Tischgemeinschaft übrig geblieben war. Sie hatten es sich in den schweren Ledersesseln vor dem kalten Kamin gemütlich gemacht.

Ein Flügel des großen Fensters stand offen, eine kühle Brise wehte vom Fluss herauf frische Luft herein. Zu ihrem Leidwesen kamen auch Mücken und Schnaken, auf der Suche nach einer nahrhaften Blutmahlzeit ins Zimmer geflattert. Da der Fluss nur wenige Meter vom Haus entfernt vorbei floss, gab es im Sommer jede Menge der blutgierigen Plagegeister. Auch die abwehrenden Kräuter und Essenzen in extra aufgestellten Schalen zeigten nur bedingt Wirkung. Deshalb entschloss sich Adrian das Fenster wieder zu schließen, es war ihm lieber zu schwitzen als ständig um sich zu schlagen.

„Anfangs war es schon etwas frustrierend", nahm Robert das Thema auf. „Aber nach einiger Zeit hatten sich deine Patienten daran gewöhnt, von mir manchmal anders behandelt zu werden als von dir. Aber die chronischen Fälle habe ich ja streng nach den Aufzeichnungen in deinen Unterlagen behandelt. Die Patienten, die neu hinzukamen, mussten sich eben mit meiner Methode abfinden. Zu deiner Beruhigung kann ich dir jedoch sagen, dass alle Patienten noch am Leben sind. Einzig der alte Tobias ist gestorben. Allerdings ohne mein Zutun, als ich bei ihm eintraf war er bereits tot."

„Na, mit seinen dreiundachtzig Jahren ist er wahrscheinlich friedlich an Altersschwäche gestorben, er war ja schon lange bettlägerig. Ich möchte dich auch bestimmt nicht kontrollieren oder gar deine Heilmethoden in Frage stellen. Dass du dein Handwerk verstehst hast du schon mehr als einmal bewiesen. Deshalb habe ich mir auch um die Patienten keine Sorgen gemacht. Ich hatte nur Angst es würde dir zu viel werden. Schließlich warst du alleine und die Kranken sind bestimmt nicht weniger geworden, bloß weil ich nicht da war. Ich kann mir denken, dass du an manchen Tagen kaum zum Schlafen gekommen bist..."

„Ach, man gewöhnt sich an alles", wiegelte Robert ab und schlug klatschend auf seinen Oberschenkel, auf dem es sich eine große Schnake niedergelassen hatte.

Mit angewidertem Gesichtsausdruck fasste er das tote Insekt an einem noch zuckenden Bein und warf es zwischen die Holzscheite im Kamin. Dann brummte er: „An diese gefräßigen Biester werde ich mich allerdings nie gewöhnen."

„Ja, im Sommer ist es hier nicht so angenehm", murmelte Adrian geistesabwesend. „So schön die Lage über dem Fluss auch ist, sie bringt leider auch jede Menge Ungeziefer. Aber ich wollte etwas anderes mit dir besprechen. Dir sind ja die ganzen Maßnahmen nicht entgangen, die ich während meiner Abwesenheit in die Wege geleitet habe. Und den Soldaten bist du ebenfalls schon begegnet. Sie werden bis auf unbestimmte Zeit hier bleiben..."

„Nun ja, du hast mir ja schon in deinen Briefen ein paar Erläuterungen gegeben. Aber ehrlich gesagt ist mir nicht so richtig klar, was wirklich passiert ist. Dein Vater verschwand und du wurdest angeschossen... Was macht die Wunde, ist sie vollkommen verheilt? Soll ich sie mir einmal ansehen?"

„Nein, nicht nötig. Es war nur eine tiefe Fleischwunde und inzwischen ist sie vollkommen ausgeheilt, ich spüre sie nur noch wenn ich eine falsche Bewegung mache. Doch ich will dich mit unwichtigen Kleinigkeiten verschonen und dir lieber erzählen was es mit der ganzen vertrackten Geschichte auf sich hat. Als mein Partner und Mitbewohner des Hauses musst du wissen, was eventuell auf dich zukommen kann. Und wenn du meinst die Sache ist dir zu gefährlich, so steht es dir frei dir eine andere Bleibe zu suchen solange Gefahr besteht..."

Nachdem Robert Geiger nur stumm den Kopf schüttelte, begann Adrian ihm die ganze Geschichte von Anfang an zu erzählen. Er ließ nichts aus, auch nicht sein Wirken als Hexer. Er hatte Robert schon zu Anfang ihrer Partnerschaft reinen Wein über seine übersinnlichen Fähigkeiten eingeschenkt und ihm erklärt, dass er allgemein als Hexer bekannt war. Der junge Arzt hatte sein Bekenntnis damals zwar zuerst ungläubig und dann erstaunt aufgenommen, es aber schließlich akzeptiert. Hin und wieder hatte er sogar die eine oder andere Medizin nach Rezepturen aus Adrians Hexenbuch hergestellt und erfolgreich angewandt. Doch jetzt bewies er dass er auch ein wahrer Freund war.

Als der Hexer am Ende seines Berichtes angelangt war, schaute er prüfend in Roberts Gesicht. Er konnte erkennen wie es hinter der Stirn seines Partners arbeitete. Doch schließlich zuckte Robert fast unbekümmert die Schultern und meinte fest:

„Ich halte es selbstverständlich für eine Ehrensache dir im Kampf gegen dieses schwarze Schaf unserer Zunft beizustehen. Und mit diesem alten Hexer, sollte er wirklich auftauchen, werden wir auch fertig werden. Vielleicht kann ich dir schon gleich ein wenig weiterhelfen, zumindest was den Doktor betrifft. Wie sagtest du, war sein Name?"

Adrian schaute ihn einen Moment verblüfft an, fing sich aber schnell. Natürlich, warum hatte er nicht schon selbst daran gedacht. Dr. Urban war etwa im gleichen Alter wie Robert, vielleicht hatten die beiden ja zusammen studiert. Schließlich gab es nicht allzu viele medizinische Universitäten.

„Dr. Urban", sagte er nachdenklich und fügte hinzu. „Seinen Vornamen kenne ich allerdings nicht. Seltsam, er wurde nie erwähnt."

„Also ich hatte einen Kommilitonen, dessen Vorname Urban lautet. Mit Nachname heißt er..., lass mich überlegen..., Schefel oder so ähnlich. Genau weiß ich es nicht mehr, wir Studenten waren alle per du, wie das so üblich ist. Aber Urban ist doch ein seltener Name oder? Ganz gleich ob als Vor- oder Nachname. Beschreib mir den Mann doch mal, vielleicht handelt es sich ja tatsächlich um ein und dieselbe Person."

„Schon möglich", bestätigte Adrian. „Und da er ja sowieso alles von langer Hand geplant zu haben schien, wählte er vielleicht bewusst einen falschen Namen um mich in die Irre zu führen. Allerdings kenne ich auch keinen, der Schefel heißt. Womit ich erneut am Anfang stehe. Aber ich will ihn dir gerne beschreiben, falls es sich tatsächlich um ein und denselben Mann handelt, kann ich mir immer noch den Kopf zerbrechen..."
Er schloss die Augen um sich Dr. Urbans Aussehen genau ins Gedächtnis zu rufen und begann ihn zu beschreiben.

Schon nach kurzer Zeit war klar, dass es sich tatsächlich um den Gesuchten handeln musste, so viel zufällige Ähnlichkeit konnte es einfach nicht geben.
„Das ist er! Urban wie er leibt und lebt."
Robert wurde ganz aufgeregt und schlug schallend die Hände zusammen um eine, mit singendem Ton herumschwirrende, Mücke zu erschlagen. Sie entkam ihm um Haaresbreite und drehte eine schnelle Runde um ihn dann erneut zu attackieren. Genervt wedelte er sie weg.
„Erzähl mir alles was du über ihn weißt", bat Adrian und schnippte ebenfalls ein lästiges Insekt weg, dass ihn umschwirrte. Doch er tat es ganz unbewusst, seine Augen hingen an den Lippen seines Partners.
„Sehr viel ist es leider nicht", bekannte Robert. „Urban war ein oder zwei Semester weiter als ich, wir sprachen nicht allzu oft miteinander. Ich weiß aber dass er sehr ehrgeizig war und wohl auch ziemlich unter Druck stand. Die anderen Studenten erzählten, sein Onkel, ebenfalls Arzt, hätte ihm das Studium ermöglicht aber darauf bestanden, dass er es so schnell als möglich durchzog. Deshalb hat er immer so viele Vorlesungen als möglich besucht und sich kaum Freizeit gegönnt."
„Du weißt nicht zufällig wie dieser Onkel heißt und wo er wohnt, vermute ich", murmelte Adrian und sah an Roberts Miene, dass er richtig vermutete.
Denn der antwortete bedauernd:

„Keine Ahnung. Leider. Aber warte mal ich besitze einen Almanach, in dem ich die Ereignisse meiner Studentenzeit dokumentiert habe, du kennst diese Jahrbücher vielleicht, sie sind unter Studenten sehr beliebt und jeder Kommilitone trägt sich darin ein. Mit kleinen Anekdoten und witzigen Kritzeleien. Urban hat sich auch darin eingetragen, das ist mir in Erinnerung. Und sicher hat er seine Adresse dazugeschrieben, so wie wir anderen auch. Wir wollen uns nämlich alle nach einigen Jahren einmal treffen um zu sehen was aus jedem geworden ist."

Voller neu erwachter Hoffnung sprang Adrian auf und drängte.

„Dann hol den Almanach gleich her. Wenn ich weiß wo Urban einst wohnte, werde ich mich sofort auf den Weg machen. Vielleicht wohnt seine Familie ja noch dort. Oder irgendein Nachbar kann mir Auskünfte über ihn erteilen, die mich ein Stück weiter bringen..."

„Halt, halt, nicht so eilig!"

Robert bremste ihn mit einer entschuldigenden Geste und meinte dann kleinlaut:

„Ich habe den Almanach doch gar nicht hier. Er liegt irgendwo in meiner Kammer in meinem Elternhaus. Oder gar in einer Kiste auf dem Speicher, ich weiß es nicht genau. Nach meinem Studium war ich zuerst noch einige Wochen zu Hause, ehe ich mir überlegte in der Ferne mein Glück zu suchen. Da nahm ich natürlich nur das Nötigste mit..."

„Verdammt!" knirschte Adrian und die Enttäuschung stand ihm ins Gesicht geschrieben. Doch er fasste sich schnell wieder

„Dein Elternhaus befindet sich in einem Dorf irgendwo in der Nähe von München, wie du mir einmal erzählt hast. Das ist eine sehr weite Strecke, leider viel zu weit um dich dorthin zu schicken. Du würdest vermutlich mindestens zwei bis drei Wochen nicht hier sein, was im Moment nicht vertretbar ist, da ich nicht sagen kann ob ich nicht selbst wieder weg muss. Außerdem ist nicht sicher, - selbst wenn ich seine Familie ausfindig mache - ob ich tatsächlich etwas über Urban erfahre, das mich weiterbringt. Es ist gut möglich, dass seine Angehörigen ebenfalls nicht wissen wo er sich aufhält und dann bin ich so schlau wie zuvor."

„Naja, ich könnte meiner Mutter einen Brief senden und sie bitten, mir den Almanach zu schicken", bot Robert an.

Sein Gesicht trug einen verlegenen Ausdruck als er zweifelnd fortfuhr:

„Allerdings bin ich nicht sicher ob sie ihn überhaupt lesen kann. Mutter ist eine eher einfache Frau, ihre Sorge galt in erster Linie dem Wohl ihrer Familie. Ihr das Lesen und Schreiben beizubringen hatten ihre Eltern nicht für nötig befunden. Sie würde jemanden bitten müssen, ihr den Brief vorzulesen und auch nicht wissen nach welchen der Bücher und Hefte sie suchen soll. Wenn Vater noch leben würde..., er war ein gebildeter Mann, für ihn wäre es kein Problem gewesen."

Für Adrian war es nicht verwunderlich dass Roberts Mutter weder lesen noch schreiben konnte. Es war längst nicht üblich Kinder zur Schule zu schicken. Wenn überhaupt, stand dieses Privileg meist nur den Knaben zu. Nach allgemeiner Auffassung war es für Mädchen wichtiger, zu lernen wie man einen Haushalt führte und Kinder großzog.

„Und wenn wir deiner Mutter einen Boten schicken?" schlug er fragend vor. „Ich könnte einen der Soldaten damit beauftragen deine Mutter aufzusuchen. Meinst du sie wird ihm glauben, dass er in deinem Auftrag kommt und ihn ins Haus lassen?"

Robert nickte nach kurzem Nachdenken.

„Ich denke schon, zumindest wenn sie mein Siegel auf dem Brief erkennt. Ich werde mich gleich daran machen ihr zu schreiben. Der Bote kann Mutter den Brief ja dann vorlesen und auch beim Suchen helfen."

Trotzdem ihm Adrian versicherte der Brief habe auch bis zum nächsten Tag Zeit wollte Robert sich lieber sofort ans Schreiben machen und verließ nach einem Gutenachtgruß das Zimmer.

Der Hexer blieb alleine zurück und starrte nachdenklich auf seinen Handrücken. Eine Mücke hatte sich federleicht darauf niedergelassen und unbemerkt ihren Stechrüssel in eine Pore gebohrt um ihre blutige Mahlzeit zu beginnen. Er ließ sie einen Moment gewähren und beobachtete voller Interesse, wie sein Blut von dem filigranen Rüsselchen aufgesogen wurde. Doch dann schnippte er das Insekt mit dem Finger fort und nur eine dünne blutige Spur blieb von ihm zurück.

Die Aussicht vielleicht bald mehr über seinen hartnäckigen Feind zu erfahren ließ ihn seine Müdigkeit vergessen und er lief unruhig im Zimmer auf und ab. Was würde er tun, grübelte er, sollte er tatsächlich Menschen aufspüren, die ihm mehr über Dr. Urban sagen konnten? Würde er endlich erfahren weshalb der junge Arzt ihn so sehr hasste?

Er seufzte frustriert auf. Wenn überhaupt, so würde er erst frühestens in zwei Wochen mehr wissen. Erst wenn der Soldat mit dem Almanach zurück war, würde er nachlesen können, wo Urban früher zu Hause gewesen war. Wo immer das sein mochte, er würde dort hin reiten. Das kostete ihn zwar weitere Tage oder auch Wochen, dennoch, es war die einzige Möglichkeit, endlich mehr über seinen Widersacher zu erfahren.

Seine Müdigkeit war nun vollends verflogen und nach kurzem Zögern beschloss er den Pferdeställen einen späten Besuch abzustatten. In der Dunkelheit eines Stalles, nur umgeben von den vertrauten Geräuschen und Gerüchen der Pferde, hatte er stets seine innere Ausgeglichenheit zurückgefunden. Sicher würde es auch heute so sein.

Leise verließ er das Zimmer und ging durch den schwach erleuchteten Flur. Obwohl es noch nicht allzu spät war, herrschte schon schläfrige Ruhe im Haus. Nur aus der Küche erklangen halblaute Stimmen, überlagert vom Klappern von Bestecken und Töpfen. Ellen und eine Magd waren noch dabei das Geschirr vom Abendbrot abzuwaschen.

Im Freien war es noch überraschend warm und vom nahen Fluss zogen feuchte Schwaden herauf. Adrian blähte unwillkürlich die Nasenflügel auf und sog die feuchtwarme Luft in seine Lungen. Sie roch schwach nach Flusswasser und Fischen, vermischt mit einem Duftgemisch aus den nahen Feldern. Obwohl er sich bessere Gerüche vorstellen konnte gaben ihm diese hier das Gefühl, endlich wieder zu Hause zu sein. Es war ein sehr gutes Gefühl und erst jetzt wurde ihm bewusst, wie sehr er es vermisst hatte. Wie ein dunkler Schatten trieb der Gedanke durch sein Gehirn, dass er irgendwann nicht mehr hier zu Hause sein würde. Energisch verdrängte er ihn, das war einfach nicht der richtige Zeitpunkt dafür.

Am Zaun sah er eine dunkle Gestalt auf und ab marschieren, einer der Soldaten patrouillierte mit stoischer Miene vor dem Tor auf und ab. Er schaute kurz zu Adrian hin, unterbrach aber seine Schritte nicht. Auch der Hexer ging in Richtung der Pferdeställe weiter. Im Inneren des Stalles herrschte gedämpftes Licht, gespendet von drei Laternen die an den Holzbalken hoch über den Pferdeköpfen hingen. Die Tiere hatten erst vor kurzem ihr Futter bekommen und standen alle geschäftig kauend vor ihren Krippen. Keines würdigte Adrian auch nur eines Blickes, alle waren vollauf beschäftigt, auch das letzte Körnchen Hafer zwischen den mahlenden Zähnen zu zerreiben.

Der Hexer ging zu einer Box, in der ein sehr großes nachtschwarzes Pferd stand. Seine Hand strich über die lange Nase bis zu den samtenen Nüstern, wo sie verhielt. Als das Pferd seinen Geruch wahrnahm, hob es den Kopf und stieß ein leises Begrüßungskollern aus. Adrian lachte leise.

„Erkennst du mich noch Luzifer? Wir haben uns ja eine ganze Weile nicht mehr gesehen. Wie mir scheint ist dir das lange faulenzen gut bekommen. Du siehst prächtig aus. Zu prächtig, würde ich sagen, du bist ziemlich feist geworden."

Der Hengst hob den mächtigen Kopf und bewegte ihn rhythmisch auf und ab, so dass seine lange Mähne flog. Dabei tänzelten seine schweren Hufe durch das Stroh. Es sah tatsächlich so aus als freue er sich ebenfalls seinen Herrn wiederzusehen. Schließlich beruhigte er sich und blieb schnaufend stehen, sein warmer Atem blies Adrian ins Gesicht. Der Hengst entstammte einer uralten, fast ausgestorbenen Rasse, die zu früheren Zeiten speziell für das Tragen der Ritter in ihren schweren Rüstungen gezüchtet wurde. Er taugte wegen seiner enormen Größe nicht als Kutschpferd. Da er aber auf seiner ursprünglichen Reise zu Simon nach Rothenburg die Kutsche nutzte, hatte Adrian Luzifer zu Hause gelassen. Und da der Hengst niemanden außer seinen Herrn auf seinen Rücken ließ, war er nun mehrere Wochen untätig im Stall oder auf der Koppel gestanden. Und wie es aussah barst er förmlich vor überschüssiger Kraft und Tatendrang. Was Adrian auf die Idee brachte noch heute Nacht mit ihm einen Ausritt zu unternehmen. Durch den Stallgang kam der Pferdejunge auf ihn zu geschlurft, der in dieser Nacht mit der Stallwache betraut war. Er rieb sich verschlafen die Augen und aus seinen Haaren stachen Strohhalme heraus, wahrscheinlich hatte er sich bereits niedergelegt. Doch als er sah, dass sein Arbeitgeber noch ausreiten wollte, kam er eilig herbei um Luzifer zu satteln.

„Nicht nötig Kurt, ich sattele ihn selbst", winkte Adrian ab und wuchtete den Sattel auf Luzifers Kruppe. „Geh und schlaf weiter, du siehst müde aus."

Er wünschte dem Jungen eine gute Nacht und der trottete wieder zu seinem Strohlager zurück. Nach kurzer Zeit war das Pferd fertig gesattelt und stapfte mit dumpfen Hufschlägen neben seinem Herrn durch den Stallgang. Draußen schienen die Lebensgeister des Hengstes aufzuflammen, er warf den Kopf hoch und wieherte schrill. Von einer nahen Koppel antwortete ihm eine rossige Stute und er begann lebhaft zu tänzeln und zog am Zügel um sich zu befreien.

„Nichts da, mein Guter! Ich denke du hast einen scharfen Ritt nötig, der dir die Flausen aus dem Kopf treibt."

Energisch brachte er das Tier zur Räson, saß auf und trieb das noch immer tänzelnde Tier auf das Tor zu.

Der Wachsoldat trat ihm in den Weg und griff nach den Zügeln, ließ sie aber sofort wieder los als Luzifers gebleckte Zähne seiner Hand bedrohlich nahe kamen. Vorsichtshalber trat er zwei Schritte zurück und meinte verwirrt:

„Ihr wollt doch nicht alleine ausreiten, Herr? Wartet einen Moment, ich hole einen der Männer, der Euch begleitet..."

„Nein, nicht nötig!" wiegelte Adrian zum zweiten Mal ab.

„Ich brauche frische Luft und Bewegung und werde am Mainufer entlang reiten. Ich kenne den Weg bestens und denke dort droht mir keine Gefahr. Lasst mich hinaus und verschließt das Tor sorgfältig hinter mir. Alles, was Ihr und Eure Kameraden zu bewachen habt, schläft dort hinten im Haus, um mich braucht Ihr Euch keine Sorgen zu machen."

Er sagte es so bestimmt, dass der Soldat nicht mehr zu widersprechen wagte; schweigend schloss er das Tor auf und ließ Adrian passieren. Hinter ihm riegelte er wieder sorgfältig ab und nahm dann seine Wanderung erneut auf.

Der Hexer ließ Luzifer eine Weile traben und gab ihm den Kopf frei, sobald er den Flussweg erreicht hatte. Das Pferd war nun ebenfalls auf den Geschmack gekommen und lechzte danach sich auszutoben. Es bedurfte nur eines leisen Zungenschnalzens und der Hengst verfiel in gestreckten Galopp. Da das Tier den Weg bestens kannte, vertraute Adrian ihm blind. Der Mond bestand zwar nur aus einer dünnen Sichel aber sein Schein reichte aus, um ein etwaiges Hindernis auf dem Weg zu erkennen.

Adrian genoss den rasenden Ritt. Da er auf Jacke und Umhang verzichtet hatte spürte er wie der scharfe Wind durch sein Leinenhemd fuhr und seine schweißnasse Haut abkühlte. Seine langen Haare wehten ähnlich der Mähne des Pferdes im Takt des wilden Galopps. Der Fluss schwappte träge einige Meter entfernt an die Uferböschung, sein vertrauter Geruch stieg ihm in die Nase. Als er den Kopf wandte, konnte er die dunklen Umrisse des Schlosses Johannisburg erkennen, die hohe Schlossmauer und darüber den Kirchturm der Stiftskirche Sankt Peter und Paul. Alles war ihm so vertraut und erneut kam ihm in den Sinn, wie glücklich er war wieder hier zu sein.

Nach einer Weile ließ er das Pferd zuerst in Trab und später in Schritt verfallen. Er war weiter geritten als er ursprünglich vorhatte und die dunkle Silhouette der Stadt lag in einiger Entfernung hinter ihm. Der Weg war vom Flussufer abgewichen, es befand sich nun etwa fünfzig Meter zu seiner Linken.

Die feinen Schwingungen, die er plötzlich wahrnahm, überraschten ihn so sehr, dass er ruckartig das Pferd zum Stehen brachte. Luzifer machte einen erschreckten Satz zur Seite und warf entrüstet den Kopf hoch, eine solch grobe Behandlung war er nicht gewohnt.

Adrian murmelte auch gleich ein paar entschuldigende Worte und klopfte dem Hengst versöhnlich den Hals. Doch seine Aufmerksamkeit war nach wie vor auf das Ufer gerichtet, denn von dort her kamen die Schwingungen.

Korbinian, er erkannte ganz deutlich die böse Aura des alten Hexers. Zwar hatte er sie bisher nur einmal verspürt, doch er würde sie nie mehr vergessen. Er war also tatsächlich hier. Und anscheinend hatte er ihn verfolgt. Bei dem Gedanken zog sich sein Magen zu einem Knoten zusammen. Aber es war keine Angst die er verspürte, eher ein Gefühl der Spannung.

Entschlossen lenkte er Luzifer vom Pfad ab über die steinige Wiese zur Uferböschung hin. Er überließ es dem Pferd sich den Weg über den unebenen Untergrund zu suchen und trieb ihn nicht an. Seine ganze Konzentration galt dem Ufer und den Schwingungen, die er von dort empfing. Sie schienen sich nun von ihm zu entfernen. Luzifer blieb schnaubend und tänzelnd stehen, etwa einen Meter vor seinen Hufen fiel die Böschung stark ab und endete im träge dahinfließenden Wasser. Kleine Wellen spülten gegen die Steine und erzeugten leise gluckernde Geräusche. Ein paar Enten auf dem Fluss quakten, ansonsten herrschte friedliche Stille. Mit einem Blick erkannte Adrian dass der alte Hexer sich nicht auf seiner Seite des Flusses befand und als er über das breite Gewässer spähte, konnte er am anderen Ufer eine hagere Gestalt ausmachen. Korbinian rief etwas in die Nacht das er nicht verstand und winkte herüber. Dann drehte er sich um und entfernte sich ohne Eile. Er wusste genau, dass er auf seiner Flussseite sicher war, der Main war an dieser Stelle mindestens zwanzig Meter breit und sehr tief.

Adrian machte keine Anstalten seinen Widersacher zu verfolgen. Es war viel zu riskant den Fluss an dieser Stelle zu überqueren. Der Main bildete in der Mitte oft gefährliche Wasserwirbel, die ein Pferd samt Reiter in die Tiefe ziehen konnten. Also blieb er wo er war und starrte nur grübelnd über die trüben Fluten. Schließlich zog er Luzifer herum und ließ ihn den Weg zur Straße zurück suchen.

Er brauchte nicht zu überlegen was Korbinian mit seinem unvermuteten Auftauchen bezweckte. Der Alte wollte ihm klarmachen, dass er in seiner Nähe war und ihn jederzeit aufstöbern konnte. Wahrscheinlich war es Korbinians - und auch Urbans Ziel, ihn zu verunsichern und ihm Angst einzujagen.

„Nun, wenn es das ist was ihr wollt, es ist euch gelungen", knurrte er erbittert und Luzifer drehte überrascht die Ohren nach hinten. Dann schüttelte er unwillig den Kopf.

„Lass uns nach Hause reiten, mein Guter", redete Adrian ihm zu.

„Hier und jetzt kann ich nichts gegen meinen Widersacher unternehmen. Ich hoffe nur er traut sich nicht an mein Haus heran. Nun, zumindest kann ich es fühlen wenn er mir zu nahe kommt..."

Um sich von seinen aufkeimenden Ängsten und Sorgen abzulenken, dachte er über das Phänomen nach, dass Hexen sich gegenseitig spüren konnten. Lange Jahre, eigentlich die meiste Zeit seines Lebens, hatte er davon nichts geahnt. Nein, so war es nicht gewesen, rief er sich ins Gedächtnis zurück. Er hatte davon gewusst, es aber nie selbst gespürt. Zum ersten Mal hörte er davon von seinem alten Mentor, dem Hexer Erasmus. Der fragte ihn einmal, ob er sie nicht verspüre, diese Vibration. Alle echten Hexen konnten sie wahrnehmen.

Er hatte ihm damals geantwortet dass er dann wohl kein echter Hexer sei und es ja auch nie sein wollte. Insgeheim war er sogar froh gewesen, dass es nun bewiesen war. Die ganzen Selbstzweifel und Vorwürfe, die er sich wegen seiner angeblichen Hexenkräfte gemacht hatte, waren dadurch doch ausgeräumt. Und auch sein Vater hatte Unrecht gehabt damit ihn als mit dem Teufel im Bunde zu bezichtigen. Doch Erasmus hatte seine Illusion schnell wieder zerstört indem er behauptete:

„Du bist ein Hexer Adrian, und du wirst eines Tages sogar ein sehr mächtiger Hexer sein. Du weigerst dich nur schon Zeit deines Lebens anzuerkennen dass du es bist. Diese Leugnung hast du dermaßen in dir manifestiert, dass sie all deine Fähigkeiten überdeckt. Doch glaube mir, eines Tages wirst du nicht mehr leugnen können, wer und was du bist. Und von diesem Tag an wirst du sie auch sehen und spüren können, die besondere Aura, die jeden von uns umgibt."

Doch es hatte noch viele Jahre gedauert, bis er innerlich bereit gewesen war sich selbst einen Hexer zu nennen. Es war in einer anderen Zeit passiert, die gleichzeitig für ihn eine sehr schmerzhafte Zeit mit schmerzlichen Ereignissen gewesen war.

Damals hatte er sich vor Gott, der Welt und einem Hexengericht selbst als Hexer bezichtigt um Erasmus, Agatha und Zenta davor zu bewahren, der Hexerei bezichtigt zu werden. In den furchtbaren Tagen und Nächten die er zwischen Folter und der Gewissheit auf dem Scheiterhaufen zu sterben verbrachte, war sein innerer Widerstand endgültig zerbrochen. Erst damals hatte er sich selbst eingestanden ein Hexer zu sein. Und seither konnte er sie fühlen, die Magie, die von anderen Hexen ausging.

Er tauchte erst aus seinen Gedanken auf, als sein Haus in Sicht kam. Kurz verhielt er Luzifer und lauschte mit all seinen Sinnen in die Nacht. Es bestand keinerlei Gefahr für die Bewohner seines Heimes, erkannte er. Zumindest momentan war nichts Beunruhigendes wahrzunehmen. Er dankte Gott in einem kurzen Stoßgebet dafür und flehte darum, es möge auch weiterhin so bleiben.

Der Wachposten hatte ihn bereits erspäht und öffnete das Tor. Er wünschte ihm eine gute Nacht und nahm dann seinen Posten wieder ein. Adrian brachte Luzifer in den Stall, sattelte ihn ab und rieb ihn trocken. Nachdem er ihm noch eine Portion Heu in die Krippe gelegt hatte, löschte er die einzelne Laterne die der Stalljunge für ihn hatte brennen lassen, und verließ den Stall. Während er aufs Haus zuging, spürte er wie die Müdigkeit bleischwer in ihm hoch kroch. Er gähnte herzhaft und hoffte wenigstens ein paar Stunden Schlaf zu finden.

Kapitel 16: Ein Unglück kommt selten allein

In den folgenden Tagen blieb Adrian nichts anderes übrig als abzuwarten wann der Bote mit Roberts Jahrbuch zurückkehren würde. Er versuchte wieder seinem gewohnten Tagesablauf nachzugehen, behandelte die Patienten die in aufsuchten, oder besuchte bettlägerige Kranke um nach ihrem Befinden zu sehen. Doch nun war seine Zeit längst nicht mehr so knapp bemessen wie in jenen Tagen, als er seine Praxis noch alleine führte. Dr. Robert Geiger war während seiner langen Abwesenheit viel selbständiger geworden und nahm Adrian inzwischen so viel Arbeit ab, dass der sich oft für Stunden seiner Familie widmen konnte.

Der Hexer genoss jede Minute, die er mit Frau und Kindern verbringen konnte. Er unternahm so viel als möglich mit ihnen und freute sich über jeden Fortschritt, den die Kleinen machten. Inzwischen hatte er auch Michael so sehr ins Herz geschlossen dass er ihn als seinen Sohn ansah und Zenta erging es nicht anders. Michael entwickelte sich in der Gewissheit der Liebe seiner neuen Eltern zu einem aufgeschlossenen und lustigen Knaben der so manchen harmlosen Streich ausheckte. An seinen beiden jüngeren Geschwistern hing er mit zärtlicher Inbrunst und wurde nicht müde mit ihnen zu spielen. Wernher schaute mit wahrer Verehrung zu dem großen Bruder auf und stellte jeden Morgen ein großes Geschrei an, wenn Michael zur Schule musste.

Obwohl er ein guter und fleißiger Schüler war gefiel die Aussicht jeden Tag zur Schule zu müssen Michael überhaupt nicht. Doch Adrian blieb hart und bestand darauf. Schließlich gab der Junge nach und nach kurzer Eingewöhnungszeit gefiel es ihm sogar recht gut.

Adrian hatte sich zuvor die wenigen Schulen der Stadt und deren Lehrer sehr genau angeschaut. Er wusste wie streng in manchen dieser Einrichtungen die Erziehung war und wollte verhindern, dass Michael das Wissen mit dem Rohrstock eingebläut wurde.

Er hielt auch nichts von Klosterschulen, die mehr daran interessiert waren ihren Schülern den Text der Bibel einzupauken als sie Rechnen, Schreiben und Lesen zu lehren. Ebenso wenig war er von einem Privatlehrer für Michael angetan, er selbst war in seiner Kindheit ausschließlich von Privatlehrern geschult worden und hatte es als schrecklich langweilig empfunden. Michael sollte auf jeden Fall die Schulzeit in der Gemeinschaft einer Gruppe von Altersgenossen verbringen. Schließlich war Adrian auf einen jungen Lehrer gestoßen, der einer kleinen Gruppe Jungen in einem Raum seines Privathauses allgemeines Wissen beibrachte. Wegen seiner etwas freizügigeren Lehrmethoden und auch weil er vom einseitigen Lehrplan anderer Schulen abwich gab es zwar einiges Gerede um ihn, aber gerade deshalb imponierte er Adrian. Er suchte den Lehrer auf und prüfte ihn mittels seiner besonderen Fähigkeiten intensiver als dem Mann bewusst wurde. Das Ergebnis stellte den Hexer zufrieden und er meldete Michael in der kleinen Schule an.

Seither wurde der Junge jeden Morgen von einem der Soldaten dorthin begleitet und am Nachmittag wieder abgeholt. Adrian ordnete an dass Michael niemals ohne Schutz das Grundstück verlassen durfte, er hatte zu viel Angst dass er entführt werden und erneut in Korbinians Fängen landen würde.

Auch Zenta hatte er ans Herz gelegt niemals ohne Begleitschutz das Grundstück zu verlassen. Sie würde zwar, so wie er, die Aura Korbinians spüren können, aber er bezweifelte stark dass sie den bösen Kräften des alten Hexers gewachsen wäre. Dessen war er sich nicht einmal bei sich selbst sicher.

Auch sonst traf er alle erdenklichen Vorsichtsmaßnahmen. Ellen durfte fortan nur in Begleitung eines Soldaten den Markt in der Stadt aufsuchen. Und jeder, der am Tor klingelte, wurde auf Herz und Nieren überprüft. Die Torwache hatte strikten Befehl jeden Fremden, auch wenn er noch so harmlos ausschaute, genau unter die Lupe zu nehmen. Natürlich war Adrian klar dass er nicht jeden Bereich des Alltags absichern konnte. So war es fast unmöglich Robert oder auch sich selbst ständig bewachen zu lassen. Sie wurden zu jeder Tages- und Nachtzeit zu Kranken gerufen. Und niemand konnte mit Sicherheit sagen ob es tatsächlich ein Patient war, der nach einem der Ärzte verlangte.

Es war ihm ebenso bewusst dass es Korbinian, dank seiner Hexen-kräfte, ohne weiteres gelingen konnte ins Haus einzudringen. Mittels eines Zauberbanns könnte er die Wachen leicht außer Gefecht setzen, das hatte er ja bereits bewiesen. Aber eigentlich bezweifelte Adrian er würde es tatsächlich wagen. Eher vermutete er der alte Hexer würde irgendwo sitzen wie eine Spinne im Netz und darauf harren, dass ihm seine Beute von angeheuerten Handlangern zu-geführt wurde.

Wann immer er Zeit hatte ritt Adrian die Umgebung ab, ständig auf der Suche nach einem Lebenszeichen von Korbinian oder Dr. Urban. Und wo er auch hinkam erkundigte er sich ob einer der beiden Männer gesehen worden war. Doch sie schienen wie vom Erdboden verschluckt und fast meinte er sein nächtliches Zusam-mentreffen mit dem alten Hexer sei nur seiner Phantasie ent-sprungen. Doch es war kein Hirngespinst gewesen, der Hexer lauerte tatsächlich irgendwo in seinem Versteck.

Wie schon auf dem Schloss seines Vaters geschehen, passierten plötzlich seltsame Dinge in Adrians Haus, die alle für sich alleine gesehen nicht auffällig gewesen wären. Was die Sache so unheimlich und beängstigend machte war die Häufigkeit mit der sie passierten. Es verging kaum ein Tag an dem nicht ein neues Un-glück geschah.

So legten die Hühner plötzlich keine Eier mehr und einige ver-endeten sogar, ohne zuvor Anzeichen einer Erkrankung gezeigt zu haben.

Ein Stallbursche wurde so übel von einem Pferd getreten, dass sein Unterschenkel gleich dreimal gebrochen war. Adrian und Robert gelang es nur durch eine komplizierte Operation das Bein des jun-gen Mannes zu retten.

Eine Magd verbrühte sich bei der großen Wäsche mit heißer Seifen-lauge, eine andere goss sich siedendes Öl über den Fuß als ihr die gusseiserne Pfanne vom Herd rutschte.

Ellen schnitt sich beim Ausbeinen eines Schinkens in den Finger, was sie nicht daran hinderte ihrer Arbeit weiterhin nachzugehen.

Um die Verletzung kümmerte sie sich nicht. Erst als der Finger anschwoll und zu eitern begann, zeigte sie ihn Dr. Geiger. Der öffnete die verklebte Wunde, säuberte sie und verband den Finger danach sauber. Dann fragte er Ellen ob sie auf den Schreck hin mit ihm ein Glas Wein trinken wolle und sie nahm seine Einladung freudig an. Seither trafen sich die beiden öfter, verliebten sich und stellten den überraschten Adrian schon nach einigen Tagen vor die Tatsache, dass sie heiraten wollten.

Ellen versicherte jedoch zugleich natürlich weiterhin den Haushalt zu führen, was Adrian sehr erleichterte. Zum ersten Mal seit Tagen lachte er zufrieden und meinte, ein Unglück könne auch einmal etwas Gutes bewirken. Er ließ es sich nicht nehmen noch am selben Abend der Tischgemeinschaft die Verlobung von Dr. Geiger und Ellen bekanntzugeben und lud alle ein das Fest gebührend zu feiern. Die fröhliche Stimmung tat allen gut und es wurde sogar getanzt als einer der Knechte eine alte Fiedel aus seiner Kammer holte und zu spielen begann.

Falls Adrian jedoch hoffte nun wäre der Teufelskreis der Unglücke unterbrochen, so sah er sich getäuscht. Schon am nächsten Morgen klopfte ein Stallknecht energisch an die Schlafzimmertüre und bat den Hexer schnell auf die Weide zu kommen. Dort lag die Milchkuh Berta verendet im Stroh, ihre Zunge hing ihr grotesk angeschwollen und blau verfärbt aus dem Maul. Es blieb nichts anderes übrig als nach dem Abdecker zu schicken, damit er die tote Kuh abholte bevor sich der Kadaver in der für den Spätsommer ungewöhnlichen Hitze aufblähte.

Nicht so schlimm traf ihn die Entgleisung von Fee. Die Hündin konnte es sich nicht abgewöhnen ihre Familie mit gewilderten Hasen und Fasanen zu versorgen. So wie sie es früher getan hatte schnürte sie fast täglich durch den nahen Wald, immer auf der Suche nach einem Braten, den sie dann stolz ihrer Herrin brachte. Damit sie wegen dieser Leidenschaft nicht erschossen wurde bezahlte Adrian regelmäßig ein hübsches Sümmchen an den Jagdaufseher. Dafür drückte der beide Augen zu, wenn er Fee beim Wildern ertappte. Doch manchmal vertat sich die Hündin und vergriff sich an

Haustieren. Eines Tages traf sie beim Versuch eine Gans zu stehlen auf einen wütenden Bauern. Er warf ihr einen Stein hinterher und traf sie am Hinterteil. Hinkend kam sie zu Hause an, die tote Gans eisern zwischen den Zähnen haltend. Adrian brachte die tote Gans dem Bauern zurück und drückte ihm als Entschädigung noch ein paar Münzen in die Hand. Damit war die Sache vergessen.

Nur wenige Tage später überbrachte ein Bote einen Brief von Simon. Adrian nahm ihn mit gemischten Gefühlen entgegen und hielt ihn eine Weile unschlüssig in der Hand. Erst als Zenta ihn fragte warum er ihn nicht öffnen würde, erbrach er fast widerstrebend das Siegel und faltete das Schreiben auseinander. Er überflog es kurz und zog gequält die Augenbrauen zusammen.

„Was schreibt Simon denn?" fragte Zenta alarmiert. „Es ist doch hoffentlich nichts Schlimmes geschehen."

Da sie die kleine Agatha auf dem Arm trug und ihr beruhigend das Bäuchlein rieb, weil sie Blähungen hatte, las Adrian die wenigen Zeilen vor:

Liebe Zenta, lieber Adrian.

Der Grund weshalb ich euch schreibe ist leider ein sehr trauriger. Heute Morgen hat meine geliebte Nelia unser ungeborenes Kind verloren. Gestern Abend, als sie zu Bett gehen wollte, wurde ihr plötzlich schwindelig und sie stürzte so unglücklich auf der Treppe, dass sie sich nicht mehr aus eigener Kraft erheben konnte. Ich ließ sofort einen Doktor kommen und auch die alte Griseldis, weil Nelia zu bluten begann. Der Doktor diagnostizierte eine Gehirnerschütterung und verordnete strenge Bettruhe. Das Kind, so meinte er, werde sie wohl verlieren. Die alte Griseldis versuchte ihr Bestes, das Ungeborene zu retten, doch alle Mühe war umsonst. Um fünf Uhr früh brachte Nelia eine winzig kleine Tochter zur Welt, die jedoch nicht atmen konnte und nach wenigen Minuten verstarb. Immerhin, versicherte Griseldis, werde sich Nelia wieder vollständig erholen und auch erneut schwanger werden können. Ich danke Gott inständig dafür, dass er mir wenigstens meine Frau gelassen hat, wenn auch der Verlust des kleinen Mädchens noch so schmerzt.

In tiefer Trauer: Simon, Graf zu Hohenberger

„Ach wie furchtbar, die arme Nelia, sie hatte sich so auf ihr viertes Kind gefreut."

Zenta schüttelte betrübt den Kopf und drückte impulsiv ihre Tochter an sich, küsste sie auf die weichen Löckchen. Dann schaute sie beklommen zu Adrian hin.

„Meinst du es ist möglich, dass diese unheilvolle Serie von Unglücken bis zu Simons Burg reicht?"

Adrian zuckte ratlos die Schultern und atmete tief ein. Dann meinte er grübelnd:

„Ich habe leider keine Ahnung wie Korbinian das überhaupt bewerkstelligen kann. Aber es muss sein Wirken sein. Auf dem Schloss meines Vaters verhielt es sich ganz ähnlich. Plötzlich passierten allerlei große und kleinere Unfälle, die ursprünglich nichts miteinander zu tun hatten. Das Einzige was sie gemein hatten war das man förmlich darauf warten konnte, bis etwas geschah. Zweifellos handelte es sich damals, genau wie jetzt, um einen Fluch den Korbinian ausgesprochen hat. Ob er allerdings Simons Familie einschließt oder es sich bei Nelias Unfall um Zufall handelt kann ich nicht sagen. Ich hoffe es nicht, es ist schwer genug selbst damit konfrontiert zu sein."

Er konnte mit seiner Frau offen über diese Dinge reden. Zenta war mit bösen Hexenflüchen besser vertraut als er selbst, in der Zeit der sie entstammte war es unter der Bevölkerung noch üblich gewesen einen bösen Fluch bei einer Hexe zu bestellen, etwa um ihn einem Nebenbuhler zu senden. Und nicht wenige Hexen hatten sich darauf eingelassen aus Angst bei Nichterfüllung des Gewünschten denunziert und auf dem Scheiterhaufen verbrannt zu werden.

Agatha, Zentas Mutter, war eine weiße Hexe gewesen, doch obwohl sie über das Wissen verfügte hatte sie sich nie dazu herabgelassen schwarze Magie zu betreiben. Trotzdem war sie gefangengenommen und zum Tode verurteilt worden. Dass sie überlebte hatte sie in nicht unwesentlichem Teil Adrian zu verdanken.

Agatha würde wissen was zu tun war, ging es Adrian durch den Sinn. Ebenso wie auch ihr Lebensgefährte Erasmus, sein früherer Mentor. Aber die beiden lebten nicht nur in einer anderen Zeit sondern auch noch in der neuen Welt. Sie zu Hilfe zu rufen war unmöglich. Wieder einmal bedauerte Adrian, dass er sich die meiste Zeit seines Lebens vehement dagegen gesträubt hatte zu akzeptieren ein Hexer zu sein. Jetzt würde er etwas darum geben mehr Kenntnis von der schwarzen Magie zu besitzen. Und auch besser mit den weißen Künsten vertraut zu sein. Gewiss, er besaß das wertvolle Hexenbuch, das ihm Erasmus vermacht hatte, ebenso wie die Schriften, die er von Gundula bekommen hatte. Aber es war mühselig und brauchte viel Zeit sich durch die manchmal nur schwer zu entziffernden handschriftlichen Vermerke zu arbeiten.

Zenta besaß große Hexenkräfte, das spürte er. Aber sie war noch sehr jung und in einer Zeit geboren, in der es lebensgefährlich war als Hexe erkannt zu werden. Wohl deshalb hatte Agatha nur wenig von ihrem Wissen an ihre Tochter weitergegeben. Zenta selbst hatte bislang kaum Interesse gezeigt ihre Hexenkünste zu ergründen oder gar zu vervollkommnen, sie gefiel sich besser in der Rolle der Ehefrau und Mutter und verwandte ihre Energie darauf.

Sie schien denselben Gedanken zu verfolgen wie er selbst, bedauernd sagte sie:

„Hätte ich doch mehr Ahnung von der Magie dann könnte ich dir helfen. Aber ich habe immer gehofft nie darauf angewiesen zu sein. Ich wollte mit dir in dieser Zeit ein friedvolles Leben führen und möglichst vergessen was ich bin. Aber anscheinend ist es uns beiden nicht vergönnt ein normales Leben zu führen."

„Wir werden bald wieder ein normales Leben führen", versicherte Adrian ihr. Grimmig zog er die Augenbrauen zusammen und straffte dann entschlossen die Schultern. „Ich werde dafür sorgen dass weder Urban noch Korbinian unser Leben zerstören. Und wenn ich nicht eher wieder schlafe bis ich einen Gegenzauber gefunden habe. Ich werde mich sofort hinauf in meine Hexenküche begeben und mir nochmals sehr sorgfältig alle Angaben in den Büchern ansehen. Ich bin mir sicher es ist ein wirksamer Gegenzauber dabei. Bis endlich der Bote eintrifft bin ich sowieso zur Untätigkeit verurteilt."

Er stand auf und küsste Frau und Kind zärtlich. Dann stieg er die Stufen ins Obergeschoß hinauf. Dort oben unterm Dach befand sich der riesige Raum, den er seine Hexenküche nannte. Eigentlich war es mehr ein Aufbewahrungs- und Herstellungsort für die vielen Kräuter, Extrakte und Utensilien, die er zur Zubereitung seiner Medikamente benötigte. Aber der Raum barg auch etliche Dinge die nichts mit der Ausübung seines Berufes zu tun hatten und eindeutig magischen Ursprungs waren. Die beiden Zauberbücher zum Beispiel, denen er sich jetzt im Schein einer Laterne widmete...

Einige Tage später stand Adrian im Hof und begutachtete eingehend den Heilungsprozess des langen Hautrisses, den sich Luzifer zugezogen hatte. Der Hengst war vor einigen Tagen aus seiner Koppel ausgebüxt um der rossigen Stute eines entfernten Nachbarn seine Aufwartung zu machen.

Zwar hatte Adrian, eingedenk der enormen Sprungkraft des riesigen Pferdes, die Koppelstangen besonders hoch anbringen lassen. Doch der verlockende Duft und die sehnsuchtsvollen Schreie der Stute hatten Luzifer so in Erregung versetzt, dass er kurzerhand die Holzbalken niedergetrampelt und das Weite gesucht hatte.

Das war nicht ohne Folgen geblieben. Zuerst kam des Abends der Hengst erschöpft und verletzt in den heimischen Stall zurück. Er hatte sich beim Durchbrechen des Gatters einen langen und stark blutenden Riss an der Brust zugezogen, der ihn allerdings nicht daran gehindert hatte seiner Natur nachzugehen und die Stute zu besteigen. Adrian blieb nichts anderes übrig als die Wunde zu säubern und den klaffenden Riss zu nähen.

Am nächsten Morgen stand dann der erzürnte Nachbar vor der Türe und beschwerte sich bitterlich. Luzifer habe den Zaun seiner Koppel übersprungen und seine wertvolle Kaltblutstute gedeckt. Er wollte eine Entschädigung für diese Schändung. Adrian hatte den listigen Kerl zwar durchschaut, aber trotzdem gute Miene zu dem Spiel gemacht. Er kannte den Nachbarn schon lange und wusste um dessen Geiz. Er vermutete der alte Fuchs hatte es bewusst darauf angelegt seine Stute von Luzifer decken zu lassen. Der kräftige, robuste Hengst war ideal um mit der Kaltblutstute ein erstklassiges Fohlen zu zeugen. Nur deshalb hatte er die rossige Stute auf die

Koppel gestellt, anstatt sie sicher im Stall zu verwahren. Er wollte sich wahrscheinlich die Deckprämie sparen. Um unnötige Streitereien zu vermeiden hatte Adrian dem Bauern ein paar Münzen zur Entschädigung in die Hand gedrückt und der war pfeifend von dannen gezogen, zufrieden, ein so gutes Geschäft gemacht zu haben. Adrian hatte ihm lächelnd nachgeblickt und war ebenfalls zufrieden. Warum sollte er sich wegen solch einer Lappalie mit dem Nachbarn anlegen. Schließlich hatte Luzifer trotz seiner Verletzung offensichtlich seinen Spaß bei der Stute gehabt.

„Na, die Wunde ist ja prima verheilt", erzählte er jetzt dem Pferd und tastete über den verschorften Riss. Luzifer war mit stoischer Ruhe stillgestanden bis alle Fäden gezogen waren, er hatte die Zeit genutzt um seinem Herrn ausgiebig in den Haaren zu knubbeln. Ein paar Strähnen hingen ihm noch immer aus dem Maul, als Adrian nun den Kopf hob. Grinsend fuhr er sich mit der Hand durch sein nassgesabbertes Haar und gab dem Pferd dann einen freundschaftlichen Nasenstüber.

„Ich vermute die Verletzung war dir keine Warnung, wie?"

Er lachte als ihn das Pferd anprustete und band es dann los, um es auf die Weide zurückzubringen. Da sprang plötzlich Fee auf, die in der Nähe in der Sonne döste, und stürzte laut bellend zum Tor. Der Wachmann stand schon dort und starrte durch die Gitter nach draußen.

Adrian befiel ein seltsames Gefühl, dass er nicht deuten konnte. Er ließ den Führstrick des Pferdes los und eilte ebenfalls zum Tor, um nachzuschauen was es dort gab. Fee hatte sich wieder beruhigt und saß nun hechelnd nahe am Gitter. Ihr Blick hing gebannt an einem Hund, der vor dem Tor lag. Der Hund war schon sehr alt, erkannte Adrian. Sein unansehnliches Haarkleid stand struppig von den mageren Rippen ab, das einstmals braune Fell war grau meliert, die Schnauze fast weiß. Das Tier hob nun mühsam den Kopf und starrte Adrian aus milchig trüben Augen an, es musste fast blind sein. Dennoch war sein Blick mit solcher Intensität auf den Hexer gerichtet, dass der nicht zögerte und das Tor öffnete. Er kniete sich neben den Hund und strich ihm sanft über den Kopf.

Fee, die mit ihm gekommen war, machte den Hals lang und schnupperte fast ehrfürchtig an dem alten Tier. Dann setzte sie sich auf die Hinterkeulen und stieß ein klagendes Winseln aus. Sie spürte mit sicherem Instinkt, was auch Adrian nicht verborgen blieb. Der fremde Hund war dem Tode nahe.

Vorsichtig schob der Hexer seine Arme unter das entkräftete Tier und hob es hoch. Er trug es in den Hof und bettete es dann sachte ins weiche Gras unter einem Baum. Beruhigend strich er über das ruppige Fell. Er ahnte dass dem Tier nicht mehr zu helfen war, konnte ihm nur das Sterben erleichtern. Der Hund hob nochmals den Kopf und leckte Adrian über die Hand. Sein Kopf fiel zurück und ein Seufzer entrang sich seiner Kehle. Ein letztes Zittern durchlief den mageren Körper und die Glieder streckten sich. Dann lag das Tier still.

Mechanisch fuhr Adrians Hand über den leblosen Körper, fühlte nach dem Herzschlag. Doch da war nichts mehr, der Hund war tot. Seine Finger ertasteten einen Gegenstand am Hals des Tieres und er zerteilte das halblange Fell. Ein Schmuckstück kam zum Vorschein, ein Anhänger, der an einer silbernen Kette hing.

Verwundert nahm Adrian dem toten Hund die Kette ab und hielt sie hoch. Seine Augen weiteten sich vor Erstaunen als er erkannt was er da in Händen hielt. Es war ein Amulett, ein Glücksbringer oder Fetisch, wie immer man es auch nennen mochte. Er kannte dieses Amulett. Es gehörte Gundula...

Von einer nahen Kirche schlug eine Turmuhr die zehnte Stunde. Ganz in Gedanken versunken zählte er die Schläge mit. Noch immer hing sein Blick wie gebannt an dem Anhänger in seiner Hand und mit plötzlicher Gewissheit wurde ihm klar, dass die alte Hexe gestorben war. Ihre Worte fielen ihm ein:

„Ihr werdet wissen wenn es soweit ist", hatte sie gesagt. Und ihm offenbart, sie werde ihm nach ihrem Tod ihre Hexenkräfte schicken. Der Hund war der Todesbote - und das Amulett. Mit dem Amulett übersandte sie ihm ihre Kräfte. Er konnte es nun ganz deutlich spüren, die Wärme und die Kraft die von dem Anhänger ausgingen. Er schien in seiner Hand zu pulsieren und ohne darüber nachzudenken streifte er sich die Kette über den Kopf, barg das Amulett an seiner Brust.

„Ich danke dir Gundula", murmelte er ergriffen. „Ich werde dein Andenken stets in Ehren halten. Lebe wohl, wo immer du jetzt auch bist..."

Er legte seine Hand auf den Kopf des Hundes und schloss sanft die Lider über den blinden Augen. Lautlos sprach er ein Gebet zur großen Göttin, bat sie, Gundula zu sich zu nehmen. Dann erhob er sich und ging in den Schuppen um einen Spaten zu holen. Zwischen den Wurzeln des Baumes hob er ein Grab aus und bettete den Körper des Hundes hinein.

Schon wenige Tage später bekam er einen Brief von seiner Mutter. Noch bevor er ihn öffnete ahnte er was darin stand. Seine Vermutung bestätigte sich, seine Mutter teilte ihm mit dass Gundula gestorben sei. Ihr Todeszeitpunkt stimmte genau mit dem des Hundes überein.

Die alte Hexe war ganz friedlich in ihrem Sessel gestorben, während die Herzogin zu Besuch bei ihr weilte. Sie hätte gelächelt und sich ans Herz gegriffen. Noch während sie zusammengesunken war hatte von fern die Kirchturmuhr die zehnte Stunde geschlagen...

Kapitel 17: Auf Dr. Urbans Spuren

Allmählich machte der Hexer sich ernsthafte Sorgen um den Verbleib des Soldaten, den er zu Roberts Mutter geschickt hatte. Der junge Mann war schon seit sechs Wochen weg und Adrian wollte beim besten Willen außer einem Unglück keine Erklärung für sein langes Ausbleiben einfallen. Er machte sich Vorwürfe, dass er den Mann überhaupt geschickt hatte. Schließlich war das verflixte Jahrbuch keine allzu vielversprechende Spur. Er könnte es sich nie verzeihen, wenn der Kurier wegen des Almanachs einen Unfall oder gar den Tod erlitten hätte. Inzwischen war es Mitte Oktober und das Wetter wurde von Tag zu Tag unwirtlicher. Es schien als würde es dieses Jahr einen frühen und harten Winter geben. Dann endlich, die Hausbewohner waren alle beim abendlichen Mahl versammelt, kam der Bote doch noch heim.

In entschuldigendem Ton erzählte er von dem Missgeschick, das ihn so lange aufgehalten hatte. Auf der Suche nach dem Jahrbuch hatte er den Dachboden von Roberts Elternhaus durchstöbert und war tatsächlich fündig geworden. Aus Freude über seinen Erfolg war er wohl etwas zu stürmisch die Leiter hinabgestiegen, auf halber Höhe abgerutscht und polternd auf den Dielen gelandet. Ein stechender Schmerz in beiden Armen machte es ihm unmöglich, sich wieder zu erheben. Der herbeigerufene Arzt hatte Brüche beider Unterarme diagnostiziert und ihm beide Arme einbandagiert.

Zum Glück für den jungen Soldaten hatte ihn Roberts Mutter aufgenommen und liebevoll versorgt. Doch der Unfall hielt ihn mehr als drei Wochen von der Rückreise ab, erst dann waren die Knochen so weit verheilt, dass er wieder die Zügel halten und den langen Ritt antreten konnte.

„Es tut mir wirklich leid, Euch so lange im Ungewissen halten zu müssen", endete er seinen Bericht und reichte Adrian mit reumütigem Lächeln das Jahrbuch hin. „Leider konnte Euch auch nicht schreiben. Ich hoffe, Ihr könnt das Buch noch gebrauchen."

„Ja sicher, keine Sorge", beschwichtigte ihn der Hexer und nahm den Almanach mit dankendem Kopfnicken entgegen.

„Das Buch nützt mir auch jetzt noch. Die Hauptsache ist jedoch, dass Ihr gesund zurückgekehrt seid. Darüber bin ich sehr froh."

Nach dem Essen begab er sich gemeinsam mit Robert ins Wohnzimmer und der Freund blätterte suchend durch den Almanach, bis er den gesuchten Eintrag gefunden hatte.
„Ha, da ist er ja, wusste ich's doch."
Triumphierend schob er Adrian das aufgeschlagene Jahrbuch hin, sein Zeigefinger klopfte dabei auf die Seite.
„Hier ist der Eintrag und da steht auch seine Adresse:
Am Kapuzinerweg Nr. 5 in Haslach. Aber wo um alles in der Welt ist Haslach? Davon habe ich noch nie gehört."
„Ich schon", murmelte Adrian und schaute in den Almanach. Dann meinte er grübelnd. „Haslach ist ein Dorf im Schwarzwald. Ich will zwar nicht behaupten es liegt in der Nähe des Schlosses meiner Eltern, aber sehr weit entfernt ist es auch nicht. In etwa zwei Stunden kann man es zu Pferd erreichen. Seltsam, sehr seltsam..."
„Du meinst es kann kein Zufall sein, dass Urban ganz in deiner Nähe zu Hause war? Aber du bist dir doch ganz sicher ihn nicht zu kennen. Vielleicht hast du es ja bloß vergessen. Niemand kann sich an alle Menschen erinnern, denen er jemals begegnet ist."
„Das behaupte ich ja gar nicht."
Adrian lehnte sich bequem im Stuhl zurück und starrte Robert nachdenklich an. Dann fuhr er entschlossen fort. „Aber wenn mich Urban mit solch einem Hass verfolgt, dann sollte man annehmen, ich habe ihm ernsthaft etwas angetan. Aber daran müsste ich mich doch erinnern. Schließlich gibt es nicht allzu viele Menschen, die einen wirklichen Grund haben mir böse zu sein. Und die wenigen kenne ich alle"
Robert nickte in Gedanken versunken, den Blick noch immer auf die Buchseite geheftet. Schließlich hob er seufzend den Kopf.
„Und, was gedenkst du nun zu tun?"
„Ich werde die Adresse auf jeden Fall aufsuchen. Aber nicht sofort. Es ist sowieso eher unwahrscheinlich dort etwas über Urbans Motive zu erfahren. Und finden werde ich ihn dort vermutlich auch

nicht. Ebenso kann mir wahrscheinlich niemand sagen wo er sich aufhält. Aber da ich meinen Eltern sowieso versprochen habe, über Weih-nachten mit der ganzen Familie nach Wolffhardt zu kommen, werde ich natürlich die Gelegenheit nutzen um nach Haslach zu reiten."

„Bis Weihnachten sind es noch zwei Monate", warf Robert ein. „Ist das nicht zu spät? Wer weiß, was bis dahin geschieht."

„Nein, so lange warte ich nicht mit unserer Abreise. Der Winter kommt im Schwarzwald früh und ist hart. Bevor der erste Schnee fällt will ich schon dort sein. Mit der schweren Kutsche und zwei kleinen Kindern ist es zu gefährlich bei Schnee zu reisen. Deshalb werden wir uns schon in drei Wochen auf den Weg machen. Inzwischen bist du es ja gewohnt alleine mit den Patienten zurecht-zukommen. Das ist eine große Beruhigung für mich. Denn wir werden auch die Rückreise erst dann antreten können, wenn es das Wetter erlaubt. Und das kann sich hinziehen."

Ihre Abreise fand zum geplanten Zeitpunkt Anfang November statt. Das Wetter war noch nicht allzu kalt, was sich jedoch schnell ändern konnte. Zenta hatte den gesamten Innenraum der Kutsche für sich und die Kinder alleine. Adrian und Michael zogen es vor zu Pferd zu reisen.

Auch die Männer der Eskorte ritten mit ihnen in ihre Heimat zurück. Der Hexer hatte sich entschlossen die Soldaten während seines Auf-enthalts im Schloss seiner Eltern aus seinem Dienst zu entlassen. Ellen und Robert waren nicht gefährdet, solange er und seine Familie nicht im Haus weilten. Zudem war seit Wochen kein Unfall und auch sonst nichts Seltsames mehr geschehen und er war fast überzeugt, dass sich sowohl Dr. Urban als auch Korbinian nicht mehr in Aschaffenburg aufhielten. Wo die Beiden sein mochten wusste der Himmel alleine. Sie konnten sich überall versteckt halten. Allerdings glaubte er nicht, dass sie für immer aus seinem Leben verschwunden waren. Irgendwann würden sie wieder auf-tauchen oder ihm auflauern. Allerdings nicht auf dieser Reise, die vielen Soldaten in ihrer Begleitung stellten eine wirksame Abschreckung dar.

Nach einigen Stunden Fahrt trafen sie wie geplant auf die Kutsche von Simon und dessen Familie. Da der alte Herzog sie ebenfalls eingeladen hatten und Nelia nicht mehr schwanger war, stand ihrer Reise nichts im Wege. Simon war sogar dankbar für die Abwechslung. Er hoffte die Zeit auf dem Schloss würde Nelia helfen über den Verlust ihres ungeborenen Kindes hinwegzukommen.

Auch Simons Familie reiste in einer geräumigen Kutsche, während er es vorzog, gleich Adrian und seinen Männern, zu Pferd die Reise zu bewältigen. Um ihren Frauen und Kindern größtmögliche Annehmlichkeit zu bieten legten sie nur ein gemäßigtes Tempo vor, hielten oft an um Rast zu machen oder einfach nur, um die Schönheit der Landschaft zu genießen.

Sie hatten es nicht eilig und wurden von Adrians Eltern sowieso erst Ende des Monats erwartet. Das Spätherbstwetter meinte es gut mit ihnen, milder Sonnenschein wärmte sie am Tage und kaum ein Wölkchen trübte den Himmel. Die Nächte verbrachten sie in Herbergen. Adrian schickte schon immer morgens einen Reiter voraus um ein Wirtshaus ausfindig zu machen, dass so viele Gäste aufnehmen konnte. Der Bote würde sie dann des Abends an der Straße erwarten und zum Wirtshaus bringen.

„Hoffentlich wird der Aufenthalt auf dem Schloss meines Vaters genauso angenehm wie die Reise dorthin", brummte Adrian mit einem Blick zum strahlend blauen Firmament. „So wie es aussieht bleibt das Wetter noch einige Zeit gut und wir werden wohl trocken dort ankommen."

„Wie meinst du das?" fragte Simon und warf ihm einen lächelnden Seitenblick zu. „Natürlich wird unser Aufenthalt angenehm verlaufen. Deine Differenzen mit deinem Vater sind doch längst aus der Welt."

„Das meine ich nicht, in der Beziehung gibt es sicher keine Probleme. Der alte Herr wird vor Freude aus dem Häuschen sein, wenn er endlich wieder seine Enkel auf den Knien schaukeln kann. Besonders wenn er Agatha sieht. Sie ist eine echte Vertreterin der

Wolffhardtschen Rasse mit ihren blonden Löckchen und den blauen Augen. Nein, was mir Sorgen macht ist nach wie vor Dr. Urban und sein unheimlicher Spießgeselle. Ich fürchte die beiden werden uns bald wieder begegnen."

Simon nickte ernst und warf ihm einen besorgten Blick zu. Er wusste inzwischen was seit Adrians Heimkehr alles vorgefallen war. Er hatte ihm während des Rittes alle Einzelheiten erzählt.

„Du denkst also die beiden sind noch immer eine Bedrohung für dich?" fragte er. „Du sagtest Dr. Urban sei niemals, und Korbinian nur ein einziges Mal in Aschaffenburg aufgetaucht. Vielleicht haben sie ihren Plan ja endgültig aufgegeben, nachdem sie gesehen haben wie gut du und deine Familie von den Soldaten geschützt wird. Vielleicht haben sie eingesehen dass sie ihn nicht mehr verwirklichen können."

Doch der Hexer schüttelte entschieden den Kopf.

„Nein, was immer ihr Plan auch ist, aufgegeben haben sie ihn nicht. Nur aufgeschoben. Wahrscheinlich vertrauen sie darauf dass meine Wachsamkeit irgendwann nachlässt und ich meine Familie nicht mehr ständig bewachen lasse. Aber das wird nicht geschehen, wenn es sein muss lasse ich meine Lieben bis zu meinem letzten Tag von Vaters Soldaten bewachen."

„Und was ist mit dir? Gilt das auch für dich?"

Er wunderte sich nicht als Adrian geringschätzig abwinkte.

„Um mich selbst mache ich mir keine allzu großen Sorgen. In gewisser Weise würde ich eine Konfrontation mit meinen Widersachern dieser nervenden Ungewissheit sogar vorziehen. Mich würde wirklich brennend interessieren, was mir die beiden zu so unerbittlichen Feinden macht."

„Du bist noch immer nicht hinter das Geheimnis ihres Hasses gekommen?"

Frustriert zuckte Adrian die Schultern.

„Nein, ich habe nach wie vor nicht den Schimmer einer Ahnung. Obwohl ich mir Tag und Nacht den Kopf zermartere. Aber vielleicht bringt mich ja die Adresse von Urbans früherem Wohnsitz endlich weiter. Ich werde auf jeden Fall dorthin reiten. Irgendjemand muss ihn doch kennen, selbst wenn seine Familie nicht mehr dort wohnen sollte."

„Du hast hoffentlich nicht die Absicht alleine dorthin zu reiten", warf Simon misstrauisch ein.

Doch Adrian zerstreute seine Sorge. Er beugte sich herüber und klopfte ihm leicht auf die Schulter.

„Nein, diese Absicht habe ich nicht. Ich würde mich freuen wenn du mich begleitest. Schließlich haben wir schon lange kein Abenteuer mehr gemeinsam bestritten. Es wird höchste Zeit."

Wenige Tage später waren sie am Ziel angelangt. Es hatte während ihrer Reise keine unliebsamen Zwischenfälle gegeben, dennoch waren alle froh, als sie das Schloss endlich erreichten. Schon am Tag zuvor hatte Adrian einen der Soldaten vorausgeschickt, damit er ihre baldige Ankunft meldete. So standen die Zimmer bereit und von der Küche her zog aromatischer Essenduft durch die Vorhalle.

Adrians Eltern erwarteten sie bereits an der großen Freitreppe, flankiert von etlichen Dienstboten und natürlich von Heiner, Martin und Siegfried. Die Jungen konnten es kaum erwarten ihren Freund zu begrüßen, johlend rannten sie auf Michael zu und zogen ihn fast von Kobold. Er freute sich ebenso wie sie und ließ sich ihre Umarmungen gerne gefallen. Ohne sich um die Erwachsenen zu kümmern, begannen die Knaben sofort damit sich von ihren Abenteuern zu erzählen und schienen die anderen völlig vergessen zu haben.

Zuerst wurden Simon und seine Familie vom Herzog begrüßt und herzlich willkommen geheißen. Weder Nelia, noch die Kinder, waren bisher hier gewesen, sie fühlten sich aber nach der freundlichen Begrüßung sofort willkommen.

Danach war Adrians Familie an der Reihe. Zenta, mit dem Kleinkind auf dem Arm, wurde von ihrer Schwiegermutter umarmt, die es kaum erwarten konnte ihr jüngstes Enkelkind zu sehen. Nachdem Zenta das Umschlagtuch vom Köpfchen des kleinen Mädchens genommen hatte, stieß die Herzogin einen leisen Schrei des Entzückens aus. Sofort wollte sie ihre Enkelin auf den Arm nehmen und die kleine Agatha ließ es sich ohne Protestgeschrei gefallen. Sie lachte sogar glucksend und ließ dabei ihr erstes Zähnchen blitzen.

„Schau nur, welch eine entzückende Kleine", Eleonore drehte sich zu ihrem Mann um und hielt ihm das Kind hin. „Ist sie nicht ein wahrer Schatz?"

Dem Herzog zu Wolffhardt traten fast die Augen aus dem Kopf als er den hellblonden Haarschopf und die großen blauen Augen seiner Enkelin sah, mit denen sie ihn neugierig ansah. Verblüfft schaute er von dem Kind hin zu seinem Sohn. Adrian nickte ihm lachend zu und reichte ihm dann Wernher, der sich auf seinem Arm wand und es gar nicht erwarten konnte zu seinem geliebten Opa zu kommen. „Nun Vater, das hättet Ihr nicht gedacht, oder? Agatha ist eine echte kleine Wolffhardt. Ich hoffe Ihr seid zufrieden mit Zenta und mir."

„Rede kein dummes Zeug", knurrte der alte Herzog unwirsch, doch seine leuchtenden Augen straften seine grantigen Worte Lügen.

„Es machte mich bereits überglücklich als du mir mit Wernher endlich meinem ersten Enkel geschenkt hast. Mit eurer Tochter macht ihr beiden mein Glück perfekt. Was euch aber nicht davon abhalten soll, mir noch viele weitere Enkelkinder zu schenken. Die Wolffhardts sollen wieder ein großes und starkes Geschlecht werden. Nun gib mir schon den kleinen Quälgeist, er hat seinen Großvater sicher ebenso vermisst wie der ihn"

Er streckte die Arme aus und nahm den vor Freude quietschenden Wernher in Empfang.

Wenig später hatten sich alle von der ersten Wiedersehensfreude erholt und saßen um den großen Esstisch herum. Michael und seine Freunde hatten das hintere Ende des Tisches eingenommen und unterhielten sich lautstark und lachend. Sie ließen sich auch von den mahnenden Worten der Erwachsenen nicht lange zurückhalten, zu viel hatten sie sich zu erzählen.

Auch Simons Tochter Freija saß bei ihnen und lauschte ehrfürchtig den Gesprächen der größeren Jungen. Sie hatte sich schon während der Fahrt in Michael verguckt und wich ihm kaum einmal von der Seite. Er war ihr großes Idol und er genoss sichtlich ihre verehrende Aufmerksamkeit.

Adrian hatte die drei anderen Jungen einer unauffälligen Musterung unterzogen und war zufrieden mit dem was er sah. Sie waren längst nicht mehr so mager und schienen auch seelisch wieder gut im Gleichgewicht. Anscheinend hatte es das Schicksal doch noch gut mit ihnen gemeint und sie ihre schlimmen Erlebnisse weitgehend vergessen lassen. Daran waren seine Eltern gewiss nicht unschuldig. Sie kümmerten sich vorbildlich um die Knaben und schienen ihnen fast jeden Wunsch zu erfüllen. Die drei sahen aus wie kleine Prinzen in ihren samtenen Anzügen, die sie sicher nur zur Feier des Tages trugen. Denn trotz ihrer sorgfältig gebürsteten Haare und den sauber gewaschenen Gesichtern konnte er dahinter unschwer die Lausbuben erkennen, die sie in Wahrheit waren. Sie standen Michael in nichts nach und bereits jetzt heckten sie mit ihm verstohlen Streiche aus, die sie in der folgenden Zeit in die Tat umsetzen wollten.

Und seinen Eltern schien die Erziehung der Jungen ebenfalls gut zu tun, stellte er mit einem zufriedenen Blick in ihre Richtung fest. Seine Mutter sah so glücklich und gelöst aus, wie schon seit langem nicht mehr. Und in seinem Vater konnte er kaum noch den bärbeißigen Mann erkennen, den er als Kind so gefürchtet hatte. Im Gegenteil waren dessen Gesichtszüge jetzt voller liebevollen Stolzes, als er Wernher, der auf seinem Schoß saß, die besten Bissen von seinem Teller aussuchte. Es war wirklich gut wieder zu Hause zu sein, gestand er sich ein. Im Kreis der Familie und umringt von Freunden. Er hoffte inständig dass diese seltene Idylle nicht von Dr. Urban und Korbinian zerstört wurde.

Einige Tage später ritt Adrian in Begleitung Simons in Richtung Haslach. Inzwischen war der sonnige Spätherbst endgültig gewichen und hatte trüben Tagen Platz gemacht. Doch es war noch trocken, von feuchten Nebelschwaden am Morgen und Abend abgesehen, und Adrian wollte Urbans Heimatdorf einen Besuch abstatten, bevor der Winter endgültig hereinbrach.

Nur Zenta und Nelia wussten um den wahren Zweck ihres Rittes, allen anderen hatten sie erzählt sie wollten einen Ausflug zum Waldsee machen um dort zu wandern. Die Lüge wurde ihnen geglaubt und hielt außerdem Michael und seine Freunde davon ab, sie begleiten zu wollen. Vom Wandern wollten die Jungen nichts wissen, ihnen stand der Kopf eher danach zu testen welches ihrer Ponys der geschickteste Springer war.

Auf einem extra dafür hergerichteten Gelände hinter dem Schloss übten sie begeistert unter der Aufsicht eines Reitlehrers.

Nach etwa zwei Stunden kam das Dorf in Sicht und schon von weitem konnten sie die Mauern des Kapuzinerklosters erkennen. Es würde nicht schwer werden den Weg dorthin zu finden.

Schon kurze Zeit später standen sie vor dem Haus mit der Nummer 5 und mussten enttäuscht feststellen, dass es nicht mehr bewohnt war. Vor die Türe waren grobe Balken genagelt und auch die Fenster des Untergeschosses waren so vor unerwünschten Eindringlingen geschützt. Nach seinem äußeren Zustand zu schließen stand das einstmals imposante Gebäude schon länger leer. Die Farbe war verblichen und an manchen Stellen fiel der Putz ab. Die Butzenscheiben starrten vor Schmutz und Staub. Das kleine Holzschild neben der Türe trug noch immer den Namen des ehemaligen Hausbesitzers. Doktor Friedrich Hartung stand dort mit sorgfältigen Buchstaben eingeschnitzt. Darüber hingen die zerfransten Reste eines Glockenstrickes.

„Da sind wir wohl einige Jahre zu spät gekommen", meinte Adrian enttäuscht. „Hoffentlich können uns die Nachbarn etwas über die früheren Bewohner, vor allem über Dr. Urban, etwas sagen. Von dort drüben beobachtet man uns bereits argwöhnisch, reiten wir hinüber und fangen dort mit unseren Fragen an."

Simon hatte ebenfalls die Bewegung hinter dem Fenster des gegenüberliegenden Hauses bemerkt und führte jetzt hinter Adrian sein Pferd dorthin.

„Bist du hier bekannt?" wollte er wissen.

Adrian zuckte leicht die Schultern.

„Schon möglich. Obwohl der Ort nicht mehr zum Herzogtum meines Vaters gehört. Wir werden es gleich merken..."

Noch ehe sie von den Pferden abgestiegen waren öffnete sich die Haustür und eine bäuerlich gekleidete junge Frau schaute ihnen neugierig entgegen. Halb in den Falten ihrer Röcke versteckt, lugte ein kleines Mädchen hinter ihr hervor.

Adrian zwinkerte dem Kind zu und grüßte seine Mutter freundlich: „Grüß Gott, gute Frau. Ich bin auf der Suche nach einem alten Freund und man sagte mir, er würde hier wohnen. Urban Hartung ist sein Name...“

Mit einer bedauernden Geste deutete er zu dem unbewohnten Haus und fuhr fort.

„Doch wie es aussieht wohnt der gute Urban schon lange nicht mehr hier. Könnt Ihr mir vielleicht Auskunft geben wo ich ihn finden kann?“

Die Frau schüttelte den Kopf.

„Tut mir leid, ich wohne erst seit meiner Heirat vor vier Jahren hier und das Haus stand schon damals leer. Aber kommt herein und fragt meinen Schwiegervater, er kann Euch ganz gewiss weiterhelfen.“

Adrian und Simon dankten ihr und banden die Pferde an einem eisernen Ring neben der Tränke fest. Dann folgten sie der Frau ins Innere des Hauses. Sie wurden in eine düstere Stube geführt, deren Mittelpunkt ein großer Kachelofen war. Auf der Bank vor dem Ofen saß ein alter Mann, auf einen knorrigen Stock gestützt. Aus seinem Mund hing eine riesige Pfeife, aus der er kleine Wölkchen paffte. Der Tabak schien von der billigsten Sorte und roch streng nach dem Kraut, mit dem er gestreckt war.

Auch sonst roch es in der Stube nicht gerade angenehm, neben dem schweren Geruch von Sauerkraut und Speck hingen die Ausdünstungen von mehreren Haustieren in der Luft. Wie es in Bauernstuben oft der Fall war befanden sich die Ställe unmittelbar neben der Wohnstube, so dass die Körper der Tiere in der kalten Jahreszeit zusätzliche Wärme spendeten. Auf diese Weise konnte man wertvolles Brennmaterial einsparen.

Nachdem sich ihre Augen an die trüben Lichtverhältnisse in der Stube gewöhnt hatten, setzten sich Adrian und Simon auf die angebotenen Stühle dem Alten gegenüber. Er musterte sie bedächtig und nahm dann die Pfeife aus dem Mund.

„Euch kenne ich“, sagte er und deutete grinsend auf Adrian. Dabei entblößte er sein lückenhaftes Gebiss, das nur noch aus drei Zähnen und einigen braunen Stummeln bestand.

„Ihr seid der Sohn des Herzogs zu Wolffhardt und es gab schon allerlei wilde Geschichten um Euch, stimmt's? Aber inzwischen habt Ihr mit Eurem Vater Frieden geschlossen, wie man erzählt... Aber was führt Euch hierher? Unser kleines Dorf gehört nicht zum Herzogtum Wolffhardt und somit gibt's für Euch auch keine Steuern bei uns einzutreiben."

Adrian schüttelte lächelnd den Kopf und kam gleich auf den Grund ihres Besuches zu sprechen.

„Keine Sorge, an Steuern bin ich nicht interessiert. Ich bin auf der Suche nach einem ...Freund. Urban Hartung, aber ich musste leider feststellen dass er längst nicht mehr hier wohnt. Könnt Ihr mir sagen, was aus ihm und seiner Familie geworden ist?"

„Ach ja, der Urban. Ein seltsamer junger Mann, kaum zu glauben dass er Freunde hat. Soweit ich mich erinnern kann war er immer ein Sonderling und Einzelgänger. Aber er verfügt über ein helles Köpfchen, trat in die Fußstapfen seines Onkels und wurde ebenfalls ein Doktor. Obwohl er es nicht ganz freiwillig tat, denn eigentlich wollte er, wie einst sein Vater, Soldat werden. Aber das hat der alte Doktor nicht zugelassen, er wollte unbedingt einen Nachfolger haben. Seine eigenen Söhne sind an Influenza gestorben, ebenso wie seine Frau. Hat ihn damals fast den Lebensmut gekostet. Ist aber auch tragisch, obwohl er ein Doktor war konnte er seiner eigenen Familie nicht helfen..."

„Könnt Ihr mir das alles ein wenig ausführlicher erzählen?", bat Adrian. Das waren ja allerlei interessante Dinge, die der Alte da berichtete. Und er wollte möglichst lückenlos über Dr. Urbans Vergangenheit aufgeklärt werden. Vielleicht erfuhr er sogar endlich welches Geheimnis hinter dem unversöhnlichen Hass des jungen Doktors lag. Um den alten Mann nicht misstrauisch wegen seiner Unwissenheit über den angeblichen Freund zu machen, setzte er seine hypnotischen Fähigkeiten ein. Um die Schwiegertochter des Alten musste er sich keine Gedanken machen, sie war in der Küche beschäftigt, wie das leise Klappern von Töpfen kundtat.

Bereitwillig begann der alte Bauer alles zu erzählen was er über Urban und seine Familie wusste. Wenn er ins Stocken geriet half

Adrian mit gezielten Fragen nach. Was da nach und nach zur Sprache kam war sehr aufschlussreich:

Etwa ein Jahr nach dem tragischen Tod seiner Familie hatte Doktor Friedrich Hartung seine verwitwete Schwester Marianne und deren damals dreizehn Jahre alten Sohn Urban in sein Haus aufgenommen. Als Gegenleistung für Kost und Unterkunft führte Marianne den Haushalt ihres Bruders.

Urban war ein ungewöhnlich ernster, in sich gekehrter Knabe, aber er besaß einen schlauen Verstand und eine schnelle Auffassungsgabe. Deshalb beschloss sein Onkel ihn zu seinem Nachfolger zu machen. Er schickte ihn gegen seinen Willen zuerst in ein Internat und danach zum Medizinstudium. Urban verabscheute das Studium der Medizin, dennoch erfüllte er den Wunsch des Onkels und wurde Arzt. Doch anstatt, wie vorgesehen, die Praxis zu übernehmen verschwand er eines Tages spurlos. Nicht einmal seiner Mutter verriet er seinen Entschluss.

Dr. Hartung war darüber sehr erzürnt. Er hielt seiner Schwester das treulose Verhalten ihres Sohnes vor und wollte sogar das Geld zurück, das er in Urbans Ausbildung investiert hatte. Für Marianne, die unter einem schwachen Herzen litt, war das letztendlich zu viel. Die endlosen Vorwürfe ihres Bruders machten ihr so sehr zu schaffen, dass sie einem Herzschlag erlag. Das war nun etwa fünf Jahre her.

Zur Beerdigung seiner Mutter tauchte Urban unvermutet wieder auf und es kam noch am Grab zu einem hässlichen Streit mit dem Onkel. Urban bezichtigte ihn seine Mutter in den Tod getrieben zu haben und schwor Rache. Dann verschwand er wieder und einige Tage später fand man die Leiche des alten Doktors auf einem Feld. Der alte Arzt war zu Krankenbesuchen mit seinem Einspänner unterwegs. Aus unbekanntem Grund hatte das Pferd gescheut, war durchgegangen und mitsamt dem Wagen einen Abhang hinuntergestürzt. Doktor Hartung war heraus geschleudert worden und hatte sich das Genick gebrochen.

Natürlich verdächtigte jedermann Urban den Tod des Onkels herbeigeführt zu haben. Der Streit zwischen Onkel und Neffen am offenen Grab war den Dorfbewohnern noch bestens in Erinnerung. So kam

es dass Urban von Soldaten festgenommen und dem Richter vorge-
führt wurde. Doch er konnte zweifelsfrei beweisen dass er am Un-
glückstag viele Kilometer vom Ort des Geschehens entfernt gewesen war. Gleich mehrere Menschen konnten das bezeugen.
Folglich wurde er freigelassen.

„Seither war er nur noch einmal hier", endete der Alte seinen
Bericht und sog ein paarmal kräftig an seiner Pfeife, um sie wieder
zum Brennen zu bringen. Nachdem der Tabak rotglühend aufflackerte war er zufrieden und fuhr fort:

„Er kam mit ein paar Burschen an, die Türe und Fenster am Haus
seines Onkels mit Brettern vernagelten. Dann verschwand er wieder
und niemand hat ihn seither gesehen. Wo er heute lebt kann ich
Euch nicht sagen. Wo immer er auch ist, schlecht scheint es ihm
nicht zu gehen. Denn sein Erbe, das Haus, hat er nicht verkauft, er
lässt es lieber verrotten."

Adrian und Simon warfen sich nachdenkliche Blicke zu. Was sie
von dem alten Mann erfahren hatten war zwar interessant gewesen,
doch es hatte sie leider keinen Schritt weiter gebracht. Dennoch
bedankte sich der Hexer freundlich für die Auskunft und erhob sich,
um das Bauernhaus zu verlassen. Dann fiel ihm noch etwas ein und
er drehte sich nochmals um.

„Wie lautet eigentlich der Nachname Urbans? Ich habe ihn leider
vergessen. Könnt Ihr mir da weiterhelfen?"

„Aber sicher kann ich das", der Alte paffte vergnügt ein paar Züge
und graue Wölkchen hüllten sein Gesicht ein, bevor sie sich verflüchtigten. „Er heißt Schwebel."

„Schwebel - ein seltsamer Name. Ist er dir ein Begriff?" fragte
Simon als sie die Pferde losbanden. Neugierig blickte er Adrian an,
der sich gerade in den Sattel zog.

„Der Name ist mir bekannt, besser als mir lieb ist. Ich denke alleine
im Herzogtum Wolffhardt heißen mindestens dreihundert Leute so.
Auch einige der Schlossbediensteten tragen diesen Namen, er bedeutet einfach Schwabe, und das trifft auf die meisten Bewohner des
Schwarzwaldes zu. Hier in der Umgebung kommt er fast so häufig
vor wie anderswo Müller oder Bäcker."

„Also wieder keine heiße Spur. Es ist doch einfach zum verrückt werden." Simon schüttelte resigniert den Kopf und lenkte sein Pferd neben Luzifer. Eine Weile ritten sie schweigend nebeneinander her, dann meinte er:

„Immerhin wissen wir nun ein bisschen mehr über Urban. Bloß..., was fangen wir mit diesem Wissen an? Meinst du, er war am Tod seines Onkels beteiligt? Zutrauen würde ich es ihm, auch wenn es Zeugen für seine angebliche Abwesenheit gibt."

Doch das konnte ihm Adrian auch nicht beantworten.

„Den Ritt hätten wir uns jedenfalls sparen können", brummte er düster.

„Vielleicht hättest du den Alten noch fragen sollen ob er weiß woran Urbans Vater gestorben ist. Das wäre eventuell aufschlussreich gewesen."

Erstaunt blickte der Hexer zu ihm hinüber und zügelte den Hengst.

„Das wäre es in der Tat gewesen. Warum hast du nichts davon gesagt?"

„Ist mir eben erst eingefallen", gab Simon entschuldigend zurück.

„Wollen wir nochmals zurück reiten und fragen? Wir sind noch nicht allzu weit entfernt. Allerdings ist ja nicht sicher ob der alte Bauer es überhaupt weiß."

„Ich kann mir vorstellen, dass Urbans Mutter irgendwann einmal darüber gesprochen hat. Sicher wurde sie gefragt wo sie herkommt und wie lange sie schon Witwe ist. Warum nicht auch, an was ihr Mann gestorben ist? Das sind doch geläufige Fragen wenn jemand neu in die Nachbarschaft zieht und man mehr über ihn wissen will."

„Aber ob es uns wirklich weiterbringt? Vielleicht ist ihr Mann ja an einer ganz gewöhnlichen Krankheit gestorben, oder an einem Unfall, wie es oft geschieht. Das bringt uns auch nicht weiter."

Doch Adrian wollte auch die kleinste Möglichkeit etwas über Urbans Vater zu erfahren nutzen. Deshalb schlug er vor:

„Ich reite alleine zurück und du wartest hier auf mich. Oder du reitest langsam weiter und ich schließe später zu dir auf. So verlieren wir nicht allzu viel Zeit. Luzifer ist ausdauernd und schnell genug, um dich bald einzuholen."

Simon war einverstanden und setzte seinen Weg in gemäßigtem Tempo fort während Adrian seinen Hengst wendete und die Strecke im Galopp zurück ritt.

Etwa eine Stunde später war er wieder an der Seite des Freundes. „Und, hast du etwas erreicht?", wollte Simon wissen. Ein Blick in das angespannte Gesicht des Hexers sagte ihm, dass er Neuigkeiten hatte. Adrian spannte ihn nicht lange auf die Folter.

„Der Alte konnte sich noch recht gut erinnern", berichtete er. „Allerdings habe sich Marianne Schwebel sehr zurückhaltend über den Tod ihres Mannes ausgelassen. Sie sagte nur er wäre in Ausübung seiner Pflicht bei einem Kampf ums Leben gekommen..."

Kapitel 18: Unfall im Steinbruch

Frustriert über diese Auskunft wedelte Simon mit der Hand durch die Luft.

„Den Weg hättest du dir sparen können. Während eines Kampfes zu sterben ist keine allzu außergewöhnliche Todesart, wenn man den Beruf des Mannes bedenkt. Schließlich war er Soldat und Soldaten sterben leider oft im Kampf. Ich denke das bringt uns Urbans Motiven auch nicht näher. Oder bist du anderer Ansicht?"

„Nein, das bin ich nicht", gab Adrian zu. „Dennoch, irgendetwas sagt mir, dass sein Vater eine Schlüsselrolle spielt. Ich weiß bloß nicht welche..."

„Kennst, oder besser gesagt, kanntest du einen Soldaten Namens Schwebel?"

Adrian überlegte einen Moment mit gerunzelter Stirn, dann zuckte er vage die Schulter:

„Möglich ist es schon, - wie ich schon sagte, ist es ein sehr verbreiteter Name. Vermutlich gibt es auch unter Vaters Soldaten den einen oder anderen der diesen Namen trägt. Allerdings kann ich mich nicht entsinnen einem von ihnen etwas angetan zu haben. Bisher hatte ich kaum einmal Kontakt zu Menschen die diesen Beruf ausüben. Ich sehe zwar ein das Soldaten wichtig sind, und zumindest in letzter Zeit bin ich dankbar, dass es sie gibt. Wen sonst könnte ich mit der Bewachung meiner Familie betrauen? Aber eigentlich stehe ich dem Kriegshandwerk, ebenso wie jeglichen Kämpfen, eher skeptisch gegenüber..."

Das brauchte er Simon nicht zu erklären, er wusste bestens um Adrians menschenfreundliche Gesinnung Bescheid. Sein Lebensziel war es zu helfen und zu heilen. Der Gedanke einem Menschen Schaden zuzufügen war ihm fremd. Was andere jedoch nicht davon abhielt ihm Schaden zuzufügen.

„Komm, lass uns reiten", schlug Adrian vor und setzte sein Pferd wieder in Gang. „Wenn wir zu lange ausbleiben schickt Vater noch Soldaten zum Waldsee um uns zu suchen. Wenn die uns nicht finden, muss ich ihm Rede und Antwort stehen, wo wir gewesen sind."

Weihnachten war vorüber und bislang war nichts Ungewöhnliches geschehen. Weder von Urban noch von dem alten Hexer gab es ein Lebenszeichen. Es passierten auch keine Unfälle oder Krankheitsfälle mehr, wie Adrian insgeheim befürchtet hatte. Sowohl Menschen als auch Tiere auf Schloss Wolffhardt erfreuten sich bester Gesundheit. Es herrschte friedvolle Weihnachtsstimmung.

Längst war der Winter ins Land gezogen und hoher Schnee hüllte die Landschaft in ein weißes Gewand. Sehr zur Freude der Kinder, die nicht müde wurden in der kalten Pracht zu spielen und zu toben. Der Spaß, den sie dabei hatten, steckte auch die Erwachsenen an. Sogar der alte Herzog ließ es sich nicht nehmen, inmitten der lärmenden Kinderschar Schneemänner zu bauen. Einer Schneeballschlacht war er ebenfalls nicht abgeneigt, auch wenn er sich bald lachend der Unzahl der auf ihn einprasselnden Schneebälle ergeben musste. Gutmütig ließ er es danach noch zu kräftig mit Schnee eingerieben zu werden und kam dann, gleich seinen Schützlingen, nass und mit rotgefrorener Nase und kalten Händen ins Schloss zurück. Eine besondere Freude für Kinder und Erwachsene waren die ausgedehnten Fahrten mit dem Pferdeschlitten. Dick in warme Pelze eingepackt, wurden sie von den Pferdeknechten durch die Winterlandschaft kutschiert. Die Pferde sahen in ihrem zotteligen Winterfell und mit den dampfenden Leibern wie urzeitliche Geschöpfe aus. An den Zaumzeugen und den Schlitten waren kleine Glöckchen befestigt, die im Takt der stampfenden Hufe bimmelten.

Adrian besuchte mit Simon und den größeren Kindern einen zugefrorenen Teich, um ihnen das Schlittschuhlaufen beizubringen. Simon wollte sich zuerst nicht auf die wackeligen Kufen wagen, doch dann ergab er sich den gutmütigen Spötteleien und traute sich todesmutig ebenfalls aufs Eis. Adrian klopfte ihm anerkennend auf die Schulter, worauf Simon prompt das Gleichgewicht verlor und sich unter dem Gelächter der Knaben mit verzweifelt rudernden Armen auf den Hosenboden setzte. Lachend bot ihm der Hexer die

Hand und half ihm wieder auf die Beine. Doch Simon lernte schnell und konnte bald darauf inmitten der anderen seine Runden auf dem Eis drehen.

Abends waren die Kinder so müde, dass sie freiwillig zu Bett gingen. Worauf sich die Erwachsenen vor dem Kamin in der großen Stube zu gemütlichen Gesprächen zusammenfanden und bis tief in die Nacht beieinander saßen.

Bei diesen abendlichen Runden vermied Adrian es stets sorgfältig von Urban, Korbinian und deren Schandtaten zu sprechen. Er wollte seinen Eltern die schöne Zeit nicht verderben. Deshalb beeinflusste er sofort heimlich ihre Gedanken, wenn er merkte, dass jemand auf die unschönen vergangenen Ereignisse zu sprechen kam.

Wenn er mit Simon alleine war unterhielten sie sich jedoch intensiv darüber und rätselten, wie sie etwas über Urbans Aufenthaltsort erfahren konnten. Sie waren übereingekommen auch Zenta und Nelia so wenig wie möglich mit ihren Sorgen zu belasten. Die Frauen sollten gemeinsam mit den Kindern den Aufenthalt auf Schloss Wolffhardt unbeschwert genießen.

Mittlerweile glaubte Adrian manchmal fast selbst nicht mehr, dass ihnen noch Gefahr drohte. Trotzdem ritt er in Simons Begleitung fast jeden Tag die Umgebung ab, doch niemals ergab sich auch nur der geringste Hinweis darauf, dass sich Urban oder der alte Hexer in der Nähe aufhielt. Sie hatten schon viele Leute unauffällig nach ihnen ausgefragt, doch nie auch nur den geringsten Fingerzeig bekommen.

„Vielleicht hat Urban ja aufgegeben", brummte Simon. Einmal mehr kehrten sie unverrichteter Dinge zum Schloss zurück. „Vielleicht hat er in der Zwischenzeit ja eine Krankheit oder einem Unfall erlitten oder ist gar schon tot. So etwas kann auch dem Rachesüchtigsten passieren. Schließlich ist er auch nur ein Mensch."

„Natürlich könnte es so sein, aber ich kann nicht wirklich daran glauben. Ich vermute vielmehr, er und Korbinian haben ihre Taktik geändert und warten nur auf den richtigen Moment. Sie wollen mich in Sicherheit wiegen damit ich unaufmerksam werde, um dann zuzuschlagen."

„Aber was kannst du dagegen unternehmen? Nichts, außer weiterhin vorsichtig zu sein."

Simon lugte kurz unter seiner, vom Schnee schweren Kapuze hervor, senkte aber schnell wieder den Kopf um die peitschenden Eiskristalle von seinem, wie er meinte, ohnehin schon halb erfrorenen Gesicht fernzuhalten. Der leichte Schneefall zu Beginn ihres Rittes hatte sich in der letzten halben Stunde zu einem dichten Schneetreiben entwickelt. Die Mähnen ihrer Pferde hingen voller Schneeklumpen und immer wieder versuchten die Tiere sich der kalten Last durch Kopfschütteln zu entledigen. Bis zum Schloss hatten sie noch mehr als eine halbe Stunde zu reiten. Sie waren beide durchgefroren bis auf die Knochen und der Weg war höchstens noch zu erahnen. Wenn Adrian nicht über einen so guten Orientierungssinn verfügt hätte, würden sie kaum mehr zurückfinden.

„Ich werde weiterhin auf der Hut sein und möglichst alle Dinge bedenken die geschehen könnten."

Mit beiden Händen griff Adrian nach seiner Kapuze und schüttelte sie kräftig, so dass der darauf liegende Schnee herab purzelte. Was nicht viel nützte, da sofort neue Flocken auf dem feuchten Stoff haften blieben. Er setzte seine unterbrochene Erklärung fort: „Obwohl es mir unmöglich erscheint, alle Eventualitäten berücksichtigen zu können. Niemand kann sagen was Urban oder Korbinian ausgeklügelt haben. Und wenn ich mein Augenmerk auf die rechte Seite richte kann es sein, dass sie von links zuschlagen."

„Reizende Aussichten", brummte Simon müde und zuckte zusammen, als sein Pferd in eine Schneewehe trat und stolperte. Das würde gerade noch fehlen, wenn eines der Tiere stürzte und sich womöglich ein Bein brach. Zu Fuß kämen sie nicht weit, die Schneeverwehungen waren an manchen Stellen bis zu zwei Meter hoch. Selbst hoch zu Ross kamen sie nur langsam voran.

„Wo kommt dieser Sturm bloß so plötzlich her?" knurrte er gereizt.

„Als wir losritten sah es gar nicht nach einem Unwetter aus."

„Ein Wetterumschwung kommt hier oftmals blitzschnell."

Trotz der eisigen Flocken hob Adrian den Kopf um zum Himmel zu spähen. Außer wirbelndem Schnee gab es allerdings nichts zu sehen.

Er deutete nach vorne. „Was meinst du, reiten wir durch den Stein-bruch oder lieber außen herum?"

Simon starrte in die Richtung, in die Adrians Finger zeigte. Er konnte hinter den wirbelnden Flocken den Steinbruch höchstens erahnen. Doch wenn der Hexer sagte, dass sie sich in seiner Nähe befanden, dann würde es wohl so sein.

„Der Weg durch den Steinbruch wäre wesentlich näher", brummte er dumpf unter seiner Kapuze hervor. Er war mit Adrian schon öfter den Weg durch den Steinbruch geritten, er war zwar stellenweise sehr eng, bedeutete aber eine Abkürzung von mindestens fünfzehn Minuten. Bei diesem Unwetter ein verlockender Gedanke. Außer-dem wütete in den Windungen zwischen den hohen Felswänden der Sturm sicher nicht gar so heftig. Deshalb nickte er zustimmend und ritt dem Hexer nach, der nun die Richtung änderte.

Nach ein paar Minuten konnten sie die Felswände erkennen, die sich dunkel vor ihnen auftürmten. Wie von Simon vermutet lag hier der Schnee nur etwa einen halben Meter hoch, so dass die Pferde leichter vorankamen. Auch der beißende Wind hielt sich in Grenzen und das Atmen fiel ihnen nicht mehr gar so schwer.

Adrian ließ Luzifer vor Simons Wallach gehen, der Rappe kannte sich gut aus und wusste die sicherste Strecke durch das Gewirr von Felsbrocken. Der Steinbruch war eigentlich nur ein breiter Riss im Berg, vermutlich vor hunderten oder gar tausenden von Jahren durch ein Erdbeben verursacht. Stellenweise wurde der leicht zu bearbei-tende Sandstein von den Bewohnern der umliegenden Dörfer ab-gebaut und als Baustoff für ihre Häuser und Ställe verwertet.

Sie hatten schon mehr als die Hälfte hinter sich gebracht, als Adrian plötzlich sein Pferd zügelte und alarmiert in die Höhe blickte. Sein verzweifelter Versuch Luzifer rückwärts zu drängen scheiterte an Simon, der zum Schutz gegen die Schneeflocken seinen Blick nach unten auf den Pferdehals gesenkt hielt. Er erkannte nicht rechtzeitig die drohende Gefahr und schaute erst auf, als er ein lautes Poltern hörte. Luzifers Hinterteil stieß heftig gegen die Brust seines Pferdes. Erschreckt wiehernd versuchte es auszubrechen, geriet dadurch in ein Gewirr von großen und kleineren Felsbrocken und Geröll und knickte schließlich in der Hinterhand ein. Bevor Simon auch nur wusste wie ihm geschah wurden er und das Pferd unter einer Lawine von Steinen und Schnee begraben und es wurde schwarz vor seinen Augen.

Etwas Warmes, Klebriges lief über Simons Gesicht und als er die Augen öffnete, sah er erst einmal gar nichts. Mühsam hob er eine Hand, wischte sich über die Augen und versuchte sie erneut zu öffnen. Diesmal klappte es, aber er sah nur ein Durcheinander aus weißen und roten Farben. Irgendetwas lastete schwer auf ihm, es fühlte sich warm und seltsam weich an. Seine Gedanken rollten nur träge durch sein Gehirn, immer wieder wollten sie in die Dunkelheit der Bewusstlosigkeit abtauchen. Doch das konnte er nicht zulassen, er fühlte, würde er seinem Schwächezustand nachgeben, so würde er sich nie mehr erheben.

Nein, das durfte nicht geschehen, er musste aufstehen und sich bewegen. Die eisige Kälte kroch schmerzhaft in seinen Körper und half ihm den Kopf klar zu bekommen. Noch immer benommen kämpfte er sich unter der Last hervor, die auf ihn drückte und endlich kam er frei. Schwer atmend kroch er ein Stück weiter und ließ sich in den Schnee plumpsen. Nachdem er sich nochmals mit eisigen Händen über die Augen gefahren war, öffnete er sie endgültig. Und schaute genau in die gebrochenen Augen seines Pferdes. Es lag mit verrenkten Gliedern zwischen Felsbrocken und Geröll, von denen es erschlagen worden war. Er sah die Kuhle unter dem toten Leib und erschauerte. Wäre er nicht vom dem sich rückwärts überschlagenden Tier gerutscht und unter den Körper geraten, so läge er jetzt genauso zerschmettert zwischen den Felsen.

Was war überhaupt geschehen?, versuchte er sich zu erinnern. Das letzte was er gesehen hatte waren Steine und Schnee, die von oben auf Adrian und ihn herab geprasselt waren. Adrian, fuhr es ihm siedend heiß durch den Sinn, - wo war Adrian?

Mühselig kam er auf die Füße und drehte sich leicht taumelnd im Kreis, seine Augen suchten hektisch den Boden ab. Aber außer Steinen und Schnee konnte er nichts entdecken. Keine Spur von Adrian. Nur Luzifer entdeckte er nahe der Felswand, er bebte am ganzen

Leib und sein Atem ging in heftigen Stößen. Von seinem Hals und seiner Flanke rann Blut herab und tröpfelte in den Schnee. Aber die Wunden schienen nur oberflächliche Kratzer zu sein.

Simon nahm sich nicht die Zeit das Pferd näher in Augenschein zu nehmen oder es zu beruhigen. Er musste Adrian finden, der wahrscheinlich irgendwo unter dem Geröll und Schnee verschüttet lag. War er noch am Leben? Panisch suchten seine Augen den aufgewühlten Boden ab. Aber nichts deutete darauf hin, dass der Hexer unter den Steinen begraben lag.

Bleib ruhig, Simon, sagte er sich immer wieder in Gedanken. Du musst einen kühlen Kopf behalten. Mit all seiner Willenskraft kämpfte er die Panik nieder, die ihn zu überschwemmen drohte. Seine Selbsthypnose wirkte, er wurde tatsächlich ruhiger und es gelang ihm, klarer zu denken. Seinen schmerzenden Körper ignorierend suchte er systematisch jeden Flecken ab, rollte mit letzter Kraft große Steine beiseite und wühlte im Geröll, bis seine Hände bluteten. Aber er entdeckte keine Spur von Adrian. Erschöpft ging er auf Luzifer zu.

„Dein Herr kann sich doch nicht in Luft aufgelöst haben", meinte er ratlos und strich Luzifer beruhigend über die Nase. Das Pferd hatte sich etwas beruhigt, stand aber noch immer dich an die Felswand gepresst. Unter ihm war der Schnee von Blut verfärbt und erst jetzt bemerkte Simon den Abdruck im Schnee. Er sah aus, als hätte hier ein großer Körper gelegen.

Er beugte sich herunter um besser sehen zu können. Jetzt konnte er ganz deutlich die Umrisse erkennen, es waren zweifelsfrei die eines menschlichen Körpers. Dort, wo Adrians Kopf gelegen hatte, fand er sogar ein paar lange Haare. Und einen großen Blutfleck.

Er versuchte seine erneut aufflackernde Panik unter Kontrolle zu bringen. Wenn Adrian nicht mehr hier lag, so konnte er nicht schwer verwundet oder gar tot sein. Vielleicht war er verwirrt davon gekrochen und hatte irgendwo einen Unterschlupf gesucht. Dann musste es eine Spur geben, die zu ihm führte. Tatsächlich waren da weitere Abdrücke und auch etwas Blut. Da es immer noch schneite waren die Spuren bereits mit frischem Schnee überdeckt, doch er konnte sie noch leidlich gut erkennen. Mit neu erwachter Hoffnung machte er sich daran dieser Spur zu folgen.

Plötzlich sah er etwas was ihn zuerst stutzig machte und dann seine Angst um den Freund erneut aufflammen ließ. Da waren Schuhabdrücke im Schnee zu sehen, rückwärts fortführend und zum großen Teil verwischt. Und zwei Rillen, die mit den Abdrücken parallel liefen. Einen Moment starrte Simon grübelnd darauf. Die Schuhabdrücke stammten nicht von Adrian, stellte er fest, dessen Füße waren größer. Und warum sollte er rückwärtsgehen?

Dann fiel es ihm wie Schuppen von den Augen. Irgendjemand hatte Adrians Körper fortgezogen. Der Mann war rückwärtsgegangen, und hatte Adrian wahrscheinlich, unter den Schultern gepackt, mit sich gezogen. Deshalb waren die Spuren größtenteils verwischt. Und die Rillen stammten von Adrians Absätzen, die über den Boden schleiften. Zumindest schien er noch am Leben zu sein, denn wer würde einen Toten mitnehmen und einen Lebenden zurücklassen? Was ihn zwangsläufig zu der Frage führte wer Adrian mitgenommen hatte und weshalb? Die Antwort lag auf der Hand, - Urban. Aber konnte das überhaupt sein? Niemand wusste, dass sie heute hier entlang kommen würden. Das hatten sie ja selbst erst kurz zuvor beschlossen. Und dann die Stein- und Schneelawine. Sie konnte doch nur zufällig gerade in dem Moment niedergegangen sein, als sie darunter vorbei ritten.

Simon konnte sich einfach nicht vorstellen, dass irgendjemand dabei seine Hand im Spiel hatte. Aber Adrian war verschwunden. Und alles deutete darauf hin, dass er entführt worden war...

Langsam folgte er der Spur ein Stück. Sie führte aus dem Steinbruch heraus und er beschloss zurückzugehen und Luzifer zu holen. Auf dem Pferd konnte er denjenigen vielleicht noch einholen, der Adrian mitgenommen hatte.

Er eilte zurück zu Luzifer und packte ihn am Zügel. Würde der Hengst ihn überhaupt in den Sattel lassen?, fragte er sich bang. Normalerweise duldete er niemanden außer Adrian auf seinem Rücken. Außerdem war das Tier noch immer sehr verstört.

Doch Luzifers Instinkt sagte ihm anscheinend, dass er Simon vertrauen konnte, vielleicht wusste er auch, dass sie beide sterben würden, falls sie nicht hier wegkamen. Jedenfalls ließ er Simon ohne Probleme aufsteigen und folgte willig seiner Zügelführung. Die tiefen Kratzer an seinem Hals und seiner Flanke hatten aufgehört zu bluten, ernsthafte Verletzungen hatte er nicht davongetragen.

Simon warf einen letzten wehmütigen Blick auf seinen toten Wallach. Das Pferd hatte ihm wahrscheinlich noch im Tod das Leben gerettet, indem es auf ihm zu liegen kam. Sein Körper hatte Simon warm gehalten, bis er aus seiner Ohnmacht erwacht war.

So schnell es die Witterungsverhältnisse zuließen folgte Simon auf Luzifer der Spur. Wie vermutet führte sie aus dem Steinbruch heraus, wo sonst hätte sie auch hinführen sollen, es gab nur den einen Weg. Doch nachdem er den Steinbruch hinter sich gelassen hatte konnte er nur enttäuscht feststellen, dass Adrian von seinem zweifelhaften Retter wohl auf einen bereitstehenden Wagen geladen worden war. Die Spuren im Schnee sprachen eine deutliche Sprache. Nach kurzem Umsehen folgte er der Wagenspur, doch bald darauf verlor sie sich in anderen Spuren auf der Landstraße. Er konnte noch nicht einmal feststellen in welche Richtung der Wagen abgebogen war. Enttäuscht starrte er auf das Gewirr von durcheinanderlaufenden Spuren, unmöglich, die richtige noch herauszufinden.

„Gehen wir heim, Luzifer", murmelte er und spürte plötzlich eine ungeheure Müdigkeit. Sein Körper war steif vor Kälte und er wurde von Schmerzen in sämtlichen Gliedern geplagt. Nein, es hatte einfach keinen Sinn weiter nach Adrian zu suchen. Er würde nichts erreichen, höchstens vor Erschöpfung aus dem Sattel fallen. Das Einzige, was er im Moment für den Freund tun konnte war so schnell er konnte das Schloss aufzusuchen und dort die Soldaten mobil zu machen. Nur eine groß angelegte, systematische Suche konnte schnellen Erfolg bringen. Das Pferd schien ähnlich zu fühlen wie er. Aus eigenem Antrieb schlug es die Richtung zum heimischen Stall ein und stapfte mit hängendem Kopf die Landstraße entlang. Adrian versuchte verzweifelt die Augen zu öffnen, es wollte ihm einfach nicht gelingen. Er fühlte sich matt und zum Sterben elend. Irgendetwas rüttelte ihn durch, was seine Übelkeit noch verschlimmerte. Sein ganzer Körper fühlte sich merkwürdig taub an, er konnte nicht einmal einen Finger bewegen.

Das unaufhörliche Schlingern tat seinem Kopf und Magen nicht gut. Bittere Flüssigkeit sammelte sich in seinem Mund und er erbrach sich. Ein Teil des Erbrochenen blieb in seinem Mund zurück und hinderte ihn am Atmen. Röchelnd schnappte er nach Luft, was nur bewirkte, dass er das Erbrochene tiefer in seine Luftröhre sog. Trotz seiner halben Ohnmacht reagierte er panisch, versuchte verzweifelt sich herumzuwälzen. Doch sein Körper gehorchte ihm nicht. Er hatte gar nicht bemerkt, dass das Schütteln aufgehört hatte. Jetzt packten ihn starke Hände und drehten seinen Oberkörper zur Seite. Finger fuhren in seinen Mund und tief in seinen Hals. Er würgte erneut und endlich brachte er die Speisereste heraus und konnte wieder atmen.

Eine Stimme sprach dumpf zu ihm, doch er verstand nicht was sie sagte. In seinem Kopf dröhnte und rauschte es und Schmerzwellen zuckten durch sein Gehirn. Schwarzer Nebel waberte durch seinen Kopf und er versank darin. Als sein Bewusstsein erneut aufflackerte, meinte er zu schweben. Er spürte weder wo er lag, noch konnte er etwas erkennen, undurchdringliche Schwärze umgab ihn. Er wollte sich bewegen, konnte es aber nicht, sein Körper schien überhaupt nicht vorhanden zu sein. Nur das Rauschen war noch immer in seinem Kopf - und dumpfer Schmerz. Angst ergriff ihn, doch er wusste nicht warum und wovor er sich fürchtete.

Er hörte wimmernde Geräusche ohne zu merken, dass sie von ihm selbst kamen. Eine Hand legte sich kurz auf seine Stirn und jemand sagte etwas zu ihm. Er verstand nichts von dem Gesagten, aber seine Angst wich ein wenig und er fiel in die Bewusstlosigkeit zurück.

Plötzlich wurde es hell um ihn, eine Helligkeit, wie er sie noch niemals zuvor wahrgenommen hatte. Sie hüllte ihn ein, sanft, warm und wohltuend. Er spürte wie seine Schmerzen schwanden und er wollte immer in diesem unglaublichen hellen Licht bleiben. Er konnte darin schweben, schwerelos, körperlos. Um ihn herum war friedvolle Stille, sie kam ihm köstlicher vor als Musik. Er schwebte immer höher in das Licht, es sog ihn mit sich und er wehrte sich nicht. Helle Gestalten tauchten auf, forderten ihn lautlos auf zu ihnen zu kommen. Er kannte sie alle. Sie hatten ihn ein Stück seines Lebensweges begleitet und ihn dann verlassen. Er wollte ihnen folgen, doch etwas hielt ihn zurück und er blickte nach unten. Da lag er selbst, sein Körper zerschunden und bewegungslos. Schmerz und Pein gingen von diesem Körper aus und er wusste, wenn er in ihn zurückkehrte so musste er diesen Schmerz weiter ertragen. Das Licht über ihm verhieß pures, körperloses Wohlbefinden. Es zog ihn magisch an.

Dennoch zögerte er jetzt. Er spürte; wenn er sich jetzt von seinem Körper löste, dann wäre das endgültig. Er würde zu einem Lichtwesen werden, gleich denen, die ihn riefen. Der Gedanke seinen irdischen Körper abzustreifen schien ihm verlockend. Er konnte dem Schmerz und der Qual entfliehen, konnte sie gegen Frieden und ewiges Glück eintauschen. Er musste sich nur entschließen loszulassen. Sein Blick glitt erneut hinauf ins Licht und er hob seine Arme um nach den Händen zu greifen, die sich ihm entgegenstreckten...

Am Ende seiner Kräfte angelangt erreichte Simon Schloss Wolffhardt. Hätten nicht helfende Hände nach ihm gegriffen, so wäre er aus dem Sattel gestürzt. Die Wache rief sofort nach Verstärkung und kurz darauf fand sich Simon, in einem Sessel sitzend, umringt von aufgeregten Bediensteten. Der Herzog erschien, von einem Diener benachrichtigt, und sorgte mit einer herrischen Handbewegung für Ruhe. Sofort eilten die meisten Bediensteten zu ihrer Arbeit zurück nur einen kräftigen jungen Mann und eine Zofe hielt er zurück, damit sie sich um Simon kümmerten. Mit vor Besorgnis rauer Stimme fragte er was geschehen sei und wo Adrian wäre. Obwohl Simon vor Schwäche zitterte, bemühte er sich einen möglichst umfassenden Bericht über die Ereignisse der letzten Stunden abzugeben.

„Ihr müsst sofort alle verfügbaren Männer auf die Suche schicken", endete er müde und wischte sich mit schmutzigen Händen übers

Gesicht. Er fühlte sich ausgelaugt und krank, versuchte aber tapfer sich zu erheben. „Ich werde mir rasch ein paar trockene Sachen anziehen und mich dann ebenfalls an der Suche beteiligen."

Torkelnd kam er auf die Füße, wäre aber gestürzt, hätte der Herzog ihn nicht aufgefangen. Energisch drückte er ihn in den Sessel zurück. „Ihr werdet erst einmal gar nichts tun, außer Euch versorgen zu lassen. Ihr seht schrecklich aus."

„Aber wir müssen Adrian finden. Jede Minute zählt. Und ich muss den Männern die Stelle zeigen, an der sie mit der Suche beginnen sollen." Resigniert ließ er das Kinn auf die Brust sinken, er merkte selbst er war nicht in der Lage nochmals auszureiten.

„Ihr braucht nicht mitreiten, Simon. Meine Männer kennen sich in der Umgebung bestens aus, auch am Steinbruch. Wenn es eine Spur von Adrian gibt, dann werden sie diese finden. Ruht Ihr Euch aus und lasst Eure Wunden verarzten. Ihr habt getan was ihr konntet und ich danke Euch dafür. Alles Weitere liegt nun in meiner Hand und ich bete zu Gott, dass es mir gelingt Adrian lebendig zurückzubringen."

Simon hob mühsam den Kopf um dem alten Herzog in die Augen zu sehen. Er sah Angst und Pein darin, aber auch Willensstärke. Langsam nickte er und ließ den Kopf wieder sinken. Er konnte Adrians Vater getrost vertrauen. Der alte Mann würde alles was in seiner Macht stand tun um seinen Sohn zu finden.

Sobald der Herzog gegangen war, kümmerten sich die beiden Bediensteten um Simon. Während die Zofe die Zubereitung eines Bades anordnete, begann der junge Diener damit, Simon von seinen schmutzigen und zerrissenen Kleidern zu befreien. Als er merkte, dass Simon dabei Schmerzen litt, nahm er kurzerhand eine Schere zu Hilfe und schnitt den ohnehin ruinierten Stoff entzwei.

Das heiße Bad war Wohltat und Tortur zugleich. Einerseits löste es die schmerzhaften Muskelverkrampfungen und wärmte Simons halb erfrorenen Körper auf. Doch das Wasser und die Seife brannten auch höllisch in seinen unzähligen Blessuren. Die Zofe machte zwar ein mitfühlendes Gesicht, reinigte aber dennoch sehr gründlich all die Kratzer und Schnitte von Blut und Schmutz. Nachdem sich

Simon abgetrocknet hatte trug sie lindernde Salbe auf und verband die größeren Wunden sorgfältig. Als er wenig später in einen weichen Morgenmantel gehüllt auf einem Diwan lag, einen beruhigenden Kräutertee und eine leichte Mahlzeit vor sich, fühlte sich Simon ein wenig besser. Doch jetzt kehrte seine Sorge um Adrian vehement zurück. Was war dem Freund bloß zugestoßen? grübelte er immer wieder. Lebte er überhaupt noch? Er schaute auf das Tischchen neben dem Diwan. Dort lagen in einer Schale die paar Haare, die er gefunden hatte. Wieso er sie mitgenommen hatte wusste er nicht, seine Handlung war ihm nicht einmal bewusst geworden. Erst beim Auskleiden hatte er sie in seiner verkrampften Faust entdeckt und in der Schale abgelegt. Er nahm sie näher in Augenschein. Und die bange Frage drängte sich ihm auf: Waren diese Haare, - lang, schwarz und besudelt mit seinem inzwischen getrocknetem Blut, das Einzige, was von Adrian zurückbleiben würde?

Kapitel 19: Geister der Vergangenheit

Simon war so in seine Gedanken versunken, dass er das leise Öffnen der Tür fast überhörte. Erschreckt blickte er auf und sah sich Nelia und Zenta gegenüber. In seinem geschwächten Zustand und seiner Sorge um den Freund hatte er die beiden Frauen ganz vergessen. Wusste Zenta überhaupt schon was passiert war?, fragte er sich bang. Doch ein Blick in ihr Gesicht sagte es ihm, ja, sie wusste bereits Bescheid. Beschämt senkte er den Kopf, getraute sich nicht ihr in die Augen zu sehen. Aber das war keine Lösung und so zwang er sich ihr ins Gesicht zu blicken.

„Es ist so schrecklich und tut mir so leid", brachte er hervor. „Aber ich konnte es einfach nicht verhindern, Zenta. Ich gäbe alles dafür, wenn ich es ungeschehen machen könnte."

Sie sah ihn einen Moment stumm an, dann legte sie ihm besänftigend die Hand auf den Arm.

„Mach dir keine Gedanken, Simon. Du konntest schließlich nichts dafür. Und Adrian auch nicht. Er ist ein Hexer, aber kein Hellseher. Niemand konnte ahnen was passieren würde."

„Du nimmst es sehr gefasst auf", sagte er voll ehrlicher Bewunderung. Nelia kam zu ihm und küsste ihn stumm auf die Wange, ein sanfter Hauch nur, damit ihn die vielen Prellungen und Schürfwunden in seinem Gesicht nicht schmerzten. Aber ihr Blick sagte ihm auch ohne Worte, wie froh sie war ihn lebendig und nicht allzu schwer verletzt wiederzuhaben.

Die beiden Frauen waren mit den Kindern im Dorf gewesen um sich in der Kirche die Weihnachtskrippe anzuschauen. Weil sie wegen des Schneesturms nicht nach Hause fahren konnten, hatte der Küster sie ins Pfarrhaus eingeladen und seine Frau ließ es sich nicht nehmen die unerwarteten Gäste mit Christstollen und heißer Milch zu bewirten. So hatten Zenta und Nelia erst bei ihrer Heimkehr vor einer Stunde erfahren was geschehen war.

„Zenta war natürlich sehr entsetzt als sie es erfuhr", berichtete Nelia leise und warf ihrer Freundin einen bekümmerten Blick zu. „Und da war ja auch noch Adrians Mutter, um die wir uns kümmern mussten.

Dieser neuerliche Schicksalsschlag scheint entschieden zu viel für die arme Frau. Sie weinte nur noch und ließ sich nur durch einen starken Trank beruhigen, den ihr Zenta zusammenstellte. Jetzt schläft sie, aber ich fürchte ernsthaft um ihre geistige Gesundheit, sollte Adrian nicht bald gefunden werden."

Simon wiegte leicht den Kopf und schaute erneut zu Zenta hin. Sie war unnatürlich blass, wirkte ansonsten aber gefasst. Nur wer sie sehr gut kannte konnte die Angst erkennen, die in ihrem Inneren tobte.

„Wie fühlst du dich?" fragte er hilflos. „Wenn ich dir nur irgendwie helfen könnte..."

„Ich muss stark sein. Stark, um nichts unversucht zu lassen mit Adrian Kontakt aufzunehmen. Und ich wäre dankbar, wenn ihr mir dabei helfen würdet."

Sowohl Simon als auch Nelia schauten sie ungläubig an.

„Wie willst du das machen?" fragte Simon und fügte leise hinzu: „Ich möchte dich gewiss nicht noch mehr ängstigen, doch ich fürchte Adrian ist verletzt, schwer verletzt. An der Stelle, an der sein Kopf gelegen hat, war der Schnee rot von seinem Blut. Und eine Kopfverletzung zieht oftmals tiefe Bewusstlosigkeit nach sich."

Oder den Tod, fügte er in Gedanken hinzu.

„Das weiß ich alles", gab ihm Zenta kurz angebunden zur Antwort. „Aber ich bin seine Frau und ich bin eine Hexe. Selbst wenn er in tiefer Ohnmacht liegt, so kann ich zumindest seine Aura erspüren. Zwar nur schwach, aber es ist möglich, außer er ist..."

Sie brach ab und ihre Augen füllten sich mit Tränen. Nelia sprang auf und legte tröstend ihren Arm um die Schultern der Freundin.

„An so etwas darfst du nicht denken, Zenta. Adrian ist ein zäher Bursche. Er hat schon viele Situationen gemeistert, aus denen andere nicht lebend hervorgegangen wären. Niemand weiß das so gut wie du. Er lebt ganz sicher und du wirst seine Aura spüren. Wir helfen dir dabei so gut wir es vermögen. Sag nur was wir tun sollen...?"

Energisch kämpfte Zenta ihre Ängste nieder und putzte sich die Nase. Dann schaute sie Simon an.

„Am besten wäre ein Gegenstand, den Adrian bei sich getragen hat als es... passierte. Wenn ich den in die Hand nehme kann ich vielleicht aus den Schwingungen entnehmen, wie schwer er verletzt wurde. Aber es ist wohl eher unwahrscheinlich, dass du solch einen Gegenstand gefunden und mitgenommen hast...“

„Haare! Ich habe ein paar Haare von ihm gefunden und sie mitgenommen. Ich tat es ohne Überlegung und habe es erst vorhin bemerkt.“

Vor Aufregung vergaß Simon völlig seine schmerzenden Knochen und beugte sich nach vorne um nach der Schale zu greifen. Aber stechende Schmerzen in seinen Rippen brachten ihn schnell in die Realität zurück. Mit einem leisen Aufschrei hielt er inne. Mit zusammengebissenen Zähnen deutete er auf die Schale.

„Hier habe ich sie hineingelegt. Können sie dir nützen? Es klebt sogar noch von Adrians Blut dran.“

„Haare sind optimal“, hauchte Zenta und griff in die Schale. Vorsichtig nahm sie die wenigen langen Haare an sich und barg sie in ihrer hohlen Hand, die sie zuerst an ihr Herz und dann an ihre Stirn presste. Ihre Augen waren fest geschlossen und ihre Lippen bewegten sich lautlos. Eine ganze Weile verharrte sie so, reglos und konzentriert. Auch Simon und Nelia rührten sich nicht, gebannt hingen ihre Augen an Zentas Gesicht.

„Und?“ fragte Nelia atemlos als Zenta wieder die Augen öffnete. Ihr Blick war glasig, so als hätte sie in unendlich Ferne geblickt.

„Er lebt noch“, sagte sie tonlos und ihre Stimme drohte zu brechen. „Doch er ist wirklich sehr schwer verletzt. Zu schwer, um weiterleben zu können...“

„Das kann nicht sein, du musst dich irren!“

Simon rief es aufgebracht, so als könne er dadurch das Unfassbare abwenden.

„Adrian ist stark, stärker als jeder andere Mensch den ich kenne. Er wird den Tod besiegen, so wie er ihn schon einige Male überlistet hat...“

Aber Zenta schüttelte traurig den Kopf, während Tränen ihre Wangen herunterliefen.

„Er stirbt, Simon, ich spüre es ganz deutlich. Er ist zu schwach. Und er ist müde, sein Körper ist nicht mehr in der Lage zu kämpfen. Und sein Geist hat aufgegeben. Er will nicht mehr leben, kann es nicht mehr. Und deshalb beschließt er zu sterben. Gerade jetzt, in diesem Moment..."

„Nein, das darf nicht sein, er gibt doch niemals auf. Hol ihn zurück, Zenta. Nur du kannst ihn noch zurückholen. Er liebt dich mehr als sein Leben. Ohne zu zögern würde er für dich sterben, aber jetzt muss er für dich leben, Zenta, für dich und eure Kinder. Das musst du ihm begreiflich machen, jetzt, auf der Stelle. Rufe ihn Zenta, rufe, so laut du es vermagst. Wenn er dich noch hören kann, dann wird er dir folgen..."

Zenta rief, zwar nicht mit Worten, nicht mit dem Mund, sie rief mit ihrem Herzen den geliebten Mann. Sie bat ihn inbrünstig nicht zu sterben. Dann brach sie lautlos weinend zusammen.

Adrian fühlte wie das Leben aus ihm wich. Es war ein wunderschönes Gefühl. Endlich alle Not, alle Pein hinter sich zu lassen. Sein Geist hatte sich fast vollständig von seinem Körper gelöst, schlüpfte daraus hervor wie ein Schmetterling aus seinem Kokon. Nur noch ein winziger hartnäckiger Rest hielt ihn zurück, doch auch den würde er gleich abstreifen. Unbändige Freude bemächtigte sich seiner, er würde frei sein, endlich frei...

Wenn da nicht dieses winzige bisschen Leben wäre das sich hartnäckig an seinem entfliehenden Geist festhielt. Es zupfte zuerst kaum merklich, dann immer stärker an ihm, hinderte ihn daran seinen Körper endgültig zu verlassen. Er wollte es ignorieren, die Stimme überhören, die nach ihm rief. Doch sie wurde lauter und lauter und füllte ihn schließlich ganz aus. Widerwillig hielt er inne um ihr zu lauschen. Diese Stimme kannte er, liebte er. Seltsam, warum hatte er sie vergessen?

Es war die Stimme Zentas, seiner geliebten Zenta, der Mutter seiner Kinder. Er wollte ihr ein letztes Mal lauschen. Doch was war mit ihr? Sie weinte, weinte um ihn, bat ihn inständig sie nicht zu verlassen. Und plötzlich wurde ihm bewusst, dass er sie ebenfalls nicht verlassen wollte. Wie konnte er nur so verblendet sein ins Licht zu streben? So egoistisch. Er musste zurück, zurück ins Leben, und zu Zenta.

Das Licht um ihn wurde merklich schwächer, er fühlte wie er fiel, immer schneller. Der Aufprall war abrupt und schmerzhaft, ein glühender Schmerz durchzog seinen ganzen Körper und er bäumte sich auf. Ein Schrei entrang sich seiner Kehle, dann sank er in die Schwärze einer tiefen Ohnmacht zurück.

„Willkommen zurück im Leben", hörte er eine Stimme durch das Rauschen in seinen Ohren. Sie klang gehässig als sie fortfuhr: „Ich dachte schon du wärst meiner Rache endgültig entkommen. Bist doch zäher als ich dachte. Aber schlaf dich erst einmal aus, damit du stark genug bist bewusst mitzubekommen, warum ich dich in die Hölle schicke."

Adrian konnte nicht darüber nachdenken wem die Stimme gehörte. Eine schwarze Welle der Bewusstlosigkeit riss ihn erneut mit sich fort und erlöste ihn von den Schmerzen die seinen Körper durchzogen. Später wusste er nicht mehr wie lange er in der bodenlosen Schwärze versunken war, Stunden oder gar Tage. Er spürt nur, dass er daraus auftauchen musste wollte er nicht in ihr ertrinken. Mühsam öffnete er die Augen und diesmal war es nicht dunkel um ihn. Er konnte verschwommene Umrisse sehen. Doch die ungewohnte Helligkeit blendete ihn, ließ seine Augen tränen und entfachte den pochenden Schmerz in seinem Kopf aufs Neue. Er wollte die Augen wieder schließen. Da beugte sich eine Gestalt über ihn.

„Na, wie fühlst du dich heute?" fragte die Stimme, die ihm bekannt vorkam. Er überlegte woher er sie kannte, doch sein Gehirn arbeitete nur träge. Er konnte auch die Gesichtszüge nicht erkennen die auf ihn hernieder starrten. Die einzige Lichtquelle im Raum, die aus ein paar Kerzen bestand, befand sich im Rücken des Mannes, das Gesicht lag im Dunklen. Zudem war er viel zu müde, um sich Gedanken zu machen, wer da stand.

„Wasser", krächzte er leise und erkannte seine eigene Stimme nicht. Er wollte die Arme anheben, doch das ging nicht, irgendetwas hielt sie fest. Ein Becher erschien in seinem Gesichtsfeld und eine Hand griff unter seinen Kopf, hob ihn an. Die kleine Bewegung bereitete ihm würgende Übelkeit und schickte Schmerzwellen durch sein Gehirn. Doch sein Durst war stärker und er trank gierig ein paar Schlucke. Der Becher wurde wieder fortgenommen.

„Das reicht erst einmal", sagte die Stimme. Sie klang kalt und ge-fühllos, so als erledige der Mann nur eine lästige Pflicht.

Die Gestalt trat aus dem Licht und Adrian schloss geblendet die Augen. Seine Gedanken zerfaserten, es gelang ihm nicht sich zu konzentrieren und sein Bewusstsein driftete erneut in undurch-dringliche Schwärze ab. Die Phasen der Bewusstlosigkeit wechsel-ten sich mit Zeiten ab in denen er imstande war zu erkennen, was um ihn herum geschah. Ganz allmählich verlängerte sich sein wacher Zustand und die Schwärze der Ohnmacht wurde durch Schlaf ersetzt. Doch die zunehmende Genesung hatte auch ihren Preis. War er wach, quälten ihn Schmerzen im Körper und beson-ders in seinem Schädel. Und wenn er schlief, wurde er von Alp-träumen heimgesucht.

Noch immer wusste er weder, wer sein schweigsamer Kranken-wärter war, noch wo er sich befand und wieso ihm so elend zumute war. Manchmal zuckten Fetzen der Erinnerung in seinem Gehirn auf, doch sie zerplatzten wie Seifenblasen, wenn er sich darauf konzentrieren wollte. Der Mann, der immer da war, wenn er die Augen öffnete, sprach kaum einmal zu ihm. Aber oft fühlte er seine Blicke auf sich gerichtet und er spürte die Feindseligkeit die er ihm entgegenbrachte. Trotz der offensichtlichen Abneigung die er gegen ihn hegte tat der Mann aber gewissenhaft alles, was nötig war ihn gesund zu pflegen. Er fütterte ihn mit breiigen Speisen, gab ihm Wasser, säuberte ihn, wenn er seine Notdurft verrichtet hatte und wickelte ihn in Decken damit er nicht auskühlte.

Wie lange sein geschwächter Zustand bereits andauerte, konnte Adrian nicht nachvollziehen, er hatte jegliches Zeitgefühl verloren. Aber er merkte, dass er langsam wieder gesundete. Die Schmerzen in seinen Gliedern wichen allmählich, doch bedingt durch die lange Bewegungslosigkeit fühlten sich seine Arme und Beine taub an. Der fürchterliche Schmerz in seinem Schädel machte einem steten, aber erträglichen Pochen Platz und Übelkeit überkam ihn nur noch selten. Ganz langsam gelang es ihm auch wieder sich zu konzentrieren und in vollständigen Sätzen zu denken.

Seit dem frühen Morgen lag er wach und grübelte über seine Situation nach. Er fühlte sich merklich besser und es zuckte ihm in allen Gliedern. Sein genesender Körper forderte Bewegung, doch die konnte er ihm nicht bieten, denn seine Arme waren zu beiden Seiten der Bettstatt mit weichen, aber unnachgiebigen Bändern festgebunden. Er hatte in unbeobachteten Momenten versucht, sie zu zerreißen oder seine Hände aus den Schlingen zu winden, aber weder das eine, noch das andere war ihm gelungen. Und jeden Morgen kontrollierte sein Wächter ob die Fesseln noch fest saßen. Er drehte den Kopf zur Seite und betrachtete den Mann, der auf einer Pritsche an der gegenüberliegenden Seite des Raumes lag und schlief. Es hatte lange gedauert bis er ihn erkannt hatte, doch nun wusste er wieder wer er war: Urban, sein Erzfeind. Aber wie es Urban gelungen war seiner habhaft zu werden, lag tief in der Schwärze seines Unterbewusstseins vergraben. Seit er wieder klarer denken konnte sinnierte er darüber nach was geschehen sein mochte. Amnesie, sagte ihm sein ärztliches Wissen. Doch durch was sie ausgelöst worden war, konnte er höchstens erraten. Vielleicht ein Hieb auf den Kopf, oder auch ein unglücklicher Sturz. Eine schwere Kopfverletzung würde die schlimmen Schmerzen, die manchmal noch durch seinen Schädel tobten und auch den teilweisen Verlust seines Gedächtnisses erklären.

Er kannte dieses Phänomen aus seiner Praxis, hatte es aber noch nie zuvor am eigenen Leib erfahren. Der Gedächtnisverlust konnte vorübergehender Natur sein, aber auch sein restliches Leben lang anhalten. Falls dieses restliche Leben noch lange genug dauerte...

Er wurde aus Urban einfach nicht schlau. Der Mann trachtete ihm nach dem Leben, soviel war sicher Warum hatte er dann aber die Mühe auf sich genommen ihn gesund zu pflegen? Er hätte ihn längst erschlagen können wie einen tollwütigen Hund.

Er wollte Urban danach fragen, entschied er, gleich heute. Er fühlte sich zwar längst noch nicht gesund, aber kräftig genug seinem weiteren Schicksal ins Auge zu blicken. Alles war besser als diese nagende Ungewissheit. Doch eine Weile würde er sich noch gedulden müssen, Urban schlief noch tief und fest.

Seine Gedanken wanderten zu Zenta. Er war sich sicher, ohne sie würde er nicht mehr leben. Sie war ihm in seinen Träumen erschienen und hatte ihm Mut gemacht, den Mut, weiterleben zu wollen. Zwar ahnte er nicht wie nahe er dem Tod bereits gewesen war, dass er sein Leben schon aufgegeben hatte. Aber ihm war mit seltsamer Klarheit bewusst, dass Zenta bei ihm gewesen war, ihn zurückgeholt hatte. Seither sprach ihre Stimme zu ihm, beschwörend und haltend. Und immer wieder sandte sie ihm Fragen, drängende Fragen die zu beantworten er nicht in der Lage war. Noch war er nicht kräftig genug seine übersinnlichen Fähigkeiten einzusetzen.

Über seinen Grübeleien bemerkte er gar nicht, das Urban erwacht war. Erst als dessen Pritsche unter dem sich verlagernden Gewicht knarrte schrak Adrian erschrocken auf. Unter halb geschlossenen Lidern hervor beobachtete er seinen Bezwinger.

Urban warf ebenfalls einen prüfenden Blick auf seinen Gefangenen und befand alles in Ordnung. Er streckte sich ausgiebig und griff dann nach seinen Oberkleidern, zog sich ohne Eile an. Dann schlurfte er gähnend aus dem Zimmer um sich draußen zu erleichtern. Erst viel später kehrte er in die Stube zurück, einen Becher und eine flache Schale in den Händen. Er stellte beides auf einem Hocker ab und trat dicht an Adrians Liege heran. Lange musterte er ihn schweigend.

„Ich sehe, dass du bei Bewusstsein bist", sagte er im Plauderton. „Ich kann es an deiner Atmung erkennen. Also kannst du auch die Augen öffnen und mir ins Gesicht sehen."

Adrian tat es wortlos und schaute zu ihm auf. Er wollte erst einmal abwarten was Urban zu sagen hatte, bevor er selbst zu sprechen begann. Er war sich ohnehin nicht sicher ob ihm seine Stimme schon gehorchen würde. Zuerst kam die morgendliche Inspektion seiner Fesseln, danach griff Urban nach Adrians Gesicht und drehte seinen Kopf so weit, dass er sich seinen Hinterkopf ansehen konnte. Mit geübten Handgriffen tastete er den Knochen ab und verschob leicht die darüber liegende Haut. Er schien zufrieden mit dem was er sah und ließ ihn los. Adrian drehte seinen Kopf wieder auf die andere Seite und schaute erneut stumm in Urbans Gesicht. Der schürzte die Lippen und meinte knapp:

„Du besitzt wirklich einen eisenharten Schädel, oder besser gesagt, eine eiserne Konstitution. Eigentlich rechnete ich nicht damit dich überhaupt durchzubringen. Du hattest einen Schädelbruch und außerdem einen enormen Blutverlust erlitten. Ich fürchtete du würdest nicht einmal die erste Nacht überstehen. Aber dann erholtest du dich zu meiner Überraschung erstaunlich schnell wieder."

„Warum?" fragte Adrian und horchte auf den rauen Klang seiner Stimme. Das Sprechen strengte ihn an und er musste husten, was stechende Schmerzen durch seinen Schädel jagte. Doch er zwang sie nieder und blickte Urban fragend an. Der kniff irritiert die Augen zusammen."

„Warum, was?" fragte er zurück. Ich weiß nicht warum du dich entschieden hast doch nicht zu sterben. Das musst du besser wissen als ich."

„Warum habt Ihr mich nicht einfach sterben lassen, oder mir den Todesstoß versetzt? Es ist doch Euer größter Wunsch mich tot zu sehen."

Nach den ersten Worten fiel Adrian das Sprechen leichter. Und sein Kopf reagierte nur mit mäßigem Pochen, was ihn erleichterte.

Er sprach seinen Feind bewusst förmlich an, überhörte dessen vertrauliche Anrede. Er hoffte so etwas Distanz zwischen ihnen zu schaffen. Außerdem widerstrebte es ihm jemanden zu duzen, den er nicht mochte. Aber Urban schien es gar nicht zu bemerken. Gehässig fuhr er fort:

„Das könnte dir so passen. Nein, nein, ich habe anderes mit dir vor. Sterben sollst du, aber nicht so schnell und vor allem nicht so leicht. Ich will dich leiden sehen. Sehr, sehr leiden..."

„Warum?" fragte Adrian erneut und zwang sich dem hasserfüllten Blick standzuhalten. „Was habe ich Euch getan?"

„Du weißt es nicht? Sicher hast du doch inzwischen Erkundigungen über mich eingezogen. Bist du immer noch nicht hinter mein Geheimnis gekommen? Ich muss sagen du enttäuschst mich."

„Ich weiß, dass Ihr Urban Schwebel heißt und mit Eurer verwitweten Mutter bei deren Bruder wohntet. Er hat Euch gegen Euren Willen gezwungen Medizin zu studieren, damit ihr eines Tages seine Praxis übernehmen könnt. Doch als er starb, - unter mysteriösen Umständen, an denen Ihr nicht unschuldig sein sollt, - seid Ihr verschwunden. Ich weiß auch dass Ihr eigentlich Soldat werden wolltet, so wie Euer Vater. Er starb, soviel ich in Erfahrung brachte, in Ausübung seiner Pflicht..."

Er kam nicht weiter, weil Urbans Hand vorschnellte, ihn bei der Kehle packte und zudrückte. Gefesselt wie er war konnte sich Adrian nicht gegen den würgenden Griff wehren, der ihm die Luft abschnürte. Als die Hand ihn ebenso abrupt wieder losließ, schnappte er keuchend nach Luft. Kaum hörte er durch das Rauschen in seinen Ohren was Urban geiferte. Nur allmählich drangen die Worte zu ihm durch.

„ . . von wegen Pflicht. Es war ein ungleicher Kampf in dem er keine Chance hatte. Tu nicht, als ob du das nicht wüsstest. Schließlich warst du es, der ihn getötet hat. Du, mit deinen verfluchten Hexenkräften."

Adrian schaute ihn perplex an. Zwar war er schon gezwungen gewesen zu töten, doch nie in seinem Leben hatte er einen Menschen durch Hexenzauber getötet. Verfolgte ihn Urban etwa, weil er ihn mit einem anderen Mann, dem wahren Mörder seines Vaters verwechselte?

„Ihr müsst Euch irren", erklärte er voller Überzeugung. „Ich kenne Euren Vater überhaupt nicht, bin ihm nie begegnet. Wie soll ich ihn da getötet haben?"

„Du willst mir weismachen du kennst Friedhelm Schwebel nicht, den früheren Hauptmann deines Vaters? Halte mich nicht für dumm. Er war der Waffenmeister deines Vaters und hat deinen Bruder im Fechten und im Schwertkampf unterrichtet. Na, dämmert es jetzt bei dir?"

Allerdings tat es das und vor Adrians innerem Auge erschien ein Gesicht: Friedhelm Schwebel, Hauptmann der Schlosswache und der Lehrer seines Halbbruders Wernher. Und er war der Mann der bei einem Kampf getötet wurde, in dem eigentlich er selbst hätte sterben sollen...

„Ich sehe, du erinnerst dich endlich", hörte er Urban wie aus weiter Ferne und zwang sich ihm in die Augen zu blicken.

„Das Gottesurteil!" sagte Adrian und seine Stimme klang rau und fremd. Er sah wie sich Urbans Fäuste ballten und sein Mund sich verzerrte. Kaum verstand er die geflüsterten Worte.

„Ein Gottesurteil sollte es sein, nach dem Willen deines Vaters. Aber dann hast du den, der dein Vollstrecker sein sollte, heimtückisch getötet. Ich stand kaum einen Meter entfernt und musste zusehen wie mein Vater starb, verkohlt durch einen Blitz, den du mit deinen verfluchten Hexenkräften auf ihn hernieder gesandt hast..."

Adrian schüttelte hilflos den Kopf.

„Es war kein Hexenzauber, der Eurem Vater den Tod brachte, es war ein unseliger Zufall. Die gewittrige Schwüle, ...und dann das erhobene Schwert Eures Vaters..."

Seine Gedanken glitten zurück zu jenem schicksalsschweren Tag, der schon so lange zurücklag: Auslöser war ein schlimmer Streit zwischen ihm und seinem Halbbruder gewesen. Danach war sein Bruder wutentbrannt auf Adrians Pferd davongeritten. Aber das Tier hatte ihn abgeworfen und bei dem Sturz brach Wernher sich das Genick.

Als Adrian den Leichnam heimbrachte glaubte sein Vater nicht an einen Unfall, sondern bezichtigte seinen jüngeren Sohn des heimtückischen Brudermordes. Vor Trauer und Zorn halb irre hatte er ihn von den Wachen ergreifen, fast zu Tode peitschen und danach ins Verlies des Schlosses werfen lassen. Dort darbte Adrian drei Tage, von Wundfieber geschüttelt und dem Tode näher als dem Leben. Schließlich besann sich sein Vater und schickte ihm seine Ärzte. Doch noch immer war er von Adrians Schuld überzeugt gewesen und hatte dessen Beteuerungen keinen Glauben geschenkt. Er verlangte er solle seine Unschuld durch ein Gottesurteil beweisen.

Adrian, körperlich noch immer geschwächt und zermürbt durch die Beschuldigung seines Vaters, hatte schließlich eingewilligt. Zwar glaubte er nicht an die Aussagekraft eines Gottesurteils und erst recht nicht, dass er es in seinem Zustand bestehen konnte. Aber es war ihm egal gewesen, ob er lebte oder starb. Einzig der Gedanke, sein Tod würde dem Vater bestätigen, dass er der Mörder seines Bruders war, bereitete ihm Kummer.

Der ungleiche Kampf hatte am nächsten Morgen stattgefunden. Es war ein ungewöhnlich schwüler Tag gewesen. Adrian, mit einem Schwert bewaffnet, aber ohne Schutzkleidung, sollte gegen den Waffenmeister seines Vaters, Friedhelm Schwebel, kämpfen. Damit dieser nicht versehentlich zu Tode kam war sein Körper mit dicken Polstern geschützt. Auch er trug ein Schwert, war aber im Gegensatz zu seinem unerfahrenen Gegner im Umgang mit dieser Waffe geübt. Sollte es Adrian trotz der Übermacht seines Kontrahenten gelingen, diesen zu entwaffnen, so wäre das die Bestätigung Gottes seiner Unschuld gewesen.

Wie vorausgesehen hatte Adrian nicht den Hauch einer Chance besessen. Noch nie zuvor hatte er ein Schwert in Händen gehalten. Schon nach kurzer Zeit war jedem der zusah klar gewesen, dass er zum sicheren Tod verurteilt war.

Schließlich hatte er erschöpft die schwere Waffe sinken lassen und den Kopf in Erwartung des tödlichen Hiebes gebeugt. Sein Gegner hatte sein Schwert hoch über seinen Kopf erhoben um das Werk zu vollenden. Da war ein Blitz in das hochgereckte Metall gefahren und hatte seinen Träger niedergestreckt.

Adrians Unschuld war in den Augen seines Vaters bewiesen. Das Gottesurteil hatte es bestätigt. Und Friedhelm Schwebel hatte es getötet...

Kapitel 20: Urbans Geschichte

Adrian hielt die Augen geschlossen und blieb stumm. Wie sollte er Urbans Anschuldigung widerlegen? Urban war damals als es passierte ein Junge von etwa zwölf, dreizehn Jahren gewesen. Er hatte direkt am Ort des Geschehens gestanden und aus nächster Nähe miterlebt, wie der schon sicher gewähnte Sieg des Vaters zu dessen Todesurteil wurde. Konnte es da verwundern dass er an einen Akt von Hexerei glaubte?

Selbst Adrian war damals die unfassbare Wende in dieser Tragödie nicht geheuer vorgekommen. Er hatte den Tod erwartet, herbeigeführt durch das Schwert seines Gegners, - und dann war der in einem gleißenden Blitz gestorben, begleitet von einem dröhnenden Donnerschlag.

Es war auf dem Schloss ein offenes Geheimnis gewesen dass Adrian bereits im Knabenalter als Hexenbalg galt, gleichgültig der Tatsache dass er der Sohn des Herzogs war. Ebenso wie jedermann wusste, dass sein Vater immer wieder versucht hatte die übersinnlichen Kräfte mit dem Rohrstock aus ihm heraus zu prügeln. Auch Urban hatte ganz sicher darum gewusst.

„Hat es dir die Sprache verschlagen?" fragte der jetzt in hasserfülltem Ton und stieß ihm derb in die Rippen. Instinktiv wollte Adrian sich schützen, doch die Fesseln hielten seine Arme an den Bettseiten. Er öffnete die Augen und schaute seinem Feind ins Gesicht.

„Ihr werdet es mir vermutlich nicht glauben aber es handelte sich nicht um Hexerei sondern einfach um eine Laune der Natur. Falls Ihr euch erinnert; an diesem Tag war es sehr schwül, man konnte die Luft knistern hören. Der Kampf fand hoch oben auf der Berglichtung statt und Euer Vater hielt sein Schwert über seinem Kopf. Es war ein unglücklicher Zufall dass in diesem Moment ein Blitz niederfuhr. Er hätte ebenso gut in mein Schwert fahren und mich töten können..."

„Er hat aber meinen Vater getötet und das war kein Zufall. Ich kann mich nicht erinnern dass es an jenem Tag gewittrig war, es war ein

Morgen wie jeder andere. Und ich habe dich beobachtet und konnte genau sehen wie du beschwörende Formeln gemurmelt hast. Der Blitz kam aus heiterem Himmel und erschlug meinen Vater, weil du ihn herbeigezaubert hast."

Adrian erwiderte nichts. Was hätte es auch genutzt. In Urbans Gehirn war das Geschehen so eingebrannt, wie er es gesehen zu haben glaubte. Und vielleicht war seine Erinnerung ja die präzisere. Adrian konnte es heute nicht mehr sagen. Sein Gehirn hatte die Geschehnisse so gespeichert, wie er sie erzählte.

Aber vielleicht hatte ihm sein eigenes Gehirn ja einen Streich gespielt, grübelte Adrian. Er war damals so krank gewesen dass er eventuell aus körperlicher Schwäche heraus geschwitzt hatte. Und vielleicht hatte er tatsächlich die Lippen bewegt. Aber Beschwörungen waren er ganz sicher nicht gewesen die er aufgesagt hatte, eher Gebete.

Er bemühte sich dem gnadenlosen Blick standzuhalten, der ihn zu durchbohren schien. Urban bebte vor unterdrückter Wut und all sein aufgestauter Hass spiegelte sich in seinen Augen. Seine Hände öffneten und schlossen sich, so als wolle er Adrian erwürgen. Nur ganz langsam entspannten sich seine Züge wieder und er wurde ruhiger.

„Warum habt Ihr mich nicht schon längst getötet?" fragte Adrian schließlich leise. Er erkannte dass Urban sich wieder in der Gewalt hatte und wollte ihn ein wenig aushorchen, wenn er es zuließ.

„Möglichkeiten dazu gab es mehr als genug. Warum habt Ihr es sogar auf Euch genommen mich gesund zu pflegen?"

Der Doktor schien erschöpft von seinem Ausbruch. Und er verspürte anscheinend das Bedürfnis seinem Erzfeind zu erklären, was ihn bewogen hatte ihn am Leben zu lassen. Vielleicht wollte er ihn auch einfach nur mit Worten quälen.

Gemütlich, als befände er sich am Bett eines genesenden Freundes, zog er einen Stuhl heran und setzte sich darauf. Sein fixierender Blick haftete auf Adrians Gesicht. Vergessen stand das Frühstück auf dem Schemel.

„Oh, ich wollte dich töten, schon lange. Bereits damals als ich dich nach all den langen Jahren seit Vaters Tod zum ersten Mal wiedersah. Erinnerst du dich? Ich war der maskierte Reiter, der auf dich schoss. Eigentlich wollte ich dir nur Angst einjagen, doch dann übermannte mich plötzliche Wut und ich drückte ab. Erst als die Kugel aus dem Lauf war wurde mir bewusst dass ich meine Rache nicht genießen konnte, wenn du stirbst, ohne zu wissen durch wen und warum. Zum Glück traf ich dich nur in die Schulter."

„Aber wieso habt Ihr meinen Vater entführt? Es gab sicher andere Möglichkeiten meiner habhaft zu werden. Ich führe kein heimliches Leben und hatte überdies keine Ahnung von Eurem Hass auf mich. Somit wäre es für Euch einfach gewesen mich in Aschaffenburg aufspüren und in Eure Gewalt zu bringen."

Urban schüttelte entschieden den Kopf. Er hatte sich scheinbar entschlossen seinen Gefangenen über sämtliche Hintergründe seiner Handlung aufzuklären. Behaglich lehnte er sich zurück und begann: „Nein, so einfach war das nicht. Ich hatte dich zum letzten Mal gesehen, als du meinen Vater getötet hattest. Wie alt warst du damals? Achtzehn oder neunzehn, wenn ich mich richtig erinnere. Ich war zwölf – und obwohl ich mir schwor deine verhasste Visage nie mehr zu vergessen, war ich mir nicht mehr sicher ob ich dich nach so langer Zeit tatsächlich wiedererkennen würde. Aber vielleicht sollte ich dir die ganze Geschichte von Anfang an erzählen. Zeit haben wir noch genug und auf diese Weise geht sie schneller vorbei..."

Adrian hätte ihn gerne gefragt bis wann oder zu welchem Ereignis noch Zeit blieb, verkniff es sich aber. Sicher würde Urban im Laufe seiner Erzählung erklären was er mit ihm vorhatte. Außerdem war er sehr gespannt auf die ganze Geschichte, hatte er doch so lange vergeblich versucht sie sich zusammenzureimen. Urban konnte sich seiner gespannten Aufmerksamkeit gewiss sein.

„Wie ich schon sagte fing alles mit dem Tod meines Vaters an. Er veränderte mein Leben sehr nachhaltig. Eigentlich trug ich mich mit der Absicht in seine Fußstapfen zu treten, wollte wie er einmal Hauptmann der Schlosswachen werden.

Meine Lehrzeit als Waffenbursche hatte ich bereits begonnen, ich durfte bei den täglichen Übungsstunden deines Bruders dabei sein und war auch schon recht geschickt im Umgang mit Schwert und Degen. Übrigens konnte mein Vater dich nicht leiden, er nannte dich immer einen verweichlichten Schwächling. Und wenn er mit deinem Bruder den Schwertkampf übte sprachen sie oft recht abfällig über dein mangelndes Interesse an den Kampfkünsten.

Als dein Bruder umkam, - durch deine Schuld, wie Vater überzeugt war, - und das Gottesurteil über dich verhängt wurde, stellte er sich freiwillig als dein Gegner zur Verfügung. Noch kurz vor dem Kampf erklärte er mir voller Genugtuung, dass er Wernhers Tod sühnen werde.

Nach Vaters Tod blieben meine Mutter und ich noch etwa ein Jahr auf dem Schloss. Dann holte uns ihr Bruder zu sich. Er hatte seine Familie durch eine Epidemie verloren und fühlte sich zu alt, eine neue Bindung einzugehen. Also bat er Mutter ihm den Haushalt zu führen und als er merkte dass ich eine gute Auffassungsgabe besaß, beschloss er mich zu seinem Nachfolger zu bestimmen. Er schickte mich zuerst in ein Internat und dann zum Medizinstudium. Dass ich kein Interesse am Medizinstudium hatte ließ er nicht gelten und meine Mutter bat mich inständig seinen Willen zu erfüllen. Was blieb mir da anderes übrig? Ich fügte mich und wurde quasi gegen meinen Willen Arzt.

Doch als ich zurückkam merkte ich bald, dass ich nicht unter der Knute meines Onkels leben konnte. Er war ein herrischer alter Kerl, verbittert durch die Schicksalsschläge, die ihn seiner Familie und seines eigenen Nachfolgers beraubt hatten. Eines Tages, nachdem es wieder einmal zu einen schlimmen Streit zwischen uns gekommen war verließ ich sein Haus, um mich auf eigenen Füße zu stellen.

Ich trieb mich noch eine Zeitlang umher und kam schließlich zu dem Entschluss, in meiner früheren Heimat sesshaft zu werden. Das war kurz nach dem Schlaganfall deines Vaters und ich erfuhr, dass du zurückgekehrt warst um ihn zu heilen. Mein lange verdrängter Hass auf dich kam mit Macht zurück und ich überlegte, wie ich an dich herankommen und mich endlich an dir rächen konnte.

Ich erfuhr dass dein Vater auf der Suche nach einem jungen guten Arzt war, nachdem du ihm dringend geraten hattest sich der beiden

Quacksalber zu entledigen, die bislang seine Leibärzte waren. Und ich fasste den Entschluss doch wieder in den Beruf zurückzukehren, den ich eigentlich nicht mochte. Ich eröffnete eine Praxis und sorgte dafür, dass der Herzog von mir erfuhr. Trotz meiner Abneigung gegen den Beruf besaß ich den Ruf eines guten Arztes und ich bemühte mich, dass er deinem Vater zu Ohren kam. Meine Rechnung ging auf, ich wurde sein Leibarzt, was mich nebenbei bemerkt auch zu einem durchaus begüterten Mann machte. Der Herzog bezahlte meine Dienste stets fürstlich. Natürlich gab ich mich ihm nicht zu erkennen, gab einfach meinen Vornamen als Nachnamen aus. Dein Vater stellte das nie in Frage, glücklicherweise wollte er auch nie meine ärztlichen Zeugnisse sehen, die ja auf meinen wahren Namen lauteten. Und zu meinem Glück erkannte er in mir auch nicht den Sohn seines ehemaligen Waffenmeisters wieder. In der folgenden Zeit konnte ich in aller Ruhe meine Rachepläne schmieden. Und du gingst mir tatsächlich in die Falle..."

Triumphierend sah er seinen Gefangenen an und strich sich dabei zufrieden übers Kinn.

Adrian erwiderte einen Moment den Blick, dann meinte er:

„Aber das ist doch noch nicht die ganze Geschichte. Wie kam Korbinian ins Spiel? Ihr wollt mir sicher nicht weismachen, Ihr hättet mit ihm nichts zu tun..."

Urbans Blick verdüsterte sich und er schwieg lange. So lange, dass Adrian meinte er würde nicht weitersprechen. Doch dann begann er mit unwilligem Stirnrunzeln erneut zu reden:

„Korbinian gehörte zu meinem Plan, leider muss ich sagen. Denn eigentlich verabscheue ich den alten Kerl mindestens genauso sehr, wie ich dich verabscheue. Aber leider bin ich auf ihn, oder besser gesagt, auf seine verdammten Hexenkräfte angewiesen."

„Das hat mich ebenfalls verwundert", spann Adrian den Gesprächsfaden weiter. „Denn wenn Ihr schon mich einen Hexer nennt, so muss Euch Korbinian doch eigentlich als Ausgeburt der Hölle erscheinen. All die Gräueltaten, die er begangen hat. Und die Verbrechen an den unschuldigen Kindern. Wie konntet Ihr nur dabei mitwirken?"

Spätestens als er Urbans verhärtete Gesichtszüge sah ahnte er, dass er einen wunden Punkt berührt hatte. Urbans Gesicht schien zu einer steinernen Maske zu erstarren, seine Hände ballten sich zu Fäusten. Doch dann zuckte er mit der Schulter und meinte böse:
„Was mit den Kindern geschah ist in gewisser Weise auch deine Schuld. Zumindest indirekt..."
Er schwieg wieder eine Weile und fuhr dann fort:
„Als ich Korbinian zum ersten Mal traf war ich nicht besonders begeistert von ihm. Er war als Hexer verschrien, was ihn mir gleich unsympathisch machte. Er tätigte Geschäfte mit meinem Onkel, belieferte ihn mit Heilkräutern für die Herstellung seiner medizinischen Tränke und Salben.
Auch ich bekam ab und zu mit ihm zu tun und mir war bald klar, dass der Alte ein ziemlich bösartiger Mensch war. Eigentlich wollte ich keinesfalls mit ihm zu tun haben. Doch als ich meinen Racheplan entwickelte, fiel er mir wieder ein und ich dachte, dass er mir vielleicht behilflich sein könnte. Denn wer kann besser nachempfinden wie ein Hexer denkt, als ein anderer Hexer?
So sehr mir Korbinian auch zuwider war, er konnte doch nützlich für mich sein. Und zur Durchführung meiner Pläne konnte ich nun mal keinen Heiligen gebrauchen. Also suchte ich ihn auf und fragte ihn rundheraus ob er mir helfen wolle. Er sagte zu als er hörte, gegen wen mein Plan gerichtet war. Anscheinend bist du in Hexenkreisen bestens bekannt. Allerdings bedingte er sich aus dass er Vorrechte an dir besäße, sobald du in unserer Gewalt seist. Ich wollte nicht darauf eingehen, denn schließlich handelt es sich um meine Rache, aber das war seine Bedingung, übrigens seine einzige. Das Geld, dass ich ihm für seine Hilfe bot, lehnte er ab. Schließlich willigte ich ein, nachdem er mir versprochen hatte mir bei der Vollendung meiner Rache zu helfen, sobald er mit dir fertig sei."
Er brach seinen Redefluss ab um seinen Gefangenen mit lauerndem Blick zu betrachten. Er wollte wissen wie seine letzten Worte auf Adrian wirkten, ob sie ihm Angst einjagten.
Das taten sie allerdings, Adrian merkte wie sein Mund trocken wurde und konnte dem Zwang zu schlucken nicht widerstehen. Die

bange Frage was Korbinian mit ihm vorhatte, lag ihm auf der Zunge, doch er stellte sie nicht. Stattdessen fragte er:

„Aber wozu die Knaben? Ihr habt sie zu ihm gebracht, obwohl Ihr wusstet was er mit ihnen vorhat. Warum?"

„Das geht dich nichts an!" schnappte Urban brüsk und erhob sich abrupt vom Stuhl. Er ging zur Tür, überlegte es sich dann aber anders, und kam wieder zurück. Brütend schaute er auf Adrian herab.

„In deinen Augen bin bestimmt ein durch und durch schlechter Mensch", begann er und fuhr fort: „So wie es Korbinian ist. Aber das stimmt nicht. Ich habe mich stets darum bemüht ein rechtschaffener Mensch zu sein. Und ich bin Arzt, obwohl ich mir den Beruf nicht selbst gewählt habe. Trotzdem sehe ich es als meine Pflicht an den Leuten zu helfen. Und außer dir habe ich auch keine anderen Feinde..."

„Ich bin ebenfalls nicht Euer Feind", unterbrach ihn Adrian. Seine feinen Sinne hatten ihm aufgezeigt dass Urban sich schon länger in einer seelischen Zwickmühle befand. Dieses Wissen wollte er sich zu Nutze machen.

„Ich war auch nicht der Feind Eures Vaters und habe ihn nicht umgebracht. Es war einfach ein Unglücksfall, dass der Blitz ihn tötete. Ich habe nichts damit zu tun. Aber das werdet Ihr mir ja doch nicht glauben, es könnte ja Euer Feindbild zerstören. Was war mit Eurem Onkel? Ihr habt ihn nicht gemocht, so viel habe ich herausgefunden. Und angeblich sollt Ihr sogar an seinem Tod schuldig sein..."

„Das ist nicht wahr", brauste Urban auf. „Es stimmt zwar dass wir Streit miteinander hatten, besonders nach dem Tod meiner Mutter haben wir uns gestritten und ich warf ihm vor, sie mit seinen Vorwürfen ins Grab getrieben zu haben. Aber sein Tod war ein Unfall, ich war zu dem Zeitpunkt weit weg von dem Geschehen. Doch für die Nachbarn war klar dass ich etwas damit zu tun hätte. Seither kann ich mich im Dorf nicht mehr blicken lassen, ohne beschimpft und bedroht zu werden."

Adrian verzichtete darauf auf die Parallele zu sich selbst aufmerksam zu machen. Es schien ihm fast so als wolle Urban sich vor ihm rechtfertigen, als behage es ihm nicht dass er ihn für einen skrupellosen Mann und Mörder hielt. Er nahm sich vor diese Schwäche so weit als möglich auszunutzen um möglichst alles über Urban und die Motive, die ihn leiteten, zu erfahren. Obwohl ihn das konzentrierte Zuhören anstrengte und sein Kopf schon seit geraumer Zeit fürchterlich schmerzte, fragte er weiter:

„Und wie verhielt es sich bei meinem Vater? Ihr habt ihn entführen und mit einem Bann belegen lassen. Hätte ich ihn nicht aufgespürt, so wäre er in seiner Ohnmacht jämmerlich verhungert oder erstickt." Urban hatte sich wieder auf dem Stuhl niedergelassen und schüttelte nachdrücklich den Kopf.

„Nein! Das hätte ich nicht zugelassen", behauptete er. „Ich habe nichts gegen den alten Herzog und wollte nicht dass ihm etwas geschieht. Sein Verschwinden sollte dich nur anlocken. Sobald du in meiner Gewalt gewesen wärst, hätte ich Korbinian damit beauftragt, den alten Mann aus seinem Dämmerschlaf zu befreien. Aber dann kam ja alles anders als ich es geplant hatte. Ich bekam richtig Angst um deinen Vater und war insgeheim froh, dass du ihn gefunden und den Bann von ihm genommen hast."

„Und der Diener meines Vaters? Er ist tot. War das auch nicht Eure Schuld?"

„Nein, das war es nicht, verdammt!" brauste Urban erneut auf. „Das war alleine Korbinians Verschulden, er wollte keinen Zeugen haben, da hat er den jungen Mann einfach getötet. Ich wusste nichts davon, erfuhr es erst später. Ich bin kein Mörder."

„Aber die Knaben…?" kam Adrian erneut auf seine ursprüngliche Frage zurück. Er glaubte nicht darauf eine Antwort zu bekommen. Doch anscheinend war Urban an einem Punkt angekommen an dem er nicht mehr zurück konnte. Er wollte sein schlechtes Gewissen erleichtern. Vielleicht wollte er auch nur endlich einmal über die Schrecken reden, die sein Innerstes vergifteten. Und da Adrian sein Gefangener war und zudem nicht mehr lange leben sollte, schien die Geschichte, die Urban nun erzählte, bei ihm sicher aufgehoben zu sein.

„Das mit den Knaben habe ich nicht gewollt", bekannte er jetzt sehr leise und blickte auf seine gefalteten Hände zwischen seinen Knien.

„Aber er hatte mich in der Hand, mich erpresst..." Lange Zeit schwieg er, so als wäre er unschlüssig ob er weitersprechen sollte. Dann holte er tief Luft und begann erneut zu erzählen:

„Korbinian lud mich zur Besiegelung unseres Paktes auf ein Glas Wein zu sich ein. Eigentlich wollte ich gar nicht hingehen, wie gesagt, ich mochte ihn nicht. Aber dann ging ich doch hin, damit er es sich nicht doch noch anders überlegte.

In seinem Haus tranken wir auf unseren gemeinsamen Plan. Dann wollte ich gehen. Aber er meinte, ich solle zuerst noch seinen besonderen Haustrunk probieren. Ich hatte keine Lust dazu, Alkohol vertrage ich nicht besonders gut, schon gar keinen Schnaps. Aber er ließ nicht locker und um endlich fort zu kommen trank ich schließlich ein Glas von dem Zeug. Ich hatte es kaum hinuntergeschluckt, da wurde mir furchtbar übel, alles drehte sich vor meinen Augen und ich verlor das Bewusstsein.

Als ich wieder erwachte lag ich in einer kleinen Kammer. Ich war vollkommen nackt und als ich an mir herunter schaute, sah ich mich über und über mit Blut besudelt. Ich erschrak furchtbar, merkte aber schnell, dass es nicht mein Blut war, ich war vollkommen unversehrt. Neben mir auf dem Boden lag ein längliches Bündel, verborgen unter einer Decke. Ich hob sie an und erstarrte. Da lag ein Kind, ein kleiner Junge von etwa zehn Jahren. Er war tot, die Augen in namenlosem Schrecken aufgerissen, schien er mich anzublicken. Sein kleiner Körper war ebenfalls nackt und schrecklich zugerichtet. Das Blut an mir stammte zweifellos von ihm. Ich sprang auf und schrie voller Panik laut auf. Meinen Blick konnte ich nicht von dem toten Kind wenden, bis heute sehe ich seinen Anblick vor mir, sobald ich die Augen schließe. Ich war verwirrt und kopflos und versuchte verzweifelt mich auf das zu erinnern, was geschehen sein musste. Es durfte einfach nicht sein dass ich es war, der den Knaben so zugerichtet und dann getötet hatte. Aber alles sprach dafür.

Dann kam Korbinian ins Zimmer und behauptete kalt ich hätte das Kind auf dem Gewissen. Ich sei wie ein Berserker darüber hergefallen. Er hätte alles gesehen, mich aber einfach nicht aufhalten können.

Ich war wie von Sinnen, konnte nicht glauben was ich da hörte. Aber er blieb dabei, ich sei der Mörder des Knaben. Und wenn ich nicht wolle dass ich deswegen am Galgen enden würde, so solle ich fortan darauf achten ihn bei Laune zu halten. Er legte mir ein Blatt Papier vor und drückte mir einen Federkiel in die Hand. Dann diktierte er mir was ich schreiben solle.

Ich wollte mich weigern, doch er meinte nur dann würde er sofort den Dorfschulzen holen und mich verhaften lassen. Ich dachte an Flucht, aber meine Kleider waren verschwunden. Schließlich nahm ich die Feder zur Hand, was sollte ich auch anderes tun? Ich schrieb auf was er mir vorgab und unterzeichnete mit meinem Namen. Es war ein Geständnis des Mordes an dem Knaben, gespickt mit grauenvollen Einzelheiten, die ich unmöglich wiedergeben kann. Korbinian nahm das Schriftstück an sich und brachte mich dann aus der Kammer. Er gab mir Gelegenheit mich zu säubern und ich erhielt meine Kleider zurück. Dann durfte ich gehen, er versicherte mir noch er würde sich um alles kümmern, der Leichnam des Kindes würde nie mehr auftauchen. Bevor ich sein Haus endgültig verließ, sagte er noch, er würde sich wieder bei mir melden..."

Urban starrte noch immer auf seine Hände, so als überlege er, ob sie wirklich gemordet hätten. Dann blickte er auf und in Adrians Gesicht. Jeglicher Hass war daraus verschwunden, nur Verzweiflung stand in seinen Zügen.

„Inzwischen bin ich mir sicher dass ich es nicht getan habe, ich wäre niemals dazu fähig gewesen. Aber ich habe das Geständnis geschrieben und wenn ich mich Korbinians Befehlen widersetze, dann lande ich unweigerlich am Galgen. Also tat ich fortan was er mir auftrug..."

„Ihr habt ihm die Jungen besorgt, die er dann missbrauchte und opferte. Wie konntet Ihr das tun? Ihr wusstet doch erschreckend deutlich, was er mit ihnen anstellt. Wie habt ihr das nur übers Herz gebracht?"

„Was sollte ich denn tun?" schrie Urban verzweifelt. Er hatte gar nicht bemerkt wie Adrian ihre Rollen vertauschte. Sein schlechtes Gewissen zwang ihn dazu endlich einem Menschen von der Schuld zu erzählen, die er auf sich geladen hatte. Dass sein Zuhörer ausgerechnet der Mann war, den er am meisten hasste, daran dachte er in diesem Moment nicht. Er wollte nur loswerden was ihn so quälte. „Was hätte ich tun können?" fragte er abermals leise und hoffnungslos. „Weißt du, was mit Kinderschändern geschieht, hast du es schon einmal gesehen? Ich schon. Sie werden ausgepeitscht und dann an den Pranger gestellt. Bis zu ihrer Hinrichtung müssen sie dort stehen, der Wut und den Misshandlungen der aufgebrachten Menschen ausgesetzt. Wenn sie endlich aufgehängt werden, so ist der Tod eine Gnade für sie. Nein, so wollte ich nicht enden."

„Da setzt Ihr lieber unschuldige Kinder der Folter und dem sicheren Tod aus", sagte Adrian leise. Seine Meinung von Urban, die eigentlich im Laufe ihres Gespräches gestiegen war, fiel auf einen Tiefpunkt zurück. Was für ein elender Feigling dieser Mann doch war. „Aber das ahnte ich doch nicht als ich ihm die ersten Knaben brachte."

Urban war erneut aufgesprungen und lief nervös im Zimmer auf und ab. Abrupt blieb er vor Adrian stehen.

„Korbinian sagte mir, er brauche die Knaben um ihnen Blut abzuzapfen. Er behauptete Knabenblut sei ein wahrer Jungbrunnen und versicherte mir, dass den Kindern nichts wirklich Schlimmes geschehen würde. Außer ein paar rituellen Handlungen und eben dem Aderlass wolle er ihnen nichts antun. Und wenn er sie nicht mehr brauchte, so versicherte er mir, würde er sie laufen lassen. Er bot mir sogar an, dass ich ihnen das Blut abzapfe, damit es auch ja nicht zu viel sei und es fachmännisch gemacht würde. Schließlich ging ich darauf ein, schon aus Sorge um die Kinder. Ich ging einmal in der Woche zur Höhle und ließ die Kinder zur Ader. Ich merkte natürlich, dass sie verängstigt und unterernährt waren und bat ihn, dies zu ändern. Ich brachte ihnen auch jedes Mal etwas zu essen mit.

Von den Gräueltaten, die er ihnen antat, ahnte ich jedoch nichts. Ich dachte er würde nur Tiere opfern. Und als einige der Kinder plötzlich verschwunden waren, da glaubte ich Korbinian als er sagte, er hätte sie weggebracht. Ich habe ihm immer alles geglaubt was er mir sagte. Zumindest, solange er mir dabei in die Augen geblickt hatte.

Sobald ich ihn verließ, kamen die Zweifel zurück, doch sie hielten nicht lange an. Irgendwie konnte ich mich nicht sehr lange darauf konzentrieren. Erst nach der Befreiung der Jungen erfuhr ich von deren wahrem Martyrium und es fiel mir wie Schuppen von den Augen. Aber da war es längst zu spät..."

Natürlich, kam es Adrian in den Sinn, Korbinian hatte auch Urban mit einem Bann belegt. Für einen Hexer seines Formates stellte es kein Problem dar durch Hypnose Vergessen in die Köpfe seiner Opfer zu zaubern. Vielleicht war ja Urban am Schicksal der Jungen doch nicht so schuldig, wie er eben noch gemeint hatte.

Vielleicht, so überlegte er, hatte ja auch er unbewusst einen Bann über Urban gelegt. Wohl deshalb hatte ihm der Mann so freizügig erzählt, was er bislang doch so sorgsam verborgen gehalten hatte. Das würde bedeuten, dass er sich wieder auf dem Weg der Besserung befand und nicht nur seine körperlichen, sondern auch seine Hexenkräfte langsam zurückkehrten. Gut zu wissen, denn er hatte keineswegs vor sich einfach in das ihm zugedachte Schicksal zu fügen. Momentan erschöpften sich seine Kräfte jedoch rapide. Er spürte die Müdigkeit, die sich bleischwer über seine Gedanken legte und es gelang ihm nicht mehr sich auf das zu konzentrieren, was ihm Urban erzählte. Seine Augen schlossen sich wie von selbst und er fiel in einen tiefen Erholungsschlaf.

Urban redete noch immer weiter und merkte erst an den tiefen Atemzügen, dass sein Zuhörer eingeschlafen war. Er starrte eine Weile verwirrt auf den schlafenden Mann, den er schon mehr als sein halbes Leben lang so sehr hasste und wunderte sich, dass er ihm so bereitwillig aus diesem Leben berichtet hatte. Was hatte ihn nur dazu bewogen? Er fand keine Antwort darauf und erhob sich mit einem leisen Seufzer. Seltsam, er meinte plötzlich weniger Hass für diesen Hexer zu empfinden.

Aber nein, das war nur eine momentane Laune, die ihn überfallen hatte und ebenso schnell wieder weichen würde. Jetzt, wo er Adrian zu Wolffhardt endlich in seine Gewalt gebracht hatte und der ihm nicht, wie befürchtet, durch einen verfrühten Tod entrissen werden würde, wollte er seine Rache an ihm vollenden.

Nur noch ein paar Tage, überlegte er, - wenn sich der Zustand des Hexers soweit gebessert hatte, dass er ihn gefahrlos transportieren konnte, dann würde der Erzfeind endlich seine verdiente Strafe bekommen.

Kapitel 21: Gespräch mit Urban

Adrian erwachte erst am späten Nachmittag und fühlte sich bedeutend besser. Sein leerer Magen machte sich durch lautes Knurren bemerkbar und er drehte den Kopf zum Hocker hin. Sein Napf mit dem Brei stand noch immer dort, daneben der Becher. Aber er konnte nicht dorthin gelangen, da er mit den Armen ans Bett gefesselt war. Außer Hunger und Durst quälte ihn seine volle Blase. Aber da er allein im Zimmer war musste er wohl auch dieses Ungemach noch eine Weile aushalten. Er wollte nicht nach Urban rufen und wusste auch nicht, ob der sich überhaupt im Haus befand. Um ihn herrschte Totenstille, einzig seine eigenen leisen Atemzüge konnte er hören.

Um sich von den Bedürfnissen seines Körpers abzulenken grübelte er über das Gespräch nach, das er am Morgen mit seinem Bezwinger geführt hatte. Es war eigentlich viel zu ausführlich verlaufen, wenn er die Feindseligkeit bedachte die Urban gegen ihn hegte. Je länger er darüber nachdachte desto bewusster wurde ihm, dass er selbst den Dialog gesteuert hatte. Er hatte Urban in seinem Sinne beeinflusst ohne es selbst zu merken.

Dass er dazu in der Lage war, noch dazu in seinem geschwächten Zustand, erstaunte ihn. Bei der nächsten sich bietenden Gelegenheit würde er abermals versuchen seine wiedergewonnenen Fähigkeiten einzusetzen. Vielleicht verschaffte ihm das die Möglichkeit doch noch lebend aus diesem Abenteuer zu entkommen.

Immer wieder drängten sich zwei Fragen in sein Gehirn: Was hatte Urban mit ihm vor? Und was wollte Korbinian von ihm? Von Urban drohte ihm der Tod, soviel war klar. Doch den Tod fürchtete er nicht wirklich, auch wenn er selbstverständlich noch nicht sterben wollte. Doch der Gedanke dem alten Hexer ausgeliefert zu sein machte ihm Angst. Was er heute über ihn erfahren hatte übertraf noch seine Vermutungen über die Gefährlichkeit des Mannes. Korbinian schien völlig skrupellos, wenn es um die Durchsetzung seines Willens ging. Und er verfügte über starke und böse Kräfte. Er bezweifelte diesem Mann gewachsen zu sein.

Ein leichtes Wärmegefühl entstand auf seiner Brust und er überlegte wovon es ausgelöst wurde. Es verstärkte sich rasch zu einem Kribbeln und er versuchte instinktiv an die betroffene Stelle zu fassen, was ihm natürlich wegen seiner gefesselten Hände nicht gelang. Aber auch so sagte ihm seine Intuition was es war, das Medaillon, dass er dem toten Hund abgestreift hatte. Gundulas Talisman. Und fast meinte er jetzt die Stimme der alten Hexe zu hören. Er lauschte und war sich sicher, sie sprach in seinem Kopf:

„Vertraue auf deine Hexenkräfte, Adrian. Sie sind mächtiger als du dir eingestehst. Du musst nur wagen sie einzusetzen, dann wirst du den entscheidenden Kampf gewinnen. Denke immer daran, ich werde bei dir sein."

„Ach Gundula", seufzte er. „Wenn ich es nur glauben könnte."

„Führst du Selbstgespräche?" erklang Urbans Stimme von der Tür her. Adrian zuckte zusammen, er hatte gar nicht bemerkt wie der Doktor das Zimmer betreten hatte. Er kam jetzt an sein Bett und starrte auf ihn nieder. Jetzt war sein Blick wieder distanziert, so, als wäre es ihm peinlich seinem Gefangenen am Morgen sein Herz ausgeschüttet zu haben.

Adrian fand es besser, erst einmal nicht auf ihr Gespräch zurückzukommen. Stattdessen fragte er in bittendem Ton:

„Könnt Ihr mich nicht losbinden und aufstehen lassen? Nur für kurze Zeit, damit ich mich erleichtern kann. Nun, da es mir etwas besser geht möchte ich Euch die Unannehmlichkeiten mit meiner Notdurft gerne ersparen. Und ein wenig Bewegung würde meinem Kreislauf guttun. Ich verspreche auch keinen Angriff auf Euch zu versuchen, dazu wäre ich gar nicht in der Lage."

Urban schien einen Moment zu überlegen, dann nickte er und beugte sich über Adrian um dessen linke Hand loszubinden. Danach löste er die rechte Fessel und trat einen Schritt zurück. Seine Hände waren zu Fäusten geballt, so als sei er bereit sofort zuzuschlagen, sollte sein Gefangener einen Angriff versuchen.

Doch danach stand Adrian nicht der Sinn. Er hob langsam seine Arme und rieb sich seine tauben Hände. Seine Finger begannen schmerzhaft zu prickeln, als der Blutfluss in Gang kam. Seine Arme fühlten sich ungewohnt schwer an. Er ließ sie wieder aufs Laken sinken und versuchte aufzustehen. Es brauchte eine Weile bis es ihm gelang sich abzustützen, so dass er den Oberkörper anheben konnte. Und dann wäre er fast wieder zurückgefallen, weil ihm plötzlich schwindelig wurde. Nur durch Aufbietung all seiner Kräfte gelang es ihm sich aufzusetzen und schließlich die Beine über den Bettrand zu hängen. Er atmete schwer und ließ den Kopf sinken, weil ihm übel wurde. Er legte ihn in seine Hände, die Ellenbogen stützte er auf seine Knie. So saß er eine ganze Weile, unfähig sich zu bewegen oder etwas anderes wahrzunehmen als das Rauschen des Blutes in seinen Ohren. Sein Kopf schmerzte heftig und er stöhnte leise. Nur nicht erbrechen, sagte er sich, das würde ihm sicher den Schädel sprengen.

Ganz langsam und allmählich legte sich die Übelkeit und der Schmerz ging auf ein erträgliches Maß zurück. Er öffnete vorsichtig die Augen und blinzelte die Tränen fort, die der Schmerz hineingetrieben hatte. Irgendwann gelang es ihm den Kopf zu heben und er blickte zu Urban hin, der ihn noch immer reglos beobachtete.

„Du schwitzt wie ein Schwein", sagte er gefühllos und rümpfte die Nase. „Und du riechst auch so. Ich denke es ist höchste Zeit für ein Bad. Allerdings, mehr als einen Waschzuber gibt es hier nicht. Was meinst du? Fühlst du dich stark genug dich zu waschen?"

Adrian konnte die Ausdünstungen seines ungewaschenen Körpers selbst kaum noch ertragen. Der Gedanke an Wasser und Seife war verlockend, auch wenn er sich eigentlich noch nicht kräftig genug fühlte sich von Kopf bis Fuß zu waschen. Doch er nickte.

Urban verschwand und schloss die Tür sorgfältig hinter sich ab, was Adrian ein leichtes Grinsen entlockte. Er hätte beim besten Willen nicht fliehen können, selbst wenn sein Leben davon abhinge.

Ganz langsam tappte er zu dem Kübel in der Ecke und erleichterte sich. Dann blickte er zum ersten Mal seit dem Unfall in einen Spiegel, der über einer Kommode hing. Ein hageres Männergesicht schaute ihm entgegen, die Augen tief in den Höhlen liegend, die

Nase seltsam spitz. Aber am meisten erstaunte ihn das Gestrüpp langer schwarzer Haare, die in seinem Gesicht wucherten. Der Bart war mindestens drei Wochen lang nicht geschoren worden. So lange, dachte er entsetzt. Es war ihm gar nicht bewusst gewesen, wie lange er hier in diesem Zimmer gelegen hatte. Er musste viel schwerer verletzt gewesen sein, als er gedacht hatte.

Ein Schädelbruch, fielen ihm Urbans Worte ein. Es musste die Wahrheit sein, der Mann war schließlich Arzt.

Ein Schädelbruch verlief in den meisten Fällen tödlich, er selbst hatte bislang nur wenige Patienten mit solch einer schweren Verletzung durchgebracht.

Entweder waren seine Kondition und sein Lebenswille sehr stark oder Urban war trotz seiner Abneigung gegen seinen Beruf ein ausgezeichneter Arzt. Wahrscheinlich war beides der Fall, dachte er, und drehte sich um, als die Tür wieder geöffnet wurde.

Ein untersetzter Mann schleppte einen großen Zuber ins Zimmer und setzte ihn auf dem Hocker ab, von dem Urban zuvor das Geschirr genommen hatte. Dann entfernte sich der Mann wieder ohne den Gefangenen auch nur eines Blickes zu würdigen. Geräuschvoll klappte die Tür hinter ihm ins Schloss und Urban lehnte sich mit dem Rücken dagegen.

„Du brauchst dir keine Hoffnungen zu machen ihn als Fluchthelfer zu gewinnen", sagte er in beiläufigem Ton. Toni ist mir treu ergeben. Außerdem ist er taubstumm und nicht sehr hell im Kopf. Er verstünde gar nicht was du von ihm willst."

Adrian verzichtete auf eine Antwort und ging zu dem Zuber. Das Wasser war angenehm warm und ein Lappen sowie ein Stück Seife lagen darin. Mit langsamen Bewegungen zog er das lange Hemd über den Kopf und ließ es auf den Boden fallen. Es war sein einziges Kleidungsstück. Es machte ihm nichts aus das Urban ihn nackt sah, schließlich war er Arzt und hatte schon so manchen nackten Körper gesehen.

Als er sah dass Urban irritiert die Augenbrauen hoch zog als er seinen, von Narben entstellten Körper sah, meinte er lakonisch:

„Ihr seid nicht der Einzige der es jemals auf mich abgesehen hat. Es gab noch einige mehr. Zumindest die Narben auf meinem Rücken dürften Euch jedoch nicht unbekannt sein, Ihr und Euer Vater wart dabei, als sie mir beigebracht wurden."

Urban nickte bestätigend.

„Stimmt, es war die erste Auspeitschung bei der ich zugesehen habe. Ich muss zugeben du hast mir damals sogar leidgetan. Du hast ge-brüllt wie ein Tier. Dass solche Narben davon zurückbleiben hätte ich allerdings nicht gedacht."

Er trat näher an Adrian heran, der sich mit bedächtigen Bewegungen abzuseifen begann. Mit der Fingerspitze berührte er das große A, das auf dessen linker Brust eingebrannt war. Narbig verheilte Wund-ränder hatten es verzerrt, aber der Buchstabe war dennoch gut zu erkennen.

„Was ist das? Wollte dir da jemand den Anfangsbuchstaben deines Namens einbrennen?"

„So etwas ähnliches, ja. Aber ich spreche nicht gern darüber", gab Adrian einsilbig zur Antwort. Selbst jemandem der an Hexerei glaubte war bestimmt nur schwer verständlich zu machen, was eine Zeitreise war. Zudem wollte er Urban nicht von den schrecklichen Folterqualen erzählen, die er in einem anderen Jahrhundert hatte er-leiden müssen. Auch nicht für welches Verbrechen ihm dieser Buch-stabe eingebrannt worden war.

„Dann verrätst du mir auch sicher nicht wie du zu diesen Brand-malen gekommen bist, oder?" fragte Urban hartnäckig weiter und deutete auf die vielen Narben, die von glühenden Feuerhaken und Zangen herrührten.

„Nicht, wenn ich es vermeiden kann. Ich möchte Euch lieber keine Anregungen geben wie man einen Menschen foltern kann. Ihr habt doch bereits einen Plan was Ihr mir antun wollt."

Er sagte es so unbeteiligt wie möglich, konnte aber nicht verhindern, dass ihm beim Gedanken an Folter der Schweiß ausbrach.

Urban maß ihn mit nachdenklichem Blick:

„Du hast Angst davor, ja? Dabei bist du es doch anscheinend ge-wohnt."

„Es schon einmal erlebt zu haben, macht die Angst davor nicht eben geringer", gab Adrian zu und schaute Urban dabei ernst an.

Der starrte ebenso ernst zurück „Wenn es dich beruhigt, habe ich eigentlich nicht daran gedacht dich zu foltern", sagte er dann. „Zumindest nicht körperlich. So etwas liegt mir nicht. Allerdings weiß ich nicht was Korbinian mit dir vorhat, ihm würde ich es zutrauen."

Ich auch, dachte Adrian bei sich und fuhr mit dem Waschen fort. Es beruhigte ihn ein wenig, dass Urban nicht beabsichtigte, ihn zu peinigen. Tot sehen wollte er ihn allerdings nach wie vor.

Als er mit Waschen fertig war setzte er sich schwer atmend auf einen Schemel. Die Aktion hatte ihn zwar angestrengt, aber jetzt fühlte er sich wenigstens wieder sauber. Nur das Bartgestrüpp in seinem Gesicht störte ihn. Würde Urban ihm gestatten sich zu rasieren? Das Bad hatte er ihm wahrscheinlich mehr in seinem eigenen Interesse zugestanden. Drei Wochen alte Körperausdünstungen waren eine Beleidigung für die Nase jedes zivilisierten Menschen. Der Bart störte Urban hingegen vermutlich nicht, nur ihn selbst.

Eine gute Gelegenheit nochmals meine hypnotischen Fähigkeiten zu testen, überlegte Adrian, und fragte nach einer Rasur. Dabei versuchte er diesmal bewusst sein Gegenüber zu beeinflussen. Es gelang, Urban dachte kurz nach und nickte dann gnädig. Bald darauf kam Toni mit frischem Wasser und Rasierutensilien. Das Abschaben des langen Bartes erwies sich als schwierig, besonders, weil seine Hand vor Anstrengung und Schwäche zitterte. Nachdem er sich zum dritten Mal geschnitten hatte nahm Urban ihm das Messer aus der Hand und schabte ihm mit sorgfältigen Strichen den Bart ab. Als er mit der scharfen Klinge über Adrians Kehle fuhr hielt er plötzlich inne.

„Wie leicht wäre es dir jetzt einfach die Gurgel durchzuschneiden", sagte er versonnen und in seinen Augen glomm ein gefährlicher Funke auf. Adrian hielt einen Moment die Luft an, zwang sich aber ruhig in das Gesicht über sich zu blicken.

„Dann tut es doch einfach", murmelte er und schloss ergeben die Augen. „Bringt es hinter Euch, vielleicht könnt Ihr dann endlich Euren Frieden mit mir machen."

Er öffnete die Augen erst wieder als auch das letzte Barthaar von seiner Kehle entfernt war. Sein Blick suchte den Urbans. Eine Weile starrten sie sich gegenseitig an, dann senkte Urban den Blick. In seinem Gesicht lag ein Ausdruck den Adrian nicht deuten konnte. Dann drehte er sich brüsk um und verließ das Zimmer.

Adrian starrte einen Moment auf die geschlossene Tür, dann ging er zu seinem Bett und setzte sich auf den Rand. Er fühlte sich müde und erschöpft und die Schmerzen in seinem Kopf nahmen stetig zu. Es würde noch eine Weile dauern, vermutete er, bis er ganz genesen war. Würde Urban so lange warten? Aber es geht doch gar nicht nach Urbans Willen, flüsterte eine leise Stimme in seinem Kopf. Er ist nur ein Handlanger Korbinians.

Die Gedanken an den alten Hexer verstärkte Adrians Kopfschmerzen noch mehr und so vertrieb er sie energisch. Er wollte nicht auch noch darüber grübeln, was Korbinian mit ihm vorhatte, er würde es noch früh genug erfahren.

Langsam griff er nach der Schale mit dem kalten Brei. Er sah vertrocknet und nicht mehr sehr appetitlich aus. Dennoch zwang er sich ihn zu essen, sein Magen forderte Nahrung. Nachdem er die Reste mit dem kalten Tee aus dem Becher hinuntergespült hatte, ließ er sich rücklings aufs Bett sinken und schloss die Augen.

Schlafen, dachte er träge. Lange und traumlos schlafen, aller Sorgen und Schmerzen bar, die ihn quälten. Der Schlaf war der einzige Ort an dem er sich frei fühlen konnte.

Plötzlich meinte er eine Stimme zu hören, eine Stimme, die er liebte. Zenta, sie rief nach ihm. Er wollte ihr antworten, doch der Schlaf war mächtiger, er trug ihn auf seinen Schwingen davon und Zentas Ruf verhallte ungehört.

Er erwachte spät am nächsten Tag. Die fahle Morgensonne erhellte das Zimmer gerade genug, dass er seine Umgebung erkennen konnte. Er räkelte sich träge, genoss es nicht mehr angebunden zu sein. Sein Blick glitt zu dem Bett an der anderen Wand, es war leer. Jetzt, da er auf dem Weg der Besserung war, zog Urban es vor in einem anderen Zimmer zu schlafen.

Er dachte darüber nach, wie aufopfernd der Arzt ihn in den vergangenen Wochen gepflegt hatte, nur um ihn umbringen zu können, sobald er gesund genug war. Es kam ihm absurd vor.

Wahrscheinlich wärst du schon lange tot wenn da nicht Korbinian wäre, sagte die Stimme in seinem Kopf. Vergiss nicht, erst wenn er mit dir fertig ist kann Urban seinen Plan verwirklichen.

Korbinian, immer wieder Korbinian. Nein, er wollte nicht über den alten Hexer nachdenken und auch nicht über das Herzklopfen, das ihn befiel, sobald er an ihn dachte. Deshalb schob er den Gedanken rigoros von sich. Er wollte stattdessen versuchen noch mehr Einzelheiten aus Urban herauszubringen. Es gab noch immer viele Ungereimtheiten, an dessen Racheplan.

Auch wenn es an seiner Situation nichts änderte, so wollte er ihn doch weiter zum Reden ermutigen. Je mehr sie miteinander redeten, desto eher gelang es ihm vielleicht eine Schwachstelle an dem Mann zu entdecken. Urban war nicht so gefühllos wie er sich gab, er besaß noch ein Gewissen, auch wenn er es zu verbergen suchte.

Nachdenklich starrte er zur Zimmerdecke hoch, die schon lange nicht mehr gestrichen worden war. Er fragte sich zum ersten Mal wo er sich wohl befand. Obwohl ihm die Antwort nichts nützen würde, weil er es niemandem mitteilen konnte.

Nein, das stimmte nicht. Zenta könnte er es mitteilen - und hatte sie nicht bereits versucht, mit ihm Kontakt aufzunehmen? Schwach konnte er sich erinnern sie in seinen Gedanken gefühlt zu haben. Doch dann hatte ihn die Schwäche übermannt.

Vielleicht sollte er jetzt versuchen sie zu erreichen, obwohl er zweifelte, dass es ihm gelang. Dennoch wollte er es zumindest versuchen. Wenn er zu ihr durchdrang so wusste sie zumindest, dass er noch lebte und auf dem Wege der Besserung war. Sie war inzwischen sicher krank aus Sorge um ihn sein. Er wusste nicht ob er während seiner Bewusstlosigkeit Signale ausgesandt hatte die ihr gesagt hatten, dass er noch lebte. Immerhin hatte sie gestern versucht ihn zu erreichen…

Er kam nicht mehr dazu, weiter darüber nachzudenken, denn die Tür wurde geöffnet und Urban betrat das Zimmer. Er sah ausgeruht aus, vermutlich hatte er nach den langen Nächten der Krankenpflege endlich wieder einmal durchschlafen können. Gut gelaunt schien er allerdings nicht zu sein, mürrisch blickte er Adrian an. In seiner Hand erkannte Adrian eine lange Kette.

„Steh auf!" knurrte er. „Du hast lang genug geschlafen."

Langsam erhob Adrian sich und blieb neben dem Bett stehen, er musterte Urban genauso, wie der ihn.

„Es scheint als ginge es dir heute schon wesentlich besser", meinte Urban und hob die Kette an. Sie klirrte leise. „Da wird es höchste Zeit dich daran zu hindern von hier zu fliehen. Streck eine Hand aus, welche ist mir egal."

In Adrians Kopf jagten sich die Gedanken. Das war seine letzte Möglichkeit sich zu befreien. War er erst angekettet, wäre er Urban endgültig ausgeliefert. Konnte er es riskieren ihn anzugreifen?

„Denk nicht einmal daran", knurrte der unwirsch, so als kenne er Adrians Absicht. Drohend hob er die Kette an. Er sah entschlossen aus und Adrian zweifelte nicht daran, dass er im Falle einer falschen Bewegung mit dem schweren Metallteil auf ihn einschlug.

Einer solchen Attacke fühlte er sich keinesfalls gewachsen, also streckte er gehorsam eine Hand vor und ließ sich die Kette darum legen. Urban achtete sorgfältig darauf dass er seine Hand nicht aus der Öffnung winden konnte und verschloss die Kette mit einem stabilen Vorhängeschloss. Dann ging er um Adrian herum und befestigte das andere Ende der Kette an den Eisenstäben des Bettgestells.

„So, das müsste genügen dich am Fliehen zu hindern."

Selbstgefällig betrachtete Urban sein Werk. Die Kette maß etwa drei Meter und erlaubte dem Gefangenen sich fast im gesamten Zimmer zu bewegen. Bis an die Tür reichte sie nicht heran, was einen Überraschungsangriff auf einen Eintretenden vereitelte. Adrian setzte sich wortlos auf die Bettkante und rieb sich das gefesselte Handgelenk. Die Kette lag zwar eng an, bereitete ihm aber keinen Schmerz. Immerhin war es bequemer als weiterhin mit Bändern ans Bett gefesselt zu sein.

Toni kam herein, ein Tablett auf den Händen balancierend. Er stellte es auf dem Hocker ab und verschwand wieder. Wie schon gestern würdigte er Adrian keines Blickes.

„Ich dachte ein kräftigeres Frühstück als der Brei tut dir gut", sagte Urban mürrisch und nahm auf einem Stuhl Platz. Anscheinend hatte er nichts vor und wollte sich mit seinem Gefangenen unterhalten um die Zeit totzuschlagen. Das war auch ganz in Adrians Sinn, vielleicht erfuhr er ja wo er sich befand. Dann könnte er versuchen es an Zenta zu übermitteln und seine Befreiung wäre nur noch eine Frage der Zeit. Aber würde es ihm gelingen Urban zu hypnotisieren, so dass er ihm verriet wo sie sich befanden?

Hungrig begutachtete er den Inhalt der Teller und Schüsseln auf dem Tablett. Der Duft des Brotes und der Hartwurst ließ ihm das Wasser im Mund zusammenlaufen. Er schob sich ein kleines Stück Brot in den Mund und biss vorsichtig von der Wurstscheibe ab.

Wie er befürchtet hatte liefen durch die Kaubewegungen Schmerzwellen durch seinen Schädel. Bedauernd ließ er von der kräftigen Mahlzeit ab und nahm die Schüssel mit dem Brei zur Hand, löffelte sie langsam aus. Urban ließ ihn nicht aus den Augen, sprach aber kein Wort.

„Was hat den Schädelbruch eigentlich ausgelöst?" fragte Adrian, nachdem er die leere Schüssel beiseite gestellt hatte. Die Finger seiner freien Hand fuhren sachte über die verschorfte Haut an seinem Kopf. Die Stelle fühlte sich seltsam an, so als hätte man ihm die Haare geschoren.

„Ein Felsbrocken hat dich am Kopf getroffen. Ich fürchtete schon er hätte dich erschlagen. Dabei hatte ich alles genau berechnet. Aber anstatt vorzupreschen, wie ich eigentlich gedacht hatte, machte dein Pferd einen Satz rückwärts und geriet so genau in die abgehende Lawine. Mir blieb vor Schreck fast das Herz stehen. All meine Bemühungen endgültig umsonst, dachte ich. Aber zum Glück ist dein Schädel härter gewesen als die Steine..."

„Euren Worten entnehme ich, dass ihr diesen... Unfall geplant habt. Wie kann das sein? Nicht einmal ich wusste vorher, welchen Weg wir nehmen würden. Es war reiner Zufall."

Jetzt, wo Urban ihm erzählte was geschehen war, kam Adrians Erinnerung plötzlich zurück. Er sah den Steinbruch vor sich und hörte das Rumpeln über seinem Kopf...

„Ich hatte schon tagelang auf der Lauer gelegen", unterbrach Urban selbstgefällig seine Gedanken. „Und davor habe ich dich wochenlang beobachtet. Das ist dir nie aufgefallen, obwohl du mich hinter jeder Ecke vermutet hast. Ich hielt mich immer im Hintergrund und tarnte mich außerdem jeden Tag aufs Neue. Ich ließ mir einen Vollbart wachsen und verkleidete mich immer wieder anders, mal als Knecht, mal als Viehhirte, manchmal sogar als Mönch. So konnte ich dir folgen ohne deine Argwohn zu erregen. Und immer überlegte ich, wie ich dich in meine Gewalt bringen konnte, ohne dich umzubringen. Als ich bemerkte dass du und dein Freund öfter den Steinbruch durchquert, legte ich mich dort auf die Lauer. Zuvor präparierte ich eine geeignete Stelle. Ich türmte lose Steine und kleine Felsstücke so aufeinander, dass ich sie mittels eines Seiles ins Rollen bringen konnte. Ich brauchte dann nur noch zu warten bis du erscheinen würdest..."

„Ihr wollt sagen, Ihr habt mir jeden Tag dort aufgelauert? In der Kälte und dem Schnee? Ihr habt ja wirklich viel auf Euch genommen um mich zu erwischen."

„Ach, ganz so schlimm war es nicht. Im Steinbruch gibt es eine alte Hütte, versteckt hinter Felsen. Darin habe ich es mir gemütlich gemacht, ich hatte sogar einen Ofen dort. Und ich konnte aus dem Fenster den Weg gut überblicken. Als ich euch beide kommen sah brauchte ich nur zu dem Seil gehen und daran zu ziehen. Eigentlich sollte dich die Lawine nur von deinem Freund trennen. Ich wusste dass du immer vorn reitest und dachte mir, wenn du die Steine hörst gibst du deinem Pferd die Sporen. Hättest du so reagiert wäre nichts passiert. Die Steine und der Schnee hätten deinen Freund aufgehalten und ich hätte dich vor der Unglücksstelle abgepasst. Mit meiner Pistole wollte ich dich zwingen dich mir zu ergeben. Ich hätte dich ohne Probleme gefangen nehmen können. Aber dann wolltest du anstatt nach vorne nach hinten ausweichen und die Lawine ging auf euch beide nieder..."

„Was ist eigentlich mit meinem Freund geschehen? Wurde er ebenfalls verletzt?"

Voller Scham musste sich Adrian eingestehen, dass er bislang überhaupt nicht an Simon gedacht hatte. Was war ihm passiert? Lebte er überhaupt noch?

Urbans Antwort beruhigte ihn. „Keine Sorge, er hat es überlebt. Ich bin über das Durcheinander von Steinen und Schnee geklettert und habe nach euch beiden gesehen. Er kam unter seinem toten Pferd zu liegen und war bewusstlos vom Sturz. Aber er atmete kräftig und ich war mir sicher, er würde bald wieder zu sich kommen und sich aus eigener Kraft unter dem Kadaver herauswinden können. Er lag darunter wie in einer engen Höhle und das Tier hat ihn warm gehalten. Also ließ ich ihn einfach liegen und kümmerte mich um dich.

Du warst in einem äußerst bedenklichen Zustand, an deinem Schädel klaffte eine riesige Wunde und Blut lief dir aus Nase und Ohren. Ich bekam einen mächtigen Schrecken und fürchtete schon, dich versehentlich getötet zu haben.

Ich habe Blut und Wasser geschwitzt bis es mir gelungen war dich über das Geröll zu schaffen und zu meinem bereitstehenden Wagen zu transportieren und fürchtete, du würdest mir unter den Händen sterben. Aber anscheinend bist du ein zäher Knochen."

„Ist mein Pferd auch tot?" fragte Adrian bang. Obwohl er andere Sorgen hätte ging ihm das Schicksal des Hengstes nahe. Das Tier hatte ihn viele Jahre seines Lebens treu begleitet und war ihm ans Herz gewachsen.

„Der Gaul hat ein paar Kratzer abbekommen, war aber nicht ernsthaft verletzt. Ich habe ihn dort gelassen, damit dein Freund ein Pferd hatte auf dem er heimreiten konnte. Ich bin kein Unmensch, ich töte weder Tiere noch Menschen. Und gegen deinen Freund habe ich nichts, ich hatte ihn ja auch schon bei unserem ersten Zusammentreffen verschont. Du bist der einzige Mensch auf der Welt den ich mit eigenen Händen zum Tode befördern will. Und wenn es soweit ist sollst du mitbekommen was mit dir geschieht. Nur deshalb habe ich dich mühsam wieder aufgepäppelt."

„Wirklich nur deshalb? Oder vielmehr weil Korbinian darauf bestand mich lebendig in die Finger zu bekommen?" fragte Adrian nüchtern. „Wollt Ihr mir nicht verraten was er mit mir vorhat?"

Urbans Miene verfinsterte sich sofort und er kniff die Lippen zusammen. Es war offensichtlich dass ihm dieses Thema missfiel. Um ihn zum Weiterreden zu bringen fand Adrian es besser, ihn nicht mit Fragen nach dem Hexer zu nerven. Es gab noch genügend andere Themen, die ihn ebenfalls brennend interessierten. Deshalb meinte er im Plauderton:
„Ihr habt Euch extrem viel Zeit gelassen mich nach den ersten gescheiterten Versuchen doch noch in Eure Gewalt zu bringen. Zeitweise dachte ich sogar Ihr hättet es vielleicht ganz aufgegeben..."
„Nein, das kam nie für mich in Frage. Es lief nur alles nicht so, wie ich es mir ausgedacht hatte. Ich hätte nie geglaubt dass ich aus Wolffhardt fliehen müsste und war darauf nicht im Geringsten vorbereitet. Nicht einmal in mein Haus konnte ich mehr zurück. Das war zu gefährlich für mich. Ich ahnte sofort, als du die Kinder erwähntest, dass es nur die aus der Höhle sein konnten. Und mir war klar sie würden mich wiedererkennen und mein Zutun bei ihrer Entführung verraten. Ich wollte nicht dafür aufgehängt werden, deshalb floh ich Hals über Kopf. Zum Glück fand ich Unterschlupf bei einem Bekannten, der weit genug weg wohnte, um bei ihm vor Nachstellungen sicher zu sein. Sonst hätte ich nicht einmal mehr ein Dach über dem Kopf gehabt. Korbinian saß mir ebenfalls im Nacken, er war sehr erbost darüber dass du die Höhle mit den Kindern entdeckt hast. Zumindest das hatte für mich ein Gutes, denn er beschloss daraufhin erst einmal in seinen Heimatort zurückzukehren. Was mich von dem Zwang befreite ihm immer weitere Kinder zuführen zu müssen..."
Adrian unterließ es ihm nochmals Vorwürfe wegen den Kindern zu machen. Es hätte im Nachhinein sowieso nichts genutzt und Urban nur aufgebracht. Er wollte aber noch mehr von ihm erfahren, deshalb wechselte er erneut das Thema.
„Ihr seid dann nach Aschaffenburg gereist..."

Er erntete einen fragenden Blick, doch dann zuckte Urban nur die Schulter:

„Ich wusste ja wo du zu Hause bist und dachte mir, dass du bald dorthin zurückkehren würdest. Ich wollte unbedingt vor dir dort sein um auszukundschaften, ob es mir gelingen konnte dich dort zu überwältigen. Ich blieb einige Wochen und wartete auf deine Rückkehr. Ich konnte nicht ahnen wieviel Zeit du dir dazu nimmst und fragte mich schon, ob du überhaupt zurückkehren würdest. Doch dann warst du plötzlich wieder da, du und deine Familie. Doch dein Haus war inzwischen zu einer kleinen Festung geworden und du hattest zudem Wachen mitgebracht. Das machte mir schnell klar dass es fast unmöglich war dir oder einem Mitglied deiner Familie aufzulauern."

„Korbinian war ebenfalls in Aschaffenburg, Ich habe ihn gesehen. Allerdings schien er nicht lange dort gewesen zu sein..."

„Er kam, weil er meinte deine Gefangennahme beschleunigen zu können. Das dauerte ihm alles schon viel zu lange. Aber bald musste er einsehen, dass wir dich in deinem Heimatort nicht überwältigen konnten. Alle Leute, die wir nach dir befragten, begegneten uns voller Misstrauen und gaben uns nur ausweichende Antworten. Zudem fand Korbinian nirgends einen geeigneten Ort, an dem er seine schwarzen Messen abhalten konnte. Das wurmte ihn so sehr dass er wieder nach Hause fahren wollte. Schließlich einigten wir uns darauf auf eine günstigere Gelegenheit zu warten. Ich hatte herausgefunden, du wolltest an Weihnachten deine Eltern besuchen, bis dahin mussten wir uns eben gedulden. Auf die paar Wochen kam es nun auch nicht mehr an."

„Was hatten eigentlich meine Cousins mit der ganzen Angelegenheit zu tun?", wollte Adrian noch wissen, „waren sie in den Plan eingeweiht?"

Urban zuckte nichtssagend die Schulter.

„Ich habe anfangs probiert sie ein wenig auszuhorchen, ob sie mir tauglich sein konnten. Aber trotzdem sie nicht gut auf dich zu sprechen waren wollten sie dir nicht unbedingt Schaden zufügen. Da sie aber schon zu viel von unseren Plänen mitbekommen hatten, bedrohte Korbinian sie schließlich mit seinen Hexenkräften. Die Angst vor ihm bewog sie tatsächlich zum Stillschweigen."

Adrian grübelte einen Moment nach. Urban hatte ihm bislang äußerst bereitwillig Rede und Antwort gestanden. Konnte er den Versuch wagen ihm noch weitere Dinge zu entlocken? Leider fühlte er sich durch das lange Gespräch bereits wieder ziemlich erschöpft, was ihn daran hinderte seine übersinnlichen Kräfte effektiv einzusetzen. Dennoch, er wollte es wenigstens versuchen. Wenn seine Genesung weiterhin so gute Fortschritte machte, würden Urban und Korbinian ihre Pläne mit ihm bald vollenden wollen. Korbinian würde ihn dazu vermutlich an einen anderen Ort bringen, der für seine Zwecke besser geeignet war.

Obwohl er sich nicht vorstellen konnte was der Alte plante, rann Adrian ein Schauer über den Rücken. Was immer es war, er wollte es nicht erleben müssen. Deshalb war Urban seine letzte Hoffnung. Er wusste nicht ob er ihn umstimmen konnte, aber versuchen musste er es. Auch wenn es ihm widerstrebte um sein Leben zu bitten, doch sterben wollte er auch noch nicht. Und wenn es auch nur eine winzige Chance gab seinen Widersacher in seinem Entschluss wankend zu machen, so wollte er sie nutzen.

„Ich vermute ich kann Euch Euren Plan nicht ausreden mich töten zu wollen?" begann er in neutralem Tonfall und schaute Urban dabei fest in die Augen. „Auch nicht, wenn ich Euch beim Leben meiner Kinder versichere den Tod Eures Vater nicht herbeigeführt zu haben? Ich war damals kaum Herr meiner Sinne, vom Fieber geschwächt und kaum in der Lage mein Schwert zu halten. Zudem haben mir Vaters Vorwürfe und sein Misstrauen so zugesetzt, dass es mir egal war ob ich dieses Gottesurteil überlebte. Ich hatte mir sogar gewünscht zu sterben, damit ich all das endlich hinter mir hatte. Der Blitz, der Euren Vater tötete, war einfach nur ein unglückseliger Zufall."

Zum ersten Mal entdeckte er ein Fünkchen Unsicherheit in Urbans Augen, - immerhin schien er darüber nachzudenken, dass ich vielleicht die Wahrheit sagte. Doch dann verhärteten sich seine Züge wieder und er schüttelte den Kopf.

„Gib dir keine Mühe mich umstimmen zu wollen. Dazu habe ich zu lange auf diese Abrechnung gewartet. Und außerdem, - selbst wenn ich nicht mehr von deiner Schuld überzeugt wäre, dann ist da immer noch Korbinian. Er will dich haben und ich werde dich zu ihm bringen. Er hat mich in der Hand und ich könnte genauso gut Selbstmord begehen, sollte ich mich seinen Wünschen widersetzen."

„Dann sagt mir wenigstens, was er mit mir vorhat. Ich bitte Euch darum."

Urban musterte ihn einen Moment unschlüssig, dann zuckte er die Schulter.

„Ich weiß es nicht genau. Er meinte, er wolle sich deine Hexenkräfte aneignen, aber frage mich nicht wie er das anstellen will. Von solchen Dingen habe ich keine Ahnung. Vielleicht weißt du es ja, du bist schließlich auch ein Hexer. So wie ich Korbinian kenne denke ich, es wird keinesfalls leicht für dich."

Er schaute seinen Gefangenen fast mitleidig an, dann meinte er: „Wenn ich daran denke wie der Alte mit den Kindern umgegangen ist..., oder mit seinen Opfertieren. Es war einfach widerlich. Er ist ein Teufelsanbeter und opferte Satan jede Woche mindestens ein Tier. Ich war nur einmal dabei und musste schleunigst die Höhle verlassen, weil mir schlecht wurde. Danach habe ich sorgfältig darauf geachtet es nicht mehr miterleben zu müssen."

Er schwieg eine lange Weile, so als habe er Adrian vergessen. Dann blickte er ihm erneut ins Gesicht.

„Weißt du...", begann er zögernd, stockte dann aber wieder. Dann gab er sich einen Ruck und sprach weiter: „...eigentlich tust du mir fast leid. Ich möchte jedenfalls nicht in deiner Haut stecken. Der Mann ist eine perverse Bestie und ich gebe unumwunden zu, dass ich Angst vor ihm habe. Und schon deshalb werde ich dich zu ihm bringen, selbst wenn ich inzwischen nicht mehr ganz so sicher bin ob du tatsächlich am Tod meines Vaters schuldig bist. Vielleicht ist ja die Einlösung meines Versprechens dich zu töten sobald er mit dir fertig ist letztendlich sogar ein Akt der Gnade für dich."

Brüsk stand er auf und wandte sich zur Tür. Als sie hinter ihm ins Schloss fiel, ließ Adrian sich langsam auf sein Bett sinken. Er fühlte sich plötzlich ausgelaugt und sein Magen hatte sich zu einem schmerzhaften Knoten zusammengezogen.

Kapitel 22: Lebenszeichen

Lange starrte er mit leerem Blick zur Decke, doch er nahm weder die vom Alter rissig gewordenen Holzbalken wahr noch das zerrissene Spinnennetz, das von seiner Bewohnerin verlassen in einer Zimmerecke hing. Sein Verstand kreiste um die Bilder die sich vor seinem inneren Auge auftaten; ein dunkles Höhlenverlies und Kinderaugen, die ihn ängstlich anstarrten. Die Kadaver grausam zugerichteter Tiere auf einem blutbesudelten Altar und menschliche Knochen, achtlos übereinander gestapelt auf dreckigem Boden.

Würden seine eigenen Gebeine bald ebenfalls in irgendeiner Höhle vermodern? Der Gedanke an den Tod bereitete ihm zwar Unbehagen, Angst hatte er aber nicht davor. Das was bis zu seinem Tod mit ihm geschehen konnte bereitete ihm allerdings große Angst. Besonders wenn es mit Korbinian zusammenhing. Er traute dem alten Hexer jede Gemeinheit zu.

Es war ihm unvorstellbar auf welche Weise sich der Alte seiner Hexenkräfte bemächtigen wollte, er hatte bisher weder gehört noch gelesen, dass so etwas möglich war. Was jedoch nicht bedeutete dass es nicht trotzdem machbar war. Und obwohl er von Korbinians bösen Kräften nichts hielt waren sie doch mächtig.

Waren dem Alten seine eigenen Kräfte nicht genug? Warum wollte er auch noch seine Hexenkräfte besitzen? Er war doch gar nicht so mächtig.

Noch mehr beschäftigte ihn die Frage auf welche Weise sich der Alte seine Kräfte aneignen wollte. Würde er sie ihm durch die Anwendung eines Zaubers entziehen?

Adrian gestand sich ein dass er sich davor fürchtete. Ein böser Zauber konnte aus einem Mann einen lebenden Leichnam machen, so wie es bei seinem Vater geschehen war. Und wenn er an die Rituale Korbinians dachte, die der mit den Knaben oder den Tieren zelebriert hatte...

Die Erinnerung an die Folter und Pein, die er früher bereits erleiden musste, ließ ihm den Schweiß ausbrechen. Er wollte es nie mehr erleben müssen.

Um die Erinnerung daran aus seinem Kopf zu bekommen sprang er auf und lief unruhig im Zimmer hin und her, soweit es die Kette zuließ. Er musste von hier weg, aber wie sollte er das anstellen?

Vor dem Fenster blieb er stehen und starrte hinaus. Bisher hatte er keine Möglichkeit gehabt sich die Umgebung seines Gefängnisses anzusehen. Vielleicht konnte er ja erkennen wo er gefangen gehalten wurde und versuchen es Zenta mitzuteilen.

Doch schon der erste Blick aus dem Fenster machte seine Hoffnungen zunichte. Er sah nur einen tristen Hinterhof, mit einem schäbigen Pferdestall und einer offenen Remise, in der eine Kutsche stand. Dahinter erspähte er einen bewaldeten Höhenzug, ohne markanten Erkennungspunkt. Enttäuscht stellte er fest dass er an jedem x-beliebigen Ort sein konnte.

Ein Blick nach unten sagte ihm dass es kein großes Problem wäre heil den Boden zu erreichen. Doch diese Erkenntnis kam zu spät, mit der Kette am Handgelenk war jeder Gedanke an eine Flucht durchs Fenster ausgeschlossen. Mutlos ging er zu seinem Bett zurück und streckte sich darauf aus.

Um nicht erneut über Folterung und Grausamkeiten zu grübeln zwang er sein Gehirn zu angenehmeren Gedanken. Zenta fiel ihm ein, seine geliebte Zenta. An sie wollte er ganz fest denken, solange er es noch konnte. Wie gerne hätte er sich mit ihr über seine Gedanken unterhalten, ihr wenigstens mitgeteilt dass er noch am Leben war. Aber er spürte dass er zu dieser anstrengenden geistigen Leistung noch nicht in der Lage war. Frustriert schloss er die Augen. Zuerst meinte er zu träumen und lächelte als er die geliebte Stimme hörte. Sie sprach laut zu ihm, so laut dass er meinte Zenta säße neben ihm auf dem Bett. Er riss die Augen auf, doch sie war nicht da. Dennoch, ihre Stimme blieb und rief energisch nach ihm und jetzt begriff er. Zenta hatte einen Weg gefunden zu ihm zu dringen, ihre Stimme erklang in seinem Kopf.

Sie schien zu erkennen dass sie ihn erreicht hatte und er konnte fast die Befreiung spüren, die sie dabei empfand. Ihre größte Sorge galt seinem Befinden und er meinte zu spüren wie sie versuchte, seinen körperlichen und seelischen Zustand zu erfühlen. Er wollte ihr so gerne antworten, ihr bestätigen dass er lebte und auf dem Wege der Besserung war und versuchte mit aller Macht zu ihr durchzudringen. Aber ihm fehlte die Kraft dazu. Sein Kopf begann wie rasend zu schmerzen und bald übertönte das Brausen in seinen Ohren alles andere. Er meinte in ein schwarzes Loch zu fallen und plötzlich war nur noch Dunkelheit um ihn.

„Ich habe ihn erreicht, bin endlich zu ihm durchgedrungen. Adrian lebt und es geht ihm besser, wenn er auch noch immer sehr schwach ist..."

Zenta kam ins Esszimmer gestürmt wo Simon, Nelia und der Herzog am Tisch saßen und ein spätes Frühstück verzehrten. Wie immer drehte sich das Tischgespräch fast ausschließlich um Adrians mysteriöses Verschwinden. Jetzt verstummten die Gespräche abrupt und alle starrten sie an.

Zenta ließ sich auf einem Stuhl nieder. Ihre Wangen glühten vor Aufregung und ihre dunklen Augen glänzten fiebrig. Sie hatte in den Wochen voller Ungewissheit etliche Pfund abgenommen und der Kummer zeichnete dunkle Ränder unter ihre Augen. Die Sorge um Adrian ließ sie weder ruhen noch essen. Fast den ganzen Tag und viele Stunden der Nacht verbrachte sie in ihrem Zimmer über Adrians Hexenbüchern und versuchte eine Möglichkeit zu finden, mit dem Geist ihres Mannes in Kontakt zu treten, ihn aus seiner Dunkelheit zu holen.

Nachdem sie Adrian gerade noch daran hindern konnte für immer aus dem Leben zu scheiden war es ihr nicht mehr gelungen mit ihm Kontakt aufzunehmen. Zwar spürte sie dass er lebte, aber ansonsten kam kein Lebenszeichen von ihm, sein Geist schien sich in Sphären zurückgezogen zu haben, wohin ihm niemand folgen konnte. In den letzten Tagen hatte sie jedoch gespürt, dass er ins Bewusstsein zurückdrängte, doch er reagierte noch immer nicht auf ihre Rufe. Dennoch hatte sie sich nicht entmutigen lassen, immer wieder mit ihm gesprochen - und heute war endlich die ersehnte Bestätigung gekommen, er war aus dem Koma erwacht und befand sich auf dem Weg der Genesung.

Es waren nur einige Bruchstücke von dem was er ihr sagen wollte zu ihr durchgedrungen. Doch es hatte ihr genügt, sie wusste er würde nicht nur körperlich gesunden, sondern auch bald wieder im Vollbesitz seiner übersinnlichen Fähigkeiten sein.

„Bitte iss etwas, meine Liebe, während du uns berichtest", bat sie der Herzog jetzt und warf besorgte Blicke auf ihre magere Gestalt. Da sie keine Anstalten machte griff er über den Tisch und legte ein paar ausgesuchte Delikatessen auf ihren Teller und schob ihn ihr zu. Leise mahnend erinnerte er sie:

„Du musst essen, sonst wirst du auch noch krank. Und damit hilfst du Adrian ganz bestimmt nicht. Und du musst auch an deine Kinder denken, sie brauchen jetzt eine gesunde Mutter..."

Zenta wusste worauf er anspielte. Ihre Sorge um Adrian hatte ihr jeglichen Appetit genommen und sie konnte kaum etwas zu sich nehmen. Das hatte zur Folge dass ihre Brüste keine Milch mehr gaben und sie ihre kleine Tochter nicht mehr stillen konnte. Zum Glück gab es auf dem Schloss einige Frauen die selbst ein Kind nährten und sich gerne als Amme zur Verfügung stellten, so dass man sich nicht auch noch um die Gesundheit der kleinen Agatha sorgen musste. Sie zwang sich ein paar Bissen zu sich zu nehmen, sie spürte selbst wie schwach sie geworden war. Jetzt, wo sie endlich zu Adrian gesprochen hatte, wusste, dass er gesunden würde, wollte auch sie schnell wieder stark werden. Nur wenn sie kräftig genug war konnte sie mit ihm kommunizieren und vielleicht erfahren wo er sich befand. Denn dass er sich immer noch in Lebensgefahr befand war ihr, wie auch allen anderen am Tisch, klar.

Nachdem sie an ihrem Becher mit warmer Milch genippt hatte erzählte Zenta wie es ihr gelungen war zu Adrian durchzudringen und was sie erfahren hatte. Dass sie noch immer nicht wusste wo er sich befand spielte erst einmal eine untergeordnete Rolle. Sie war voller Zuversicht ihren Mann nun, da sie es einmal geschafft hatte, auch ein weiteres Mal erreichen zu können. Und vielleicht gelang es ihm ja schon bald ihr zu antworten.

Der Herzog und Simon simulierten wie jeden Tag unermüdlich darüber nach welche Möglichkeiten es noch gab Adrians Aufenthaltsort herauszufinden. Eine befriedigende Antwort fiel ihnen jedoch auch diesmal nicht ein, dabei hatten sie schon so viele Möglichkeiten durchgesprochen. Doch das Ergebnis war immer das gleiche, es gab von Adrian keine Spur, er war wie vom Erdboden verschwunden. Simon wunderte sich insgeheim über die Wandlung die mit Adrians Vater vorgegangen war. Noch sehr gut erinnerte er sich an dessen frühere Ablehnung, sobald die Rede auf Adrians Hexenkräfte kam. Dass seine Schwiegertochter ebenfalls eine Hexe war wusste Walther zu Wolffhardt erst seit einigen Tagen. Sie hatte es ihm bisher sorgsam verschwiegen und ihre Offenbarung war zuerst ein Schock für ihn gewesen. Als er jedoch merkte dass Zenta die Einzige war die Adrian vielleicht aufspüren konnte, hatte er sich überraschend schnell mit der Tatsache abgefunden. Und mittlerweile war er sogar froh über ihre Fähigkeiten, denn durch Zenta hatten sie wenigstens eine kleine Chance Adrian doch noch zu finden.

Die Amme brachte die kleine Agatha und sie brachte auch Wernher mit, der gleich zu seiner Mutter lief und auf ihren Schoß kletterte. Zenta ließ sich Agatha auf den freien Arm legen und drückte ihre beiden Kinder an sich. Schon nach kurzer Zeit wurde es Wernher zu langweilig, er wechselte zum Schoß seines Großvaters und ließ sich von ihm mit Leckereien füttern.

Der Säugling lag satt und zufrieden im Arm seiner Mutter und steckte schläfrig zwei Finger in den Mund um daran zu nuckeln. Zenta küsste sanft das kleine Köpfchen ihrer Tochter und seufzte tief auf. Ihre Gedanken wanderten zu Adrian zurück. Würde es ihm jemals wieder vergönnt sein seine Kinder und sie selbst in die Arme zu schließen?

Die nächsten Tage vergingen eintönig und mit Adrians fortschreitender Genesung kam die Langeweile. Urban gab sich auffällig wortkarg und wann immer Adrian ihn nach seinem weiteren Schicksal fragte, wich er aus oder verließ sogar das Zimmer.

Dann kam es Adrian vor als sei in Urban tatsächlich ein Sinneswandel vor sich gegangen. Doch selbst wenn er ihn nicht mehr für den Mörder seines Vaters hielt änderte das nichts an der Tatsache, dass er Korbinians Auftrag ausführen würde. Seine Furcht vor dem bösartigen Hexer war zu groß, weshalb Urban es keine Sekunde in Erwägung zog seinen Gefangenen frei zu lassen.

Und dann, eines morgens, kam Urban ins Zimmer und sein Blick war besonders düster. In der Hand hielt er statt des Frühstückstabletts einen irdenen Becher, den er Adrian hinhielt.

„Es wäre mir lieb du trinkst das Zeug freiwillig", brummte er unwirsch, wobei er es sorgsam vermied Adrian in die Augen zu sehen. Als der sich nicht rührte reagierte er wütend und zischte: „Ich kann es dir auch eintrichtern lassen, trinken wirst du es auf jeden Fall. Also los, zier' dich nicht länger..."

„Was ist das?" fragte Adrian, obwohl er es sich denken konnte. Sein Herz hämmerte schmerzhaft gegen seine Rippen und er war sich sicher aschfahl geworden zu sein. Es war also so weit, Urban wollte ihn betäuben damit er ihm keine Schwierigkeiten machen konnte. Aber wenn er betäubt war konnte er nicht herausfinden wohin er gebracht wurde und seine letzte Chance auf Rettung wäre damit zunichte gemacht. Er musste irgendwie vermeiden das Betäubungsmittel zu schlucken. Aber wie? Es gab nur den Weg für ihn Urban durch Hypnose zu beeinflussen, so dass er ihm den Trank ersparte. Doch leider funktionierte sein einziger Trumpf nicht. Der Zwiespalt zwischen Mitleid mit seinem Gefangenen und Angst vor dem alten Hexer verunsicherte Urban so sehr, dass er es vermied Adrian in die Augen zu schauen.

Schließlich überwog seine Angst und er presste gefährlich leise zwischen den Zähnen hervor:

„Entweder du trinkst das Zeug freiwillig, oder ich lasse dich von Toni festhalten. Die Entscheidung liegt bei dir..."

Adrian resignierte. Langsam setzte er sich auf und nahm den Becher entgegen. Der Geruch des Gebräus stieg bitter in seine Nase, angeekelt verzog er das Gesicht.

„Nun mach schon", brummte Urban versöhnlicher. „Brings endlich hinter dich."

Bevor er den Becher an die Lippen setzte holte Adrian noch einmal tief Luft, dann trank er das eklige Gebräu in wenigen tiefen Zügen.

Er hielt Urban den leeren Becher hin und blickte ihm dabei stumm in die Augen. Der hielt ihm einen Moment mit flackerndem Blick stand, dann nahm er den Becher und schleuderte ihn in eine Ecke, wo er mit lautem Knall zerbarst.

„Du wirst bald tief und fest schlafen und erst einmal nichts mitbekommen", murmelte er und Adrian meinte Mitgefühl aus seinem Tonfall herauszuhören.

Er blieb bewegungslos auf dem Bett sitzen und starrte auf die Tür, die sich hinter Urban schloss. Er spürte Furcht in sich aufwallen und seine Gedanken arbeiteten fieberhaft. Er musste das Betäubungsmittel erbrechen bevor es zu wirken begann. Aber wohin, ohne dass Urban es bemerkte? Er würde es ihm erneut einflößen und dann darauf achten, dass er es auch wirklich bei sich behielt. Als einzige Möglichkeit fiel ihm der Toilettenkübel in der Ecke ein.

Er wollte aufstehen. Aber noch ehe seine Füße den Boden berührten merkte er wie die Wirkung des Trankes bereits einsetzte, - es war zu spät. Ihm wurde schwarz vor Augen und alles drehte sich um ihn. Er merkte nicht einmal mehr wie er umkippte und zu Boden fiel.

Ziehende Schmerzen in seinem Körper ließen ihn aufstöhnen und er streckte sich, um sich ihrer zu erwehren. Die Bewegung tat ihm gut, die Schmerzen gingen auf ein erträgliches Maß zurück. Still blieb er liegen, bemüht, das dumpfe Gefühl aus seinem Schädel zu vertreiben. Was war geschehen?

Nur allmählich setzte seine Erinnerung wieder ein; Urban hatte ihn gezwungen dieses eklige Gebräu zu schlucken. Noch immer fühlte sich seine Zunge pelzig davon an. Sie schien ihm geschwollen am Gaumen zu kleben und er verspürte Durst. Er musste sich zwingen die Augen zu öffnen, damit er sehen konnte wo er sich befand. Wenn nur seine Lider nicht so schwer wären, sie wollten ihm einfach nicht gehorchen. Er strengte sich an und riss die Augen auf. Aber die undurchdringliche Schwärze blieb.

Warum konnte er nichts sehen? War er durch den Betäubungstrank blind geworden? Er kämpfte die aufkeimende Panik nieder und versuchte nachzudenken.

Vermutlich befand er sich nur in einem dunklen Raum, überlegte er. War es Tag oder Nacht? Er wusste es nicht, auch sein Zeitgefühl war ihm völlig abhandengekommen.

Er versuchte den Raum ohne Zuhilfenahme der Augen zu erkunden. Es war eisig kalt und er vernahm weder Geräusche, noch bemerkte er den geringsten Windhauch. Vorsichtig begann er den Boden unter sich abzutasten und fühlte grobe wollene Decken, auf denen er lag. Darunter musste sich eine dicke Lage Stroh befinden, es raschelte wenn er sich bewegte.

Erst jetzt wurde er sich der eisernen Fesseln gewahr die ihm um beide Handgelenke lagen, sie waren durch eine Kette zusammengehalten, die etwa einen halben Meter lang war. Er hob die Arme an und spürte dass die Handfesseln an einer weiteren Kette befestigt waren. Sie klirrte leise als er daran zog um festzustellen wohin sie führte. Sie schien über ihm an der Decke befestigt zu sein.

Langsam erhob er sich und machte ein paar vorsichtige Schritte, die Arme hielt er von sich gestreckt damit er nicht an eine Wand lief. Nach etwa fünf Schritten stieß er an eine relativ glatte Fläche, eine verputzte Wand vermutete er, die im Bogen zu verlaufen schien. Er tastete sich an ihr entlang und trat plötzlich ins Leere. Mit rudernden Armen versuchte er das Gleichgewicht zu halten, fiel aber dennoch einige Stufen hinunter. Sein endgültiger Fall wurde von der Kette abrupt gebremst. Mühsam rappelte er sich hoch. Seine Ellbogen und Knie schmerzten vom Aufprall auf die Stufen und seine Handgelenke brannten wie Feuer, wo die scharfen Kanten der Fesseln seine Haut abgeschürft hatten. Er musste sich erst einen Moment erholen, bevor er sich daran machte den Weg zurück zu seinem Lager zu ertasten. Endlich spürte er das Stroh unter seinen Füßen und ließ sich darauf nieder, um über seine Situation nachzudenken. Doch so sehr er auch nachgrübelte wie er sich aus der misslichen Lage befreien konnte, es fiel ihm keine Lösung ein. Er würde wohl oder übel auf Urban oder Korbinian warten müssen um wenigstens zu erfahren, ob er tatsächlich erblindet war.

Er fror und tastete nach den Decken auf seinem Lager, um sie sich umzulegen. Dabei bemerkte er dass er wieder vollständig angezogen

war. Während seiner Genesung hatte er nur ein langes Hemd getragen, jetzt steckte er in wärmender Kleidung.

Er fühlte ein wollenes Hemd und grob gewebte Hosen. Darüber trug
er ein dickes Wams aus Schaffell und an den Füßen Wollsocken und
derbe Schuhe. Was immer man mit ihm vorhatte, erfrieren sollte er
offenbar nicht.

Er versuchte sich mit Zenta in Verbindung zu setzen, sicher sorgte
sie sich schon, weil nichts mehr von ihm zu ihr drang. In den
vergangenen Tagen war es ihm immer leichter gefallen mit ihr auf
telepathischem Weg zu kommunizieren. Leider konnte er ihr seinen
Aufenthaltsort nicht mitteilen, doch für Zenta war es eine große
Erleichterung ihn zumindest auf dem Weg der Besserung zu wissen.
Vorsichtshalber hatte er ihr verschwiegen was es mit Korbinians
Plänen auf sich hatte. Sie und alle auf dem Schloss waren sicher
beunruhigt genug wegen seines Verschwindens. Und es hätte nichts
gebracht seine Familie mit Mutmaßungen zu ängstigen. Doch nun,
da es immer aussichtsloser für ihn wurde aus eigener Kraft sein
weiteres Schicksal zu beeinflussen, blieb ihm nichts anderes übrig
als seiner Frau über die neue Situation zu berichten...

Aber zu seinem Bedauern gelang es ihm nicht Zenta zu erreichen.
Was erneut Panik in ihm aufsteigen ließ. War ihm nicht nur sein
Augenlicht, sondern auch seine telepathischen Fähigkeit abhanden-
gekommen?

Mühsam versuchte er seine Ängste in den Griff zu bekommen.
Vielleicht war es ja mitten in der Nacht, grübelte er, und sie schlief
tief und fest. Sie hatte während seiner langen Bewusstlosigkeit kaum
ein Auge zugemacht und irgendwann forderte jeder Körper sein
Recht. Vielleicht war sie auch mit anderen Dingen beschäftigt die
ihre volle Aufmerksamkeit erforderten, so dass sie ihn nicht wahrnahm. Schweren Herzens beschloss er es einfach zu einem späteren
Zeitpunkt nochmals zu versuchen.

Er verspürte lähmende Müdigkeit, wahrscheinlich die Nachwirkung
des Trankes. Und da ihm sowieso nichts anderes übrig blieb als zu
warten, konnte er ebenso gut versuchen zu schlafen. Was immer ihm
in nächster Zeit auch bevorstand, er würde es besser verkraften

wenn sein Körper ausgeruht war. Deshalb machte er es sich auf seinem spartanischen Lager so bequem als möglich und wickelte sich die Decken gegen die eisige Kälte eng um den Körper. Und obwohl die Ungewissheit ihn belastete, übermannte ihn schließlich der Schlaf.

Ein derber Stoß riss ihn aus dem Schlaf und Adrian öffnete erschrocken die Augen. Benommen, aber gleichzeitig erleichtert, stellte er fest dass er nicht erblindet war. Der Raum war in diffuses Kerzenlicht getaucht und an den Wänden tanzten bizarre Schatten im flackernden Schein einer Fackel. Die Fackel lag in Korbinians Hand, der mit lauerndem Blick auf ihn niederstarrte.

„Ich muss sagen, du hast bessere Nerven als ich dir zugetraut hätte", blaffte der alte Hexer schlecht gelaunt. „Liegst hier seelenruhig schlafend, als befändest du dich in der Sicherheit deines Schlosses. Aber ich werde dir die Gemütlichkeit bald austreiben. Steh auf und lass dich anschauen."

Adrian erhob sich widerwillig, es passte ihm ganz und gar nicht nach der Pfeife des Alten zu tanzen. Aber er wollte nicht gleich zu Anfang ihrer Bekanntschaft Misshandlungen riskieren. Korbinian befand sich leider in der stärkeren Position, er wollte es nicht sofort auf eine Konfrontation mit ihm ankommen lassen. Zudem brannte er darauf zu erfahren wo er war, vielleicht gab ihm Korbinian ja irgendeinen Hinweis darauf.

Neugierig ließ Adrian seine Blicke wandern und stellte fest dass sein Gefängnis ein recht ungewöhnlicher Ort war. Es gab kein noch so winziges Fenster und die einzige Tür bestand aus stabilem mit Eisen verstärktem Holz. Sie war jedoch nicht grob zusammen gezimmert, sondern aus edlem Holz und mit Schnitzereien verziert. Adrian meinte christliche Symbole daran zu erkennen, was ihn an eine Kirchentür erinnerte. Aber eine Kirche war dieser hermetisch abgeriegelte Raum nicht..., eher eine Gruft.

Adrian hörte zwar zu was Korbinian ihm zu sagen hatte, inspizierte dabei aber auch seine Umgebung. Es handelte sich tatsächlich um eine Begräbnisstätte. An der gegenüberliegenden Wand hingen Gedenktafeln, in die Namen und Daten eingemeißelt waren. Dahinter befanden sich vermutlich in die Wand eingelassene Grabkammern. In der Mitte des Raumes stand ein großer Sarkophag, der von Korbinian anscheinend als Altar missbraucht wurde. Schalen mit unbekanntem Inhalt und abgebrannte Kerzen standen auf schwarzen Tüchern. Der Stein des Sarkophags war mit getrocknetem Blut besudelt.

„... Hörst du mir überhaupt zu?" wurde er durch einen groben Stoß aus seinen Betrachtungen gerissen.

Überrascht taumelte er rückwärts und wäre fast gestürzt. Widerwillig richtete er seine Aufmerksamkeit auf den alten Hexer, der ihn böse anfunkelte.

In Adrians Gehirn jagten sich die Gedanken, fieberhaft suchte er nach einem Weg Korbinian noch etwas hinzuhalten. Er war sich fast sicher diese Gruft zu kennen. Sein Vater hatte streng darauf geachtet dass Adrian alle wichtigen Gebäude des Herzogtums kennenlernte. Not-falls mit dem Rohrstock hatte er die Gebäude und ihre Geschichte in den Kopf seines Sohnes eingebläut. Auch sämtliche Kirchen und Klöster, selbst wenn sie nur noch Ruinen waren.

Deshalb war sich Adrian sicher er könne herausfinden wo er sich befand, wenn Korbinian ihm die Gelegenheit gab einen Blick auf die Gedenktafeln zu werfen. Die Namen darauf würden ihm genügen zu sagen um welche Gruft es sich handelte.

Der scharfe Schmerz der durch seinen Schädel zuckte brachte ihn auf die Idee, stöhnend beugte er sich nach vorne und griff sich mit seinen gefesselten Händen an den Kopf. Heftig würgend warf er Korbinian einen leidenden Blick zu.

„Mir ist übel und das Rauschen in meinen Ohren übertönt fast Eure Stimme", presste er hervor und tat, als müsse er sich übergeben. Ohne auf den skeptischen Blick des alten Hexers zu achten ließ er sich auf sein Lager zurück fallen und blieb verkrümmt liegen. Nach abermaligem Würgen brachte er ein wenig Spucke zusammen, die er sich aus dem Mundwinkel fließen ließ. Sein Herz pochte aufgeregt, - würde seine Schauspielerei den erhofften Erfolg erzielen?

Anscheinend machte er Korbinian zumindest unsicher, denn er blickte jetzt unschlüssig auf ihn herab. Dann richtete er seine mürrischen Worte an jemand der sich hinter Adrians Rücken befand und der ihm überhaupt noch nicht aufgefallen war.

„Hast du ihm zu viel von dem Trank gegeben? Ich sagte dir doch ausdrücklich du musst die Kräuter sehr genau dosieren. In diesem Zustand kann ich nichts mit ihm anfangen. Sieh zu dass du ihn bis morgen wieder auf die Beine bringst."

Adrian rührte sich nicht als Korbinian ihn nochmals prüfend musterte und dann einen derben Fluch ausstieß. Er hielt seinen Blick eisern auf dessen Stiefel gerichtet, die sich jetzt abwandten und den Weg zur Tür einschlugen. Dort drehte sich der Hexer nochmals um.

„Und passe mit dem neuen Trank besser auf. Ich habe zu lange auf diesen Mann gewartet um ihn am Ende durch deine Dummheit zu verlieren."

Urban, kein anderer konnte es sein der hinter Adrian stand, gab keine Antwort, schien aber zumindest zustimmend zu nicken, denn Korbinian knurrte noch einmal gereizt und verschwand dann endgültig durch die Tür. Als sie sich hinter ihm schloss drehte sich Adrian langsam auf seinem Strohlager um.

Es war natürlich Urban, der dort dicht an der Wand stand, und ihn mit seltsamem Blick ansah.

„Geht es dir wirklich so schlecht?" fragte er mürrisch. „Oder hast du dem Alten nur ein wenig Theater vorgespielt um deine Schonzeit zu verlängern?"

„Theater", gab Adrian offen zu und erhob sich wieder. Ernst blickte er Urban in die Augen. „Ich hoffe nicht du holst ihn zurück."

Diesmal wählte er bewusst die vertrauliche Anrede. Urban war momentan der einzige Mensch der ihm helfen konnte. Es musste ihm einfach gelingen ihn auf seine Seite zu ziehen.

Kapitel 23: In Korbinians Händen

Es sah einen Moment so aus als überlege Urban ernsthaft genau das zu tun. Doch dann winkte er ab.

„Nein, ich habe ebenfalls keine Lust mich noch länger von ihm beleidigen zu lassen. Diese eine Nacht Ruhe soll dir noch vergönnt sein. Und mir auch", fügte er leise hinzu und umrundete Adrians Lager. Ohne ihn weiter zu beachten ging er zu einer Nische, die Adrian nicht einsehen konnte, und begann dort zu hantieren.

Den Moment ohne Beobachtung nutzte Adrian aus um sich gründlich in seinem Gefängnis umzusehen. Zuerst fiel ihm auf dass sich sein Lager in einem kleinen Seitenteil der Gruft befand. Gemalte christliche Symbole an der im Halbrund verlaufenden Wand ließ ihn vermuten, dass sich hier der Platz befunden hatte an dem die Verstorbenen aufgebahrt wurden, bevor sie ihre letzte Ruhestätte in einem der gemauerten Grablöcher fanden. Dieser kleine Nebenraum lag etwas erhöht, drei Stufen führten hinauf, die er, während er in der Nacht blind herumgirrte, heruntergestürzt war.

Die Kette, an der er wie ein Hofhund hing, verlief tatsächlich in die Höhe, wo sie, wie bei einem Flaschenzug durch einen an der Decke verankerten eisernen Ring lief und dann an einer Seitenwand an einem soliden Haken befestigt war. Die Vorrichtung war jedoch nicht ursprünglich für den Zweck angefertigt worden dem sie jetzt diente. Vielmehr hing an ihr früher ein riesiger gusseiserner Leuchter, der nun in der Ecke lag. Um seine Kerzen anzünden zu können wurde er mittels der langen Kette abgelassen und dann wieder hochgezogen.

Die Kette ließ Adrian etwas Bewegungsspielraum, jedoch nicht so viel, dass er an den Haken gelangen konnte. Außerdem würde es seinen Peiniger nur geringe Anstrengung kosten die Kette so zu straffen, dass er mit gestreckten Armen aufrecht stehen musste oder sogar ganz den Boden unter den Füßen verlor.

Er wollte seine Gedanken lieber nicht in diese Richtung schweifen lassen. Deshalb erhob er sich von seinem Lager und verließ die Nische, soweit es die Kette zuließ. Leider reichte sie nicht weit genug um ihn die Inschrift auf dem Sarkophag erkennen zu lassen. Zudem kam jetzt Urban wieder auf ihn zu, in der Hand hielt er einen Krug aus dem es dampfte. Als er sah dass Adrian sein Lager verlassen hatte, kniff er misstrauisch die Augen zusammen. Er erkannte jedoch gleich dass er ihm nicht wirklich gefährlich werden konnte und ging an ihm vorbei.

„Du solltest deine Kräfte nicht schon jetzt durch herumlaufen vergeuden", riet er ihm ernst. „Leg dich auf dein Lager und trinke den Tee, den ich dir zubereitet habe. Er ist das Einzige das Korbinian dir zugestanden hat. Er verbot mir ausdrücklich dir irgendetwas anderes zu geben."

Adrian gab keine Antwort. Er fragte sich zu welchem Zweck ihm dieser Trunk zubereitet worden war. Ganz sicher nicht damit es ihm in seinem kalten Gefängnis etwas wärmer und behaglicher wurde. Sollte er erneut betäubt werden? Korbinians Anweisungen ließen diesen Schluss zu. Durst plagte ihn schon seit er erwacht war. Dennoch wollte er den Inhalt des Kruges nicht trinken. Zumindest nicht freiwillig..

„Was ist das für ein Zeug?" fragte er argwöhnisch.

„Tee, das habe ich doch schon gesagt. Ich weiß nicht aus welchen Kräutern er besteht, Korbinian gibt mir nie Auskunft über die Zusammensetzung seiner Hexentränke. Und ehrlich gesagt will ich es auch gar nicht wissen. Wie du weißt halte ich ganz und gar nichts von diesem Teufelskram. Allerdings vermute ich die Wirkung des Gebräus wird mehr seinen, als deinen Bedürfnissen gerecht werden."

Das konnte sich Adrian sehr gut vorstellen und er nahm sich erneut vor von dem Tee nicht einmal zu kosten. Sobald er allein war würde er ihn auskippen. Doch genau diesen Gedanken schien ihm Urban vom Gesicht abzulesen. Er schüttelte ablehnend den Kopf.

„Wenn ich dir raten darf würde ich empfehlen das Zeug einfach zu trinken, ohne darüber nachzudenken. Vielleicht betäubt es dich ja so weit dass du gar nicht mitbekommst was er mit dir anstellt. Außerdem ist dieser Tee die einzige Flüssigkeit, die du noch bekommen wirst. Und trinken musst du, das weißt du so gut wie ich."

Er bedachte Adrian mit einem langen Blick ehe er fortfuhr: „Eigentlich kann es mir egal sein was er mit dir tut. Für mich ist nur wichtig, dass du am Ende tot bist. Aber ich will dir trotzdem einen Rat geben: Auch wenn es dir noch so zuwider ist befolge immer alle seine Befehle sofort. Er ist ein äußerst bösartiger Mensch und es macht ihm Freude andere Lebewesen zu quälen. Und so, wie du bisher seine Pläne durchkreuzt hast, ist er besonders schlecht auf dich zu sprechen. Er wird dich auf jeden Fall leiden lassen, dennoch liegt es auch an dir wie stark diese Leiden sein werden und wie lange sie andauern."

„Dann hilf mir doch einfach ihm zu entkommen", sagte Adrian in eindringlichem Tonfall. „Oder, wenn es wirklich dein Wunsch ist mich tot zu sehen, dann töte du mich - jetzt auf der Stelle. Aber lass nicht zu dass er sich meine Kräfte aneignen kann. Er ist böse und missbraucht seine Kräfte für böse Zwecke. Welches Unheil er schon damit angerichtet hat weißt du besser als ich. Ich weiß du hältst mich ebenfalls für schlecht aber ich versichere dir, ich habe meine übernatürlichen Kräfte niemals missbraucht. Gelingt es Korbinian aber sich meine Kräfte anzueigen, so machen ihn die bestimmt nicht zu einem besseren Hexer. Er führt etwas sehr Böses damit im Schilde. Kannst du es wirklich verantworten, dass noch mehr leiden, oder gar getötet werden? Dass er noch mehr Kinder quält und missbraucht?"

Urban starrte ihn stumm an, sein Gesicht war aschfahl geworden und Adrian konnte erkennen wie seine Augen nervös hin und her zuckten, so als suche er nach einem Ausweg. Doch dann pressten sich seine Lippen entschieden zusammen.

„Gib dir keine Mühe mich umzustimmen", stieß er hervor. „Du kannst mich nicht erweichen. Ich bin zwar keineswegs einverstanden mit dem was Korbinian tut. Das was er tut gehörte nie zu meinem Plan. Aber nun ist es halt einmal dazu gekommen, er hat mich in der Hand. Außerdem gebe ich unumwunden zu, dass ich schreckliche Angst vor ihm habe und schon aus diesem Grund tue, was er mir befiehlt. Und du solltest es mir gleichtun wenn du nicht seine ganze gnadenlose Härte zu spüren bekommen willst. Am besten du fängst sofort damit an, indem du diesen Tee trinkst...“ Er stellte den Krug so energisch neben Adrians Lager ab, dass der dachte das irdene Gefäß würde zerspringen. Doch es blieb heil und Urban verließ eilig die Nische und wandte sich zur Tür ohne sich noch einmal umzusehen. Bevor er ging löschte er noch die Fackel und die Kerzen. Eine einzige Kerze ließ er brennen, doch sie war zu weit von Adrians Lager entfernt, ihr Schein reichte kaum bis zu ihm. Immerhin war es nicht mehr stockfinster in dem ungemütlichen Raum, nach einer Weile gewöhnten sich seine Augen an den dürftigen Lichtschein und er konnte seine Umgebung schemenhaft erkennen. Vorsichtig tappte er zu seinem Lager zurück und ließ sich nieder.

Er dachte über die Zweifel nach, die er in Urbans Gehirn gesät hatte. So wie er den Mann mittlerweile einschätzte, würden diese Zweifel an der Richtigkeit seines Tuns in den nächsten Stunden noch anwachsen. Und vielleicht, so hoffte er, plagte Urban sein Gewissen bald so sehr, dass er seine Angst vor Korbinian überwand.

Was er zu ihm gesagt hatte war kein hohles Geschwätz gewesen um mit seiner Hilfe vielleicht doch noch zu entkommen. Natürlich hatte er Angst vor dem was Korbinian ihm antun konnte, sogar große Angst. Aber er fürchtete auch den Missbrauch, den der alte Hexer mit seinen Kräften anrichten konnte. Denn Korbinian hatte es bestimmt nicht auf seine Zauberkräfte abgesehen, um sich dadurch zu einem guten Magier zu wandeln.

Der Krug neben seinem Lager kam ihm wie eine bösartige Bedrohung vor. Was würde Korbinian tun wenn er bemerkte, dass er gar nicht davon getrunken hatte? Welche Wirkung sollte das Gebräu überhaupt haben? Wenn er das herausfinden würde, könnte er dem Alten vielleicht weiterhin etwas vortäuschen. Entschlossen griff er nach dem Gefäß und roch an dem Inhalt. Um sich besser konzentrieren zu können schloss er die Augen und sog tief den herben Geruch ein.

Nach einer Weile meinte er zumindest einige der verwendeten Kräuter zu erkennen und forschte in seinem Gedächtnis, welche Wirkung sie auf Körper und Geist hatten. Sie waren weder beruhigend und auch nicht betäubend, erkannte er. Aber sie veränderten die Wahrnehmung und schalteten den Willen weitgehend aus. Damit sie eine dauerhafte Wirkung erzielten müsste er sie jedoch in regelmäßigen Abständen trinken. Wohl deshalb hatte Korbinian befohlen ihm nur diesen Tee vorzusetzen.

Adrian war, wie jeder Mensch, auf ausreichende Flüssigkeitszufuhr angewiesen. Und schon jetzt meinte er seine Zunge klebe ihm vor Durst am Gaumen. Der Drang zu trinken würde bald übermächtig werden. Und sobald er erst einmal von dem Tee getrunken hatte würde er, ohne nachzudenken, weiter trinken, da dann sein freier Wille ausgeschaltet wäre.

Aber soweit würde er es nicht kommen lassen sondern das Gebräu in den Toilettenkübel schütten, der in der Ecke seines Gefängnisses stand. Falls der Alte tatsächlich misstrauisch wäre und dort nachsah, würde er den Tee kaum von Urin unterscheiden können. Vorausgesetzt, Korbinians Misstrauen würde nicht so weit gehen den Inhalt des Kübels genau zu untersuchen.

Was das Löschen seines Dursts betraf so hatte er etwas entdeckt, dass ihn mit lebensnotwendigen Wasser versorgen würde. Als sein Blick durch sein Gefängnis gestreift war hatte er an einer Stelle der Wand einen Riss im Mauerwerk entdeckt, durch den Wasser eingedrungen und in der eisigen Kälte zu langen Eiszapfen gefroren war. Sie befanden sich etwa eineinhalb Meter über seinem Kopf. Er konnte sie zwar in der Düsternis kaum noch erkennen, hatte sich die Stelle aber gut gemerkt. Es musste ihm nur irgendwie gelingen, daran zu gelangen.

Seine empor gestreckten Hände reichten nicht ganz bis an die Eiszapfen doch ein Sprung, verbunden mit einem kräftigen Schlag, sollte genügen sie abzuschlagen. Er versuchte es sogleich und schon beim zweiten Versuch traf er sein Ziel. Es gab ein klirrendes Geräusch und ein langer Eiszapfen fiel zu Boden wo er in viele kleine Teile zersprang.

Adrian brauchte die Eisstücke nur noch aufzusammeln und sich in den Mund zu stecken. Sie schmeckten zwar nicht besonders gut, sie schienen aus abgestandenem Sickerwasser zu bestehen, doch sie taten ihren Dienst. Nachdem er seinen schlimmsten Durst gelöscht hatte, ging er daran die restlichen Eisstücke sorgfältig aufzusammeln. Korbinian durfte kein einziges Körnchen finden, es würde ihn sofort misstrauisch machen. Nach kurzem Überlegen versteckte er das Eis unter den Strohschichten seines Lagers.

Der Steinboden darunter war eiskalt, die Stücke würden dort nicht schmelzen. Für einige Tage würde der gefrorene Wasservorrat ausreichen, wenn er nicht zu verschwenderisch damit umging.

Bevor er sich niederlegte goss er einen großen Teil des Tees in den Toilettenkübel und urinierte darauf, so dass sich die Flüssigkeiten vermischten. Jetzt lag es an ihm Korbinian durch Vortäuschung eines verwirrten Geisteszustandes davon zu überzeugen, dass er brav das Gebräu zu sich genommen hatte. Alles Weitere musste sich dann aus der Situation ergeben. Mit leisem Seufzer ließ er sich auf sein Lager sinken und konzentrierte seine Gedanken auf Zenta. Heute musste es ihm einfach gelingen sie zu erreichen.

Trotz der nächtlichen Stunde klopfte Zenta aufgeregt an die Tür von Simons und Nelias Schlafgemach. Nach einer kleinen Weile, während der sie ungeduldig auf und ab ging, wurde ihr geöffnet und sie blickte in Simons verdutztes Gesicht. Trotz seiner Schlaftrunkenheit erkannte er sofort, dass sie wichtige Nachrichten hatte und trat beiseite um sie einzulassen. Leise schloss er die Türe hinter ihr.

„Gibt es etwas Neues von Adrian?" fragte er aufgeregt flüsternd. Dann schüttelte er über seine einfältige Frage den Kopf. Was, außer Neuigkeiten von Adrian, würde Zenta dazu bewegen sie mitten in der Nacht aus dem Schlaf zu reißen? Er bat die junge Hexe mit einer knappen Handbewegung sich auf den Rand von Nelias Bett zu setzen und zog für sich selbst einen Stuhl heran. Zuvor hatte er die angelehnte Tür zum Nebenraum geschlossen, damit die Kinder nicht durch die Stimmen erwachten.

Genau wie Nelia, die sich mit angezogenen Knien im Bett aufgesetzt hatte und nun beruhigend die Hand ihrer Freundin tätschelte, starrte er angespannt in Zentas Gesicht.

„Er hat sich wieder gemeldet", berichtete sie aufgeregt. „Endlich. Ich hatte schon befürchtet es wäre etwas Schlimmes mit ihm geschehen. Aber er versicherte mir es ginge ihm nicht schlecht..."

Ausführlich erzählte sie was Adrian ihr über seine veränderte Situation und seinen neuen Aufenthaltsort mitgeteilt hatte. Sie erzählte auch von seinen Befürchtungen und seinen zunehmenden Ängsten, die er ihr zum ersten Mal in so direkter Form gestanden hatte.
„Er fürchtet, wenn nicht ein Wunder geschieht, werde er diesen fürchterlichen alten Hexer nicht daran hindern können, sich seine Kräfte anzueignen. Was danach mit ihm geschehen würde, darüber wolle er nicht nachdenken", endete sie niedergeschlagen und schaute Simon an.
„Adrian sagte mir noch weder du, noch der Herzog, sollen Urban zur Rechenschaft ziehen. Der Mann würde schon lange bereuen was er ausgelöst hat. Korbinian trüge ganz allein die Verantwortung für all die Scheußlichkeiten, die passiert wären. Und dann sagte Adrian noch der alte Hexer müsse auf jeden Fall daran gehindert werden mit seinen Kräften Böses zu tun. Er würde es in deine Hände legen zu tun, was er nicht mehr beenden könne..."
Sie verlor endgültig die Fassung und brach in Tränen aus.
„Himmel, er sorgt sich um Urban und darum was Korbinian mit seinen Kräften anstellen könnte. Dabei sollte er sich doch viel eher Sorgen um sich selbst machen..."
„So ist er nun einmal", brummte Simon und rieb sich übers Gesicht um die Müdigkeit zu vertreiben. „Immer in Sorge um seine Mitmenschen, sogar um seine Feinde. Vielleicht hat er ja Recht, was Urbans Gewissen angeht. Doch wenn der Mann wirklich Reue verspürt, dann könnte er uns doch wenigstens verraten wo Adrian gefangen gehalten wird. Er ist der Einzige außer Korbinian, der es uns sagen könnte."
Grübelnd schaute er auf den Boden, dann sah er Zenta wieder an.
„Hat Adrian dir noch mehr übermittelt? Irgendetwas über die Räumlichkeit, in der er festgehalten wird. Korbinian muss ihn bei dieser Kälte irgendwo unterbringen, wo es zumindest einigermaßen warm

ist. Wenn Adrian erfriert kann er ihm nicht mehr seine Kräfte rauben. Denke nach, Zenta! Jedes Wort kann wichtig sein…"

Zenta presste die Finger an die Schläfen, um sich genau zu erinnern. Dann fiel ihr noch etwas ein:

„Ja, natürlich, Adrian sagte er befände sich in einer Gruft oder Krypta, da er Gedenksteine an den Wänden sah.

Auf jeden Fall ein unterirdischer Raum ohne Fenster, etwa die Gruft eines Klosters oder eines Konvents. Aber das Kloster müsse wohl verlassen sein, sonst würde es ja auffallen was in der Krypta geschieht. Denn Korbinian würde seine teuflischen Rituale vermutlich schon seit längerer Zeit dort abhalten…"

„Kann er nicht erkennen um welches Kloster es sich handelt" fragte Simon aufgeregt. „Es dürfte doch in der Umgebung nicht allzu viele verlassene Klöster geben, die über eine Krypta verfügen. Adrian erzählte mir einmal sein Vater hätte sehr streng darauf geachtet, dass er sich alle Gebäude des Herzogtums samt ihrer Geschichte genau einprägte. Dann müsste er doch wissen in welchem Gemäuer er gefangen ist."

„Anscheinend weiß er nur dass er sich in einer Krypta befindet, aber nicht in welcher, sonst hätte er es mir sicher gesagt. Die schwere Kopfverletzung hat vielleicht sein Gedächtnis beeinträchtigt."

Nelia, die sich bisher nicht geäußert hatte, warf ein:

„Der Herzog kennt sich doch über alle Gebäude auf seinem Land bestens aus. Ihr solltet ihn fragen."

„Er ist noch nicht zurück", bedauerte Simon.

Der alte Herzog hatte überall Bekanntmachungen anbringen lassen, auf denen er demjenigen eine reiche Belohnung versprach, der Hinweise auf den Verbleib seines Sohnes geben konnte.

Vor einigen Tagen hatte sich ein junger Bursche gemeldet und gesagt, er hätte einen verletzten Mann gefunden und ihn zu einem Heiler gebracht. Seine Beschreibung des Verletzten stimmte zwar nicht in allen Punkten mit Adrians Aussehen überein, aber dennoch wollte sich der Herzog persönlich überzeugen, ob es sich vielleicht doch um seinen Sohn handelte. Er ließ seine Kutsche anspannen und reiste in Begleitung des Burschen und ein paar Bediensteter in das, zwei Tagesreisen entfernte Dorf. Zenta hatte ihm zwar versichert es würde sich bei dem Verletzten nicht um Adrian handeln, aber ihr Schwiegervater hatte dennoch darauf bestanden die Reise zu machen. Er wolle einfach nichts unversucht lassen, hatte er gemeint.

„Er wird frühestens morgen Abend zurück sein", grübelte Simon und kratzte sich nachdenklich die Bartstoppeln, die sein Kinn bedeckten. „Aber vielleicht kennt sich ja die Herzogin ebenfalls in der Landesgeschichte aus. Oder der alte Bernhard, er lebt doch schon seit seiner Kindheit auf dem Schloss und ist ein enger Vertrauter des Herzogs."

„Meine Schwiegermutter ist eine fromme Frau, sie kennt bestimmt jedes Kloster und jede Kirche in der Umgebung. Und vermutlich auch die Legenden, die sich darum ranken", meinte Zenta nachdenklich, fuhr aber unsicher fort:

„Ich weiß jedoch nicht ob wir sie danach fragen sollen. Ich bin froh, dass meine Beruhigungstränke endlich wirken und sie nicht mehr ständig weint. Wenn wir sie erneut mit Adrians Verschwinden konfrontieren, verfällt sie am Ende in neuerliche Depressionen."

„Also dann Bernhard", entschied Simon. „Ich werde ihn gleich heute fragen. Er kennt sich auch in der Bibliothek sehr gut aus. Ganz sicher besitzt der Herzog Chroniken und Geschichtsbücher, in denen über die Kirchen und Klöster berichtet wird. Es müsste schon mit dem Teufel zugehen wenn wir nicht herausfinden in welcher Krypta Adrian gefangen gehalten wird. Und wenn ich es erst weiß wird mich nichts halten, bis ich ihn befreit habe."

Mit neuer Hoffnung schaute ihn Zenta dankbar an. Ein gequältes Lächeln erhellte für einen Moment ihr Gesicht. Dann erhob sie sich vom Bett, wünschte ihren Freunden eine gute Nacht und verließ leise das Schlafgemach um in ihr eigenes zurückzukehren.

Adrian wusste nicht wieviel Zeit vergangen war, seit Urban gegangen war. Die Kerze war längst erloschen und er lag schon seit endloser Zeit, wie es ihm vorkam, in undurchdringliche Finsternis gehüllt. Da er keine Ahnung hatte welche Tages- oder Nachtzeit es gerade war, verzichtete er darauf erneut in Zentas Gedanken zu dringen. Obwohl er nichts lieber getan hätte, sie fehlte ihm sehr und er hätte alles dafür gegeben sie wenigstens noch einmal in seine Arme schließen zu können. Sie und seine Kinder. Würde er sie in diesem Leben noch einmal sehen?

Er verdrängte alle Gedanken an seine Familie energisch aus seinem Kopf. Sie machten ihn nur traurig und verhinderten dass er nach Möglichkeiten forschte, wie er doch noch seinem Schicksal entfliehen konnte. Aber so sehr er auch grübelte, es wollte ihm einfach nichts einfallen. Er fühlte sich ohnmächtig und hilflos. Und er wusste, wenn überhaupt, dann konnte Hilfe nur von außen kommen, aber selbst das war eher unwahrscheinlich.

Irgendwann schlief er über seinen trübsinnigen Grübeleien ein und erwachte erst, als er das Schurren der Tür vernahm. Er blinzelte unter fast geschlossenen Lidern hervor um festzustellen wer diesmal sein Gefängnis betrat.

War es Korbinian?, fragte er sich, und spürte wie sich seine Magenmuskeln schmerzhaft zusammenzogen. In seiner Kehle verspürte er plötzlich ein trockenes Gefühl und überlegte, ob er es wagen konnte, sich noch schnell einen der Eisbrocken in den Mund zu stecken. Doch er ließ es lieber bleiben, zu groß war die Gefahr dass Korbinian seinen Vorrat entdeckte.

Gerade noch rechtzeitig fiel ihm ein dass er unbedingt einen benommenen Eindruck vortäuschen musste, war sich aber plötzlich gar nicht mehr sicher ob er die Zutaten des Tees tatsächlich richtig identifiziert hatte. Und wie lange konnte er Korbinian wohl etwas vorspielen? Doch nun war es ohnehin zu spät, seine Taktik nochmals zu ändern. Es würde ihm nicht übrigbleiben als den Benommenen zu spielen und abzuwarten was passierte. Deshalb blieb er bewegungslos liegen und schaute unter halb geschlossenen Lidern hervor in die Richtung, aus der er jetzt das Aufflackern eines Lichtscheins erkennen konnte. Kurz darauf trat der alte Hexer in sein Blickfeld. Ohne den Gefangenen anzusehen zündete er mit einem brennenden Span reihum alle Kerzen an. Die ganze Krypta war nun in ein gespenstisch flackerndes Licht getaucht, das Korbinians Schatten überdimensional an die Wände warf.

Der Alte trug etwas, das Adrian schließlich als ein schwarzes Lamm erkannte. Achtlos warf er das Tier, dessen Beine zusammengebunden waren auf den Sarkophag, der ihm als Altar diente. Leises Blöken zeigte an dass das Lamm noch lebte. Es zappelte, gab aber schnell seine Bemühungen auf und lag still.

Korbinian beachtete es nicht weiter und kam auf Adrians Lager zu. Seine Stiefel schurrten auf dem rauen Sandsteinboden, als er die drei Stufen erklomm. Eine Weile blieb er stehen und starrte auf sein unbeweglich daliegendes Opfer herab.Adrian meinte sein Herz würde ihm durch die aufflackernde Panik zerspringen und war dankbar, dass der Alte in dem diffusen Licht nicht erkennen konnte wie stark der Puls an seinem Hals klopfte. Er zwang sich reglos liegenzubleiben und half heimlich mit der Zunge nach Spucke aus seinem leicht geöffneten Mund fließen zu lassen. Erst als Korbinian ihn mit dem Fuß anstieß wälzte er sich unbeholfen herum und schaute aus schmalen Augenschlitzen zu ihm auf. Er wagte nicht allzu sehr zu übertreiben indem er den völlig Apathischen spielte, da er vermutete dass sein Bezwinger zumindest noch eine minimale Handlungsfähigkeit von ihm erwartete.

Korbinians Miene verriet nicht ob ihn die Reaktion seines Opfers merkwürdig vorkam. Er ging an ihm vorbei und nahm den Krug zur Hand, spähte hinein. Dann kippte er den kleinen Rest, den Adrian drin belassen hatte, achtlos auf den Boden neben dessen Strohlager. „Hast wohl ganz schönen Durst gehabt, wie?" fragte er ohne eine Antwort zu erwarten und kauerte sich dicht vor seinen Gefangenen hin. Anscheinend befürchtete er nicht dass der ihm gefährlich werden konnte. Mit einer Hand griff er nach Adrians Kinn und drehte sein Gesicht dem Licht zu, mit der anderen Hand zog eines seiner Augenlider nach oben um die Größe der Pupillen zu betrachten. Adrian erschrak darüber so sehr, dass er instinktiv versuchte das Auge zuzukneifen. Doch dann fiel ihm ein dass der Alte bei den herrschenden Lichtverhältnissen unmöglich ausmachen konnte wie weit oder eng seine Pupillen waren. Zum ersten Mal war er wirklich dankbar über seine fast schwarzen Augen.

Korbinian stieß ein ärgerliches Grunzen aus und erhob sich wieder. Erneut stieß er Adrian mit dem Fuß an und murrte:

„Komm zu dir und erheb dich. Und nimm dich ein bisschen zusammen. Du verträgst anscheinend wirklich nicht viel. So stark ist das Zeug doch gar nicht gewesen..."

Adrian tat als wolle er sich erheben, ließ sich aber dann mit einem Ächzen wieder zurückfallen, was Korbinian mit einem grimmigen Kopfschütteln registrierte. Mehr im Selbstgespräch als an seinen Gefangenen gewandt knurrte er:

„Hat dieser Narr etwa schon wieder die Dosis des Trankes nicht richtig eingehalten? Und so etwas will ein Arzt sein. Wo ist der Kerl überhaupt? Er sollte längst hier sein. Die ganze Zeit konnte er es nicht abwarten dich in die Finger zu bekommen und nun erscheint er nicht einmal pünktlich. Dabei habe ich ihm ausdrücklich gesagt uns steht nur diese eine Nacht für das Gelingen meines Vorhabens zur Verfügung."

Noch immer vor sich hin schimpfend verließ er die Nische und Adrian hörte ihn in der Ecke rumoren, die auch schon Urban am Abend zuvor aufgesucht hatte. Anscheinend bereitete der Alte dort etwas zu, denn es schepperte als würde mit irdenen Töpfen hantiert. Hoffentlich bereitet er keinen neuen Trank zu, hoffte Adrian inständig. Er konnte das Gebräu schlecht verschwinden lassen, wenn er es unter der Aufsicht Korbinian trinken müsste. Außerdem machte ihm dessen letzter Satz mit grausamer Klarheit bewusst, dass der alte Hexer noch heute Nacht erzwingen wollte, was immer er sich vorgenommen hatte. Doch er kam weder dazu zu überlegen welche besondere Nacht heute wohl war, noch darüber, ob er sie überleben würde.

Korbinian kam zurück, in jeder Hand eine Schüssel haltend, die er neben dem Lamm auf dem Altar abstellte. Dann kam er zu Adrian zurück und maß ihn eingehend mit zusammengekniffenen Augenbrauen. Schließlich brummte er mürrisch:

„Deine Apathie gefällt mir gar nicht, falls du nach Beendigung meiner Vorbereitungen noch immer nicht munterer bist werde ich dir auf die Sprünge helfen müssen. Für mich ist die Hauptsache,

dass dein geistiger Widerstand ausgeschaltet ist. Aber ich muss mir sicher sein dass du auch wirklich das tust was ich von dir verlange."
Die Gedanken rasten durch Adrians Kopf. Doch so sehr er sich das Gehirn zermarterte, es wollte ihm nicht einfallen wie er das drohende Unheil abwenden konnte. Schließlich beschloss er einfach seine vorgetäuschte Lethargie aufzugeben und seinem Widersacher zu offenbaren, dass er noch immer im Vollbesitz seiner geistigen Kräfte war. Wenn Korbinian nur diese eine Nacht blieb ihm seine Kräfte zu rauben, dann konnte er es vielleicht verhindern, indem er sich ihm mit seiner vollen Kraft widersetzte.

Deshalb erhob er sich jetzt von seinem Lager, als sei das die normalste Sache der Welt und starrte Korbinian herausfordernd an. Mit Genugtuung sah er wie sich dessen Augen zuerst in ungläubigem Staunen weiteten, und sich dann vor Wut zusammenzogen. So spöttisch er es vermochte sagte er langsam und deutlich:

„Du wirst nicht so viel Nutzen von mir haben wie du dir vorgestellt hast. Ich habe mir erlaubt deinen Trank lieber nicht zu kosten und ihn deshalb in den Kübel geschüttet. Mit Willenlosigkeit kann ich dir also nicht dienen. Und ich denke nicht daran dir auch nur einen winzigen Teil meiner Kräfte zu überlassen. Nicht, solange noch ein Funken Leben in mir ist. Und wenn du mich tötest, dann nehme ich sie mit ins Grab."

Korbinian schien völlig seine Fassung verloren zu haben und sah aus, als würde er seinen Augen und Ohren nicht trauen. Sein Unterkiefer hing ihm haltlos herab, was ihm ein törichtes Aussehen verlieh.

Adrian hätte über seinen Anblick am liebsten schallend gelacht, verkniff es sich aber und starrte seinen Widersacher nur kalt an.

Ganz langsam ging der alte Hexer ein paar Schritte rückwärts, drehte sich dann blitzschnell um und brachte sich mit einem Satz außerhalb der Reichweite seines Opfers. Zu spät kam Adrian in den Sinn, dass er soeben seine einzige Chance vertan hatte, den Alten zu überwältigen. Vom körperlichen her wäre er ihm durchaus gewachsen gewesen, selbst in seinem noch immer nicht ganz genesenen Zustand. Aber er war nun einmal kein Kämpfer, deshalb war ihm gar nicht in den Sinn gekommen Korbinian einfach niederzuschlagen. Und jetzt war es zu spät.

Das machte ihm der Alte sofort klar, er hechtete zu dem Haken an der Wand, packte die Kette und hing sich mit seinem ganzen Gewicht daran. Bevor er noch wusste wie ihm geschah, wurden Adrians Hände mit einem Ruck in die Höhe gerissen. Er kam aus dem Gleichgewicht und noch ehe er wieder festen Stand gefunden hatte, hatte Korbinian auch schon die gestraffte Kette wieder an dem Haken eingeklinkt.

Kapitel 24: Der Plan des alten Hexers

Schwer atmend und mit hasserfülltem Blick starrte der alte Hexer Adrian an. Erst nach einer ganzen Weile lösten sich seine Hände von der Kette und er kam nun wieder sorglos auf seinen Gefangenen zu. Von Adrian drohte ihm ganz eindeutig keine Gefahr mehr. Der unvermutete Ruck hatte seine gefesselten Arme so weit in die Höhe gerissen, dass ihm die eisernen Schellen die Haut an den Handgelenken aufschürften. Nur wenn er die Füße dicht nebeneinander stellte, musste er nicht auf den Zehenspitzen balancieren. Diese angestrengte Körperhaltung war äußerst unbequem und er bezweifelte sie lange halten zu können. Aber sobald er die Füße leicht spreizte schnitten die Fesseln tief in sein Fleisch. Deshalb blieb er erst einmal stocksteif stehen und blickte dem alten Hexer in das von Wut verzerrte Gesicht. Doch Korbinian unterließ es sein wehrloses Opfer mit Schlägen oder Stößen zu peinigen. Er brachte sein runzeliges Gesicht nahe an Adrians und starrte ihm eine ganze Weile stumm in die Augen. Zum ersten Mal kam er so nahe an ihn heran, dass Adrian seine Gesichtszüge genau studieren konnte. Korbinian kam ihm von nahem betrachtet wesentlich älter vor, als er ihn in Erinnerung hatte. Die fast farblosen Augen unter struppigen grauen Brauen blickten trüb und lagen tief eingebettet in zerfurchter Haut. Ihr Blick war jedoch gnadenlos und stechend und gemeinsam mit der scharfen Hakennase und den verkniffenen Lippen verliehen sie dem Gesicht des Hexers einen unbarmherzigen Ausdruck.

„Ja, schau mich nur an", stieß Korbinian hervor. Sein Atem roch faulig, was wohl an den braunen Zahnstummeln lag, die er nun bleckte. Falls er überhaupt um den üblen Gestank wusste so schien es ihm egal, denn er blies weiterhin die ausgeatmete Luft in Adrians Gesicht als er knurrte: „Welch ein alter Kerl, denkst du sicher, und du hast recht. Für wie alt hältst du mich, he?"

Adrian, dem es vor allem darum ging Zeit zu gewinnen, riet einfach drauf los.

„Nun, siebzig Jahre werdet Ihr schon auf dem Buckel haben. Eure Lebenszeit ist somit fast abgelaufen. Was, um Himmels Willen, wollt Ihr dann noch mit meinen Kräften? Ihr könnt sie höchstens noch mit in Euer Grab nehmen."

Der Alte lachte meckernd.

„Es mag stimmen, dass ich im Moment aussehe wie siebzig. Vor einigen Monaten wirkte ich allerdings noch sehr viel jünger. In Wahrheit bin ich schon weit über hundert Jahre alt. Es war das Blut der Knaben, verbunden mit ein paar Zauberformeln, das mich jung erhalten hat. Aber da du sie mir gestohlen hast und ich nicht wagen konnte mir neue Jungen zu besorgen, bin ich wieder gealtert. Daran bist du schuld. Aber nun ist es egal, denn durch dich werde ich bald wieder ein kraftstrotzender Mann in den besten Jahren sein."

„Wie soll das angehen?" fragte Adrian mit echter Neugier. „Wollt ihr etwa mein Blut statt dem der Knaben trinken? Ich fürchte, ich tauge nicht als Jungbrunnen für Euch."

Der Alte starrte ihn erneut eine Weile an, dann schüttelte er den Kopf. „Kaum zu glauben dass du ein so mächtiger Hexer bist. Aber anscheinend weißt du tatsächlich nur sehr wenig um die enormen Kräfte, die dir innewohnen. Nun, da ich dir in die Augen blicke, sehe ich darin dass du keine Ahnung davon hast. Obwohl ich das bislang nicht glauben konnte."

Als er Adrians gerunzelte Stirn bemerkte, tätschelte er ihm fast väterlich die Wange.

„Na, jetzt ist es auch egal. Mir kann es nur recht sein wenn du nichts mit deinen Fähigkeiten anzufangen weißt. Lange wirst du sie sowieso nicht mehr besitzen. Die Hauptsache ist ich weiß darum, denn bald werden es meine Kräfte sein."

„Aber ich bin nicht bereit sie Euch zu überlassen, selbst wenn ich sie selbst niemals nutzen werde", konterte Adrian und fügte erinnernd hinzu: „Zudem habe ich Euren Trank nicht genommen, Ihr könnt mich also nicht in Eurem Sinne manipulieren."

Ein hämisches Lachen kam aus Korbinians Mund und seine Augen funkelten vor Schadenfreude, als er genüsslich auszuführen begann: „Oh, das brauche ich gar nicht. Denn ich habe nicht mehr die Absicht dir deine Kräfte zu rauben. Dort wo sie sich befinden, nämlich in deinem Körper, können sie ruhig bleiben. Ich habe schon längst meine Pläne geändert, bereits seit dem Zeitpunkt als ich erkannte welch ein Prachtexemplar von Mannsbild du bist. Noch jung genug für meine Zwecke und mit einem Gesicht und einem Körper ausgestattet, die kaum Wünsche offen lassen. Und du bist der nächste Herzog zu Wolffhardt, also bald ein reicher und einflussreicher Mann. Was liegt also näher als dass ich mir einfach deinen Körper aneigne, anstatt meinen mittels deiner Kräfte zu regenerieren? Selbst in der Blüte meiner Jahre sah ich nicht besonders gut aus. Das einzig Besondere an mir waren meine Hexenkräfte. Durch sie gelang es mir zumindest mir Respekt und Anerkennung zu verschaffen."

„Ihr wollt was?" fragte Adrian und riss ungläubig die Augen auf. Seine Gedanken jagten durch sein Gehirn. Trotzdem begriff er nicht was er soeben gehört hatte. Korbinian stand nun mit vor der Brust verschränkten Armen vor ihm und lächelte dämonisch.

„Du hat mich genau verstanden. Ich werde dir nicht deine Kräfte rauben, sondern einfach deinen Körper besetzen. Meinen alten Körper lasse ich als tote Hülle zurück, auf diese Weise entgehe ich sogar der Verfolgung durch deine Familie und Freunde. Denn niemand wird auf den Gedanken kommen dass nicht mehr du es bist, der in deinem Körper steckt. Nach unserem Körpertausch werde ich zum Schloss deines Vaters reiten und dort dein Leben weiterführen. Selbst deine Frau und deine Kinder werden es nicht merken. Ich tische allen eine plausible Erklärung auf wie es mir gelungen ist den bösen alten Hexer Korbinian ins Jenseits zu befördern. Zur Untermauerung meiner Geschichte bringe ich meinen Leichnam mit. Niemand wird an meinen Worten zweifeln und niemand wird bemerken, dass nicht mehr du in deinem Körper bist."

Seine Augen begannen zu glitzern und er beugte sich vor um ganz genau Adrians Reaktion auf seine nächsten Worte auszukosten. Leise und genüsslich fuhr er fort:

„Nun ja, deine Frau wird es sicher bald merken, spätestens, wenn ich sie im Bett besteige. Wie ich dich einschätze hast du sie nie so hart rangenommen, wie ich es tun werde. Aber vielleicht gefällt es ihr ja sogar, endlich einmal einen richtigen Hengst im Bett zu haben. Erzählen wird sie es jedoch sicher nicht."

Es gelang Adrian nur mit äußerster Willensanstrengung nicht zu brüllen wie ein Tier. Die Angst um seine Frau schnürte ihm die Kehle zu. Anscheinend wusste Korbinian nicht dass Zenta eine Hexe war. Aber wenn es ihm tatsächlich gelingen sollte seinen Plan zu verwirklichen, würde er es natürlich merken. Was würde er dann tun? Sich auch noch Zentas Kräfte bemächtigen und sie dann töten? Der Gedanke war so irrwitzig dass er sich aufbäumte und seine Hände an den Fesseln rissen. Was nur zur Folge hatte dass sie noch tiefer in seine Haut schnitten. Aber er bemerkte weder den scharfen Schmerz noch das warme Blut, das ihm die Arme herunter lief. Durch sein Gehirn tobte ein Chaos aus schrecklichen Bildern.

Korbinian hingegen schien sich an dem Grauen zu weiden, dass er im Gesicht seines Gefangenen entdeckte. Genüsslich spann er seine Geschichte weiter aus:

„Selbstverständlich werde ich deinen Vater nicht mehr allzu lange am Leben lassen. Ich möchte möglichst bald selbst das Zepter übernehmen. Er wird also in nicht allzu ferner Zeit einen bedauerlichen Unfall erleiden oder einer mysteriösen Krankheit zum Opfer fallen. Dann besitze ich endlich Reichtum und Macht. Und außerdem habe ich dann auch wieder Zugriff auf die Knaben, die du aus meiner Höhle entführt hast. Und zudem noch auf deine Kinder. Es wird mir besondere Freude bereiten mich ihrer in besonderer Weise anzunehmen..."

Die Vorstellung, was der bösartige Hexer auch noch seinen Kindern antun würde, brachte Adrian fast um den Verstand. Er knirschte hilflos mit den Zähnen als er das gemeine Lachen Korbinians vernahm. Der Alte wusste nur zu genau dass sein Gefangener ihn auf der Stelle getötet hätte, wenn er nur eine Möglichkeit dazu gehabt hätte. Das amüsierte ihn über die Maßen so dass er im Plauderton noch weitere Gräueltaten aufzählte die er begehen wollte, sobald er sich erst einmal in Adrians Körper befand.

Für Adrian war es entschieden zu viel, selbst wenn Korbinian nur einen Bruchteil von dem verwirklichte, was er androhte. Er grübelte verzweifelt darüber nach wie er Zenta erreichen, sie warnen konnte. Aber dazu bräuchte er ein Mindestmaß an Ruhe um sich zu konzentrieren. Doch diese Ruhe konnte er in seinem augenblicklichen aufgewühlten Zustand nicht finden. Zudem gönnte ihm sein Widersacher keine Atempause, damit er sich sammeln konnte.

„Was habt Ihr eigentlich mit Urban von?" fragte er erschöpft, als der alte Hexer endlich verstummte. Er wollte versuchen dessen Ausführungen in eine andere Richtung zu lenken. Deshalb gab er zu bedenken:
„Urban will mich tot sehen. Er wird nicht glauben dass Ihr es seid, der in meinem Körper steckt und versuchen Euch zu töten..."
„Pah, Urban. Dieser einfältige Narr wird mir kaum meine Pläne durchkreuzen. Er ist nur ein Handlanger. Ich habe nie die Absicht gehabt dich ihm zu überlassen. Zugegeben, er war mir die ganze Zeit sehr nützlich, durch ihn erfuhr ich erst dass es außer der alten Gundula noch einen mächtigen Hexer gibt. Aber nun brauche ich ihn nicht mehr, so kurz vorm Ziel meiner Pläne werde ich auch alleine mit dir fertig. Urban würde mich dabei nur stören. Der unfähige Kerl war ja nicht einmal in der Lage dir zuverlässig den Trank einzuflößen. Zum Glück ist es nicht weiter von Belang, der Tee sollte dich nur gefügiger machen. Ohne seine abstumpfende Wirkung wird es halt härter für dich, für mich höchstens ein wenig anstrengender. Aber das nehme ich gerne in Kauf."
Adrians Gedanken rotierten in seinem Kopf. Er wollte, dass der alte Hexer weiterredete, nur so konnte er ihn daran hindern mit seinem Vorhaben zu beginnen. Er erwartete zwar nicht, dass noch etwas geschah, das ihn rettete. Das konnte nur noch ein Wunder tun, wollte aber dennoch jede Sekunde herausschinden. Deshalb sprach er jetzt aus was trotz der Unwahrscheinlichkeit seine letzte Hoffnung war:
„Habt Ihr schon einmal daran gedacht dass Urban vielleicht sein Gewissen spürt und meinen Tod gar nicht mehr will? Während er mich gesund pflegte haben wir lange Gespräche geführt und ich konnte ihn zumindest nachdenklich stimmen, was meine Schuld am Tod seines Vaters betrifft. Vielleicht ist er ja inzwischen vollständig von meiner Unschuld überzeugt und deshalb nicht mehr aufgetaucht. Oder er holt sogar Hilfe..."

Er sah mit leichter Befriedigung dass Korbinian nachdenklich die Stirn runzelte. Doch dann machte er nur eine abschätzige Handbewegung, so als verscheuche er eine lästige Mücke.

Abfällig meinte er:

„Ach, dieser Hasenfuß, das würde er nie wagen. Schließlich habe ich ihn in der Hand und könnte ihn an den Galgen bringen. Schon allein deswegen würde er mich nicht verraten. Ansonsten, wenn er kalte Füße bekommen hat und getürmt ist, werde ich ihn suchen und auch finden, egal wo er sich versteckt. Mit deinen Kräften und meinen eigenen bin ich bald der mächtigste Hexer den die Welt je gesehen hat. Ich werde unbesiegbar sein, und unsterblich... Ein Wicht wie Urban wird mir niemals gefährlich werden können."

„Was habt Ihr mit ihm vor, sobald Ihr ihn findet?"

Wieder lachte der Alte hämisch.

„Na was wohl? Das was ich die ganze Zeit mit ihm vorhatte; ich werde ihn töten. Eigentlich hätte ich ihn heute nur noch gebraucht, um mich aus diesen Fesseln zu befreien, nachdem ich in deinen Körper geschlüpft bin. Natürlich hätte er da freiwillig nie mitgemacht, aber du und ich wissen wie man den Willen eines schwachen Menschen manipuliert. Ich hätte ihn hypnotisiert und dann umgebracht..."

„Und wie wollt Ihr Euch nun aus den Fesseln befreien?" fragte Adrian angespannt. Vielleicht gab ihm Korbinian doch noch eine Möglichkeit in die Hand sich selbst zu befreien. Aber der Alte schien ihn zu durchschauen.

„Mach dir keine Illusionen", knurrte er. „Ich habe alles genau durchdacht. Aber gut, dass du mich nochmals daran erinnerst..."

Er stapfte zu der Nische und schien dort etwas zu suchen. Dann kam er zurück, ging aber an seinem Gefangenen vorbei zu dem Haken an der Wand.

Adrian verspürte einen plötzlichen Ruck in seinen Fesseln, dann entspannte sich die Kette, die seine Arme nach oben zog so unvermutet, dass er in die Knie sackte. Einen Moment dachte er der Alte würde die Kette ganz ablassen, doch er sah sich getäuscht. Nun konnte er zwar bequemer stehen, doch das war der einzige Vorteil für ihn.

Verwundert blickte er Korbinian an, der nun erneut zu ihm trat. Er hielt einen kleinen Schlüssel in der Hand, der an einem Band befestigt war. Dieses Band knotete er nun an Adrians rechten Daumen. Dann trat er einen Schritt zurück und betrachtete sein Werk. Er schien zufrieden.

„Was soll das?" konnte sich Adrian nicht verkneifen zu fragen und schaute verdutzt auf seine Hände über seinem Kopf. Dann kam ihm die Erleuchtung und er musste zugeben, Korbinian hatte wirklich an alles gedacht. Um sich von den Fesseln befreien zu können, nachdem er Adrians Körper besetzt hatte, brauchte er nur den kleinen Schlüssel nehmen und in das Schloss der Handschelle stecken, schon war er frei. Eine ganz simple Sache, doch nur durchführbar wenn man genügend Zeit dafür zur Verfügung hatte. Denn es würde ein Geduldsspiel sein, dass einige Konzentration erforderte, den Schlüssel zu fassen zu kriegen und damit das Schloss zu öffnen. Korbinian konnte sich diese Zeit nehmen, Adrian würde er sie aber gewiss nicht zugestehen.

Der entschlossene Ausdruck, den er nun in den Augen des Hexers sah ließ ihn erkennen dass es Ernst wurde. Der Alte wollte jetzt sofort mit seinem Ritual beginnen. Ihm blieb nur noch sich so gut er konnte gegen das zu wappnen, was auf ihn zukam. Er nahm sich vor so lange und so heftig Widerstand zu leisten, wie er es nur vermochte. Noch war ihm zwar nicht klar wie er es anstellen sollte. Aber er fühlte eine innere Ruhe in sich aufsteigen, wurde sich plötzlich der Kräfte bewusst, die in ihm wohnten. Er würde sie verteidigen..., oder sie mit ins Grab nehmen. Aber er würde sie niemals Korbinian überlassen.

Ohne noch ein Wort zu verlieren zückte Korbinian ein großes Messer und begann damit seinem Gefangenen die Kleider vom Leib zu schneiden. Nach kurzer Zeit war Adrian der meisten Stücke seiner Kleidung beraubt und stand mit nacktem Oberkörper da. Obwohl es eiskalt in der Gruft war spürte er die Kälte nicht, seine Nerven waren zum Zerreißen angespannt und ließen ihn erzittern, er konnte nichts dagegen tun.

Auch nichts gegen das Aufeinanderschlagen seiner Zähne. Es war nicht so sehr die Angst um sein eigenes Los die ihn schüttelte, noch mehr peinigte ihn das Schicksal dem seine Lieben entgegensahen, sollte er den Kampf gegen den alten Hexer verlieren. Er schickte stumme Gebete zum Himmel, bat Gott, die Jungfrau Maria und alle Heiligen und Engel um ihre Hilfe. Auch sämtliche Götter der Hexen rief er an, dass sie ihm beistehen sollten. Doch nichts geschah, er war völlig auf sich alleine gestellt.

Korbinian hatte sich abgewandt und stand nun vor seinem Altar. Auch er rief seine Götter an, die bösen Götter der schwarzen Magie, deren Namen Adrian nicht einmal kannte. Angewidert schaute er zu Boden als Korbinian jetzt zur rituellen Schlachtung des Lammes ansetzte.

Der Hexer stimmte einen unheimlich klingenden Singsang an und machte sich dabei an dem Tier zu schaffen. Die gequälten Schreie des Lammes hallten durch den Raum und Adrian presste sich, so gut er es vermochte, die Arme gegen die Ohren. Er atmete auf als plötzliche Ruhe eintrat. Das schwarze Lamm hat es überstanden, dachte er düster und wünschte fast, auch für ihn wäre es schon vorbei. Da er keine Ahnung hatte wie Korbinian es anstellen wollte seinen Leib zu besetzen, kamen ihm die wildesten Vermutungen in den Sinn. Er fragte sich plötzlich was mit seinem Geist, seiner Seele geschähe, wenn sie tatsächlich aus ihrem Körper vertrieben wurden. Würde er als ruheloses Gespenst umherirren müssen, auf der Suche nach Erlösung? Für immer und ewig an diese Gruft gebunden, deren Namen er nicht einmal kannte und von der er nicht wusste, an welchem Ort sie sich befand? Der Gedanke belastete ihn und er war fast froh als Korbinian jetzt erneut zu ihm trat. In seiner Hand hielt er eine irdene Schale in der sich das mit Kräutern vermischte Blut des Lammes befand.

Er tauchte den abgeschnittenen Vorderlauf des Tieres in das Blut und beschmierte damit Adrians Gesicht. Der versuchte zwar den Kopf zur Seite zu drehen, musste es aber hilflos über sich ergehen lassen so besudelt zu werden. Er konnte nur Augen und Mund fest zusammenkneifen, damit ihm das Blut nicht hinein lief.

Obwohl er nicht hinschaute spürte Adrian dass ihm sein Widersacher das Teufelszeichen, ein auf der Spitze stehendes Pentagramm, auf Bauch und Brust malte. Doch als die Hand Korbinians
plötzlich in Nähe seines Halses erstarrte, öffnete er die Augen.
„Was trägst du denn da um deinen Hals?"
Klobige Finger griffen unter seine Kehle und zerrten an der Silber-
kette des Amuletts. Erst jetzt spürte Adrian dass ihm Gundulas
Talisman auf den Rücken gerutscht war. Von vorne war nur das un-
scheinbare Gliederband zu sehen aber Korbinian schien zu ahnen
was daran hing. Er zerrte so lange an der Kette herum, bis das Amulett auf der Brust seines Gefangen hing. Gierig griff er danach.
„Sieh an, was haben wir denn da?" murmelte er mehr zu sich selbst.
Das gehörte doch der alten Hexe vom Waldrand, ich kann noch immer ihre Aura fühlen. Sie hat dir also ihre Kräfte vermacht. Nun,
dann werde ich die ja doch noch bekommen, ich dachte schon sie
hätte sie mit ins Grab genommen."
Triumph blitzte in seinen Augen als er frohlockte:
„Wusstest du dass ich auf dem Weg zu der Hexe war um ihr genau
diese Kräfte zu rauben. Aber du hast es vereitelt und mir danach
auch noch meine Höhle zerstört und die Knaben entführt. Bei Satan,
was habe ich dich dafür verflucht. Leider hast du alle meine Flüche
mit Leichtigkeit abgeblockt, ohne es überhaupt wahrzunehmen, wie
ich heute fast vermute. Aber inzwischen hast du in mir deinen
Meister gefunden. Du siehst, es wendet sich alles so wie ich es will.
Und deshalb wollen wir keine Zeit mehr verlieren, ich kann es kaum
noch erwarten."

Er vollendete sein angefangenes Pentagramm und rief dabei laut
seine Beschwörungen. Auch Adrian betete, allerdings nur leise, er
murmelte einen Gegenzauber, von dem er hoffte dass er die böse
Magie Korbinians aufhob. Der hörte die Worte, die an die große
Göttin Aradia gerichtet waren, die Mutter der weißen Magie und
erstarrte.
„Sei still!" schrie er mit schriller Stimme. „Sei auf der Stelle ruhig,
sonst verschließe ich dir dein lästerhaftes Maul."

Drohend schwang er seine geballte Faust vor Adrians Gesicht, doch der schaute ihn kühl an.

„Denk daran, dass du fortan in meinem Körper leben willst. Mein Gesicht würde viel von der Attraktivität die du so begehrst einbüßen, solltest du mir die Nase brechen oder ein paar Zähne ausschlagen."

„Ich kann dir auch einen Knebel in den Hals stecken", geiferte Korbinian, ließ aber die Faust sinken und trat zurück. Hämisch meinte er:

„Deine verdammten Götter werden dir eh nicht mehr helfen können. Das Böse war schon immer stärker als das Gute. Also murmele deine Sprüche ruhig weiter, solange du noch kannst."

Er entfernte sich erneut und hantierte an seinem Altar herum. Adrian beobachtete ihn, konnte aber nicht genau erkennen was er tat. Die Ruhe in seinem Innersten hielt noch immer an, er konnte zum ersten Mal seit vielen Stunden wieder klar denken und in seinem Kopf reifte ein Plan. Seine Ausführung würde seine letzte Chance bedeuten und gleichzeitig zeigen ob er tatsächlich über die Hexenkräfte verfügte, die Korbinian in ihm vermutete...

Ein Diener kam in den Salon gestürzt, in dem Simon gerade den alten Bernhard ausfragte. Ungehalten über die Störung hob er den Kopf. Es war ein schwieriges Unterfangen aus dem alten Mann die wichtigen Details heraus zu kitzeln. Bernhard hörte nicht besonders gut und seine Augen waren auch nicht mehr die besten. Er brauchte eine Lupe um sich auf der Landkarte zurechtzufinden, die Simon vor ihm ausgebreitet hatte. Immerhin konnte er ihm verraten dass es sich bei Adrians Gefängnis entweder um das Kloster zur Heiligen Frau handelte, oder aber um die Petrus-Kirche.

Beide waren nur noch Ruinen, das Kloster, das ziemlich abgelegen lag, fiel schon vor über zweihundert Jahren marodierenden Soldaten zum Opfer, die die darin lebenden Nonnen auf grausame Weise hingemetzelt hatten. Das Schicksal der Petrus-Kirche war dagegen weniger dramatisch, sie fiel einem Feuer zum Opfer und brannte bis auf die Grundmauern nieder.

Was den Ruinen gemein war; sie verfügten beide über unterirdische Grabstätten, die nicht zerstört worden waren. Doch leider lagen sie in fast entgegengesetzter Richtung auseinander, und zudem waren beide weit vom Schloss entfernt, was die Hoffnung auf eine schnelle Befreiung Adrians noch mehr einschränkte.

„Ein Mann möchte Euch dringend sprechen, Herr Graf. Er sagt es sei enorm wichtig. Eigentlich wollte er zum Herzog, doch als ich ihm sagte der sei unterwegs, wollte er mit Euch sprechen."

„Wer ist der Mann?", fragte Simon ungeduldig. „Sagte er seinen Namen?"

„Er sagte, er sei Dr. Urban", erwiderte der Diener, der erst seit einigen Wochen auf dem Schloss Dienst tat.

Aus diesem Grund war ihm der frühere Leibarzt des Herzogs unbekannt. Völlig überrascht sprang er zur Seite, als Simon jetzt wortlos an ihm vorbei stürmte und die Treppen ins Erdgeschoß im Eilschritt nahm.

„Es war tatsächlich Urban, der da mitten in der Eingangshalle stand und nervös seinen Hut in den Händen drehte. Er machte einen abgehetzten und erschöpften Eindruck, doch seine Augen brannten als er Simon entgegen sah.

„Bitte, hört mich erst an", begann er und streckte abwehrend die Hände vor.

Er sah Simons Gesichtsausdruck an, dass der ihn am liebsten sofort ergreifen und ins Verlies werfen lassen wollte.

„Es darf keine Zeit verschwendet werden, wenn Ihr Adrian noch unversehrt vorfinden wollt."

„Dann sagt schleunigst, was Ihr zu sagen habt", knurrte Simon drohend. „Und wehe Euch, es ist nicht die Wahrheit..."

„Lasst zuerst Pferde satteln, damit wir so schnell als möglich reiten können. Mein Gaul ist leider vollkommen erschöpft, so sehr habe ich ihn angetrieben. Und nehmt ein paar starke Männer mit. Am besten solche, die über viel Mut verfügen und sich nicht leicht einschüchtern lassen. Denn sie müssen dem Hexer Korbinian gegenüber treten. Und was der bereits angerichtet hat, ist Euch ja bekannt."

Simon starrte nur einen Moment in Urbans Augen, dann handelte er. Er rief dem Pagen, der in der Halle stand zu, er solle sofort drei Pferde satteln lassen und außerdem den Hauptmann der Schlosswachen zu ihm schicken.

„Und jetzt erzählt", forderte er Urban auf und deutete mit der Hand auf eine Sitzgruppe. Da er sah, dass Urban völlig erschöpft war, wies er einen weiteren Diener an, eine Mahlzeit und Wein zu bringen. Er setzte sich dem Arzt gegenüber und starrte ihn auffordernd an.

„Es ist alles meine Schuld, aber das wisst Ihr ja bereits", begann Urban leise und rieb sich müde die Schläfen. Doch dann straffte er die Schultern und blickte seinem Gegenüber ernst ins Gesicht.

„Ich habe fast zu spät erkannt, welchen großen Fehler ich gemacht hatte. Und als es mir klar wurde, bin ich wie der Teufel geritten, um vielleicht doch noch das größte Unheil abzuwenden. Es würde zu lange dauern, Euch meine Beweggründe zu erklären, die zu meinen Taten geführt haben. Dafür ist später noch Zeit. Tatsache ist nur, dass ich nun weiß, dass Adrian nicht mein Feind ist. Und ich möchte nicht mehr, dass er stirbt. Aber ich alleine kann ihn nicht retten, ich bin mir nicht einmal sicher, ob er überhaupt noch zu retten ist. Er ist nun in den Händen Korbinians und der ist ein sehr mächtiger und auch ein sehr böser Hexer. Er hat es auf Adrians Kräfte abgesehen. Was immer er auch mit ihm vorhat, es soll heute Nacht geschehen. Ich weiß nicht warum gerade diese Nacht so wichtig ist, aber Korbinian hat gesagt, es sei die einzige Nacht im Jahr, die ideal für sein Vorhaben sei. Es ist schon fast Mittag und wir haben mindestens sechs Stunden Ritt vor uns..."

Sie wurden vom Hauptmann unterbrochen, der herein gestürmt kam und zackig grüßte. Simon erklärte ihm, er bräuchte mindestens fünf unerschrockene und bewaffnete Männer um den Sohn des Herzogs zu befreien. In einer halben Stunde mussten sie zum Abritt bereit sein. Alles Weitere würde er später erklären. Der Hauptmann verlor keine Zeit und eilte davon um die Männer bereitzustellen.

Inzwischen war Urban eine Mahlzeit und Wein gebracht worden. Heißhungrig stopfte er das Essen in sich hinein und spülte mit dem Wein nach. Dann lehnte er sich zurück und begann leise zu erzählen, was seit dem Vorfall im Steinbruch passiert war.

Simon hörte ihm aufmerksam zu, enthielt sich aber jeden Kommentars darüber. Er wusste nicht so recht, was er von dem plötzlichen Sinneswandel des Doktors halten sollte. War die Reue des Mannes echt? Oder spielte er ihm nur eine Komödie vor? Was, wenn er nur darauf aus war, auch ihn, Simon, in seine Gewalt zu bringen? Aber dann verwarf er den Gedanken wieder. Er hatte absolut nichts mit dem Zerwürfnis zwischen Adrian und Urban zu tun. Und wenn Urban ihm etwas hätte antun wollen, so hätte er es schon im Steinbruch tun können, als er bewusstlos unter dem toten Pferd gelegen hatte.

Auf jeden Fall würde er auch die geringste Chance beim Schopf packen, Adrian zu retten. Selbst wenn er sich dadurch selbst in Gefahr begab. Kurz überlegte er, ob er den Frauen, die mit den Kindern in einem der oberen Zimmer waren, Bescheid sagen sollte. Er verwarf den Gedanken aber sofort wieder. Wie er Zenta einschätzte, würde sie nichts davon abhalten, mit ihnen zu reiten um ihren Mann zu befreien. Doch das konnte er nicht verantworten. Nein, so schwer es ihm auch fiel, er würde Zenta nichts von der überraschenden Wende sagen. Er hoffte, sie käme ihm nicht auf die Schliche, bevor er mit den Männern davon geritten war. Um sie nicht argwöhnisch zu machen konnte er auch seiner Frau nichts von seinem Vorhaben erzählen. Aber wenn er Adrian erst heil und gesund nach Hause gebracht hatte, würde er gerne die Vorwürfe der Frauen, wegen seiner Geheimniskrämerei, über sich ergehen lassen.

Der Page meldete, die Pferde und Männer seien bereit und Simon und Urban erhoben sich um hinauszugehen. Die Soldaten saßen bereits in den Sätteln, bereit den Sohn des Herzogs zu befreien. Einer von ihnen hielt das dritte Pferd, - Luzifer, - am Zügel, denn natürlich brauchte auch Adrian ein Pferd, wenn sie den Rückweg antraten. Simon und Urban bestiegen ihre Tiere und Urban gab den Ort an, zu dem sie reiten mussten. Er nannte das Kloster zur

Heiligen Frau, wie Simon bereits vermutet hatte. Das hoch auf einem Berg liegende alte Gemäuer war meilenweit von jeder Ortschaft entfernt und somit der ideale Platz für Korbinians unheilige Aktivitäten.

Kaum hatten sie den Schlosshof verlassen ließen sie die Pferde in Galopp verfallen. Keiner der Männer sagte ein Wort, während sie in aberwitzigem Tempo die Straße entlang ritten.

Kapitel 25: Kampf der Hexer

Argwöhnisch verfolgte Adrian jeden Handgriff seines Widersachers, konnte aber wenig sehen, da der ihm meist den Rücken zukehrte. Doch nun schien Korbinian mit seinen Vorbereitungen am Ende, mit einer Schale in der Hand kam er wieder zu seinem Gefangenen zurück. Schon wieder Blut, dachte Adrian angeekelt, als er die rote Flüssigkeit in der Schale sah. Wollte ihn der Alte erneut damit beschmieren? Es gab doch kaum ein Fleck auf seiner entblößten Haut, der noch nicht damit besudelt war. Doch anscheinend hatte der Hexer anderes mit dem Blut vor. Er hielt die Schale zuerst an seine eigenen Lippen und nahm ein paar kräftige Züge, dann hielt er sie seinem Gefangenen hin.

Angewidert wandte Adrian sein Gesicht ab. Niemals würde er freiwillig Blut trinken. Er presste Zähne und Lippen fest aufeinander. Sollte Korbinian doch sehen wie er ihm diese Brühe einflößte. Er würde es ihm so schwer wie möglich machen. Nun, da sein Verstand wie ein Uhrwerk funktionierte merkte er erst, wie schwach dieser alte Mann doch war. Zumindest was seine körperliche Kondition anging. Der Hexer war höchstens mittelgroß und hager, fast dürr von Statur. Seine Hände, in der er die Schale hielt, zitterten leicht. Adrian vermutete, dass seine Lebensenergie rapide nachließ seit er nicht mehr sein aufbauendes Elixier, das Blut von Knaben, bekam. Er wollte die zunehmende Schwäche seines Gegners gnadenlos ausnützen. Alles in ihm war entschlossen den Kampf gegen ihn zu gewinnen. Er musste unbedingt siegen, eine Niederlage wäre nicht nur für ihn verhängnisvoll.

Nur schwach wunderte er sich über die kaltblütige Ruhe, die von ihm Besitz ergriffen hatte. Er fühlte sich plötzlich nicht mehr alleine, sondern so, als sei er von guten Mächten umgeben. Er konnte sie spüren und hören wie sie ihm Mut zuflüsterten.

Konnte auch Korbinian sie fühlen? Anscheinend nicht, denn er knurrte ihn jetzt in seinem gewohnt gereizten Tonfall an.

„Nun trink endlich das Lammblut. Es ist mit Drogen versetzt, die das Bewusstsein erweitern und es hilft uns beiden. Sträube dich einfach nicht länger gegen das Unvermeidliche Es wird dir nur umso schwerer fallen, je länger du es hinauszögerst."

„Ich will es nicht hinauszögern, sondern verhindern", beschied ihm Adrian ehrlich und hob den Kopf noch höher an, so dass sein Mund außer Reichweite der Schale gelangte. Noch selten war er so froh über seine überdurchschnittlichen Körpermaße gewesen, wie jetzt. Mit Genugtuung erkannte er wie Korbinian in hilflose Wut geriet, als er erkannte dass sein Gefangener nicht gewillt war freiwillig seine Befehle zu befolgen.

Doch so einfach gab der alte Hexer seinen Plan nicht auf. Zu lange hatte er auf diesen Augenblick gewartet, er wollte alles daransetzen zum Ziel zu gelangen. Um es zu erreichen war er zu jeder Gemeinheit bereit. So stieß er nun seinem Gefangenen mit aller Kraft sein Knie zwischen die Beine um ihn durch den plötzlichen scharfen Schmerz in die Knie zu zwingen.

Als Adrian wie erwartet mit einem Schrei zusammensackte, packte er ihn blitzschnell an den Haaren und zog seinen Kopf in den Nacken. Dann goss er hastig einen Großteil der ekligen Flüssigkeit in Adrians geöffneten Mund. Der Rest lief ihm über Kinn und Hals und rann dann seinen Oberkörper herab.

Adrian dachte jedoch nicht daran das Blut zu schlucken und spie es in hohem Bogen direkt in Korbinians Richtung, sprenkelte dessen Gesicht und Haare mit tausend roten Tröpfchen. Der Alte geriet vor Zorn außer sich über diesen Frevel und brüllte mit sich vor Wut überschlagender Stimme seinen Ärger heraus. Er schleuderte die leere Schale weg und hieb mit beiden Fäusten auf Adrians Brust ein. Doch seine Kräfte erlahmten schnell und er hielt bald keuchend inne.

„Du elender Narr", geiferte er, als er wieder bei Atem war. „Das wirst du mir bereuen. Wenn du glaubst du kannst so deinem Schicksal entgehen, dann hast du dich getäuscht. Ich bin noch lange nicht am Ende meiner Kunst und werde mir deinen Körper und deine Kräfte eben auf andere Weise aneignen."

„Ich werde Euch weder meinen Körper, noch meine Hexenkräfte jemals überlassen, alter Mann", antwortete Adrian im Brustton der

Überzeugung. „Noch habt Ihr Gelegenheit mich zu töten und dadurch Euer Leben zu retten. Denn vielleicht weiß ich doch mehr um meine Kräfte als ihr ahnt und gedenke sie endlich anzuwenden."

Seine Drohung machte den Alten unsicher. Brütend schaute er zu ihm hin, doch dann schüttelte er entschieden den Kopf.

„Es wird dir nicht gelingen mich von der Ausführung meines Planes abzuhalten. Deine Drohung ist nichts wert. Du hast in all den Jahren deine enormen Kräfte ignoriert, warum solltest du sie ausgerechnet heute anwenden? Vermutlich weißt du nicht einmal wie du sie aktivieren kannst. Was für eine Verschwendung, deshalb wird es Zeit, dass sie endlich in die richtigen Hände kommen. Also wehre dich nicht länger gegen mich, so kannst du dein Leiden verkürzen."

Er wandte sich erneut ab und eilte zu seinem Altar zurück. Adrian verfolgte ihn mit den Augen und fragte sich was er nun vorhatte. Das Blut des Lammes war verschüttet und ein weiteres Tier hatte Korbinian nicht zur Verfügung. Was wollte er als Ersatz verwenden?

Er war sich jedoch sicher dass der alte Hexer noch längst nicht am Ende seiner Kunst angekommen war. Und er bedauerte erstmals dass er sich bisher so wenig mit Hexenritualen beschäftigt hatte. Über schwarze Magie wusste er nicht allzu viel, so blieb ihm nichts übrig als sich auf seine eigenen Kräfte zu besinnen. Nur weil er sie selten anwandte hieß nicht, dass er nicht in seinem Innersten darum wusste. Doch bisher hatte er sich nur im extremen Notfall darauf besonnen. So wie jetzt…

Deshalb schaute er dem Alten nun gelassen entgegen. All seine Sinne auf ihn konzentriert, verschwendete er an nichts anderes mehr einen Gedanken. Korbinian hielt ein seltsam anmutendes Gebilde in der Hand. Erst bei näherem Hinsehen erkannte Adrian, dass es sich dabei um einen vom Alter dunkel gefärbten Tierknochen handelte. Der Größe nach konnte es der Oberschenkelknochen eines Ochsen sein. Die mystischen Zeichen, die in das Bein gebrannt waren, deuteten auf einen okkulten Gegenstand hin.

An beiden Seiten des Knochens waren die Gelenke durchbohrt, die Löcher mit silbernen Ringen verstärkt. Daran waren lange Lederbänder befestigt. Innen war der Knochen ausgehöhlt, so dass man durchsehen konnte. Adrian vermutete der Knochen wäre ein Utensil für irgendeinen Zauber, aber er konnte sich nicht vorstellen was Korbinian damit vorhatte.

„Da schaust du, wie?" meinte der Alte hämisch, doch als er den verwunderten Blick Adrians auffing erklärte er in belehrendem Ton: „Dieser magische Knochen stammt von einem Drachen, es hat mich ein hübsches Sümmchen gekostet ihn zu erwerben. Doch er ist jeden Taler wert, denn er ermöglicht es meinem Geist in deinen Körper zu gelangen. Verbunden mit magischen Zauberformeln wurde er schon früher von großen Hexenmeistern genutzt, um in den Körper eines anderen Menschen zu dringen."

„Und wie soll das gehen?" wollte Adrian wissen, obwohl er es langsam zu ahnen begann.

Der alte Hexer sah sich bereits am Ziel seiner Wünsche, weshalb er bereitwillig erklärte:

„Wie du siehst ist der Knochen innen hohl und an beiden Enden offen. Es funktioniert ganz einfach; vorausgesetzt natürlich, man kennt die geheimen Zauberformeln. Ich lege die Bänder einer Seite um deine Stirn und die andere um meine, so dass die Knochenröhre zwischen unseren Köpfen ist. Dann spreche ich die Zauberformel und mein Geist fließt durch den Knochen in deinen Körper."

„Und was geschieht dann mit mir?" stieß Adrian heißer hervor. „Mit meinem Geist?"

Der Alte lachte selbstgefällig und weidete sich einen Moment an dem Grauen, das er in den Augen seines Gegenübers sah.

„Dein Geist…" dehnte er seine Antwort bewusst in die Länge und starrte Adrian grinsend an. „Dein Geist wird von meinem eingesaugt und damit all dein Wissen und deine Kräfte. Von dir wird nicht mehr übrig bleiben als dein lebendiger Körper. Der dann mein Körper sein wird. Na, wie gefällt dir das?"

Korbinians wollte die Antwort auf seine Frage gar nicht hören sondern begann damit das knöcherne Gebilde mit den Bändern an Adrians Stirn zu befestigt. Schon vorher hatte er ein hölzernes Podest herbeigeschafft das den Unterschied zwischen ihren Körpergrößen ausgleichen sollte. Jetzt stand er seinem Gefangenen gegenüber und starrte ihm in die Augen

Adrian hielt dem Blick stand und rührte sich nicht als der Alte die Bänder an seinem Hinterkopf verknüpfte. Der durchbohrte Knochen drückte in seine Stirn. Kurz trug er sich mit dem Gedanken an Gegenwehr, ließ es aber sein, er brauchte seine ganze Kraft für das was kommen würde.

In Korbinians Blick lag Triumph und sein übler Atem strich über Adrians Gesicht als er sich ihm gegenüberstellte und seine Stirn an das andere Ende des Knochens legte. Dann verknotete er die Bänder hinter seinem Kopf und starrte Adrian erneut in die Augen.

Der alte Hexer fing an seine Zauberformeln zu sprechen, erst leise, dann immer lauter und eindringlicher. Mehr und mehr schien er in einen Zustand der Trance zu verfallen und Adrian spürte plötzlich einen enormen Druck, der sich wie eine Schraube in seine Stirn zu bohren schien. Um dem Druck zu entgehen versuchte er verzweifelt seinen Kopf aus den Bändern zu winden. Doch die Hände des Hexers legten sich wie Klauen um seinen Hinterkopf und hielten ihn eisern umklammert.

Wie eine glühender Nagel schien sich Korbinians Geist in sein Gehirn zu brennen. Nein, das darf nicht geschehen schrie alles in ihm und endlich begann er sich zu wehren. Nicht mit seinem Körper, das wäre zum Scheitern verurteilt gewesen. Er konnte Korbinian nur mit seiner eigenen Waffe schlagen.

Da er die Zauberformel nicht kannte, konnte er auch keinen Gegenzauber sprechen. Sein schierer Überlebenswille musste ausreichen. Sein Wille gegen den des alten Hexers. Wer würde letztendlich den Sieg davontragen?

Er wusste nicht wie lange er stumm und verbissen mit dem Alten rang. Waren es nur Sekunden oder Minuten? Zeit und Raum schienen zu verwischen und alles vernichtende Finsternis drohte sich über seinen Geist zu legen. War es das Ende?

Ein gleißender Blitz fuhr durch sein Gehirn und löschte alle seine Gedanken aus.

Eine der Kerzen war abgebrannt und verlosch nach einem letzten

Aufflackern. Ein dünner grauer Rauchfaden stieg kräuselnd zur Decke empor. Er starrte darauf ohne ihn wirklich zu sehen.

Was war geschehen? Er konnte sich an nichts mehr erinnern. Seine Augen glitten ziellos umher und blieben an einem dunklen Bündel hängen, das unter den Stufen auf dem Boden lag. Erst als er eine ganze Weile darauf gestarrt hatte erkannte er, dass dieses Bündel ein Mensch war. Aber wer war es, der da reglos lag?
Dann kam ganz langsam die Erinnerung zurück, schlich sich in seinen Kopf wie eine träge Schnecke. Das Bündel auf dem Boden war der tote Körper Korbinians. Er war ganz zweifellos tot, seine weit offenen Augen starrten gebrochen zur Decke. Um seine Stirn lagen noch immer die Bänder mit dem Knochen daran. Er ragte wie das abgebrochene Horn eines Einhorns in die Luft.
Korbinian wollte sich seines Körpers und seiner Kräfte bemächtigen, fiel ihm wieder ein. Und es wäre ihm fast gelungen. Doch dann hatte er seine ganze Energie aufgebracht und Korbinians Geist förmlich aus seinem Kopf katapultiert. Das Letzte an was er sich erinnern konnte war der gleißende Blitz. Der Blitz hatte den alten Hexer getötet und seinen Körper einige Meter durch den Raum geschleudert...
Adrian riss sich vom Anblick seines toten Widersachers los und wandte langsam den Kopf um seine eigene Lage zu erkunden. Er hing noch immer an der Kette, die seine Arme in die Höhe zog. Irgendwie musste er versuchen sich davon zu befreien. Der Schlüssel, der an seinem Daumen hing, geriet in sein Blickfeld. Natürlich, der Schlüssel, den Korbinian zu seiner eigenen Befreiung dort angebunden hatte. Er versuchte ihn zu ergreifen.
Doch seine Hände wollten ihm nicht gehorchen, sie waren durch die lange Fesselung taub, seine Finger dick geschwollen. Er biss die Zähne zusammen und schlenkerte unbeholfen seine Hand auf und ab, so lange bis der Schlüssel endlich auf seiner Handfläche lag. Aber wie sollte er ihn in das Schloss der Handschelle bringen? Das schien unmöglich zu sein. Später wusste er nicht mehr zu sagen wie lange er gebraucht hatte. Irgendwann hatte er es tatsächlich

geschafft den winzigen Schlüssel in das ebenso winzige Schloss zu stecken. Nach ein paar ungeschickten Drehversuchen sprang die Schelle plötzlich auf und sein Arm sackte herab. Die Kette rutschte durch die Halterung und gab auch seinen anderen Arm frei. Und obwohl er genau das bezweckt hatte, geschah es doch so unvermutet, dass er das Gleichgewicht verlor. Er stürzte vornüber und landete unsanft auf dem harten Boden.

Außerstande sich zu bewegen lag er stöhnend da, während das Blut in seine tauben Arme und Hände zurückströmte. Erst nach einer ganzen Weile ließen die schmerzhaften Stiche nach und er spürte nur noch ein unangenehmes Kribbeln in den Fingern.

Völlig erschöpft ließ er sich auf sein Lager sinken und zog eine der Decken um seinen nackten Oberkörper. Erst jetzt registrierte er wieder die eisige Kälte in der Krypta und seine Zähne schlugen aufeinander. Eigentlich, grübelte er träge, müsste ich aufstehen und endlich herausfinden wo ich bin. Aber er war einfach zu müde dazu. So gut er es vermochte rollte er sich in die Decken ein und schloss die Augen. Nur ein paar Sekunden ausruhen, dachte er und war schon eingeschlafen.

„Himmel, hier liegt Korbinian, er ist tot. Aber wo ist Adrian?"

Simon eilte mit großen Schritten durch die Krypta, in der Hand trug er eine Fackel, die den Raum in flackerndes Zwielicht tauchte.

Sie waren so schnell geritten wie sie es eben noch verantworten konnten, hatten nur wenige kurze Pausen gemacht um die Pferde nicht total zu erschöpfen. Schließlich mussten die Tiere sie auch noch auf dem Rückweg tragen.

Als sie endlich an der Krypta des ehemaligen Klosters angekommen waren hatte Urban die Türe mit einem Schlüssel geöffnet, der in einer Spalte zwischen den Ruinensteinen versteckt war. Dunkel und still hatte die Krypta vor ihnen gelegen und durch Simons Herz war eisiger Schrecken gefahren. Waren sie zu spät gekommen?

„Dort in der Nische befindet sich Adrians Lager", hörte er Urban sagen und eilte sogleich mit großen Schritten hin. Gleichzeitig gelangten sie bei dem wirren Haufen aus Decken und Stroh an. Ein kurzer Blick sagte ihnen dass ein Mensch darunter liegen musste und Simon bückte sich hastig und hob die Decken an. Entsetzt fuhr er zurück. Es war Adrian der da lag, halbnackt und über und über mit Blut besudelt. Er rührte sich nicht und seine Augen waren geschlossen. Simon hielt die Fackel dicht an ihn heran, um zu sehen ob er atmete.

„Gott sei Dank, er lebt!" stieß er erleichtert hervor. „Aber er scheint nicht bei Bewusstsein zu sein..."

„Lasst mich nach ihm sehen", murmelte Urban und schob sich an ihm vorbei.

Er ging in die Knie um den reglosen Körper zu untersuchen. Simon, der ihm die Fackel hielt, biss sich nervös auf die Unterlippe.

„Und, was meint Ihr?" fragte er dann angespannt.

„Er ist unterkühlt und geschwächt, aber sein Atem geht regelmäßig und sein Puls schlägt kräftig. Er muss unbedingt sofort aufgewärmt werden, sonst erfriert er. Hier herrschen Minustemperaturen und ich weiß nicht wie lange er schon hier liegt. Wir müssen ein Feuer anzünden und ihm wieder Kleider anziehen. Sobald er zu sich kommt flößen wir ihm warmen Tee ein. Das wird ihn hoffentlich wieder auf die Beine bringen."

„Aber das viele Blut", warf Simon besorgt ein. Wo kommt es her? Könnt Ihr Wunden an ihm entdecken?"

„Das ist nicht mein Blut, sei unbesorgt", murmelte Adrian schwach und versuchte sich zu erheben.

Er blinzelte in das Fackellicht und schirmte seine Augen mit der Hand dagegen ab. Dann begann er zu zittern und eine Gänsehaut überzog seine Haut. Falls er noch etwas sagen wollte, so gelang es ihm nicht, da seine Zähne zu sehr klapperten.

„Um Himmels Willen, wir müssen ihn wärmen bevor er uns erfriert", eiferte sich Simon und packte eilig wieder die Decken um Adrian. Er wusste nicht ob er eher erleichtert oder besorgt sein sollte. Am liebsten hätte er den Freund in seine Arme gerissen und an seine Brust gedrückt. Doch das musste warten. Besser, er fand schnell etwas Warmes zum Anziehen für ihn.

Urban entfernte sich bereits um in der Nische einen Tee zuzubereiten. Seinem Gesicht war nicht anzusehen ob er froh war seinen einstmals ärgsten Feind noch lebend vorzufinden.

Die Soldaten, die ebenfalls mit in die Krypta hereingekommen waren, machten sich nützlich indem sie die Kohlenbecken anzuzünden, die im ganzen Raum verteilt herumstanden. Simon beachtete sie nicht weiter, sein Blick glitt durch den Raum und blieb an dem Kleiderbündel hängen, das einmal Adrian gehört hatte. Er erkannte jedoch sofort dass damit nichts mehr anzufangen war, es bestand nur noch aus zerschnittenen Fetzen. Aber irgendetwas musste Adrian anziehen, er konnte unmöglich nur in Decken gehüllt den langen Heimritt bewältigen. Er würde nicht einmal bis zum nächsten Dorf kommen, sondern bei dem eisigen Wetter schon vorher erfrieren. Es war zwar schon Anfang März, doch noch immer lag Schnee auf den Höhen des Schwarzwaldes und es herrschten Minustemperaturen.

Warme Kleidung für Adrian mitzunehmen, daran hatte natürlich keiner von ihnen gedacht. Und die Kleider, die sie selbst auf dem Leib trugen, konnten sie nicht entbehren. Was war also zu tun? Guter Rat war teuer. Zum Glück trug Adrian wenigstens noch seine Hosen und dicke Stiefel.

„Zieht einfach Korbinians Sachen aus und gebt sie mir", hörte Simon jetzt die leise Stimme des Freundes. Er drehte sich schnell zu ihm um und erkannte erleichtert, dass es Adrian nicht allzu schlecht zu gehen schien. Zumindest wirkten seine Augen nicht mehr stumpf und auch das Klappern seiner Zähne war verstummt. Allerdings sah er fürchterlich aus mit seinem blutverschmierten Gesicht und Oberkörper.

Aber da es nicht sein Blut war, konnten sie es vorerst ignorieren. Später würde sich bestimmt eine Möglichkeit finden, ihn notdürftig zu säubern.

„Meinst du dass dir seine Kleider passen?" fragte Simon zweifelnd. „Er ist viel kleiner als du..."

„Sie werden es schon tun und sind auf alle Fälle besser als halbnackt herumzulaufen. Mir ist so erbärmlich kalt, wie noch nie zuvor in meinem Leben. Außerdem komme ich um vor Hunger. Habt ihr etwas zu Essen dabei?"

Wenn Adrian Hunger hatte so war das ein gutes Zeichen, fand Simon und nickte erleichtert. Schnell wies er einen der Soldaten an von den Lebensmitteln zu bringen, die sie als Wegzehrung mitgenommen hatten. Es war nur Brot und Käse, aber das machte Adrian sicher nichts aus. Am liebsten hätte Simon ihn sofort gründlich ausgefragt. Er sah aber ein dass es wichtiger war erst einmal Adrians dringlichste körperliche Bedürfnisse zu stillen. Da der alte Hexer tot war und von Urban keine Gefahr mehr ausging, waren es einzig noch die Naturgesetze, die das Leben des Freundes bedrohten. Sobald Adrian aufgewärmt war und etwas gegessen hatte würde ihnen genug Zeit bleiben die dramatischen Ereignisse zu besprechen.

„Hilf mir bitte auf. Ich fühle mich noch etwas schwach und möchte nach Möglichkeit nicht nochmals zu Boden fallen. Meine Blessuren aus der letzten Zeit reichen mir..."

Da Adrian bereits dabei war sich zu erheben, blieb Simon nichts übrig, als ihm behilflich zu sein. Obwohl ihm lieber gewesen wäre er hätte sich noch eine Weile ausgeruht. So trat er zu ihm und bot ihm seinen Arm als Stütze. Als Adrian stand packte er fürsorglich die Decken um dessen Schultern.

Mit leicht unsicheren Schritten ging Adrian auf den toten Körper Korbinians zu und blieb vor ihm stehen. Langsam ging er neben ihm in die Hocke und blickte lange in das, im Tode erstarrte Gesicht. Dann griff er zögernd nach dem Band mit dem Knochen und streifte es von der Stirn des Toten. Darunter befand sich eine kreisrunde schwarze Stelle, die aussah als wäre die Haut dort verbrannt.

Simon, der Adrians Gesicht beobachtete, erkannte wie der plötzlich weiß wurde. Nicht einmal das getrocknete Blut auf seiner Haut konnte das verbergen.

„Es stimmt also doch", hörte er ihn leise murmeln und schaute verständnislos zu Urban hin, der ebenfalls zu ihnen getreten war und Adrian über die Schulter blickte. Auch sein Gesicht war auffallend blass geworden.

Adrian erhob sich mit Simons Hilfe wieder und drehte sich zu Urban um. Lange starrte er ihm stumm in die Augen.

„Vielleicht hast du ja doch Recht gehabt" meinte er tonlos und hob hilflos die Schultern, ließ sie wieder sinken.

Urban rührte sich nicht, sah ihn bloß mit brennendem Blick an. Simon wollte etwas sagen, doch Adrian stoppte ihn mit einer Handbewegung. Seine Augen hingen noch immer an Urbans Gesicht.

„Seit du es mir vorgeworfen hast ist es mir nicht mehr aus dem Sinn gegangen. Und ich hatte reichlich Zeit darüber nachzudenken..."

Er holte tief Luft, ehe er fortfuhr:

„Tatsache ist, es könnte wirklich so gewesen sein. Meine Lage damals war so verzweifelt und ich war so ...ausgelaugt. Vielleicht habe ich mir tatsächlich gewünscht ein Blitz möge vom Himmel fahren und alldem ein Ende machen. Aber ich kann es nicht mit Sicherheit sagen, ich erinnere mich einfach nicht mehr daran. An die Ereignisse der letzten Stunden erinnere ich mich hingegen noch genau. Und diesmal war es Absicht, ich wollte Korbinian töten. Und es fiel mir einfach keine andere Möglichkeit ein wie ich es bewerkstelligen konnte. Mir blieb einzig die Chance ihn Kraft meiner Gedanken zu töten... und das habe ich getan."

Kapitel 26: Epilog

Einige Stunden später, das Morgengrauen brach gerade an, verließen sie den Raum des Schreckens. Adrians körperliche Kräfte waren soweit zurückgekehrt, dass er sich sicher war den Heimritt zu schaffen. Angetan mit Korbinians warmer Kleidung, von Urbans Kräutertee innerlich gewärmt und mit einer zwar spartanischen, aber kräftigenden Mahlzeit im Bauch kehrten seine Lebensgeister bald zurück. Er fühlte sich noch immer etwas schwach auf den Beinen, doch der Drang dieses für ihn fast zur tödlichen Falle gewordene Gefängnis zu verlassen und heimzukehren zu seiner Familie, ließ ihn Schmerz und Schwäche ignorieren. Nach seinem Geständnis hatte Urban ihn lange stumm angeschaut und ihm dann die Hand gereicht.

„Lassen wir die Vergangenheit endlich ruhen", hatte er angeboten und hinzugefügt. „Selbst wenn du inzwischen unsicher geworden bist ob du meinen Vater vielleicht doch per Gedankenkraft getötet hast bin ich mir sicher, du hast es nicht getan. Zumindest nicht wissentlich, denn Töten entspricht nicht deiner Natur. Das habe ich in den langen Wochen, in denen ich dich gesund gepflegt habe, festgestellt und in mir sind mir immer mehr Zweifel erwacht. Auch Zweifel an meinen damaligen Wahrnehmungen. Ich war noch ein Kind und verblendet durch die Abneigung meines Vaters gegen dich. Als er dann starb, anstatt du..., vielleicht redete ich mir einfach nur ein du hättest ihn durch deine Hexenkräfte getötet. Ich konnte nicht akzeptieren, dass er einfach nur durch einen Zufall getötet worden war und nährte deshalb über die Jahre hinweg meinen Hass und meine Rachegedanken. Erst als ich dich näher kennenlernte wurde mir klar, du bist ein Mensch der niemals lügen würde nur um seine Haut zu retten."

Er hatte kurz innegehalten und dann entschlossen erklärt:

„Was an jenem unglückseligen Tag wirklich geschah, wir werden es wohl beide nicht mehr aufklären können. Deshalb mein Vorschlag endlich Frieden zu schließen. Falls du das kannst. Ich stehe tief in deiner Schuld, was ich dir angetan habe ist schrecklich und ich schäme mich dafür. Ich war ein elender Feigling und habe nicht einmal dann gewagt dir beizustehen, als ich längst von deiner Unschuld überzeugt war..."

„Nun, immerhin hast du dafür gesorgt, dass ich zu guter Letzt nicht doch noch hier umgekommen bin. Ich glaube nicht, dass ich es geschafft hätte aus eigener Kraft aus diesem Grab herauszukommen. Der Kampf gegen Korbinian hat mir das Letzte abverlangt..."

„Ich schlage vor ihr besprecht dass beide in aller Ruhe sobald wir wieder zu Hause sind", mischte sich Simon mahnend ein. Er reichte Adrian einen provisorisch, aus zwei Decken hergestellten Umhang, und meinte in drängendem Ton: „Wir haben einen langen und anstrengenden Weg vor uns und sollten deshalb aufbrechen."

Sowohl Adrian als auch Urban waren damit einverstanden. Nach kurzer Beratung hatten sie beschlossen den Leichnam des Hexers erst einmal in der Krypta zurückzulassen. Sie konnten später noch entscheiden was mit ihm geschehen sollte.

Als sie das unterirdische Gemäuer endlich verlassen hatten, blieb Adrian stehen und sog tief die kalte Luft in seine Lungen. Nach dem Moder- und Blutgeruch, der in der Krypta herrschte, kam sie ihm besonders rein und klar vor. Die Pferde waren schnell gesattelt, sie schienen nach der Nacht im Freien froh sich bewegen zu können. Adrian grinste glücklich als Luzifer ihm vor Freude über das Wiedersehen ungestüm mit der Nase vor die Brust stieß. Während er dem Hengst den Hals klopfte, meinte er gerührt:

„Na mein Alter. Du hättest wohl auch nicht gedacht, dass wir noch einmal gemeinsam ausreiten können?"

Im gemäßigten Tempo ritten sie zum Schloss zurück. Sogar das Wetter schien ihnen hold zu sein. Ein lauer Wind vertrieb endgültig die letzten Winterwolken und die Sonne brach durch, deren Strahlen sie ein wenig aufwärmte. Schon bald nach ihrem Aufbruch hatte sich Adrian mit Zenta in Verbindung gesetzt und ihr mitgeteilt, dass er wohlauf und auf dem Weg zu ihr war.

Deshalb war er keinesfalls verwundert als sie am späten Nachmittag endlich das Schloss erreichten und dort mit frenetischem Jubel empfangen wurden. Fast alle Bewohner waren versammelt um die glückliche Rückkehr Adrians zu feiern.

Auch der alte Herzog war inzwischen heimgekehrt und ließ es sich nicht nehmen seinen Sohn als erster zu umarmen und immer wieder an seine Brust zu drücken. Danach wurde Adrian von den übrigen Mitgliedern seiner Familie buchstäblich überfallen. Jeder wollte ihn küssen, drücken, oder ihm einfach die Hand schütteln. Michael und die anderen Knaben tanzten johlend um ihn herum und der kleine Wernher tat es ihnen nach, obwohl er noch nicht begriff was überhaupt geschehen war.

Adrians Mutter wollte ihren wiedergefundenen Sohn gar nicht mehr loslassen, sie drückte und herzte ihn immer aufs Neue und vergoss dabei unzählige Freudentränen. Schließlich gelang es ihm sich sanft von ihr zu befreien. Seine Augen suchten den Menschen, den er am meisten liebte und endlich sah er sie.

Zenta stand still ein wenig abseits der jubelnden Menge, die kleine Agatha schlief auf ihrem Arm. Adrian vergaß alle anderen um sich herum und ging auf sie zu, nahm sie in seine Arme. Keiner von ihnen war fähig ein Wort zu sagen, sie schauten sich nur stumm in die Augen und lasen darin alles, was sie füreinander empfanden.

Einige Tage später war alles für ihre Heimreise bereit. Die Kutschen waren bereits mit ihren Habseligkeiten beladen und die Kinder, trotz heftigen Protestes früh schlafen geschickt worden, damit sie am Morgen ausgeruht wären.

Adrians Vater hatte es sich nicht nehmen lassen ein großes Abschiedsfest zu geben. Es wurde mit sämtlichen Bewohnern und Bediensteten gefeiert, so wie es der Brauch auf Schloss Wolffhardt war. Auch Urban war dazu eingeladen und nach einigem Zögern hatte er die Einladung angenommen. Schon bald nach seiner Heimkehr hatte Adrian mit seinem Vater über die besonderen Umstände gesprochen, die zu den tragischen Ereignissen geführt hatten.

Zuerst zeigte sich der alte Herzog nicht geneigt seinem ehemaligen Leibarzt zu vergeben. Eher wollte er ihn einkerkern lassen um ihm den Prozess zu machen. Aber nach sehr vielen Erklärungen war es Adrian schließlich gelungen, Urban von den meisten Punkten der Anklage zu rehabilitieren.

Und schließlich hatten sich die drei Männer zusammengesetzt um gemeinsam zu überlegen wie es weitergehen sollte.

Urban hatte erklärt er wolle das Herzogtum für immer verlassen um irgendwo in der Fremde vollkommen neu anzufangen. Doch Adrian fand er könne seine Schuld ebenso dort abarbeiten wo er Unrecht getan hatte. Und schließlich brauchte das Dorf einen tüchtigen Arzt.

Urban willigte überraschend schnell ein, was Adrians heimliche Vermutung bestätigte, dass er nur ungern seine Heimat verlassen wollte. Um seine Verfehlungen zu sühnen versprach der junge Arzt, sich fortan unentgeltlich um die Gesundheit der Kinder des Waisenhauses, und ebenso um die der Bedürftigen in den Armenhäusern zu kümmern.

Er sagte es voller Überzeugung und schließlich gab auch der Herzog nach. Er versprach sogar Urban bei seiner Mission zu unterstützen. Außerdem, erklärte er, wolle er noch einmal darüber nachdenken ob er wirklich nach einem neuen Leibarzt Ausschau halten sollte...

Auch Adrian glaubte nicht, dass Urban sich noch einmal etwas zu Schulden kommen lassen würde. Sein Instinkt und seine Menschenkenntnis, plus eines intensiven Blicks in Urbans Gedanken, sagten ihm er war für immer geheilt.

Er war mit der Entwicklung der Dinge sehr zufrieden, konnte er doch nun seinen Vater und dessen Herzogtum unbesorgt verlassen um endlich in sein geliebtes Aschaffenburg zurückzukehren. Es zog ihn mit jeder Faser dorthin zurück. Wieder einmal wünschte er der alte Herzog möge noch viele, viele gesunde Jahre erleben in denen er imstande war sein Herzogtum selbst zu verwalten. Er wollte noch sehr lange nicht in dessen Fußstapfen treten.

Die große Standuhr schlug die elfte Nachtstunde. Die meisten Bewohner des Schlosses lagen bereits in tiefem Schlummer. Adrian warf einen flüchtigen Blick zu dem Zeitmesser und gähnte dann verhalten hinter vorgehaltener Hand. Nur noch er, Zenta, Simon und Nelia saßen beieinander. Und hier, in ihrer kleinen Freundesrunde, konnte Adrian unbesorgt über all jene Dinge reden die er in Gegenwart seiner Eltern lieber verschwiegen hatte.

„Ich denke es ist so ziemlich alles gesagt", meinte er nun müde. „Wir sollten zu Bett gehen, damit wir morgen frisch und ausgeruht sind. Ich kann es kaum erwarten nach Hause zu kommen."

„Nun, uns ergeht es kaum anders", gab Simon zur Antwort und zog seine Frau an sich heran um ihr zärtlich die Stirn zu küssen. Nelia hatte ihm erst am Abend verraten, dass sie wieder schwanger war und beide strahlten vor Glück.

„Sage mir bloß noch eines", fuhr er an Adrian gewandt fort. In seinem Blick stand Neugier.

„Du erzähltest Korbinian habe versucht in deinen Kopf einzudringen um deinen Körper mit seinem Geist zu besetzen. Habe ich das richtig verstanden?"

Adrian schürzte die Lippen und dachte einen Moment nach. Dann zuckte er die Schultern.

„Ich denke das war es was er vorhatte. Ich konnte fast körperlich spüren wie er in meinen Kopf eindrang und meinen Geist daraus verdrängen wollte..."

„Und dann hast du ihn, seinen Körper, mit schierer Willenskraft getötet?" fragte Simon weiter und Adrian nickte.

„Es gab keine andere Möglichkeit. Ansonsten hätte er mich getötet."

„Und was wurde aus seinem Geist und seinen Kräften, blieben sie in seinem Körper oder sind sie etwa in dich eingedrungen?"

Einen Moment lang starrte Adrian den Freund an. Dann zuckte er vage die Schultern.

„Um ehrlich zu sein ich weiß es nicht genau. Ich denke sein Geist ist nicht in mir, er ist hoffentlich in die Hölle gefahren, wo er hingehört. Falls du Angst hast er würde mich fortan beeinflussen so kann ich dich beruhigen, ich bin immer noch ich. Aber seine Kräfte könnte er mir übertragen haben, ich bin mir da eigentlich fast sicher. Denn wenn es stimmt was Korbinian mir erzählte, so sterben Hexenkräfte nicht mit ihrem Besitzer, sie gehen an einen anderen Hexer über. Im Idealfall werden sie, wie es mit Gundulas Kräften geschah, einem ausgewählten Nachfolger vererbt. Aber anscheinend kann man sie sich auch mit Gewalt aneignen...

Oder aufgedrängt bekommen..."

Simon schien richtiggehend fasziniert und fragte aufgeregt weiter: „Und was machst du nun damit mit diesen Kräften? Zusammen mit deinen eigenen und denen, die dir Gundula vererbte, besitzt du jetzt anscheinend besonders mächtige Hexenkräfte. Kannst du sie spüren?"

Lächelnd schüttelte Adrian den Kopf und drückte seine Frau enger an sich. Auch sie schaute ihn voller Spannung an, über dieses Thema hatten sie bislang noch nicht gesprochen. Als er antwortete schien er vor allem sie anzusprechen.

„Nein, ich kann sie nicht wirklich spüren und ich werde sie auch nicht austesten. Nicht, wenn ich sie nicht dringend brauche, was hoffentlich niemals der Fall sein wird. Was Korbinian durch die Kräfte erreichen wollte, Macht und Unsterblichkeit, das sind nicht meine Ziele. Mir ist schon die Macht zu viel die mir mein zukünftiges Amt aufbürdet. Und unsterblich will ich nicht sein. Der Gedanke meine Frau, meine Kinder und meine Freunde zu überleben, ihnen allen ins Grab blicken zu müssen, ist einfach schrecklich für mich. Ich bin durchaus zufrieden, wenn mir eine normale Lebensspanne im Kreise meiner Lieben vergönnt ist, mehr will ich gar nicht. Deshalb werde ich die Kräfte sorgsam in mir verwahren und sie zu gegebener Zeit einem würdigen Nachfolger vermachen. Ich kenne ihn zwar noch nicht, doch wenn er mir begegnet so werde ich es wissen."

Er erhob sich und reichte Zenta seine Hand, zog sie ebenfalls hoch. Auffordernd blickte er Simon und Nelia an.

„So nun reicht es aber mit den Hexengeschichten. Morgen fahren wir endlich nach Hause wo ich hoffentlich endlich ein durch und durch menschliches Leben mit meiner Familie leben kann. Mein Bedarf an Okkultem ist für alle Zeiten gedeckt. Und vermutlich ergeht es euch ebenso."

Ende